Адрес официального сайта Александры Марининой
в Интернете http://www.marinina.ru

АЛЕКСАНДРА МАРИНИНА

ЗАМЕНА ОБЪЕКТА

Эксмо

Москва 2005

УДК 82-3
ББК 84(2Рос-Рус)6-4
  М 26

Оформление художника *А. Рыбакова*

        Маринина А. Б.
М 26   Замена объекта: Роман. — М.: Изд-во Эксмо, 2005. —
        416 с.

        ISBN 5-699-11086-0

Убиты двое — молодая жена успешного бизнесмена и ее охранник. Что это — предупреждение удачливому конкуренту, месть ветреной красавице, сведение старых счетов? Версий много, но все они не нравятся скромному участковому — капитану милиции Игорю Дорошину, у которого в расследовании преступления есть свой личный интерес. На свой страх и риск, а скорее повинуясь неясному зову интуиции, он отрабатывает собственную версию. Ведь когда речь идет о человеческих страстях, нельзя доверять даже самым безусловным фактам. Вроде очевидно, что путь пули всегда лежит между двумя — тем, кто стреляет, и тем, в кого стреляют. Но это только кажется, людей на ее пути гораздо больше...

                                                УДК 82-3
                                                ББК 84(2Рос-Рус)6-4

ИГОРЬ ДОРОШИН

Впервые в жизни я слышал, чтобы отец так кричал. Я бы даже сказал — орал, хотя мама с детства приучила меня к тому, что в отношении родителей нельзя употреблять грубые слова даже в мыслях. Папа не может орать, он может говорить на повышенных тонах, не более того. Тем более папе нужно беречь связки. Но сейчас он именно орал, какие бы синонимы и эвфемизмы ни предлагали мне хорошее воспитание и толковые словари. А метрах примерно в двухстах от нас остывали на осеннем асфальте два трупа...

Он стоял посреди своей персональной гримуборной, наполовину «размытый», как сказали бы хирурги, то есть уже в махровом халате, но еще в парике и с гримом злодейского графа ди Луны, и поносил меня разнообразными малоприятными словами. Вообще-то мой батюшка, знаменитый баритон Владимир Дорошин, частенько позволял себе повышать голос, но в нашей семье принято было считать, что «папа выпускает пар» и ему это совершенно необходимо. К его чести, надо заметить, что кричал он всегда обезличенно, например, что «никто не умеет работать, не могут нормально подготовить спектакль (сцену, костюм, суфлера и тому подобное)», что он завтра же объявит об уходе со сцены, что он не может работать в такой обстановке, что гостиница во время гастролей была холодной и он чуть не загубил горло, и все в таком духе. Ни разу я не слышал, чтобы крики были адресованы конкретно маме, или мне, или человеку, с которым он в данный момент разговаривает. Иными словами, если резюмировать кратко, папенька всегда кричал на тему «все козлы» и никогда на тему «ты дурак».

Сегодня я стал свидетелем и участником первого исключения. Великий Дорошин орал непосредственно в мой адрес. Меня, надо признаться, это здорово шокировало.

Но случилось это вечером, в одиннадцатом часу, а день-то начался весьма премило, развивался строго по составленному заранее графику и даже был наполнен всяческими приятными эмоциями.

Проснулся я в восемь утра, точно по будильнику. Будильник носит имя Ринго, десяти лет от роду, породу имеет неуточненную, ибо куплен был не в питомнике и не через клуб, а с рук у бабульки возле центрального входа на ВДНХ за какую-то совсем смешную сумму. Внешне Ринго сильно смахивает на сибирского кота, но за чистоту крови поручиться не могу. У него овальные раскосые глаза, короткая мощная шея, пучки шерсти между пальцами и черепаховый окрас, и все это вместе весит полноценные восемь килограммов, так что, если верить энциклопедии кошек, на сибирца он вполне тянет, но кто знает... В течение первого года жизни Ринго познавал мир и прикидывал, какие бы правила установить, чтобы жить было удобно. На втором году он определился и пришел к ряду выводов, одним из которых и стало решение о том, что хозяин должен вставать в восемь утра, потому как в восемь ноль пять их высочество желают завтракать. Им так удобно. И на протяжении последующих девяти лет сие правило неуклонно соблюдается. Если мне по какой-то причине нужно встать раньше, Ринго относится к этому как к грубому нарушению режима, презрительно фыркает и даже не подходит к миске, наполненной вкусненьким кошачьим паштетиком из красивой баночки, пока не наступит законное время утреннего кормления. Будит он меня сначала деликатно, вполголоса помяукивая возле моей подушки, но если это к желаемому результату не приводит, он разбегается и со всего размаха плюхается своим восьмикилограммовым телом примерно туда, где, по его представлениям, должен находиться мой мочевой пузырь. Представления у старика Ринго правильные, анатомию человека он знает не хуже профессионального врача, поэтому я немедленно вскакиваю и бегу в сторону туалета, а там уж и место для кошачьего кормления рядом.

Но сегодня до такого экстрима дело не дошло, я проснулся при первой же «подаче голоса», осторожно вытащил руку из-под Катиной шеи и спустил ноги с широченной кровати. Ринго одобрительно хрюкнул и, бодро задравши пушистый хвост, потрусил к кормушкам, даже не давая себе труда оглядываться по дороге, дабы убедиться, что я иду в нужном направлении. Знает, паршивец, что никуда я не денусь.

Мисок для кормления у меня чертова уйма, но в кухне на полу аккуратным строем стоят шесть: пять для еды — по числу членов банды — и одна большая, общая, — с водой для питья. Обычно к восьми утра возле мисочек тусуются мальчишки: пятилетний серый с голубым отливом американский экзот Дружочек с немыслимо аристократической родословной и двухгодовалый приблудный потеряшка по кличке Айсор, гладкошерстный, абсолютно черный и с малахитово-зелеными глазами. Судя по красоте экстерьера, тоже породистый, но почему-то выброшенный хозяевами на улицу. Лаковый блеск шерсти наводит на мысль о бомбейской породе, цвет глаз вполне может указывать на бенгальскую кошку, ну а уж по месту рождения и проживания Айсору надлежит быть русской короткошерстной. И чем он, такой немыслимый красавчик, не глянулся владельцу? Девицы числом две, мама с дочкой, любят поспать подольше и просыпаются только тогда, когда слышат сладостные звуки вскрываемых баночек с вожделенным паштетом. Ну что вы на меня так смотрите? Да, у меня пять кошек. А будет еще больше.

Пока я раскладывал завтрак по мискам, из спальни пришлепала заспанная Катерина. Лохматая и завернутая в махровое полотенце, она показалась мне еще более симпатичной, чем вчера вечером, когда мы познакомились.

— Что это? — с ужасом спросила она, мгновенно просыпаясь.

Это она еще моих девчонок не видела... Впрочем, реакция вполне ожидаемая.

— Коты, — коротко ответил я, наливая в питьевую миску свежую воду из пятилитровой бутыли.

— Я думала, у тебя только один... Вчера же был один? — на всякий случай уточнила она. — Или я напилась так, что ничего не помню?

В ее голосе зазвучал неподдельный страх. Катерина — хорошая девочка, непьющая и даже некурящая, и мысль о том, что романтический бокал вина, который я предложил ей «для знакомства», перерос в отвратительную пьянку с малознакомым милиционером, казалась ей непереносимой.

Надо было ее успокоить, и я объяснил, что вчера вечером она действительно видела только старика Ринго, добровольно взявшего на себя обязанности ответственного квартиросъемщика и посему считающего своим долгом свирепо бдить, кого это хозяин приводит на подведомственную территорию. Все остальные ребята к гостям сразу никогда не выходят, на всякий случай прячутся подальше и высовываются только тогда, когда уже не могут совладать с любопытством. Наверняка они все приходили ночью в спальню поинтересоваться, кого я привел на этот раз, но в темноте Катя их, конечно же, не видела, а передвигаются кошки, как известно, совершенно неслышно.

— То есть у тебя три кота? — переспросила она голосом, в котором сквозило почему-то уважение.

— На самом деле пять, — честно признался я. — Ты только не волнуйся, это не опасно для жизни.

— А зачем? — задала она следующий вопрос.

Вопрос был резонным, но отвечать на него мне не хотелось. Слишком длинным получилось бы объяснение, а к долгим беседам я расположен не был. У меня сегодня трудный день, точнее, мне предстоит трудная вторая половина дня, а в первой половине придется многократно разговаривать с матушкой, так что силы мне еще пригодятся. Поэтому я ограничился коротким и всеобъемлющим:

— А я их люблю.

Как ни странно, этого оказалось достаточно, чтобы Катерина мгновенно успокоилась и отправилась в ванную.

С этой чудесной девушкой я познакомился накануне во время съемок видеоклипа популярной группы «Ночные рыцари». Катя приехала туда вместе со своей съемочной группой делать репортаж для одного из телевизионных каналов и брать интервью у продюсера «Рыцарей» Бориса Безрядина, а я присутствовал на съемках от нечего делать. Боря Безрядин и его жена Светка — мои давние друзья, а репертуар группы процентов на семьдесят состоит из песен, которые я же им и написал. У меня выдался свободный вечер, так почему не съездить на съемки? Мне всегда было интересно посмотреть, как режиссеры переводят мою музыку в видеоряд. Как правило, режиссеры эти слышат песню совсем не так, как я, и если бы мне доверили делать клипы, они были бы совсем другими, но я не режиссер и даже не полноценный композитор, а всего лишь участковый милиционер, правда, с хорошим музыкальным образованием. Но все равно интересно...

— Я смотрю, ты не торопишься, — заметила Катерина, обратив внимание на ту неспешность и обстоятельность, с которой я поглощал завтрак. — Разве тебе не надо на работу?

— У меня сегодня отгул.

Она молча переварила новую вводную и приступила к следующему блоку вопросов:

— Слушай, а это правда, что Безрядин никогда не летает самолетами?

— Истинная правда.

— А почему? Боится летать?

— Наверное, — я как можно безразличнее пожал плечами. — Не знаю, может, его тошнит.

— Но ты же его друг, ты должен знать точно.

Разумно. Неужели все журналисты такие въедливые?

— Кать, я не люблю распространяться про других людей за их спиной. Спроси у Бориса, он сам тебе ответит, если сочтет нужным.

— А еще говорят, что он безумно трясется над своим здоровьем и, как только начинается эпидемия гриппа, старается не появляться там, где много народа, чтобы не заразиться. Это правда?

— Кать, отстань, а? — жалобно попросил я. — Существует же элементарная этика. Даже врачи не рассказывают посторонним о болезнях своего пациента.

Человек имеет право сам решать, что рассказывать о себе, а чего не рассказывать. Мне начинает казаться, что ты приехала сюда вчера не из симпатии ко мне, а с совершенно другой целью. Если ты думаешь, что я буду сплетничать про Борьку, то ты грубо ошиблась.

— Ну ладно, извини, — быстро отыграла назад Катерина. — А про группу можно спрашивать?

— Нельзя, — отрезал я, опуская вниз руку с зажатым в пальцах кусочком сыра. У моих ног сидели Айсор и младшая из девчонок — Карма, которые за сыр готовы продаться с потрохами. Остальные коты к сыру равнодушны и, убедившись, что ничего интересного за завтраком к столу не подают, съели свои порции паштета и удалились. Айсор, как всегда, успел первым, ухватил ломтик и утащил в угол. Карма жалобно муркнула и посмотрела на меня с упреком. Я воровато оглянулся на шустрого подкидыша и тут же сунул ей кусочек потолще. — Про группу спрашивай у Бориса, он продюсер, ему и решать, какую информацию давать и как. Если я скажу про «Рыцарей» хоть слово, которое пойдет вразрез с его концепцией, он меня убьет.

— Хорошо, — покладисто согласилась она. — Тогда поговорим о тебе.

— Это можно, — великодушно разрешил я.

— У тебя в одной из комнат стоит рояль, вечером ты идешь на премьеру в оперный театр, и при этом ты работаешь участковым. Это как?

— А как? — я прикинулся идиотом. — По-моему, нормально.

— У тебя есть музыкальное образование?

— Среднее, в объеме музыкальной школы-семилетки.

— А высшее?

— Высшего нет.

— Что, совсем никакого? — удивилась Катя.

— Я имею в виду, что я консерваторию не заканчивал. А так — юридическое.

— Но почему? Мальчик из такой семьи, папа певец, мама концертмейстер, музыкальную школу окончил и пошел в милиционеры... Да еще в участковые. Должна же быть причина.

Да уж кто бы спорил. Причина быть должна. И она была. Но опять же долго рассказывать. Неохота, да и силы надо поберечь.

— Кать, это дело интимное, очень личное, а мы с тобой еще и суток не знакомы. Я тебе как-нибудь потом расскажу, ладно?

— Конечно, если это «потом» вообще будет, — рассудительно заметила она. — Спасибо за завтрак, Игорек, мне пора.

Я с удовольствием смотрел на нее, пока девушка одевалась в прихожей. Стройная, невысокая, с коротко стриженными темными волосами и веселыми глазами, она казалась совсем юной и напоминала сбежавшего с уроков мальчишку-восьмиклассника. Вместе с тем я знал, что в тележурналистике она не один день, я много раз видел ее репортажи о всяческих событиях из культурной жизни.

Не успел я закрыть за ней дверь, как позвонила мама.

— Егорушка, я этого не переживу, — простонала она. — Я всю ночь не спала. Это какой-то кошмар!

Описание кошмара заняло около тридцати минут. За это время я успел прочесть две главы нового романа Гришэма, к которому питаю давнюю слабость еще со времен моего заочного юридического обучения. Кошмары у моей мамули случаются с завидной регулярностью, но ведь известно, что все в этой жизни подчинено закономерностям, и если эти закономерности уловить, то вполне можно к ним приладиться. Описание кошмара в обычные дни занимает пять-семь минут, в дни папиных спектаклей — минут по двадцать два раза в день, ну а уж если у нас премьера — то раза четыре по полчаса. Тут главное — иметь под рукой интересную книжку. Я терпеливо выслушиваю мамулю и уместно поддакиваю и ахаю, не отрываясь от чтения, — натренировался за много лет. Я очень ее люблю, мою маму, поэтому не считаю возможным прерывать ее излияния, более того, я понимаю, что ей действительно нужно мое внимание и сочувствие, и я не могу и не хочу ей в этом отказывать. Мама преданно служит отцу с самого начала его певческой карьеры, они познакомились, когда он учился в консерватории на вокальном отделении, а она — в Гнесинке по классу фортепиано. Мама стала папиным личным концертмейстером, он всю жизнь репетирует только с ней, она ездит с ним на гастроли, следит за его здоровьем, питанием и комфортом, сходит с ума при малейших признаках простуды у знаменитого Владимира Дорошина, а уж если у него бессонница, тахикардия, насморк или, не дай бог, расстройство желудка, да еще в день спектакля, то это уже не просто кошмар, а Кошмар с большой буквы, или Кошмарище. А сегодня все-таки не рядовой спектакль, а премьера, оперный театр решил поставить «Трубадура» Верди, папа поет в нем партию графа ди Луны, поэтому все, что происходит с обожаемым кумиром, приобретает в маминых глазах масштабы уже не Кошмарища, а Кошмарного Ужаса. Я внимательно слежу за тем, как на страницах романа молодой неопытный адвокат пытается бороться с мощной страховой компанией, незаконно отказавшей смертельно больному юноше в выплате страховки, и при этом слушаю, как плохо папа спал сегодня ночью, и как он два раза вставал и пил чай на кухне, и что он не в настроении и не в голосе, и как мама десять раз принимала сердечные лекарства, и как у нее все валится из рук, и как она предложила папе проиграть всю его партию, он любит в день спектакля мысленно пропеть то, что ему предстоит озвучить вечером, это помогает ему настроиться, так вот, мама села к роялю и не смогла сыграть простейший аккомпанемент, потому что у нее дрожат руки. Все было давно знакомо и вполне ожидаемо, но все равно это ведь мои родители, которых я нежно люблю и которым нужна моя поддержка.

Описание Кошмарного Ужаса подошло к концу и уступило место вопросам чисто практическим.

— Ты проверил смокинг? Он в порядке?

Я заверил маму, что смокинг в идеальном состоянии и ей не будет за меня стыдно. Это было традицией, ломать которую мне и в голову не приходило. В детстве и юности на папины спектакли я ходил в наглаженных костюмчиках и при галстучках, а лет с двадцати по настоянию матушки перешел на смокинг. Надо заметить, такой порядок мне нравился, смокинг сидел на мне хорошо, и с одетой в вечернее платье мамулей мы смотрелись весьма и весьма...

— Ты говорил сегодня со Светочкой? Они с Борей придут на спектакль?

Господи, да кто ж может это знать? Ни Светка, ни я, ни сам Борис не можем гарантировать, что он куда-то сможет прийти сегодня вечером. Да что там вечером, неизвестно, что будет через час. Но маме я это объяснить не могу, не имею права, дал слово.

Я подробно отчитался о том, как накануне встречался с четой Безрядиных, передал им пригласительные билеты и выслушал их заверения в том, что они всенепременно будут-с. Для моей мамы самое лучшее лекарство в минуты Кошмарного Ужаса — это чье-то сочувствие плюс детальный неторопливый рассказ. Она слушает и как-то успокаивается. Ну в самом деле, сын при смокинге, друзья собираются прийти на спектакль, значит, мир пока еще не рухнул и премьера, дай-то бог, пройдет без эксцессов. Папа в дни спектаклей такого лекарства ей устроить не может, потому что вообще не разговаривает. Он, как говорится, недоступен контакту. То есть рта не раскрывает. Вернее, ближе к вечеру он может позволить себе пару раз произнести несколько фраз «поставленным» голосом, а все остальные издаваемые им звуки — это «м-м — м-м» с размахом в октаву. Что поделать, папа-певец — это непросто. И с этим приходится считаться.

На общение с мамой ушел час. Еще полтора часа пришлось потратить на пробежку до ближайшего универсама с целью закупки мяса для моих бандитов. Вообще-то ветеринар меня предупредил, что кастрированных котов кормить сырым мясом не рекомендуется, но вышеуказанной бесчеловечной процедуре я подверг только Ринго и Айсора. Дружочек — полноценный производитель, отец Кармы и муж Арины, и вся эта счастливая семейка трескает сырое мясо так, что только искры летят. Продуктовый поход, по моим прикидкам, должен был занять минут двадцать, но в график внесла незапланированные изменения Татьяна Леонидовна, милейшая старушка, много лет назад усыновившая мальчика из детдома и с тех пор непрерывно расплачивающаяся за проказы генетики. Несмотря на идеальное воспитание, которое она дала приемному сыну, вырос он сволочью, причем сволочью ленивой и пьющей, и регулярно отбирал у матери пенсию. Многотерпеливая Татьяна Леонидовна, чтобы не помереть с голоду, начинала ходить в гости к старым приятельницам на чашку чаю, но, поскольку жили эти приятельницы в разных концах Москвы, от таких поездок она сильно уставала, у нее были больные ноги и слабое сердце, однако тратить здоровье на поездки по городу и скромно пить чай с небогатым стариковским угощением все равно выходило дешевле, чем покупать продукты, и это позволяло ей дотянуть до очередного получения пенсии. Она никогда и ни у кого не просила в долг, и, если так получалось, что чаю выпить не с кем, она молча голодала.

Татьяну Леонидовну я заметил на автобусной остановке и сразу понял, что она собралась на очередное чаепитие.

— Опять? — сочувственно спросил я, подходя к ней.

Она не ответила, но взгляд у нее был горьким и потухшим.

— И где он сейчас?

— У меня.

— Отсыпается? Вчера напился и сегодня отдыхает?

Она молча кивнула.

— Почему вы мне сразу не позвонили? Я же просил, чуть что — сразу звоните мне. Я за что зарплату получаю? Дайте мне ключи, — я протянул руку. — И не уезжайте, пока я не вернусь, хорошо?

Она снова кивнула, не произнеся ни слова, и отдала мне ключи от квартиры. Все это происходило далеко не в первый раз, и Татьяна Леонидовна отдавала ключи безропотно и терпеливо ждала меня на остановке, присев на лавочку. Разбирательство с сорокалетним похмельным бугаем много времени не заняло, дело было привычным, и я вернулся к старушке с ключами, непропитыми остатками пенсии и заверениями в том, что сын удалился к месту постоянного проживания почти совсем непобитый. Во всяком случае, физическое воздействие, к которому мне пришлось прибегнуть, для здоровья не опасно. От водки вреда куда больше. Вообще-то Татьяна Леонидовна живет не на моем участке, но я знаю ее с детства, и разве она виновата, что нашему участковому наплевать на нее и таких, как она, слабых и беззащитных?

Я проводил Татьяну Леонидовну до дому и вернулся к себе, чтобы предаться любимому занятию: просмотру последних записей и заполнению дневника. Социология сообщества кошачьих — это мой пунктик. Можете считать, что я на этом сдвинулся. Как нормальный милиционер, я давно понял, что люди ведут себя совершенно по-разному, когда они одни и когда рядом с ними кто-то есть. Но то люди, а кошки? Отличается ли их поведение, когда хозяин дома, от поведения, когда его нет и они предоставлены сами себе? Делают ли они то, что «нельзя», когда я ухожу? Или когда я дома, но сплю? Как они делят территорию, когда появляется новый член общества? Зависит ли поведение «старожилов» от того, кем является «новичок», самцом или самкой? Разнится ли поведение стерилизованных и нестерилизованных особей? Влияют ли на поведение родственные связи? Наверное, я далеко не первый, кому пришли в голову все эти вопросы, и наверняка во всем мире проведены сотни исследований и написаны тысячи книг, но я не хочу получать готовые ответы, мне куда интереснее найти их самому. И может быть, я напишу об этом свою книгу. Во всяком случае, материал для нее я набираю самостоятельно и получаю от этого огромное удовольствие. Вся моя квартира напичкана дорогой записывающей аппаратурой, и это позволяет получать полное представление о жизни и деятельности моих питомцев.

Просмотр кассет и ведение записей трижды прерывались мамиными звонками, из которых я узнал, как она страдает, как ей тяжело, как нервничает папа и что сказал знакомый астролог по поводу сегодняшней премьеры. Астролог, как выяснилось, что-то там посчитал и сделал вывод о том, что сегодня день для премьеры крайне неблагоприятный, и мама теперь не знает, как ей быть, сказать ли об этом папе или промолчать, чтобы не волновать его, но, с другой стороны, вправе ли она скрывать от него столь важную информацию...

В шесть вечера я в смокинге и при аккуратной прическе уже принимал удар на себя, сидя в папиной гримерке. Мама была в полуобмороке, что не мешало ей не выпускать из рук мобильник, обзванивая всех, кого она пригласила на спектакль, и выясняя, едут ли они и в какой точке маршрута в данный момент находятся. Папа гримировался, всей своей фигурой выражая полную отрешенность. Он не притворялся, нет, он действительно ничего не слышал, это точно. Из нас троих адекватным оставался только я, ибо просто не видел поводов для беспокойства. К исключительно трудным партию графа ди Луны отнести никак нельзя, хотя и в ней есть свои неудобства, как и в любой партии. Одним из таких неудобств является то, что партия в целом драматическая, то есть музыка достаточно ритмичная, жесткая и темповая, но в ней есть лирический кусок — ария «Il balen del suo sorriso», которая требует безупречной кантилены, а для нее, в свою очередь, нужны совершенное дыхание, опора и правильная позиция. Думаете, это легко? Это невероятно трудно, и далеко не все вокалисты с этим справляются. Но про отца один музыкальный критик написал, что у него «божественная кантилена», так что «Il balen» нам не страшна. Есть еще одно место, о которое частенько «спотыкаются» баритоны с недостаточно подвижным голосом: терцет «Di geloso amor sprezzato» в финале первого акта, но у папы это никогда трудностей не вызывало. А терцет красивый, я его с детства люблю... Короче говоря, ди Луна — типичная вердиевская партия без особых подводных камней, папа пел ее на многих ведущих мировых сценах, и в Лондоне, и в Вене, и в Сиднее, и всегда с большим успехом, поэтому ни малейших причин для переживаний я не видел. Однако певцы — люди с большими странностями, они всегда панически боятся, что голос не зазвучит, отсюда и особенности поведения, с которыми приходится считаться их близким. В данном случае — нам с мамой.

В четверть седьмого затренькал мой мобильник. Я страшно удивился, услышав голос Катерины.

— Ты уже в театре? — спросила она.

— Естественно.

— Можешь выйти на улицу?

— Зачем? — не понял я.

— Меня прислали сделать репортаж о премьере, мы стоим у служебного входа. Выйди, пожалуйста.

Мама, увидев, что я двинулся к двери, бросилась мне наперерез:

— Куда ты, Егорушка? Сейчас спектакль начнется...

Я ласково отодвинул ее и решительно взялся за дверную ручку:

— До спектакля еще сорок пять минут, мамуля, я сто раз успею вернуться.

Уже сбегая по лестнице, я сообразил, что наверняка замерзну на улице в своем шикарном смокинге и в ботиночках на тонкой подошве. Еще декабрь не наступил, а уже вся Москва завалена снегом и мороз градусов под десять. Ладно, не возвращаться же.

Катерину я увидел сразу, она стояла рядом с оператором и его ассистентом возле машины, на борту которой красовался логотип телевизионного канала. А вчера машина была другой, и канал, соответственно, тоже. Надо же, она, оказывается, многостаночница, на два канала работает.

— Привет! — Катя чмокнула меня в щеку. — Извини, что я тебя выдернула.

— Ничего, все в порядке. Хороший у тебя диапазон, вчера попсу снимала, сегодня классическую оперу.

— Это для разных каналов, — подтвердила Катя мои соображения.

— На одном работаешь, на другом подхалтуриваешь? — поддел я ее.

— На обоих халтурю. А работаю вовсе на третьем, — улыбнулась она. — Вообще-то моя специальность — соцпол, социально-политическая тематика. Можешь ответить на несколько вопросов?

— На камеру?

— Нет, что ты. Понимаешь, я брякнула сегодня, что знакома с сыном Дорошина, и меня прислали делать репортаж и особо оговорили, что должно быть интервью твоего отца перед спектаклем...

— Исключено, — отрезал я.

— Погоди, ты не дослушал, — она нетерпеливо притопнула ногой. — В этом же вся фишка, чтобы именно перед спектаклем, а не после него. После спектакля всегда легко говорить, потому что главное уже позади, и в материале никакого драйва нет. Уже понятно, приняла публика спектакль или нет, успех это или провал. А вот до него, перед самым началом, когда и на лице, и в голосе жуткое волнение и совершенно непонятно, чем все кончится...

— Катя, — остановил я ее, — ты можешь брать интервью до начала у режиссера, у дирижера, у капельдинера, у гардеробщика, у черта лысого, но только не у певца. Это совершенно исключено. Отец ни с кем не разговаривает, пока не споет свою партию. Он никому и никогда не дает интервью, пока не опустится занавес.

— Но ты же можешь с ним поговорить.

— Нет. Ты меня только для этого вызвала?

Я начал сердиться.

— Не только, у меня еще есть вопросы. Говорят, что в постановке использованы элементы авангарда. Это правда?

Элементы! Это еще слабо сказано. Вся постановка — сплошной авангард, нечто подобное я видел только один раз, когда в «Риголетто» все персонажи, кроме затянутого в красное трико шута, были одеты в черные сюртуки конца девятнадцатого века, а по сцене, начисто лишенной каких бы то ни было декораций, постоянно катали туда-сюда красный гробик на колесиках. В нашей стране авангардный театр слегка протянул свои шаловливые ручонки к классической опере в Большом театре, где в «Набукко» просматривались некие аллюзии с нацизмом, потом слегка порезвился на «Травиате» в Новой опере, а потом и вовсе вошел в моду. Любителей и ценителей оперы сегодня не так много, а вот театралов, интересующихся авангардом, — пруд пруди, и они-то точно будут ходить на спектакль. И режиссера пригласили именитого, Вернера Фрая, аж из самой Австрии. За Фраем тянулся длинный шлейф громких скандалов, связанных с отсутствием взаимопонимания между ним и исполнителями, как дирижерами, так и певцами. Он уже «обавангардил» на западных сценах около десятка опер, в том числе и «Пиковую даму», и «Фауста», и даже «Силу судьбы», теперь вот и до России добрался. Я не был ни на одной репетиции, но мама исправно ходила на все и потом подробно пересказывала мне нюансы, так что у меня было ощущение, будто спектакль я уже видел по меньшей мере раз десять. Если попытаться выразить мои ощущения двумя словами, это был «полный караул». Я так и объяснил Катерине.

— А с режиссером ты лично знаком?

— Извини, не удостоился, — усмехнулся я. — Зато могу составить протекцию у директора театра: когда я был маленьким, я часто сидел у него на коленях.

Она уловила издевку, и по ее выразительному личику было отчетливо видно, что она быстро решает задачку: обижаться на меня или не стоит. С одной стороны, я откровенно хамил, но с другой — я еще могу быть полезен. Интересы дела возобладали, и Катя задала следующий вопрос:

— А твоя мама знакома с режиссером?

— Знакома.

Я не стал вдаваться в объяснения, что мама не просто ходила на все репетиции, она еще и пользовалась любезным вниманием скандально известного режиссера как, во-первых, красивая и разбирающаяся в вокале женщина, а во-вторых, супруга единственной в данном ансамбле исполнителей звезды мирового класса, каковой является мой отец. Проще говоря, среди всех певцов, занятых в «Трубадуре», по-настоящему известным является только папа, и ставить эту оперу австрийский режиссер соглашался лишь при условии, что Владимир Дорошин будет петь партию графа ди Луны. Папа много раз пел в его постановках в США и в Европе и, как ни странно, прекрасно вписывался в авангардные идеи и умело их воплощал на сцене. Он у нас с мамой не только великий баритон, но и превосходный актер, пластичный и, как нынче принято говорить, очень креативный. Среди басов таким артистом был Шаляпин, а среди баритонов, изволите ли видеть, Дорошин.

— Она может попросить его дать мне интервью? Наш продюсер сегодня пытался с ним связаться, но ничего не вышло. Секретарь сказал, что господин Фрай очень занят и сможет найти для нас время дня через три, не раньше.

Тонкие подошвы моих модных ботинок гостеприимно принимали холод от промерзшего тротуара и с воодушевлением отправляли его вверх, гулять по всему телу. Я не только сердился, но и замерз, но Катины слова показались мне толковыми. В самом деле, пора оторвать маму от отца и отвлечь на что-нибудь полезное.

— Вы директору театра звонили?

— Да, он уже знает, что мы приехали, и разрешил съемку.

— Тогда пошли, я познакомлю тебя с мамой, а дальше ты с ней сама договаривайся. Может быть, она тебе поможет, но ничего гарантировать не могу.

Я быстро нырнул в дверь служебного входа, Катерина с нагруженными аппаратурой оператором и ассистентом ринулись следом за мной. Мама, видно, и сама подустала от переживаний, потому что с энтузиазмом кинулась заниматься Катиной проблемой, тут же выскочила из гримерки в коридор и принялась звонить секретарю господина Фрая. И телефонный номер при этом набирала по памяти... Может, я чего-то не знаю о своей мамуле? Что ж, Вернер Фрай, насколько мне известно, вдовец, а мамуля у меня красавица и в свои пятьдесят пять выглядит просто роскошно. Никогда не понимал, как она при такой внешности умудрилась превратиться в клушу, машущую крыльями над своим кумиром. Ей бы в свете блистать, а она варит отцу кашки, пичкает его витаминами и готова часами обсуждать работу его кишечника. Вот так и стоял я в узком длинном коридоре, смотрел на маму, статную, высокую, в элегантном вечернем платье, слушал, как бойко она говорит в телефонную трубку что-то по-немецки, и не понимал. Это у меня такое занятие есть, совсем отдельное занятие, называется оно «не понимать». Иногда я «не понимаю» всего несколько секунд, иногда — несколько часов или даже дней, но всегда предаюсь этому основательно и со вкусом.

Мама о чем-то договорилась со своим немецкоговорящим собеседником, ободряюще улыбнулась съемочной группе и куда-то их повела, бросив мне на ходу:

— Жди меня в ложе, папу не беспокой, пусть побудет один.

Я с удовольствием прошелся по театру, в котором не был уже несколько месяцев, в последний раз папа пел здесь в мае в «Аиде». Это была, конечно же, не премьера, и можно было не ходить на спектакль, но мама очень просила составить ей компанию, у нее, уж не помню, по какой причине, сделался в тот день Кошмарный Ужас, и ей просто необходимо было мое присутствие. При помощи мобильного телефона я быстро разыскал в толпе Свету и Бориса Безрядиных и некоторое время безуспешно отбивался от их саркастических замечаний по поводу Катерины, которую увел накануне из студии у всех на глазах. Юмор у Бориса ядовитый, а у меня с остроумием не очень-то, а уж с реакцией совсем беда, посему быстро найти удачный ответ удается крайне редко.

Без пяти семь я сидел в ложе дирекции, без двух минут ворвалась запыхавшаяся мамуля и принялась торопливо отчитываться о проделанной работе. Вернер (она назвала режиссера именно так, а не по фамилии) оказался очень любезным и согласился дать интервью сразу после спектакля, несмотря на то, что у него все расписано по минутам, но он такой милый человек, с таким уважением относится к папе и, как следствие, к его жене... И Катя очень милая девочка, такая молоденькая, а занимается серьезным делом, не то что все эти свистушки и вертихвостки, и вообще, что это такое, мне уже тридцать два года, а я все еще не женат. Отчет грозил перерасти в анализ моей личной жизни, но, к моему счастью, поднялся занавес. Рассказ Феррандо, сцена Леоноры и Инес, а вот и папин выход. Чем ближе к терцету, тем сильнее я беспокоился. Мама, конечно, рассказывала мне, что для воплощения режиссерского замысла дирижеру велели заметно увеличить темп в этом месте, но я не предполагал, что настолько. Слишком высокий темп в «Di geloso amor sprezzato» мог обернуться катастрофой для баритона.

Но папа был великолепен! Все четыре ноты на звуке «а» в слове «sprezzato» были отчетливо слышны, и все четыре ноты на «о» в слове «foco» тоже. Голос его был так выразителен, а в мимике и всей фигуре столько экспрессии, что даже человек, не знающий итальянского, легко догадался бы, о чем поет граф ди Луна. Огонь ревности и неразделенной любви пылает в нем страшным пламенем, и всей крови Манрико не хватит, чтобы потушить это пламя. Во какие страсти!

Ну что ж, можно констатировать, что папа в отличной форме. На первой сцене второго акта можно расслабиться, там графа вообще нет, в начале второй сцены нужно пережить арию «Il balen» и, если там все будет в порядке, уже не напрягаться до самого конца. Хотя есть еще сцена графа ди Луны с Азученой, и если господин Фрай и там затеял увеличение темпа, то успокаиваться рано.

Да, кантиленным пением папа владеет, вопросов нет. Звук чистый, летящий, без малейшей вибрации. Едва он начал петь, жестокий и беспощадный граф превратился в нежного и страстного влюбленного, раздираемого любовью и ревностью. «Свет ее улыбки заставляет померкнуть сияние звезд... Ах, если бы ее лучистый взгляд мог погасить ярость, бушующую в моем сердце...» Я, конечно, знаю текст практически наизусть, и перевод знаю, потому что мои детство и юность прошли под аккомпанемент постоянных репетиций, но, повторяю, папа пел так, что и без перевода все было понятно. Я скосил глаза на сидящую рядом маму. По ее лицу текли слезы. Это была какая-то древняя история, еще из тех времен, когда оба были студентами и за мамой ухаживал какой-то виолончелист, а папа с ума сходил и ревновал ужасно, но никак не мог придумать, как бы ему выяснить отношения и объясниться наконец. И вот он пришел к маме домой, сел к роялю и спел ей «Il balen». Пел он так проникновенно, что мама расплакалась. С тех пор она всегда плачет, когда папа поет эту арию, будь то спектакль или рядовая репетиция. Все эти годы при помощи «Il balen» он объясняется ей в любви. Вот тут для меня как раз нет ничего непонятного. Папа никогда не был «видным мужчиной», не особо красивый, с небогатой шевелюрой и росточком пониже мамы, он, наверное, долго не мог поверить своему счастью, когда такая красавица, отбою не знавшая от кавалеров, остановила на нем свой выбор. Ведь мама не могла знать тогда, в свои двадцать лет, что он станет звездой мировой оперы, и что она объедет вместе с ним весь мир, и они будут почетными гостями на приемах в королевских дворцах, а у себя на родине будут жить в загородном особняке, и у каждого из них будет машина с водителем. Меня никогда не удивляло, что папа влюбился в маму. Но вот почему мама полюбила папу тридцать пять лет назад, остается до сих пор для меня загадкой.

Тут я впал в состояние «непонимания», перестав слушать оперу и погрузившись в размышления о своих родителях и о превратностях любви, и очнулся только на финальной фразе ди Луна: «E vivo ancor!» Опера закончилась. Ну надо же! А ведь был антракт, во время которого мы с мамой ходили по фойе, с кем-то разговаривали, потом нас, кажется, пригласил к себе директор, мы пили кофе с конфетами, там были еще какие-то люди. Я мило улыбался, уместно кивал, а сам продолжал наблюдать за мамой, любоваться ею и «не понимать». Заходить к папе до окончания спектакля категорически запрещалось: он боялся... Впрочем, я уже говорил, что певцы — люди особенные. Я имею в виду, конечно, не всех певцов, а только тех, кто владеет техникой резонансного пения и поет «живьем». Те, которые «горловики» от попсы и поют «под фанеру», те ничего, как правило, не боятся, и разговаривают, когда и сколько хотят, и едят все подряд, а некоторые даже могут позволить себе поспать перед выступлением. Ну чего бояться за голос, если голоса нет? У настоящих же певцов вся жизнь посвящена одному: обслуживанию голосового аппарата, и все, что несет в себе хотя бы малейшую угрозу причинения вреда этому аппарату, изгоняется из жизни безжалостно. Из папиной жизни, например, напрочь исчезли яблоки, виноград, песочное печенье, чай без сахара, пиво и вино. Никакой голосовой нагрузки в день выступления. И, разумеется, никакого дневного сна, потому что связки «спят» еще примерно три часа после того, как сам человек уже проснулся. Короче говоря, все их существование подчинено жестким ограничениям вперемешку с разного рода причудами, суевериями и прочими прибамбасами.

Судя по реакции зала, мнения о спектакле разделились. Поклонники хорошего вокала бурно аплодировали; помимо моего отца, был очень приличный тенор Манрико и вполне перспективная сопрано Леонора, у которой нижний регистр, конечно, отсутствовал по молодости лет (мама говорила, что ей только-только исполнилось двадцать шесть, какие уж тут низы, голос еще не развился полностью), но в верхнем регистре она звучала очаровательно. Те же, кто в вокале не сильно разбирался, а интересовался именно постановкой, то есть режиссерским видением, остались недовольны и потихоньку покидали зал, не утруждая себя овациями. Мы с мамой тоже быстренько вышли из ложи и направились в сторону служебного прохода, чтобы ждать папу-триумфатора в его гримерке. Мир моих родителей — это мир традиций и раз и навсегда установленных порядков, менять которые никому не дозволялось. От первого звонка до выходов на поклон к папе не подходить, зато после окончания спектакля или концерта ждать его в гримуборной с горячим сладким чаем и бутылкой дорогого коньяка.

Все шло строго по регламенту. Мама включила чайник и заварила папин любимый чай, я открыл коньяк, и мы обменивались впечатлениями. Меня, дурака, угораздило отпустить пару язвительных замечаний в адрес тенора. Конечно же, я подставился. Ну и сам виноват, нечего молоть все подряд, что на уме, то и на языке. Мама тут же включила свою любимую пластинку с романсом «неудачный ребенок».

— Егорушка, я считаю, что ты должен уйти из своей дурацкой милиции, пока еще не поздно. Тебе всего тридцать два года, ты еще можешь начать все сначала, сочинять хорошую серьезную музыку. Ну какой из тебя милиционер? Зато ты так слышишь, ты так разбираешься в опере, у тебя такие способности! Ну почему ты себя губишь? Ради чего? Ради того, чтобы что-то нам с папой доказать?

Голос ее был наполнен трагической патетикой, как и всегда при исполнении этой любимой «старой песни о главном». Что ж, в чем-то мамуля, безусловно, права, милиционер я действительно никудышный, и выговоров у меня больше, чем вообще листов в моем личном деле. С работой у меня любовь без взаимности, я ее люблю, а она меня — нет. Но я все равно ее не брошу, пока она меня не выгонит окончательно и бесповоротно.

— Мама, я в милиции служу четырнадцать лет, по-моему, этого срока более чем достаточно, чтобы понять, что мне эта работа подходит и никакой другой мне не нужно. И потом, я не могу сочинять серьезную музыку, мне это неинтересно.

— Но у тебя талант, Егор! Ты не имеешь права зарывать его в землю! Ты посмотри, какой образ жизни ты ведешь! Ты же разрушаешь себя, свою личность. Не хочешь быть композитором — ладно, ты можешь стать прекрасным музыкальным критиком, у тебя для этого есть все данные, ты хорошо чувствуешь исполнение и хорошо слышишь. Ты — человек музыки, прирожденный музыкант, ты вырос в семье музыкантов, ты получил музыкальное образование, ты писал прелестные сонаты и фуги, когда тебе было двенадцать лет. А романсы! Ты помнишь, какие романсы ты сочинял, когда был совсем ребенком? С каким удовольствием папа их исполнял, ты помнишь? И к чему все пришло? Ты носишь эту отвратительную серую форму, копаешься в человеческой грязи, возишься со всякими отбросами, пьяницами и хулиганами, сочиняешь какие-то идиотские попсовые песенки, которые слова доброго не стоят, тебе уже тридцать два года, а ты все еще не женат. И еще кошки эти дурацкие! Егор, ты должен одуматься, пока не стало слишком поздно.

Ого, мне «уже» тридцать два года. Три минуты назад тридцать два было «еще».

— Оставь, пожалуйста, в покое моих кошек, — беззлобно огрызнулся я. — Между прочим, попсовые песенки приносят мне хорошие деньги, на которые я могу жить, ни в чем себе не отказывая. И не надо меня женить, ладно? Я сам как-нибудь это устрою.

— Я все-таки настойчиво рекомендую тебе присмотреться к Кате, — мама сменила тон с трагического на заговорщический. — По-моему, она очень достойная девушка.

Я легко подхватил спасательный круг, брошенный мамой, но поплыл на нем совсем в другую сторону.

— Кстати, о Кате. Что-то папы долго нет. Может, она у него интервью берет?

— Вполне возможно. Во всяком случае, такая мысль у нее была. Вернер обещал уделить ей пять минут сразу после спектакля, прямо за кулисами, наверное, она и папу там перехватила.

Окно гримерки выходило во внутренний двор. Я смотрел на высокие и пока еще белые сугробы, освещенные фонарями, и думал о том, что если и завтра будет так же холодно, как сегодня, то придется лезть на антресоли за теплыми ботинками. И доставать из шкафа зимнюю куртку на меху. После минувшей зимы я собирался отдать ее в чистку, но руки все не доходили, казалось, что до следующих холодов еще так далеко... Ан нет, вот они и нагрянули, а куртка... ну, мягко говоря, не совсем стерильная и нуждается в некоторой обработке. А я опять не успел. Это моя вечная беда, я никогда ничего не делаю вовремя, что на работе, что в быту. Всегда сначала откладываю, потом забываю, потом приходится как-то выкручиваться. Вот что мне теперь делать? Сдать завтра куртку в химчистку и еще пару дней помёрзнуть? Или ходить в грязной? Есть еще и третий вариант: пойти в магазин и купить новую одежку. А что, тоже выход! С утра на работу, например, идти в форменной зимней куртке, она теплющая, а днем выкроить часок и доехать до какого-нибудь приличного магазина. Или все-таки использовать этот часок для посещения химчистки? Ну почему я постоянно создаю себе проблемы на ровном месте, а потом ломаю голову над их решением?! Почему я такой урод, а?

Пришел уставший и сияющий папа в окружении небольшой толпы, в составе которой, помимо четы Безрядиных, были папин продюсер, добрейший и супернадежный Николай Львович, костюмер, трое папиных задушевных приятелей и парочка маминых ближайших подруг. Приятели были талисманами отца, он любил, чтобы они сидели в зале по крайней мере на премьерах, это вселяло в него уверенность, что все будет в порядке. Мамины подруги тоже были талисманами, только для мамы. В общем, как я уже говорил, все артисты немножко того, а уж вокалисты — это вообще что-то особенное. В гримерке стало тесно, шумно и празднично. Спустя пару минут подтянулись директор театра и сам его величество Вернер Фрай.

— Он давал интервью? — тихонько спросил я директора, показывая глазами на режиссера.

— Да, прямо за кулисами. Ну и настырная девка! Как она к нему пробилась?

Я лицемерно пожал плечами: дескать, сам не понимаю.

Папа блистал. После спектакля можно расслабиться, голос не подвел, и он шутил, веселился и рассказывал анекдоты, причем делал это просто феерически. Минут через двадцать он снял сценический костюм, но грим смывать не стал, ему всегда нравилось побыть еще немножко в образе, это напоминало ему о хорошо выполненной работе.

Мама стояла рядом с Фраем и выполняла функции переводчика. Она бегло говорила по-немецки, и господину режиссеру скучно не было. Он охотно смеялся над анекдотами, видимо, маме удавалось донести до него наш непередаваемый русский юмор. Мамуля у меня к языкам дюже способная, чего не скажешь о папе, она легко выучила не только немецкий, но и еще несколько языков, в основном тех стран, где папа чаще всего гастролировал, и он без мамы в чужой стране шагу ступить не мог. Я до сих пор не перестаю удивляться тому, как она с такими способностями похоронила себя в роли папиной няньки. Но, впрочем, об этом я уже говорил...

Мне хотелось домой. Во-первых, завтра вставать на работу, и нужно было выспаться как следует, потому что день предстоял обычный, то есть не облегченный, и провести его предстояло, как всегда, на ногах, в беготне и бесконечных разборках с начальством, которое опять станет меня ругать и всячески поносить за то, что у меня такие низкие показатели участия в раскрытии преступлений и что я совершенно не занимаюсь административным сектором, то есть расположенными на моем участке учреждениями и организациями. Во-вторых, я все-таки подмерз, стоя с Катериной на улице, и у меня побаливала голова, заложило нос и першило в горле. Но уйти было никак невозможно, банкет-фуршет после премьеры — это святое, а мое участие в нем — одна из тех традиций, которые нарушались только во время гастролей. Спасибо мамуле, она не требовала, чтобы я бросал все дела, писал рапорт о трехдневном отпуске «по семейным обстоятельствам» и летел куда-нибудь за границу или на другой конец России, чтобы присутствовать на папином спектакле. Если же премьера имела место в Москве или Питере, то только моя смерть могла освободить меня от участия в банкете. Слава богу, пока я еще жив.

Меня спасли Безрядины. Светка, которая знала меня как облупленного, заметила мою кислую физиономию и предложила выйти покурить. При этом имелось в виду, что курить будет она, а я постою рядом и повдыхаю дым. Я радостно схватил свое пальто, предвкушая несколько минут сумрака и тишины где-нибудь на лестничной площадке, и только тут услышал, как надрывается мобильник, который я сунул в карман пальто, уходя в зрительный зал перед самым началом спектакля.

— Игорь, ты еще в театре?

Снова Катерина! Да что ж это такое-то! Вот неугомонная.

— Пока да.

— Ты можешь выйти?

Да она что, с ума сошла? Мы только вчера познакомились, а она уже считает, что я должен бежать по первому ее зову и организовывать ей интервью со звездами. Да, она ночевала у меня, но с учетом современных нравов это мало что означает. Во всяком случае, превращаться в мальчика на побегушках я не намерен.

— Не могу, — сухо отрезал я.

— Выйди, пожалуйста, Игорь, это очень важно.

Голос ее был подозрительно звонким и настойчивым, но в тот момент милиционер во мне крепко спал, я был просто членом семьи, сыном своих родителей, у которых сегодня большое событие. Я ничего не заподозрил и начал раздражаться.

— Катя, извини, но все, что мог, я для тебя сегодня сделал. Давай завтра созвонимся.

— Игорь, здесь убийство...

Спящий милиционер проснулся и открыл глаза. Ну, не совсем, конечно, так, чуть-чуть приоткрыл.

— Это шутка?

— Какая шутка! — Голос ее сорвался, и в нем отчетливо зазвучала злость. — Здесь стреляли, люди в панике.

Через три секунды я понял, что снова бегу вниз по лестнице служебного входа. И снова без пальто. Что-то у меня сегодня с головой не слава богу.

Выскочив на улицу, я пробежал вдоль фасада, завернул за угол и увидел толпу. От толпы исходило густое, как туман в низине, ощущение страха. Я его хорошо знал, оно имело для меня вкус и запах, и эти вкус и запах всегда помогали мне издалека отличить группу по-настоящему дерущихся людей от тех, кто просто шутя толкается и задирается с пьяных глаз, как говорится, «в рамках общения».

Откуда-то из-за машины мне наперерез кинулась Катерина. Я еще успел заметить, что она почему-то в очках, хотя ни накануне вечером, ни сегодня никаких очков я на ней не видел, и что она очень бледная. И это было моим последним на сегодняшний день впечатлением обычного мужика. Через мгновение легкомысленный ухажер, кошковладелец и сын известного певца исчез, и на его месте появился обычный, не очень профессиональный, не особенно удачливый и абсолютно не амбициозный милиционер.

* * *

Через двадцать минут подъехали две милицейские машины с опергруппой и дежурным следователем и почти сразу же следом — «Скорая». К этому времени я успел сделать кое-что полезное, например, отделил от толпы и собрал в кучку людей, которые могли внятно рассказать, что произошло. Кроме того, я установил имена пострадавших и составил более или менее четкую картинку.

Когда закончился спектакль и первые зрители показались в дверях, из припаркованной возле театра машины марки «Ауди» вышел мужчина по имени Николай Кузнецов и встал так, чтобы видеть выход. Через некоторое время в дверях показалась Алла Сороченко, молодая красивая женщина в дорогом пальто, отделанном мехом шиншиллы. Кузнецов двинулся по направлению к ней, и в тот момент, когда он был уже совсем рядом, раздался первый выстрел. Сороченко стала падать, Кузнецов подхватил ее и закрыл собой. Вторая пуля попала ему в спину, судя по розовой пене, выступившей на губах, — прямо в легкое. Третий выстрел — в затылок. Убийца, кто бы он ни был, отличался завидным хладнокровием: суметь сделать три достаточно точных попадания в людей, двигающихся в толпе, да не в упор, а с расстояния как минимум метров в двадцать, — это дорогого стоит. Народ, естественно, завизжал, засуетился и запаниковал, по сторонам никто не глядел, и уж совсем понятно, что за убийцей никто не кинулся. Он спокойно сел в машину и уехал. Просто невероятное везенье, что мне удалось зацепить в толпе двух человек, которые видели стрелявшего. Вернее, они не видели, как он стрелял, но заметили человека, садившегося с винтовкой в руках в грязный черный «Сааб», который рванул с места и моментально скрылся. О номерах машины в такой ситуации и речи не было, а описание человека с винтовкой оказалось таким, что можно хоть сейчас пол-Москвы арестовывать. Темная куртка, на голове вязаная шапочка, лица не разглядели.

Еще три человека, которых я определил в потенциальные свидетели, были водителями, ожидавшими своих хозяев в машинах возле театра. Они видели убитого Кузнецова, он тоже сидел в машине и ждал, когда закончится спектакль. Дважды выходил из машины, один раз ходил за сигаретами в ближайший киоск, второй раз подходил к какому-то парню, шатавшемуся поблизости, о чем-то с ним поговорил, после чего парень вроде бы исчез, но, может, и не исчез, свидетель особо не присматривался. Более подробно я расспрашивать не стал, приедут оперативники и сами все нужные вопросы зададут. Я и без того за двадцать минут успел немало, я даже сделал то, что не пришло бы в голову сделать человеку, незнакомому с миром театра: позвонил директору театра и строго попросил объявить по громкой связи, чтобы ни один артист, занятый в только что окончившемся спектакле, не покидал здание. И вообще, здесь не мой участок и даже не мой округ, за самодеятельность могут так по шее надавать, что мало не покажется.

В приехавшей группе оказались следователь, два сыщика, судебный медик и эксперт-криминалист. Ни одного знакомого лица, что, впрочем, неудивительно, округ-то не мой. Я почувствовал себя на редкость неуютно и даже как-то глупо. Вот сейчас надо подойти, представиться, объяснить, кто я такой и почему тут командовал до приезда милиции, отчитаться о том, что сделано. И почему я должен перед ними отчитываться? Они мне кто? Начальники, что ли? Видал я их... Я даже не опер, я рядовой участковый.

Меня посетила мужественная мысль уйти в тину. Просто скрыться. Свалить отсюда, одним словом. Никому ничего не говорить, предупредить стоящих поодаль свидетелей, чтобы подошли к оперативникам сами и все рассказали. А установить личность потерпевших приехавшие и сами смогут, не глупее меня, надо думать, пошарят по карманам, откроют сумочку мадам Сороченко, найдут паспорт, обнаружат документы в кармане у Кузнецова, короче, сделают все то же самое, что и я. На мгновение представив, как я сейчас подойду к сыщикам и следователю, весь такой при смокинге и бабочке, благоухающий туалетной водой от Версаче, и начну докладывать о работе, проведенной на месте происшествия, мне стало тошно до рвоты. Не надо быть ясновидящим, чтобы представить себе, что они обо мне подумают, как начнут со мной разговаривать и куда пошлют.

Я тяжело вздохнул и направился к прибывшим. А ведь как хорошо день начинался! Катя, коты, дневники, пара новых набросков для будущей книги, роскошный папин баритон в обрамлении красивой музыки...

— Добрый вечер, — обреченно пробормотал я, подходя к самому на вид незлобному члену дежурной группы. — Капитан Дорошин, участковый, правда, не местный. Если вам нужны лишние руки, то я готов.

Как я и предполагал, взгляд, которым окинул меня молоденький коротко стриженный оперативник, был отнюдь не эталоном дружелюбия. Участковый в смокинге возле оперного театра. Обхохочешься.

— Вы свидетель?

— Нет, — честно признался я. — В момент совершения преступления я находился в здании. Но пока вас ждали, я нашел несколько человек, которые могут быть свидетелями, вон они стоят, я попросил их не уходить.

— А кто вас сюда вызвал? — Оперативник не скрывал подозрительности.

— Никто, — я пожал плечами, — я был на спектакле.

— И собрались идти домой без пальто? — насмешливо спросил он.

Глазастый. Сообразил, что я раздет.

— Мне позвонили с улицы, когда я был еще в здании, и я вышел. Бежал бегом, одеться не успел.

— Кто позвонил?

— Знакомая. Она уже была здесь, у выхода. Она знает, что я работник милиции, поэтому и позвонила.

— Ясно. Что еще можете сообщить?

Я добросовестно сообщил все, что мог. Когда дошел до просьбы всем участникам спектакля задержаться в театре, сыщик посмотрел на меня с недоумением. Между прочим, манеры у него те еще, отчета требует, а сам даже не представился.

— Понимаете, сегодня премьера, — стал объяснять я, — а на премьере в зале обычно бывает очень мало случайных людей. Основная масса зрителей — чьи-то гости. Вот я и подумал, что если потерпевшую пригласил кто-то из артистов, то можно попробовать прямо сейчас это установить, и мы получим... то есть вы получите дополнительного свидетеля, который знает убитую и может пролить свет на причины убийства. Ведь убить хотели именно ее, это ясно. Первый выстрел был в женщину, и только потом пули попали в Кузнецова, который закрывал ее собой. Но если вы считаете, что это лишнее, я позвоню директору театра, и он отпустит всех по домам. Вам решать. Я только хотел помочь.

Оперативник помолчал несколько секунд, потом скупо улыбнулся и протянул мне руку. Наконец-то дозрел до знакомства. Снизошел. Ну что ж, так всегда было, уголовный розыск — белая кость, а все остальные-прочие — так, шелупонь, подсобные рабочие.

— Иван, — назвал он свое имя, потом добавил: — Хвыля. А ты?

— Игорь. Удостоверение показать?

— Не надо, и так все ясно. Сейчас еще ребята подъедут, но ты все равно останься, помоги, если время есть. Как, ты сказал, твоя фамилия?

— Дорошин.

Он молча перевел глаза на афишу у меня за спиной, и я внутренне поморщился. Ну вот, сейчас начнется. Папино имя набрано на афише аршинными буквами. Звезда мировой оперной сцены Владимир Дорошин в опере Дж. Верди «Трубадур». Черт бы взял эту папину мировую славу. Вещь, конечно, хорошая, но иногда бывает так некстати...

— Родственник, что ли?

— Сын, — коротко пояснил я, не вдаваясь в детали.

— То-то я смотрю, ты в смокинге, — усмехнулся Иван. — Значит, всю эту тусовку знаешь?

— Немножко. Лично мало с кем знаком, зато могу разобраться, что к чему. И здание театра хорошо знаю, могу дорогу показывать.

Мне не удалось скрыть сарказм, и Ивану это, похоже, не очень понравилось. Едва потеплевший голос снова стал сухим и холодным.

— Подожди меня пару минут, я сейчас со следователем переговорю, и пойдем.

— Куда?

— В театр, артистов опрашивать. Насчет приглашенных — мысль хорошая, я бы не допер.

Едва я остался один, появилась Катя. Интересно, где она все время пряталась? Словно из темноты материализовалась.

— Игорь, ты должен мне помочь. Я хочу сделать материал с места событий. Поговори с кем-нибудь из оперов, пусть скажут несколько слов на камеру. Трупы мы уже отсняли, так что картинка есть, даже пару интервью со зрителями сделали, но мне нужны официальные лица. Желательно в форме.

Во шустрая! Не девка, а механический веник. Наш пострел везде поспел. Краем глаза я наблюдал за местом, где лежали Алла Сороченко и Николай Кузнецов. Врачи из «Скорой» уже отошли от них, из чего становилось ясно, что помочь им невозможно, и теперь над телами склонился судебно-медицинский эксперт. Мужчина лежал на женщине, почти полностью накрывая ее, и они казались влюбленной парой, застигнутой непонятно откуда взявшейся смертью. Мне стало грустно, и одновременно пришло облегчение, ведь я подходил к ним сразу после убийства, искал документы, и уже в тот момент был уверен, что оба мертвы, покойников я, сами понимаете, навидался за годы работы, и человека без сознания как-нибудь могу отличить от человека без жизни, но все-таки грызло беспокойство: а вдруг я ошибся, и можно было еще что-то сделать, оказать помощь, спасти, а я ничего не предпринял. Но никакой ошибки не было.

— Насколько я знаю, на том канале, для которого ты делаешь репортаж о премьере, криминальные новости не идут, — заметил я.

— Это само собой, — согласилась Катя. — Но мое основное место работы на другом канале, я же тебе говорила. Я уже позвонила туда, договорилась, они обещали заплатить оператору, если он поможет мне сделать материал. Ну Игорек, ну что тебе стоит?

— Кать, я ни с кем из них не знаком, я не могу их ни о чем просить.

— Ну почему? Ты же их коллега, тоже милиционер. Они тебя послушают.

— Катя, люди работают, неужели ты не понимаешь? Это же не разграбленный ларек, это два трупа, два мертвых человека. Сейчас надо место происшествия осматривать, очевидцев искать и опрашивать, протокол составлять, работы выше головы, а ты с глупостями лезешь.

— Но я тоже работаю! — возмутилась она. — Думаешь, для меня большое удовольствие трупы снимать?

— Ага, новости — ваша профессия, — поддакнул я. — Катя, я никого не буду ни о чем просить. Если тебе надо, иди сама и договаривайся.

— Я уже пробовала, — понуро призналась она.

— И как?

— Послали.

— Грубо?

— Да нет, не очень. Скорее даже вежливо. Но твердо.

— Вот видишь, я был прав, им не до тебя. Для таких случаев в каждом управлении есть пресс-служба, они и дают всякие комментарии.

— Но с пресс-службой же договариваться надо! — в отчаянии воскликнула Катя. — А у меня горящий материал! Это же такая редкая удача — оказаться с камерой на месте происшествия как раз в момент убийства! Ты что, не понимаешь?

— Да понимаю я. Но ты сама подумай своей головой, ну что сыщики тебе могут сейчас сказать? Они только что приехали, они даже толком не знают еще, что здесь случилось. Какие слова ты хочешь от них услышать? Мол, приехали по вызову на двойное убийство и сами пока не поняли, что к чему? Этого ты хочешь? Даже я на данный момент знаю больше их.

— Ну давай я у тебя возьму интервью, а, Игорь?

— Я же не в форме, — хмыкнул я.

— Ничего, это даже еще круче: милиционер в смокинге, — возбужденно заговорила Катерина. — Все равно титр даем, место работы и должность указываем. А по картинке будет хорошо!

— Катя, отстань.

— Ну почему?

— Потому что твой материал пройдет в эфире, и через полчаса о нем все забудут, а мне еще работать и работать. У меня, знаешь ли, начальники есть, и все они смотрят телевизор, и далеко не у всех хороший характер и нормальная психика. Какому начальнику понравится, когда их подчиненный дает интервью по чужому преступлению, да еще без их разрешения, но зато в смокинге? И думать забудь.

Я увидел, как сквозь заметно поредевшую толпу пробирается ко мне Иван Хвыля.

— Все, Катюша, закрываем дебаты, мне надо идти.

Она тут же сделала стойку.

— Куда?

Да, напора ей не занимать. Далеко пойдет. И в старости я буду рассказывать внукам, как однажды провел ночь со знаменитой журналисткой Екатериной Кибальчич, которая в те времена была совсем молоденькой, очень хорошенькой, но мало кому известной... И было это в то самое время, когда их знаменитый прадедушка пел в «Трубадуре» в постановке знаменитого Вернера Фрая. Мои внуки будут расти под сенью сплошных знаменитостей.

Катя перехватила мой взгляд и ринулась к Ивану.

— Екатерина Кибальчич, программа «Город», — быстро заговорила она. — Вы могли бы дать короткий комментарий к случившемуся? Всего несколько слов для наших телезрителей.

Иван растерялся. Молодой еще.

— Да что тут комментировать? Сами пока ничего не знаем.

Я молча схватил его за руку и потащил к служебному входу. Пока я шнырял в толпе, выискивая свидетелей, холод как-то не ощущался, но теперь я почувствовал, что замерз окончательно, бесповоротно и на всю оставшуюся жизнь. Я уже никогда не отогреюсь и до гробовой доски буду идти рука об руку с насморком, имеющим в среде специалистов благородное название «острый ринит». Он даже не станет хроническим, он так и будет острым до самого конца. Возможно, третьим в нашей теплой компании станет острый бронхит. На троих-то оно веселее.

На вахте сидели бравый дядя-охранник с выправкой бывшего военного и обожаемая мною старенькая, но полная сил, энергии и любознательности тетя Зоя, которая работала на этом самом месте, когда я был еще ребенком, то есть в те давние-давние времена, когда звери еще говорили, а вахтерами служили женщины и старики. Тетя Зоя была папиной поклонницей, поэтому меня любила, баловала и всегда угощала пирожными, которые покупала специально для меня в театральном буфете. Да, были, были такие времена, когда в магазинах пирожных могло и не оказаться, а вот в театральных буфетах они были всегда, как и бутерброды с дефицитной красной и белой рыбой.

Увидев меня, тетя Зоя всплеснула руками.

— Игоречек, что же это делается? Там что, правда кого-то убили? Я смотрю, никто из артистов не выходит, Дмитрий Евгеньевич по радио объявил, чтобы никто не покидал здание, я тут сижу, сижу, ничего не знаю, никто ничего не говорит, просто ужас какой-то! — затараторила она. — Твоя мама два раза спускалась, спрашивала, не возвращался ли ты, она тебе все время звонит на мобильник, а ты не отвечаешь. Все так волнуются, никто ничего не понимает, мне велено никого не выпускать...

— Тетя Зоя, там действительно произошло несчастье, застрелили двух человек, поэтому вас просят помочь милиции и обеспечить присутствие в театре всех возможных свидетелей. Вы уж постарайтесь, не подведите, ладно?

— Так какие же могут быть свидетели, если все артисты здесь, в театре, а убили на улице? — неподдельно удивилась старая вахтерша. — Никто ведь не выходил еще, никто ничего и не видел.

— Так надо, тетя Зоя, — умиротворяюще улыбнулся я, продвигаясь к лестнице, ведущей наверх, к гримуборным. — Милиции виднее. Это они так распорядились.

— Я смотрю, ты здесь свой, — ухмыльнулся Иван, когда мы миновали один пролет.

Было в этих словах что-то презрительное, а может, мне просто так показалось, но тем не менее стало обидно. Участковый-театрал. Нелепо, наверное. До сегодняшнего дня эта мысль мне в голову не приходила. И до сегодняшнего дня мне не приходилось стесняться своей пусть и косвенной, но причастности к этому миру сцены и кулис. Что ж, как говорится, все когда-то случается в первый раз.

— Так вышло, — коротко ответил я, не вдаваясь в пространные объяснения. Весь сегодняшний ресурс длинных реплик был уже израсходован на мамулю во время ее панических телефонных звонков.

— Тогда подскажи, с кого лучше начать, — попросил Иван.

Впрочем, просьбой его слова можно было считать чисто условно, они куда больше напоминали требование, если вообще не приказ. Ну да, все правильно, на месте происшествия главный — следователь, ему подчиняются оперативники, а все прочие милицейские деятели у них на побегушках.

— Я бы посоветовал начать с хора, они все одеваются в одной большой уборной, разделенной пополам, справа мужчины, слева женщины. Зайдешь, задашь вопрос, получишь ответ — и половина свидетелей, считай, опрошена. Если согласен, иди к хористам, вон та дверь в конце коридора, видишь? А я пойду по солистам. Они люди капризные, нервные, их нужно побыстрее отпустить.

Иван молча кивнул и направился в конец длинного коридора, а я быстро пошел к папиной гримерке. Едва я открыл дверь, на меня обрушился шквал вопросов, задаваемых разными голосами и с разной интонацией:

— Игорь, что случилось?

— В чем дело?

— Да что происходит, черт возьми?

— Игорь, почему нас не выпускают?

Народу в комнате заметно прибавилось, вероятно, сообщение директора театра Дмитрия Евгеньевича заставило людей собираться в группы и обмениваться информацией, которой ни у кого, по сути, не было. Но инстинкт утоления информационного голода, как известно, один из самых сильных, бороться с ним очень трудно, и в подобной ситуации, когда происходит что-то непонятное, люди, вполне естественно, ищут общения с теми, с кем можно поговорить и пообсуждать проблему. Помимо моих родителей, их друзей, заезжего режиссера и папиного продюсера, я обнаружил в просторной уборной дирижера, а также двух вокалистов: баса, исполнявшего партию Рюица (с ним папа когда-то учился в консерватории), и меццо-сопрано, певшую Азучену, с которой этого баса, по маминым уверениям, связывали весьма романтические отношения. Был здесь и сам директор театра, решивший, видимо, не оставлять двух своих почетных гостей, папу и Вернера Фрая, в столь сложный момент.

Но первой ко мне, само собой, бросилась мама.

— Игорь, в чем дело? Почему ты не отвечаешь на звонки? — требовательно спросила она, глядя на меня тревожными глазами.

Я крепко обнял ее, поцеловал в щеку.

— Извини. Господа! — Я повысил голос, чтобы перекричать испуганных и взволнованных людей. — Случилось несчастье, возле театра убиты два человека, мужчина и женщина. Женщина была на спектакле, мужчина ее встречал. У меня только один вопрос, я сейчас его задам, вы мне быстренько ответите и можете быть свободными. Кому-нибудь из вас знакомо имя Аллы Сороченко? Или Николая Кузнецова?

Как писал кто-то из классиков, «молчание было ему ответом». Я переводил взгляд с одного лица на другое, но, кроме ужаса и растерянности, не видел ничего. Артисты — натуры тонкие, их поклонники, как правило, тоже, и сообщение о чьей-то смерти, тем паче на пороге святая святых — театра, может надолго выбить их из колеи.

— Повторяю еще раз: кто-нибудь знает Аллу Сороченко или Николая Кузнецова? Господа, это премьера, мы все понимаем, что больше половины зрителей — гости участников спектакля, из оставшейся половины три четверти — люди, причастные к искусству, театроведы, критики, музыканты. Среди зрителей на премьере трудно найти человека, которого не знал бы хоть кто-нибудь из артистов, персонала или дирекции. Я задаю свой вопрос не потому, что милиция подозревает кого-то из вас, а только лишь потому, что нужно постараться собрать хоть какие-то первоначальные сведения об убитых, чтобы наметить направления поисков преступника. Тот же самый вопрос я буду задавать по очереди всем артистам и музыкантам оркестра, а потом всем остальным работникам театра, включая костюмеров и гримеров, сотрудников бутафорского цеха и рабочих сцены. Мне нужно найти человека, который пригласил убитую Аллу Сороченко на спектакль, не более того. Или, что тоже возможно, кто-то пригласил Николая Кузнецова, а он отдал свой билет Сороченко, потому что не мог или не хотел идти на спектакль.

Я зря старался, пытаясь быть красноречивым и внятным. Мини-толпа в гримерке заволновалась еще больше, и вместо того, чтобы отвечать мне на мой вопрос, присутствующие начали громко обсуждать проблему между собой. Понадобилось несколько минут, чтобы навести в этом гвалте относительный порядок и получить окончательный ответ: нет. Никто из находящихся в данной комнате не приглашал на спектакль ни Аллу Сороченко, ни Николая Кузнецова, и имен таких они сроду не слыхали, и людей таких они знать не знают. Единственным, кто сохранил остатки чувства юмора, оказался папин продюсер Николай Львович, который к своему твердому «нет» добавил:

— Правда, в Великую Отечественную был такой знаменитый разведчик, Николай Кузнецов. А еще есть Анатолий Кузнецов и Юрий Кузнецов, они в кино снимаются. Больше я людей с такой фамилией не знаю.

Шутка получилась плоской, но и ее хватило, чтобы люди хоть чуть-чуть расслабились. Вместо того чтобы обсуждать личность убитых, все тут же переключились на бурный обмен мнениями о «Белом солнце пустыни», где главную роль сыграл Анатолий Кузнецов, и сериале «Менты», где играет Кузнецов Юрий. Ну артисты... Одно слово: артисты!

Я вежливо попрощался и собрался было идти дальше, на мне оставались еще тенор Манрико, сопрано Леонора и меццо Инес, но мама снова оказалась рядом и схватила меня за руку:

— Егорушка, ты должен остаться на минутку, папа хочет с тобой поговорить.

— Он знает кого-то из погибших? — обрадовался я неожиданной удаче.

— Нет, не в этом дело. Он хочет что-то тебе сказать. Подожди, сейчас все выйдут, и вы поговорите.

— Мамуль, мне нужно работать, опрашивать людей. Давай мы с ним попозже поговорим, ладно?

— Егор, но папа просит! — возмущенно зашептала она.

Я оглянулся в надежде увидеть «папу, который просит». Хотел бы я посмотреть на это зрелище. Папа в мою сторону не смотрел, он целовал ручку маминой подруге, и, судя по выражению их лиц, они договаривались увидеться на банкете. Остальные члены высокого собрания торопливо просачивались в коридор, обрадованные разрешением покинуть здание. У меня возникло небезосновательное подозрение, что мамуля успела провести подготовительную работу к освобождению плацдарма для задушевного разговора отца с сыном, уж больно организованно и споро пустело помещение гримуборной.

— Мама, я сейчас займусь делом, а когда освобожусь, приеду в ресторан, хорошо? — решительно заявил я. — Произошло убийство, это вещь серьезная и не терпит промедления.

— А разговор с папой — это что, несерьезно, по-твоему?

— В данной ситуации это серьезно только в одном случае: если он знает что-нибудь об убийстве. Если нет, то все остальное вполне может подождать до банкета, а то и до завтра. Он что-нибудь знает? — строго спросил я.

— Нет, но...

— Тогда я пошел. Передай папе мои извинения.

Я слишком долго разбирался с мамулей и потерял время. Все успели выйти, остались только мои родители.

— Егор, подойди сюда! — властно скомандовал папа.

Спектакль был позади, на сегодняшний день связки можно было больше не беречь, и мне посчастливилось услышать все богатство модуляций и красок знаменитого баритона.

— Пап, давай потом, а? — жалко пробормотал я. —

Время поджимает, люди не могут уйти, пока милиция им не разрешит, и, чтобы их отпустить, нужно их сперва опросить.

— Так ты что, всерьез собрался ходить по театру и задавать свои чудовищные вопросы?

Я оторопел. С каких это пор подобного рода вопросы стали считаться чудовищными? Идет обычная работа, первоначальный сбор информации по делу об убийстве, и ничего чудовищного в этом сроду не было.

— Да, собрался, — спокойно ответил я, даже не подозревая, какая буря вот-вот готова обрушиться на мою несчастную голову. — А в чем дело?

— Ты не посмеешь, — категорично заявил отец. — Я запрещаю тебе этим заниматься.

Вот это фокус! Чего-чего, а уж такого я не ожидал. Как это можно запретить работнику милиции заниматься его прямыми обязанностями? Конечно, запретить может начальник, это в порядке вещей, но чтобы родной отец... Чудеса, право слово.

— Папа, я, кажется, чего-то не понимаю...

— Да, ты не понимаешь! — загремел знаменитый «бархатный» баритон. — Ты не понимаешь, что на карту поставлена моя репутация, которую я зарабатывал собственным горбом, а ты собираешься ее разрушить.

— Каким образом? При чем тут твоя репутация?

Мама деликатно отошла в сторонку и уселась на краешек стула, дабы не мешать воспитательному процессу. Интересно, она знала, о чем папа собирался со мной поговорить?

— Ты — никудышный милиционер, ты не профессионал, ты не смог подняться выше какого-то идиотского участкового, ты ничего не знаешь и ничего не умеешь, мне стыдно за тебя! Ты отнял у меня главную радость любого мужчины — право гордиться своим сыном! Но это было мое горе, мое личное горе, и я переживал его в одиночку. А теперь ты хочешь, чтобы все вокруг узнали, какой у меня сын?

Н-да, я оказался прав, этого я действительно не понимал. Неужели я такой тупой?

— Я не понимаю, каким образом моя работа на месте происшествия может тебя скомпрометировать. Что я могу сделать такого, за что тебе потом будет стыдно?

— Да все, все ты сделаешь не так! Ты будешь вести себя как последний дурак, ты будешь задавать людям дурацкие вопросы, ты будешь выглядеть полным идиотом, и все станут надо мной смеяться и говорить: подумать только, какой тупой и никчемный сын у Владимира Дорошина! Как жаль человека, такой достойный артист, такой замечательный певец — и такой неудачный ребенок. Я этого не допущу! Я не допущу, чтобы меня жалели, потому что я не смог вырастить достойного сына. И я не желаю, чтобы ты меня позорил, чтобы люди смеялись над тобой и надо мной. Ты немедленно одеваешься и едешь вместе со всеми в ресторан! И больше к театру на пушечный выстрел не подходишь! Ты меня слышишь?

Впервые в жизни я слышал, чтобы отец так кричал...

Со слухом у меня все в порядке, даже критично настроенная мамуля всегда признавала, что слышу я хорошо. Но, вероятно, у меня не все в порядке с головой, потому что признать правоту отца я не мог. Может, я и вправду тупой? Я бросил взгляд на маму, которая по-прежнему сидела на краешке стула с абсолютно прямой спиной и отсутствующим выражением лица, и я так и не смог понять, разделяет она папины идеи или нет. Всю жизнь она самоустранялась, если папенька начинал меня воспитывать, и я никогда не знал, согласна она с его чувствами и методами или нет. Я знал одно: она слишком сильно любила папу, чтобы подвергать его авторитет сомнению в глазах ребенка, поэтому, что бы он ни говорил или ни делал в отношении меня, мама не вмешивалась. По крайней мере, в моем присутствии. Вероятно, в ее концепцию правильных отношений «отец, мать и сын» вполне вписывалась возможность называть меня тупым и никчемным, во всяком случае, она папу не осекла и защищать меня не кинулась. Забавно. Вот так в экстремальных ситуациях и вылезает наружу истинное мнение о тебе других людей. Не могу сказать, что такое мнение меня порадовало. Да, я всегда знал, что родители считают меня неудачным ребенком, но мне и в голову не приходило, что они при этом считают меня тупым, никчемным неумехой, не сделавшим карьеру из-за плохо устроенных мозгов. Я знал, что им не нравится выбранная мною профессия, что они не одобряют мою работу, но только сейчас я услышал, что я их позорю, что они, оказывается, стесняются меня, как стесняются родственников — алкоголиков или воров. Стыдятся, одним словом. Какой кошмар! Пожалуй, даже Кошмарище.

— Папа, с чего ты взял, что я буду вести себя непрофессионально? С чего ты взял, что я не умею делать свою работу? Откуда у тебя такое мнение? Что ты вообще знаешь о моей работе?

— Я знаю, что ты имеешь дело исключительно с отбросами общества, — безапелляционно заявил он. — Может быть, ты и умеешь разговаривать с бродягами и алкашами, но я не могу допустить, чтобы ты со своими методами совался к приличным людям. Все, Егор, разговор окончен. Ты берешь пальто и уходишь отсюда вместе с нами. И больше ни к кому из артистов и работников театра со своими вопросами не подходишь. Я ясно выразился?

— Вполне, — покладисто ответил я. — Ты очень хорошо излагаешь, и я очень хорошо тебя понял.

— Ну вот и ладно. — Папа слегка сбавил тон и послал в мамину сторону торжествующий взгляд: мол, вот видишь, а ты боялась, что я не смогу его убедить.

Я взял с вешалки свое пальто и пошел к двери.

— Если успею, приеду в ресторан. Не ждите меня.

С этими словами я вышел в коридор и направился в гримерку к тенору. Почему-то в этот момент мне было очень жалко маму.

ВИРТУАЛЬНАЯ ПЕРЕПИСКА

Одалиска — Морю, 27 декабря 2003 года
Дорогая Море!

Не могу и не хочу больше врать тебе и прикидываться благополучной. Ты меня прости за то, что столько времени писала тебе неправду. Я все время говорила, что у меня замечательный муж, и мы живем с ним душа в душу, и я купаюсь в богатстве и ни в чем не нуждаюсь, и вообще я в полном шоколаде. Знаешь, сначала так и было, когда мы поженились, я получила все, о чем мечтала: шубку из песца, шикарный дом, денег не считала. И так было классно! Когда я забеременела, Костик так радовался, и мне казалось, он хочет ребенка не меньше, чем я сама. Короче, все было тип-топчик. А потом постепенно вся эта благость превратилась в клетку, в которой меня заперли. Я даже домой к родителям не могу съездить, Костик не пускает, а сама я не выберусь, тем более с ребенком на руках, здесь же никакого транспорта нет, а на такси нужны деньги, которых у меня нет. Костик дает только на то, на что считает нужным. И маму к себе не могу вызвать, Костя не разрешает: нечего, мол, ей здесь делать. Даже не могу понять, как я пришла к такой жизни. Наверное, все случилось не сразу, не в один момент, а постепенно, но я не замечала, а спохватилась только теперь, когда... Нет, я опять вру. Вру, чтобы ты не обижалась, что я до сих пор писала тебе неправду. Я спохватилась уже давно, года полтора назад, может, поэтому и стала с тобой переписываться и в письмах делать вид, что все отлично. Надо же было как-то справляться... Мне и посоветоваться не с кем, живу здесь как в тюрьме, подружки все дома остались, а новыми обзавестись негде. Вот и получается, что ты, Морюшко, стала моей единственной подругой. Как хорошо, что мы с тобой познакомились в чате и начали переписываться, а то я бы тут с ума сошла от одиночества. Жалко, что я тебя никогда не видела. Может, пришлешь фотку? Хоть посмотрю на тебя. Если хочешь, пошлю тебе свою рожицу.

Ну вот, теперь самое главное. Костик уехал. Ты представляешь? На носу Новый год, у нас билеты куплены в Арабские Эмираты, мы должны были втроем с дочкой завтра улетать на две недели. Дашенька так радовалась, она же совсем маленькая, и для нее пляж и теплое море посреди зимы — настоящее чудо. Мы уже чемоданы почти собрали, а он сегодня утром заявил: извини, но мы никуда не летим, мне нужно срочно уезжать. Постараюсь к Новому году вернуться, но не обещаю. И уехал. Ну, как тебе это нравится? Дашка в рев, я тоже. Разоралась, конечно, требовала, чтобы он объяснил, что это за срочность такая и что за дела вообще, а он молча собрался, сел в машину и уехал. Если до сегодняшнего дня я думала, что он ко мне относится вроде как к наложнице в гареме, то есть как пусть к бесправному, но все-таки живому существу, поэтому я и ник себе придумала — Одалиска, женщина из гарема, то теперь я чувствую, что я для него просто вещь, которой можно попользоваться, когда нужно, и можно сунуть в шкаф и забыть о ней, если нет надобности.

Морюшко, милая моя, посоветуй, как мне быть. Может, пока его нет, продать что-нибудь из вещей и на эти деньги уехать домой? Я имею в виду — насовсем уехать. Бросить его, взять Дашку и вернуться к родителям. Тех денег, что он оставил мне на жизнь, на билеты не хватит, а на продукты он деньги оставляет водителю, который ездит в магазин без меня. Черт, я только теперь начинаю понимать, какая я на самом деле беспомощная. И как я до этого докатилась? Ведь была же нормальной девчонкой, как все.

Ответь мне, Море, посоветуй что-нибудь, ты же такая рассудительная. И пришли фотографию, ладно? Странно, что мне до сих пор не было интересно, как ты выглядишь. Посылаю тебе самую любимую фотографию, на ней мы с Костей и Дашенькой в прошлом году, к нам на его день рождения приезжали Костины друзья. Я на ней такая счастливая!

Целую тебя,

твоя Одалиска.

Море — Одалиске, 29 декабря 2003 года

Милая Одалиска!

Ты меня прямо ошарашила... Прости, что не сразу отвечаю, перед концом года всегда много работы, закрутилась.

Не чувствуй себя виноватой за то, что писала мне неправду. Знаешь, в чем прелесть виртуального общения с незнакомыми людьми? В том, что можно писать чистую, неприкрытую правду и не бояться, что тебя будут совестить и упрекать, ведь с человеком, которому твоя правда не понравится, можно просто перестать общаться. С живыми людьми так не получается, вот и лжем направо и налево, чтобы не испортить отношения или впечатление о себе, ведь с этими людьми нам и дальше нужно как-то существовать. А можно и наоборот, наврать о себе с три короба, сочинить несуществующую жизнь и не бояться, что тебя разоблачат. Соблазн так велик, что очень немногим удается удержаться от него. Так что я тебя не виню, все нормально. Ведь не зря же мы с тобой переписываемся уже столько времени, а до сих пор не знаем настоящих имен, ни ты моего, ни я — твоего. Подписываемся по-прежнему теми же никами, которыми пользовались в чате «Сериалы», где мы с тобой познакомились. Слушай, какой ужас, а? Вот что значит служебная атмосфера, сижу в офисе (у меня сейчас обед, но я на диете, хочу к Новому году сбросить пару килограммов, а то в платье не влезу) и под воздействием обстановки формулирую свои мысли так, словно служебный документ пишу: все подробно, с указанием деталей, как в докладной записке руководству. Можно подумать, ты не помнишь, где мы с тобой познакомились и какими никами подписываемся. Цирк!

Но хорошо, что ты мне сказала правду. Знаешь почему? Ты, кажется, готова натворить глупостей, и мне хотелось бы удержать тебя от опрометчивых шагов. Выбрось из головы немедленно мысль о том, что нужно собрать вещи и уехать с дочкой к родителям. Это полная чушь, и забудь о ней раз и навсегда. Твой муж, насколько я понимаю, зарабатывает более чем прилично, а просто так деньги сегодня никому не платят. За хорошие деньги нужно хорошо и много работать, и если работа требует отложить отпуск — его откладывают, не задумываясь. Так происходит у всех и всегда, поверь мне, я ведь тоже так работаю и уже забыла, когда последний раз по-человечески отдыхала. Обычно такие ситуации возникают именно перед праздниками, особенно если намечаются несколько выходных дней или длинные каникулы. Ты понимаешь, что если вопрос не решить немедленно, то он зависнет уже надолго и всерьез и после праздников может уже решиться совсем не так, как нужно, или не решиться совсем. Тебе просто колоссально повезло, что за все годы вашей совместной жизни с Костей такого не случалось, при нормальном ходе вещей такое происходит два-три раза в год. Только соберешься, закажешь отель, забронируешь билеты, раскидаешь все неотложные дела — и на тебе! Все отменяется, гипс снимают, клиент уезжает. Это первое.

Теперь второе. Он не счел нужным сказать тебе, куда едет и по каким таким срочным делам. А почему он должен был тебе это объяснять? Ты что, полностью в курсе его служебных дел? Ты знаешь имена его начальников и коллег, знаешь, кто из них чем занимается, чем живет-дышит, ты знаешь, что конкретно твой муж делает на работе, какие у него повседневные служебные проблемы и заботы, что у него получается, а что не получается совсем? Если да, тогда действительно странно, что он не объяснил тебе, куда и зачем уезжает. Но если нет, то твои претензии, милая моя Одалисочка, совершенно необоснованны. Это ему нужно было бы взять отгул, сесть рядом с тобой на целый день и подробно объяснять, что и как он делает и почему нужно срочно сделать то-то и то-то, иначе наступят такие-то и такие-то неблагоприятные последствия. А у него, насколько я поняла из твоего письма, времени было в обрез. И то мои слова справедливы только в том случае, если у вас вообще принято все обсуждать и объяснять. А у вас, судя по твоим письмам, это совсем не принято. Твой Костя и раньше с тобой служебными проблемами не делился, поэтому ему и сейчас не пришло в голову это сделать. Не вздумай на него за это сердиться, такой порядок существовал много лет, и, если ты не бунтовала, у твоего мужа были все основания считать, что тебя это устраивает. Он не мог и не должен был предвидеть, что именно сегодня тебя это не устроит. Это второе.

Да, тебя не устраивает та ситуация, в которой ты оказалась. И что? Ты хочешь перевалить свою проблему на родителей, которые живут отнюдь не в таком достатке, как ты сейчас? Кстати, твой Константин разрешает тебе посылать им деньги? Ты никогда об этом не упоминала. Но в любом случае ты собираешься свалиться на них с ребенком. И на что вы будете жить? Ты родом из далекого маленького городка, рабочих мест там наверняка не в избытке, а дефицитной профессии у тебя в руках нет. Ты что же, полагаешь, что мама с папой обязаны кормить тебя и твоего ребенка? Нет, они, конечно же, не откажут и не выгонят тебя, они тебя очень любят и будут рады тебя видеть, я в этом уверена, но тебе самой-то не будет стыдно? Это третье.

Одалиска, немедленно возьми себя в руки и прекрати истерику, слышишь? Твой муж из кожи вон лезет, чтобы обеспечить тебе и вашей дочке достойный уровень существования, чтобы у тебя был просторный красивый дом, чтобы у Дашеньки были самые лучшие игрушки, чтобы вы могли посреди зимы увидеть пляж и теплое море. Господи, я так люблю море, я готова часами из него не вылезать, когда попадаю на юг, а уж теплое море зимой — это вообще что-то, мне пока ни разу не удалось это пережить, но я точно знаю, что у меня все получится, пусть не сейчас и даже не через год, но все равно получится. Я смотрю на фотографию, которую ты мне прислала, и радуюсь, что у тебя все так здорово! Симпатичный муж, очаровательная девочка, а сама ты просто красавица — глаз не оторвать! И участок у вас приличный, соток тридцать, наверное, да? Там на фотографии видны сосны и даже пара елочек, и я готова голову дать на отсечение, что по деревьям хоть одна белочка да бегает. Ты даже не понимаешь, как у тебя все хорошо. И брось дурью маяться. Костя любит тебя и ребенка, старается для вас, а отпуск — ну что ж, не сейчас, так в другой раз съездите, ты же не последнюю неделю на свете живешь. Кстати, ты елку-то нарядила или забыла, ударившись в рев? Ты только подумай, как это замечательно: иметь возможность нарядить елку на собственном участке, на улице, когда кругом лежит настоящий снег, а не вата. Придумай что-нибудь веселое на Новый год, чтобы Даше было не скучно, разведите костер перед домом, пожарьте шашлычки, попрыгайте вокруг нарядной елки, забудьте все обиды и постарайтесь чувствовать себя счастливыми.

Одалисочка, родная моя, я понимаю, что не такого письма ты от меня ждала. Тебе нужны были от меня слезы и сопли, причитания по поводу того, какой твой Костик негодяй и какая ты несчастная. Знаешь, я не намного старше тебя, если судить по твоей фотографии, и жизненного опыта у меня, наверное, тоже не сильно больше, поэтому я не берусь учить тебя жизни. Но я — финансовый аналитик, работаю в банке, ты это знаешь, и я привыкла все раскладывать по полочкам, прежде чем начинать переживать, и думать о последствиях, прежде чем что-то делать. Если тебе нужна моя помощь, то я ее тебе оказываю. Если тебе нужны причитания, то извини, милая, но это только после праздников, когда я расслаблюсь, рассироплюсь, пущу пузыри, пролежав три дня на диване и просмотрев подряд несколько сериалов, и буду способна на чисто бабское восприятие мира. Между прочим, я запаслась к праздникам несколькими сериалами на кассетах, которые не смогла посмотреть по телевизору. Ты мне о них писала, и вот теперь я их посмотрю сама и тогда буду обсуждать их с тобой со знанием дела.

Свою фотографию пока не посылаю. Знаешь, я что-то закомплексовала, ты такая красивая, оказывается... Гляжу на свои снимки и понимаю, что рядом с тобой буду выглядеть совсем-совсем не фонтанно. У меня внешность самая рядовая, ничего особенного, но мне почему-то хочется тебе понравиться, поэтому в праздники, когда будет свободное время, пороюсь дома в поисках самой приличной фотографии. Ну вот, а я-то считала, что в рабочей запарке из меня ушло все бабское. Оказывается, кое-что еще осталось.

Все, зайка моя, бегу, дела. Целую тебя крепко, не вешай нос и как следует подумай над тем, что я сказала.

Море.

Одалиска — Морю, 31 декабря 2003 года

Милая Море!

С Новым годом тебя! Спасибо тебе за письмо. Я даже не ожидала, что можно так относиться к тому, что со мной случилось. У меня голова как-то не так устроена, как у тебя, и мысли складываются совсем другие. Ты очень умная, Морюшко моя дорогая. И какая бы ни была у тебя внешность, ты для меня всегда будешь самой-самой красивой на свете.

Костик пока не вернулся, и я чувствую, что новогоднюю ночь буду коротать вдвоем с Дашкой. Хоть бы позвонил, урод!

Желаю тебе счастья и спокойных выходных. Когда часы будут бить полночь, я представлю себе, что ты рядом со мной, и буду чокаться с тобой шампанским.

Твоя Одалиска.

Море — Одалиске, 31 декабря 2003 года

Одалисочка!

И тебя с Новым годом! Оставь все черные мысли в старом году, перестань сердиться на Константина и с радостью смотри в будущее. У тебя есть все, чтобы быть счастливой, так будь ею! Это и мое пожелание к Новому году, и приказ подруги. И когда часы будут бить двенадцать, думай не обо мне, а о муже, и представляй себе, что он рядом, и мысленно чокайся с ним, и пожелай ему удачи и радости. Ему там несладко в новогоднюю ночь, в чужом месте, среди чужих людей, ему одиноко, он скучает по тебе и по Дашеньке, так посочувствуй ему и окажи моральную поддержку. Думай о нем с нежностью и любовью, и он обязательно это почувствует. Еще раз с Новым годом!

Море.

Одалиска — Морю, 3 января 2004 года

Море, привет!

Костя сегодня приехал. Такой виноватый, прямо ужас, смотреть больно. Он очень расстроен, что оставил нас на Новый год одних, приволок кучу подарков мне и Дашуне. Говорит, что очень хотел вернуться, и в принципе должен был вернуться, днем 31 декабря он уже сидел в аэропорту, ждал посадки на рейс и был уверен, что при всех пересадках успеет домой к полуночи. Но из-за погодных условий аэропорт, где он сидел, не выпускал и не принимал ни одного рейса. И якобы наш аэропорт тоже не принимал. И так двое суток. В результате он перестал ждать, сдал билет и поехал на поезде. Не знаю, Море, верить ему или нет. И хочется верить, и в то же время дурацкая какая-то ситуация, прямо как в наших с тобой любимых сериалах. Мне все-таки кажется, что он врет. Знаешь почему? Я случайно подслушала, как он по телефону кому-то рассказывал: «Сука, денег не взяла, морду воротит, будто она аристократка гребаная, а сама живет как нищая, меня выгнала, даже разговаривать не стала». Ты представляешь? Он ездил не по работе, а к какой-то женщине, наверное, к своей любовнице, с которой он недавно поссорился и решил перед Новым годом помириться. Поперся на край света, повез ей подарок, а она его выгнала и мириться не стала, поэтому он и вернулся такой расстроенный. То есть не потому расстроенный, что не успел к нам на Новый год, а потому, что она ему дала от ворот поворот. Море, он мне изменяет. Господи, что мне делать? В голове каша какая-то, сумбур, то мне кажется, что я хочу ему поверить и разговоры об этой женщине действительно не связаны с его изменой, то я чувствую, что совсем не верю ему. Он все врет про самолеты и про то, что хотел встретить Новый год дома, он с самого начала знал, что будет встречать праздник с ней, с этой сучкой.

Что делать, Моречко?

Одалиска.

Море — Одалиске, 4 января 2004 года

Здравствуй, Одалиска!

Приходится повторяться: возьми себя в руки и не паникуй раньше времени. Я понимаю, что если ты подслушала его слова о женщине, то трудно уверять себя, будто речь шла о мужчине. Давай будем исходить из того, что Константин действительно говорил о какой-то женщине. Варианта у нас с тобой три. Первый: это и в самом деле его любовница. Второй: это его давняя знакомая, отношения с которой давно перестали быть романтическими, и он тебе с ней не изменяет, во всяком случае сейчас. И третье: это какое-то служебное дело. Может быть, ей нужно было просто сунуть взятку, чтобы решить вопрос, а она ее не взяла. Как видишь, оснований для ревности у тебя всего-навсего 33 с небольшим процента. А 33 — это все-таки не 100.

Но если появляются сомнения, то их надо рассеивать по мере возможности. У меня, например, есть возможность узнать насчет задержанных рейсов. Если ты мне скажешь, куда он летал, то я все выясню. Хочешь?

Целую тебя,

Море.

Одалиска — Морю, 4 января 2004 года

Моречко, роднуся моя, я понятия не имею, в какой город он летал и вообще в какую сторону. Но вылетал он из нашего областного центра, других аэропортов у нас поблизости просто нет. А вернулся поездом. По крайней мере, он так говорит. Я уже не знаю, верить ему или нет.

Твоя Одалиска.

Море — Одалиске, 5 января 2004 года

Одалиска, можешь не волноваться и спать спокойно. Я все узнала. 30 и 31 декабря вплоть до середины дня 1 января аэропорт в вашем областном центре не принял ни одного рейса, там был страшный туман и нулевая видимость, самолет посадить невозможно. Так что твой Костик тебя не обманывает. Правда, здорово? Вздохни с облегчением и радуйся жизни.

Зайка моя, ты все еще вся в переживаниях или уже можешь обсуждать самое насущное: наши с тобой любимые сериалы? Я тут за праздники насмотрелась до одури, каждый день по 10—12 серий, зато душой отдохнула и от рабочих проблем отвлеклась. Хочу поболтать с тобой о «Трех жизнях», обменяться впечатлениями. Хотя ты, наверное, многое подзабыла, ведь ты же смотришь фильмы тогда, когда их показывают по телику, а это было, кажется, весной или даже прошлой зимой. А я вот только сейчас удосужилась. Ты как, готова? У меня впереди еще два выходных дня, до Рождества, и есть время, чтобы писать подробно и не спеша. А потом снова начнется работа.

Целую, моя хорошая,

Море.

ХАН

Ему все время было больно. Вот уже три месяца он живет с этой болью, а она все не утихает, наоборот, с каждым днем делается все острее и невыносимее, потому что каждый новый день приносит новые мысли, новые мысли порождают новые страхи, а новые страхи рождают новую боль. И ничего он с этим сделать не может. Некоторое облегчение наступает лишь ночью, когда он просыпается и слышит рядом дыхание жены, протягивает руку, касается ее плеча или волос и знает: она здесь. А утром все начинается сначала. Хан уходит на работу и до самого вечера, пока Оксана не вернется домой, терзается своими страхами. Где она сейчас? Что делает? Сидит в своей конторе или встреча-ется с ним, с Аркадием, бывшим мужем, отцом Мишки?

Уже конец рабочего дня, минут через двадцать, ес-ли ничего срочного не случится, можно запирать ка-бинет и идти домой, но Хан сидит за столом, тупо ус-тавившись в разложенные бумаги, и не может преодо-леть оцепенения, которое наваливается теперь все чаще и чаще. Он начал сам себя обманывать, приду-мывая предлоги, чтобы задержаться на службе, пото-му что, пока он находится здесь, можно тешить себя слабой иллюзией покоя и привычного порядка, а как только он переступит порог квартиры и обнаружит, что Оксаны еще нет, снова навалятся страхи: вернется ли? Может быть, как раз сегодня у них все решится, Аркадий скажет какие-то важные слова, после кото-рых она поймет, что продолжает любить бывшего му-жа и хочет забрать сына и уйти к нему.

Он медленно перебирает листы сводок и отчетов, выключает компьютер, потом снова включает, курит, входит в базу данных и бессмысленно бродит по лесам и равнинам информации, пытаясь придумать, что бы такое поискать, чтобы создать видимость полезного дела. Дел на самом деле невпроворот, но делать их не хочется, мозги не настроены, и в то же время хочется чем-то занять голову, чтобы не думать о жене и об Ар-кадии. «Ты сам не знаешь, чего хочешь», — сердито говорит себе Хан.

Звонок внутреннего телефона его радует. Даже ес-ли звонят из соседнего кабинета, чтобы узнать, не ушел ли он, и если на месте, то можно ли стрельнуть у него пару сигарет, все равно это оттяжка, отсрочка от неминуемого возвращения в дом, который сегодня мо-жет оказаться пустым.

— Хан, хорошо, что не ушел, — слышится из трубки голос помощника начальника департамента. — Зайди к Григорию Ивановичу, он ждет.

Начальник департамента, которого подчиненные за глаза называли «дед Гришаня», засиживался на службе допоздна. Был он относительно молод для своего генеральского чина и высокой должности, всего-то сорок три года, чуть старше самого Хана, календарной выслуги у него насчитывалось двадцать шесть лет, но из этих двадцати шести добрый десяток он провел в зонах военных действий, в Афганистане и Чечне, так что согласно кадровым инструкциям выслуга у Григория Ивановича была весьма немаленькой.

— Сколько у меня выслуги, столько многие из вас не проживут, — любил ворчать он, за что и был прозван сначала просто «дедом», а потом «дедом Гришаней».

Невысокий, сухощавый, с реденькими седыми волосиками и глубокими морщинами, он и вправду в свои сорок три напоминал старичка. Думал он медленно и основательно, говорил неторопливо, и каждый вызов к нему, особенно в конце дня, означал, что раньше чем минут через сорок подчиненный из его кабинета не уйдет. Хана это вполне устраивало.

Он прошел по длинному, устланному красной ковровой дорожкой коридору до лифта, спустился на этаж ниже и вошел в приемную. Помощник, который ему звонил, молодцеватый симпатичный майор, приветливо кивнул и сразу указал на дверь в кабинет генерала:

— Заходи, тебя ждут.

— Один? — поинтересовался Хан.

— Трое. Иди-иди, он только что опять спрашивал.

Значит, трое. И срочно. Это хорошо. Это означает,

что вопрос серьезный. Если бы деду Гришане нужна была короткая справка или лаконичный ответ, он позвонил бы. Раз вызвал, стало быть, разговор долгий. Как раз то, что нужно.

Хан вошел к генералу, поздоровался и быстро огляделся. Из троих гостей незнакомым был только один, двоих других он знал, они работали в соседнем департаменте.

— Знакомьтесь, — представил его генерал тому третьему, незнакомому, — старший оперуполномоченный по особо важным делам подполковник Алекперов, Ханлар Керимович. Друзья называют его Ханом, но это право надо заслужить.

«Продает товар купец», — мелькнуло в голове Хана. Пришел человек, которому нужна информация. Уж чего-чего, а этого добра у Хана — хоть лопатой греби, но генерал разбазаривать ее не любит, выдает по крупицам и так обставляет дело, будто бриллианты дарит.

— Ханлар Керимович, у тебя, кажется, есть кое-какие наметки по группировке Свешникова, — сделал аккуратный заход дед Гришаня, представив Хану гостя, который оказался майором из ФСБ.

— Есть, товарищ генерал, — кивнул Хан. — Правда, немного.

Это было чистой ложью. По группировке Дмитрия Свешникова информации у Хана было полно, но игры есть игры, и у них существуют определенные правила. Особенно когда речь идет о том, чтобы поделиться информацией не просто с соседним департаментом, а с другим ведомством, отношения с которым у МВД далеко не всегда строятся гладко.

Разговор пошел медленно, осторожно, будто на ощупь. Но Хан никуда не спешил.

* * *

Когда он вернулся домой, Мишка воевал с инопланетянами на компьютере, а Оксана, свернувшись калачиком на диване, читала какой-то журнал. Хана охватила горячая волна радости: значит, не сегодня. Еще не сегодня. Ночью она будет лежать рядом с ним, и до утра можно ни о чем не волноваться. Если жена решит уйти, то это случится не раньше завтрашнего дня, а сегодня можно об этом не думать.

Но не думать не получалось. Боль то и дело выпрыгивала откуда-то из глубины и пронзала все тело раскаленной иглой.

— Как прошел день? — спросил Хан, стараясь казаться спокойным и миролюбивым.

— Как обычно. Я работала, Мишка с Аркадием ходили на какую-то выставку компьютерных игр. Аркадий накупил ему кучу новых игрушек.

— Да уж я вижу, — усмехнулся Хан. — Одиннадцатый час, а парень не спит. Ему же в школу завтра.

— Завтра суббота, — напомнила Оксана, пряча улыбку. — Послушай, Хан, я понимаю, что тебе это неприятно, но Аркадий — Мишин отец, и чем больше они будут общаться, тем лучше.

— Они не общались пять лет, и ничего не случилось, мир не рухнул, — сердито возразил Хан. — Ты хочешь сказать, что все это время я был для Мишки плохим отцом?

— Хан, милый, ты — это ты, а отец — это отец, ну как же ты не понимаешь? Мишка отлично знает, что ты — мой второй муж, а Аркадий — его папа. Он ведь с самого начала называл тебя Ханом, а не папой. Когда Аркадий уехал, Мишке было восемь лет, он был уже совсем большим мальчиком и все понимал. Ешь, пожалуйста, и давай прекратим этот бессмысленный разговор, мы с тобой ведем его уже в тысячный раз. Ты же разумный, интеллигентный человек, ты не можешь быть против того, чтобы ребенок общался со своим отцом.

— А ты не думала о том, что я могу быть против того, чтобы моя жена общалась со своим бывшим мужем? — вырвалось у Хана.

Он тут же пожалел, что не удержался. Не нужно было говорить, ох, не нужно. Все эти месяцы, с того момента, как Аркадий вернулся из Израиля, чтобы открыть в Москве филиал своей фирмы, Хан умело делал вид, что все в порядке, что он рад возвращению друга и ничего опасного для себя в его контактах с Оксаной не видит. И вот прорвалось...

Оксана отошла от плиты и медленно присела за стол напротив мужа.

— Хан, да ты никак ревнуешь? — удивленно и негромко протянула она. — Или мне показалось?

— Показалось. Ты меня не так поняла. Вспомни о моем восточном происхождении.

Он попытался отыграть назад, но получилось не очень ловко.

— При чем тут твое происхождение? Ты коренной москвич в третьем поколении. Ты, поди, и языка-то азербайджанского не знаешь.

— Ну, гены, как говорится, на помойку не выкинешь. — Он вымученно улыбнулся жене. — Генетическая память и все такое. На Востоке, когда женщина становится чьей-то женой, другие мужчины перестают для нее существовать в принципе, а о том, чтобы встречаться с бывшим мужем, даже речи идти не может.

— Ешь, пожалуйста, остывает же все, — в голосе Оксаны явственно послышалась досада. — Между прочим, позволь тебе напомнить, что, когда я была женой

Аркадия, ты вовсе не возражал против того, чтобы я общалась с тобой. А когда он уезжал надолго по делам, ты иногда приглашал меня в театр или в ресторан, и иногда я эти приглашения принимала. Это как, не противоречило твоим восточным принципам?

— Сравнила! Я приглашал тебя как жену друга, которую нужно опекать и немножко развлекать, чтобы не скучала, пока муж в отъезде. А по ресторанам с Аркадием ты ходишь, когда я в Москве, никуда не уехал. Есть разница?

— По-моему, никакой. Давай я снова все подогрею, это уже невозможно есть. Готовлю тебе, готовлю, а ты не ешь ничего. Черт знает что!

Она сердито забрала со стола тарелку с остывшей едой, переложила в стеклянную емкость и поставила разогреваться.

— Как это никакой? — не сдавался Хан, понимая, что шаг сделан, пусть и неверный, но обратного хода нет, и нужно идти вперед. — Когда я водил тебя в театры и на концерты, я на тебя не посягал как на женщину.

— Ну так и он не посягает, успокойся. И потом, Хан, ты лукавишь.

— В чем это, интересно?

— Ты на меня действительно не посягал, это верно, но ты меня любил. Любил и до того, как я вышла замуж за Аркадия, и после того, как я стала его женой. Ты сам это говорил.

Это было правдой. Хан любил ее так давно, что ему казалось — всегда. Всю жизнь, сколько он себя помнил, он любил только ее, Оксану. С того самого дня, когда она, первоклассница, села за одну парту с ним. Впрочем, возможно, он ошибался и в столь юном возрасте он ее еще не любил, это пришло позже, но теперь, в тридцать восемь лет, он уже не мог вспомнить точно, с какого момента понял, что влюбился. Знал одно: кроме Оксаны, в его сердце никогда никого не было. В жизни его были другие девушки и женщины, и в его постели они были, но в сердце — никого, кроме нее, единственной.

— Да, говорил, — продолжал упираться Хан, — а вот ты говоришь, что между нашими с тобой встречами тогда и твоими встречами с Аркадием теперь нет никакой разницы. Это что же, надо понимать так, что он тоже тебя любит? Все еще любит? Или опять любит?

— Хан, ты невыносим, — вот теперь Оксана разозлилась всерьез. — Я, кажется, не давала тебе повода подозревать меня в нечестности. Чего ты от меня хочешь? Чтобы я своей волей отменила тот факт, что Аркадий — отец моего сына? Я не могу этого отменить, так есть, и так оно останется. Мальчик будет встречаться со своим отцом столько, сколько нужно, и я слова не скажу против этого.

— Кому нужно? Кто это определяет? Твой Аркадий?

Ну вот, опять сорвалось. Не надо было говорить «твой», сказал бы просто «Аркадий», и все. Так нет же! Это коротенькое словечко «твой» подействовало на Оксану как удар хлыста. Зрачки ее сузились, отчего глаза стали казаться светлыми и холодными.

— Хан, пожалуйста, прошу тебя... Мы с тобой знаем друг друга всю жизнь. Ты любил меня, а я любила Аркадия и вышла за него замуж. Ты теперь собираешься поставить мне это в вину?

Все. Он перешел дозволенные границы, непростительно утратил контроль над собой и над разговором, нужно немедленно отступать.

— Прости, Ксюша, — покаянно произнес он, —

прости меня. Я несу какую-то ахинею. При чем тут моя любовь к тебе и твоя любовь к Аркадию? Сам не знаю, что на меня нашло. Просто я очень привязан к Мишке, и мне больно при мысли о том, что вот появился Аркадий — и мальчик от меня отдаляется.

— Мальчик не от тебя отдаляется, а тянется к отцу, это не одно и то же, — заметила Оксана.

Голос ее стал заметно мягче, и Хан немного успокоился. Пусть разговор идет как угодно, только бы не выходил на тему его ревности.

Он всегда верил в магическую силу произнесенного слова. Когда Хан был еще пацаном, отец не раз говорил ему: «Не верь, сынок, когда тебе будут внушать, что мысль изреченная есть ложь. Это хорошо для глубоких философов, а я не философ, я — простой мент, и для меня сказанное слово — это тот крючок, уцепившись за который я могу размотать человека до последней косточки. Дайте мне слово, и я сделаю полноценное уголовное дело. Слово и дело связаны неразрывно, запомни это, сынок». Отец, конечно же, кокетничал. Керим Алекперов был вовсе не таким уж простым ментом, он был великолепным следователем, признанным мастером допроса, он умел слышать Слово, делать из него выводы и в нужный момент вспоминать, возвращать к нему разговор и заставлять человека признаваться, если, разумеется, было в чем. Отец служил еще в те времена, когда фальсификация материалов уголовных дел не вошла в моду и не стала повсеместной практикой, он работал честно, и Хан хорошо помнил, как просыпался по ночам, выходил на кухню попить воды и видел отца, сидящего далеко за полночь с бумагами: он готовился к предстоящему допросу, он читал протоколы и искал те Слова, которые ему пригодятся.

И Хан вырос в уверенности, что, пока Слово не произнесено, все еще можно поправить, переиначить, переиграть, но когда оно сказано — пути назад уже не будет. Больше всего на свете сейчас он боялся, что Оксана скажет: «Да, я все еще люблю Аркадия». До тех пор, пока она этого не сказала, еще есть надежда, но если скажет — конец. Это невозможно будет поправить, это нельзя будет отменить, это будет руководством к дальнейшим действиям. Если скажет — должна будет немедленно собрать вещи и уйти. Пока не сказала — еще может остаться с ним, с Ханом. Он не представлял, как такое может быть: сказать, что любит Аркадия, и остаться здесь. Может быть, она и в самом деле любит своего первого мужа, но хочет скрыть это от Хана и остаться. Пусть, пусть любит его, пусть все, что угодно, только бы не ушла. Только бы не произнесла страшное и необратимое Слово.

— Какие планы на выходные? — поинтересовался Хан, чтобы как-то сгладить возникшее напряжение.

— Аркадий хочет, чтобы мы с Мишей поехали с ним за город.

— Вы с Мишей?

Его снова охватил страх. Миша — это понятно, сын. Но зачем должна ехать Оксана?

— Он покупает дом, хочет, чтобы мы посмотрели. Если Аркадий будет там жить, то мне придется возить туда мальчика.

— И если ты скажешь, что дом тебе не нравится, он его не купит?

Хан с трудом сдерживался, чтобы не дать прорваться злости, и старался быть ироничным.

— Не знаю, — Оксана пожала плечами. — Скорее всего, он хочет, чтобы я убедилась, что Мишке там будет удобно, если он будет оставаться с отцом на несколько дней.

«Он покупает дом! Значит, он не собирается возвращаться в Израиль насовсем. Аркадий намерен здесь жить. Не настолько же он богат, чтобы покупать дом ради того, чтобы несколько недель в году жить в нем. Или настолько? Он хочет, чтобы Оксана этот дом увидела. Зачем? Чтобы захотела в нем жить? Чтобы поняла, в какой тесноте, в каком убожестве живет сейчас? Чтобы вернулась к нему?»

— Не знаю, имею ли я право давать тебе советы, но если поедешь, убедись, что тебе удобно будет привозить Мишу. И еще посмотри, как там с муниципальным транспортом, на тот случай, если ни ты, ни я не сможем туда поехать и мальчику придется добираться одному.

— Ой, хорошо, что ты подсказал, — благодарно улыбнулась жена, — я бы не сообразила. Ты прав, надо посмотреть, ходит ли туда электричка или какой-нибудь автобус и далеко ли станция.

— Не только это. Обрати внимание на дорогу от станции до дома. Хорошо ли освещена в темное время, идет вдоль домов или через лес, нет ли там магазинов, возле которых толкутся пьяные.

Хан очень старался забыть о ревности и оставаться профессионалом. В конце концов, безопасность мальчика куда важнее его уязвленных чувств.

— Если хочешь, я могу поехать с вами, — продолжал он, — все-таки у меня милицейский глаз, я быстрее увижу возможный источник опасности.

Сказал — и внутренне замер. В своем стремлении казаться уверенным, спокойным и великодушным он зашел слишком далеко. Если Оксана сейчас ответит: «Хочу, поехали вместе», все будет в порядке. А если нет? Если она скажет: «Не нужно, я прекрасно справлюсь сама», это будет означать, что при встрече с Аркадием муж окажется лишним. Зачем, ну зачем он предложил?

— Это было бы хорошо, — Оксана внимательно посмотрела на него, — но мне показалось...

— Что показалось?

— Мне показалось, что ты не очень-то стремишься встречаться с Аркадием.

— Глупости! Мы все — старые друзья, одноклассники, какие у меня могут быть с ним счеты? Ты же не изменяла ему со мной, ты ушла ко мне после того, как он тебя обманул и бросил. У нас друг к другу не может быть претензий. И потом, мы ведь встречались после того, как он вернулся, ты что, забыла?

— Нет, я помню. Но я видела, что тебе это не доставило удовольствия. Если ты поедешь с нами, ты просто-напросто испортишь себе выходной день.

«Ты поедешь с нами». Не «мы поедем вместе с тобой», а «ты поедешь с нами». Она едет с сыном и с Аркадием, а он, Хан, — с ними. Прилипала. Примазавшийся ненужный попутчик. Навязчивый советчик. Третий лишний. Правда, в данном случае — четвертый, но сути это не меняет.

— Пожалуй, ты права, — Хан через силу выдавил из себя улыбку, — я, конечно, не собственник, но мне неприятно слышать, как Мишка называет Аркадия папой. Я за эти годы привык считать его своим сыном. Вот дурацкая отцовская ревность, да?

Все переводить на Мишку, пусть Оксана думает, что его беспокоит только мальчик.

— Да нет, не дурацкая, что ты. — Она поцеловала его, и Хан в эту секунду почти поверил в то, что ничего плохого не происходит. — Все понятно, все объяснимо. Любой мужчина на твоем месте чувствовал бы то же самое. Но давай не будем лукавить: тебя Миша папой никогда не называл, ты всегда был Ханом. Если он говорил «папа», то имелся в виду только Аркадий.

Зачем она это сказала? Почему? Хочет дать понять, что Аркадий в любом случае на первом месте, а он, Хан, на втором? Для кого? Только для Мишки? Или для нее тоже? Господи, ну почему он так цепляется к словам? Почему не может просто слушать, удерживая общую нить разговора, и не вникать в мелочи? Откуда у него эта привычка? Впрочем, понятно откуда. Из детства. От отца.

— Конечно, конечно, — рассеянно согласился он. — Я рад, что у Аркадия все складывается удачно.

— Что ты имеешь в виду?

— Ну, дом, например. Если он его покупает, значит, с бизнесом все благополучно. И деньги есть, и партнеры в России нашлись. Ты не знаешь, он весь свой бизнес сюда переводит или только открывает филиал, а основная база остается в Израиле?

— Он хочет, чтобы официально головной офис считался израильским, а здесь были только филиалы, а на самом деле основной оборот будет целиком российским. Это позволит ему десять месяцев в году жить в России, а в Израиль только наведываться. Сейчас он подыскивает надежного толкового управляющего для тель-авивского офиса.

«Она полностью в курсе его дел. Он обсуждает свои проблемы с ней, делится, возможно, даже советуется. А я? Я не могу обсуждать с Оксаной свою работу и уж тем более не могу с ней советоваться. Сейчас она ближе к Аркадию, чем ко мне. Что же мне делать? Наш брак рассыпается прямо на глазах, и я ничего не могу предпринять. Он вернулся, он объявился, он хочет видеться с сыном, и я не имею ни морального, ни юридического права этому противиться. А на самом деле он пытается вернуть Оксану, и я ничего не могу с этим сделать. Он богатый и успешный, она прожила с ним десять лет, и у них сын. А я небогатый и не настолько успешный, чтобы это могли замечать со стороны, я прожил с ней всего пять лет, и у нас нет общих детей. И потом, его Оксана действительно любила, любила по-настоящему, а ко мне просто прислонилась в трудную минуту. Все козыри на руках у Аркадия, а у меня одни шестерки. Эту партию мне не выиграть ни при каком раскладе».

— Пойдем спать, Ксюша, поздно уже.

Спустя пятнадцать минут Хан лежал в постели и ждал, когда Оксана выйдет из душа. Если она войдет в спальню в халате с завязанным кушаком, это будет означать, что сегодня она к близости не расположена. Если жена не завязывает пояс, а придерживает полы руками, значит, она готова к любви. Так они договорились давно, еще пять лет назад, чтобы избежать напрасных ожиданий, разочарований и никому не нужных объяснений. У Хана тоже были свои «знаки»: если он ждал жену, выключив свет, то давал понять, что устал и хочет спать; в противном случае он лампу не выключал. Они были ровесниками, и период интереса к неуемной страсти в жизни обоих уже миновал, поэтому частенько случалось, что Оксана выходила в распахнутом халате, а в спальне было темно, или, наоборот, Хан ждал жену при свете, а она выходила из ванной с туго завязанным поясом, или же оба они демонстрировали желание уснуть сразу. Но если свет горел, а халат был распахнут, то все происходящее было по-прежнему потрясающим, изысканным и приносящим бурную и разноцветную радость.

Хан прислушивался к доносящимся из ванной звукам и внутренне метался. С тех пор как объявился Аркадий, он хотел обладать Оксаной постоянно, каждый день, потому что каждый день боялся, что она бросит его, и стремился хотя бы еще раз обнять ее, обнять в последний раз, пока все не закончилось. Он хотел ее до умопомрачения, несмотря на усталость, служебные неурядицы и постоянную душевную боль. И в то же время он боялся отказа. Вся его жизнь оказалась внезапно разделенной на период «до возвращения Аркадия» и период «после». В том, первом периоде в завязанном халатике жены не было ничего необычного или пугающего, они взрослые люди, миновавшие пик сексуальной активности и ценящие в браке душевную близость и дружбу, а секс рассматривают не более как приятное дополнение, которое совсем не обязательно должно быть частым. В нынешнем же периоде отказ был равносилен признанию в любви к бывшему мужу и в отсутствии интереса к нему, к Хану. Чтобы не получить отказ, он старался придумывать разные уловки. Можно было бы просто выключать лампу и делать вид, что спишь, но невозможно поступать так на протяжении трех месяцев. И Хан стал изворачиваться, то пытаясь полунамеками прояснить ситуацию заранее, то возвращаясь с работы поздно ночью, то, в нарушение традиций, пропуская Оксану в ванную первой, для чего приходилось изобретать срочный телефонный звонок или недоделанное домашнее дело вроде сломанной кофеварки, которую ну просто совершенно необходимо немедленно починить. Во всех этих затеях главным было сделать так, чтобы Оксана подала свой знак первой, а уж если этот знак означал «да!», Хан готов был соответствовать. Но ему в нынешнем периоде невыносимо было даже представить, что он скажет «да», а жена ответит «нет». Раньше это было нормальным, но сейчас он почувствовал бы себя решительно и окончательно отвергнутым.

Эту странную задачку Хану приходилось решать каждый вечер. Сегодня как-то не нашлось предлога задержаться и пропустить Оксану вперед, да и состоявшийся за ужином разговор не способствовал предварительному прояснению позиций, и вот он лежит в постели, слушает доносящиеся из ванной звуки и судорожно принимает решение: выключить свет или оставить лампу у изголовья включенной. Выключить и сделать вид, что устал, и не увидеть, как Оксана входит в комнату в распахнутом халатике, и оставить ее разочарованной, и лишить себя радости соединения с ней, может быть, в последний раз? Или не гасить свет и увидеть ее туго затянутый пояс и виноватую полуулыбку (она почему-то всегда выглядела виноватой, когда подавала знак «нет») и понять, что она его больше не хочет?

Он так ничего и не решил, и когда Оксана появилась на пороге спальни, Хан лежал с включенной лампой и закрытыми глазами. Ничего лучше он придумать не смог. Он хочет любви, но от усталости заснул, и теперь жена сама должна принять решение, будить его или нет.

«Какой я смелый и мужественный, — с горькой иронией думал Хан, лежа на спине с плотно закрытыми глазами и вслушиваясь в шорохи: вот Оксана идет по комнате, вот снимает халат и бросает его на кресло, вот открывает ящик комода и что-то ищет, потом задвигает ящик, откидывает одеяло и ложится рядом с ним. — Я — настоящий мужчина, зажмуриваюсь, засовываю голову в песок и отважно жду, когда женщина примет решение, которое я готов выполнить, каким бы оно ни оказалось. Неужели я на самом деле такой слабак? Или страх меня таким сделал?»

Почувствовав руку жены, скользнувшую по его груди, Хан радостно повернулся, крепко обнял ее и вдохнул тот особенный запах, который бывает только в одном месте — в теплой ямке, там, где шея переходит в плечо. Вместе с радостью его охватила невыносимая боль, но Хан ее почти не заметил. Радость в последнее время стала редкостью, а боль была постоянной, и он к ней привык.

ИГОРЬ ДОРОШИН

На следующее утро я проснулся ни свет ни заря. Если верить будильнику, до подъема оставалось еще полтора часа. Наверное, я как-то громко открываю глаза, потому что стоило мне это сделать, как старик Ринго тут же запрыгнул мне на грудь и тихонько муркнул: дескать, чего лежишь просто так, иди сделай что-нибудь полезное. Под полезным подразумевалось приведение лоточков в санитарный порядок. Завтракать раньше восьми утра Ринго все равно не станет. Принципиальный.

Настроение у меня было — хуже некуда. Я не привык надеяться на чудеса, поэтому ни капли не расстроился, когда вчера после опроса людей в театре выяснилось, что никто убитую Аллу Сороченко не знал. Но это был как раз тот случай, когда отрицательный результат тоже является результатом. Ведь опера — жанр малопопулярный, и если зритель не является лицом приглашенным, то остается только три варианта: либо он приезжий, и ему хочется побывать в московском театре, все равно в каком, в какой есть билеты — в тот и пойдет; либо он специалист в данном виде искусства; либо он оперный фанат. Алла Сороченко, судя по московской прописке в паспорте, к первой категории не относилась, а принадлежность ее к двум вторым группам существенно сужала круг поисков источников информации о ней. Если говорить проще, то сведения о тайных сторонах жизни убитой женщины нужно искать не только в семейном кругу, но и в кругу ее знакомых, и вот этот последний круг оказался очерчен весьма и весьма четко.

Следователь, работавший на месте происшествия, моего присутствия почему-то не одобрил, и я благополучно отбыл, оказав оперативнику Ивану Хвыле посильную помощь и заслужив его скупую благодарность. Но слова, сказанные отцом, ранили меня, как выяснилось, куда больнее, чем мне показалось вначале. Знаете, так всегда бывает, когда ударишься: сперва боли не чувствуешь, только понимаешь, что ударился, а через какое-то время ушибленное место начинает болеть, опухать и вообще всячески напоминать о себе при каждом движении. С душой, похоже, происходит то же самое, что и с телом. Поэтому, прощаясь с Иваном, я протянул ему свою визитку и сказал:

— Вот мои телефоны. Если почувствуешь, что я могу быть хоть чем-то полезен, обязательно звони.

Он взял визитную карточку, повертел в руках и с сомнением посмотрел на меня:

— Тебе это надо? Чужая головная боль...

— Надо, — твердо ответил я. — Вопрос принципа.

— Что, «палок» не хватает? Хочешь раскрытие заработать? — понимающе хмыкнул он.

«Палок», то есть отметок о моем участии в раскрытии преступлений, мне действительно не хватало, за что я регулярно бывал порот на начальственных разборках, но дело было, конечно, не в этом. Дело было в родителях и в их мнении обо мне. Вы, конечно, скажете, что в моем возрасте пора бы уже перестать что-то доказывать папе с мамой. Ну, не знаю, может, вы и правы... Но рана болела, и болела сильно. И лекарство от этой боли существует только одно.

Пока что лекарства у меня не было, и с той болью я лег вчера в постель, с ней же и проснулся. Надо ли говорить, что ни в какой ресторан я не поехал, вернулся домой около часа ночи, накормил зверей и забрался под одеяло. К моменту пробуждения боль не только не утихла, но стала еще сильнее. Вероятно, пока я спал, она размножилась простым делением, и если накануне боль охватывала только область головы и груди, то сегодня она расползлась по всему телу до самых пяток. Я весь, от кончиков волос до пальцев на ногах, состоял из обиды и пагубной идеи самообвинения. Ничего себе коктейльчик, а? С одной стороны, неприятно, что о тебе думают, будто ты тупой и никчемный, с другой — ужасно, что я заставил родителей, моих горячо любимых родителей, стыдиться меня. В общем, ничего хорошего.

Откинув одеяло, я сунул ноги в шлепанцы и поплелся на кухню. Рядом с Ринго, элегантно виляя задней частью, трусила Арина, которая сегодня, вопреки обыкновению, спала у меня в ногах. Она единственная из живущих со мной кошек реагировала на мое настроение, чувствовала, когда мне плохо, и считала своим кошачьим долгом меня лечить в меру собственных возможностей. Когда я болел или впадал в тоску, она постоянно терлась возле меня, вероятно, забирая отрицательную энергетику. Остальным бандитам было наплевать и на мое настроение, и на мое самочувствие. А сейчас мне было так хреново!

Разложив корм по мискам, я не пошел в душ, а

уселся на кухне за стол. Почему-то не было сил двигаться. И когда это я успел устать? Мало спал, что ли? Так для меня это дело обычное.

Ринго сел возле миски и принял вид оскорбленного патриция, а вот Арина моментально смела кусочки сырого мяса, как будто ее неделю не кормили, удовлетворенно хрюкнула и запрыгнула ко мне на колени. Минут через пять подтянулись и остальные ребята, и кухню заполнило сладострастное чавканье, издаваемое Дружочком и Кармой: как большинство котов с плоскими мордочками, они не умели есть тихо. Арина тоже чавкала и причмокивала, когда питалась, но Дружочек и Карма были какими-то особенно громкими, в отличие от Ринго и Айсора, которые к экзотическим породам не относились, имели привычные европейскому глазу вытянутые морды и принимали пищу почти совсем неслышно. Господи, я так их люблю, моих котов! А мама называет их дурацкими. И работу мою она называет дурацкой. И жизнь мою, устроенную по моему собственному разумению, тоже называет дурацкой. Да, я знал, что я — неудачный сын, но не предполагал, что до такой степени.

Поскольку встал я на полтора часа раньше, чем нужно, на работу можно было не спешить, и я снова «впал». Если вчера в театре я «впадал» в непонимание маминой любви к папе, то сегодня я «впал» в свою обиду, как в грязный мутный пруд, в котором невозможно свободно и радостно плыть, а можно только бессмысленно болтаться, как известно что в проруби.

Я был музыкальным ребенком, что и немудрено при такой-то наследственности, а если добавить к наследственности еще и обстановку, в которой я рос, то путь мне был один: в музыканты. В три года меня посадили за рояль, до семи лет я занимался под руководством мамы, в семь меня отдали в музыкальную школу одновременно в классы скрипки и гитары. Музыку я любил, занимался с удовольствием, но самым любимым предметом у меня было сольфеджио: обладая превосходным слухом и чувством ритма, я писал диктанты легко, без единой ошибки и быстрее всех. Точно так же легко и безошибочно я пел с листа, дирижировал и без проблем овладевал многоголосием. В восемь лет я сочинил первую свою песенку, в десять — романс, в двенадцать — сонату для скрипки и фортепиано, очень детскую, наивную, но родители ужасно радовались моим успехам и гордились мной. Было совершенно очевидно, что я стану композитором, ведь сочинять музыку мне нравилось куда больше, чем исполнять написанное другими. До четырнадцати лет я и сам свято верил в свое композиторское будущее, но в четырнадцать, в один прекрасный день, я услышал знаменитую композицию «July morning» и пропал. То есть пропал в самом буквальном смысле. Я понял, что если и буду сочинять музыку, то только такую, а никакую не инструментальную, не симфоническую и не оперную. В девятом классе я уже играл на гитаре в рок-группе, исполнявшей написанные мною песни и композиции.

У родителей был шок. Они оба мечтали о том, что вот я вырасту, стану настоящим композитором (музыканты, пишущие то, что сочинял я, считались композиторами ненастоящими), напишу оперу, и главную партию в ней споет, конечно же, папа, и будут афиши на всех языках мира, где огромными буквами будет написано: опера Игоря Дорошина, поет Владимир Дорошин. Ну, в общем, что-то в таком роде.

А я надежд не оправдал. Нет, нельзя сказать, что я не любил оперу, трудно ее не любить, если слышишь эту музыку с самого рождения, растешь рядом с ней, вдыхаешь ее вместе с воздухом. Я любил оперу и неплохо знал материал, но любил и знал исключительно как потребитель, как слушатель, а не как творец. Я рос нормальным современным пацаном, и мне куда интереснее была музыка современная. Мелодии рождались в голове легко, и сами по себе, и на конкретные слова. Поступать в музыкальное училище я наотрез отказался, чем несказанно расстроил родителей, но они в тот момент еще лелеяли надежду, что я одумаюсь, закончу среднее образование в общеобразовательной школе, а там они как-нибудь меня утолкают. Но не тут-то было, я ловко увернулся и поступил в среднюю школу милиции. Почему? Были причины. Потом как-нибудь расскажу. Решение мое не было, как нынче модно говорить, протестным, оно было обдуманным и выстраданным, но мама с папой этого не понимали и продолжали долбать меня бесконечными разговорами о моем таланте и музыкальном предназначении. Перенести эту долбежку было нетрудно по двум причинам. Во-первых, папа постоянно ездил на гастроли, а мама, с тех пор как мне исполнилось тринадцать, ездила вместе с ним, оставляя меня на попечение моей собственной сознательности. Так что в воспитательном процессе зияли огромные временные интервалы, в течение которых я успевал очухаться и набраться сил для очередного витка противостояния. И во-вторых, благодаря тому, что папа был весь в искусстве, а мама вся в папе, я вообще привык справляться один, то есть от родителей не зависеть ни в бытовом плане, ни в психологическом. У меня хватало ума и силы воли не забрасывать учебу в периоды их длительного отсутствия, а квартира, когда я оставался один, всегда была в идеальном порядке, несмотря на то что я, как уже говорилось, рос нормальным пацаном и у меня без конца паслись приятели и одноклассники, некоторые даже жили по нескольку дней, а то и недель. Я давал приют всем: и тем, кто поссорился с предками и ушел из дому, и тем, кто банально прогуливал уроки, и тем, кому негде было собраться, чтобы выпить, потрепаться и послушать музыку, и даже тем, кому некуда было пойти с девушкой. Я научился готовить, планировать бюджет и разумно тратить деньги, и родители, уезжая на гастроли, могли не беспокоиться о том, что я голодаю. Меня с раннего детства приучали к самостоятельности, поскольку папа с мамой были еще очень молоды, когда я родился, и у них было так много дел и забот, репетиций, конкурсов, концертов, выступлений, и нужно было сделать все, чтобы я не висел на них обузой, мешающей карьере и активной молодой жизни. Они и сделали, за что я им по сей день безмерно благодарен. В шесть лет я мог зашить дырку на одежде и пришить пуговицу, в десять — выбрать в магазине мясо и нажарить котлет, а в тринадцать — жить один, при этом не спалить квартиру, не нахватать в школе двоек и не уморить голодом кота. Да-да, у нас тогда был сиамский кот, Арамис, но это уже совсем другая история. Как-нибудь я ее расскажу, если к слову придется.

Короче говоря, к тому моменту, когда между мной и родителями началась открытая война, я был вполне взрослым, ответственным, самостоятельным и независимым юнцом, которого невозможно было принудить к чему бы то ни было криками, скандалами или холодным молчанием. Более того, меня нельзя было «взять» и финансовыми клещами, потому что в выпускном классе я уже продавал свои мелодии разным группам и получал вполне сносные деньги, намного превышающие то, что мне выдавалось на карманные расходы. С шестнадцати лет я не взял у родителей ни копейки, и это здорово развязывало мне руки в построении психологической обороны от постоянных атак.

После окончания школы милиции я стал участковым уполномоченным, а для мамы с папой окончательно превратился в неудачного сына. С тех пор прошло двенадцать лет, восемь последних лет мы жили отдельно, поскольку родители построили дом за городом и переехали туда, оставив меня в городской квартире, разговоры о моем несостоявшемся композиторстве стали все более редкими, и мне казалось, что все как-то успокоилось, устаканилось, родители смирились с моим выбором, и если не начали его уважать, то хотя бы перестали комплексовать из-за него. Ан не тут-то было! Вчера я получил от отца по полной программе.

Арина уютно сопела у меня на коленях и ворочалась, пытаясь устроиться поудобнее, я все бултыхался в мутном пруду своей обиды, прислушивался к разлитой по всему телу душевной боли и обдумывал, как бы мне полечиться.

Если бы мне было лет семнадцать или хотя бы двадцать, я прибег бы к испытанному средству, которое никогда меня не подводило: позвонил бы Светке Безрядиной (хотя в те годы, когда я был совсем юным, Светка носила другую фамилию, девичью) и выплакался бы в ее широкое плечо. Но мне уже тридцать два, а у Светки муж и двое детей, при этом она не работает, и ей совсем не обязательно просыпаться в такую несусветную рань. И вообще, несолидно как-то... Хотя она была и остается моим близким другом.

Мысль о звонке заставила меня вспомнить о том, что в мире существует телефонная связь и есть телефоны, в том числе и мобильные, один из которых весь вчерашний вечер истошно дребезжал в кармане моего пальто. Пока я крутился на месте происшествия, я на звонки не отвечал, а потом вернулся домой усталый и расстроенный и не удосужился проверить, кто же это так упорно меня хотел. Вот и проверю.

Неотвеченных вызовов накопилось аж двадцать четыре, и всего-то за три вечерних часа — немыслимая цифра даже при моей суматошной жизни. Из этих двадцати четырех шестнадцать оказались от мамы, ну, с этим все понятно, она праздновала в ресторане папину премьеру и интересовалась, когда же сынуля соизволит присоединиться к банкету. Три раза звонила Светка, они с Борисом тоже присутствовали на банкете в качестве друзей семьи. Наверное, она видела, как беснуются мои родители, и пыталась как-то сгладить обстановку или хотя бы предупредить меня. Два звонка оказались от Кати Кибальчич, вероятно, она хотела от меня еще какого-то содействия в создании новостных бестселлеров. Оставшиеся три вызова поступили от разных знакомых. Слава богу, ни одного звонка с моего участка, значит, в Багдаде все спокойно, никто никого не избил и никак не напакостил.

В положенное время я «выпал» из обиды, как из старой трухлявой коробки, и отправился на службу, то есть сперва в отдел внутренних дел, где ознакомился со сводкой происшествий, последними ориентировками и свежими руководящими указаниями, а потом в свой околоток, на служебно-бюрократическом языке называемый участковым пунктом милиции.

Помещение у нас небольшое, в нем размещаются старший участковый, мой дружбан Валька Семенов, мы, рядовые участковые уполномоченные, наши помощники и инспектор по делам несовершеннолетних.

По инструкции полагается еще иметь место для представителей общественности, но инструкция по организации нашей деятельности какая-то странная, словно не россиянами писанная, а инопланетянами, думающими, что для правоохранительных органов место всегда найдется. Ни фига подобного, место никак не находится, да и представители общественности не особо рвутся нам помогать и рядом с нами сидеть. Такой уровень офисного быта, в котором существует наш участковый пункт номер семь, в народе называется лаконично и метко: «чистенько, но бедненько».

Сегодня с шести до восьми вечера у меня прием населения, но это не означает, что до шести я могу бить баклуши. Функциональных обязанностей у меня столько, что перечислять замаешься, ну и понятное дело, что реально я выполняю лишь малую толику из них. А спрашивают-то за все! Два месяца назад на моей территории построили новый многоквартирный дом. Он, конечно, дорогой, и вселяться в него люди будут не в массовом порядке, а постепенно, по мере продажи квартир, но ведь тридцать процентов этих квартир выделено муниципальным властям в виде оплаты за земельный участок, на котором этот дом построен, и вот эти тридцать процентов квартир предоставляются, как правило, очередникам и заселяются почти сразу. А моя задача в этой ситуации — завести и заполнить паспорт на жилой дом. То есть обойти все квартиры и занести в журнал чертову уйму сведений о жильцах вплоть до наличия собаки, ее породы, окраса, клички и особых примет. В новом доме я уже был месяц назад, пообщался с первыми новоселами, но тогда их было всего-то двенадцать семей, а теперь уже не то сорок восемь, не то сорок девять, короче, пора к ним идти, чтобы дело не запускать, а то потом вовек не разгребешь. Кроме того, надо регулярно проверять чердаки, подвалы и пустующие квартиры, в новых домах это места особо повышенного риска, ведь жильцов, во-первых, мало, то есть не так велик шанс попасться кому-то на глаза, а во-вторых, люди пока еще друг с другом не знакомы (впрочем, соседи и впоследствии не больно-то знакомятся) и появление чужака никого не насторожит. Мало ли, может, жилец, может, грузчик, помогающий с переездом, может, мастер из бригады ремонтников, в нынешние-то времена редко кто заселяется сразу в то, что им построили, основная масса предварительно делает ремонт и доводит жилье до ума и соответствия собственным вкусам. Одним словом, новый не полностью заселенный дом требует особого внимания, потому как в свободных и плохо контролируемых помещениях может собираться разный нежелательный элемент и совершать всякие нехорошие поступки, вплоть до откровенно криминальных. Опять же практика показывает, что под видом перевозимой мебели в такие дома могут ввозиться ящики с боеприпасами и оружием и спокойненько храниться на чердаке или в подвале. А угрозу терроризма пока еще никто не отменил.

Почему-то сегодня я опять пришел в околоток первым. Ну Семенов, старший участковый, — ладно, он с утра всегда подолгу толчется в отделе, рядом с руководством, оно и понятно, все-таки на нашем седьмом участке он старший, то есть хоть маленькое, но начальство. А остальные где? Вот прелесть нашей работы! Пришел в отдел, на глаза показался — и гуляй, если будут искать — скажешь, что на территории. А что? Многие пользуются. Но может быть, я зря качу бочку на коллег, машина-то есть только у меня одного, а остальные из отдела до околотка добираются муниципальным транспортом. Открыв дверь участкового пункта, я снял сигнализацию и направился к кабинету, по дороге скользя глазами по стендам, увешанным наглядной агитацией. Вернее, тем, что призвано быть таковой, но ею не являлось. По инструкции, на стендах должны размещаться Конституция Российской Федерации, Закон «О милиции», разные федеральные законы, указы и распоряжения Президента, постановления и распоряжения Правительства, законы и иные нормативные правовые акты города и местного самоуправления и всякое-разное другое, такое же бесполезное с точки зрения обеспечения порядка на участке. Кого тут можно агитировать и за что? За советскую власть? Вы можете себе представить такую картинку: пришел ко мне в околоток плохой человек, посидел в очереди на прием, от нечего делать почитал Конституцию или выписки из Уголовного кодекса и вдруг понял, как неправильно он живет и больше так жить нельзя? Не можете? Вот и я не могу. Глупость все это несусветная, но инструкция есть, и ее следует соблюдать. Я бы, честно говоря, не стал, но начальство мне (почему-то именно мне, как будто я один тут работаю) всю плешь проело, и я решил, что не буду ссориться с другом Валькой Семеновым, а лучше оборудую стенды как положено, потому что поводов для упреков я и без того даю более чем достаточно. А стенды с агитацией — ну что, в конце концов, потратить один раз полдня, сделать и спать спокойно. Хотя, если говорить еще честнее, война с родителями, через которую я прошел, сделала меня совершенно нечувствительным к нареканиям, выволочкам и выговорам, даже и публичным. Я все равно делал, делаю и буду делать только то, что считаю нужным, и так, как считаю правильным.

В кабинете я достал из сейфа паспорт на новый дом, отложил в сторонку и вытащил паспорт на административный участок. Вот уж где у меня полный завал, так это здесь! Я к нему не прикасался больше месяца, хотя сведения, которые туда нужно было заносить, записывал исправно, но на разные клочки, листки из блокнотов и подвернувшиеся под руку карточки. Да и то не все сведения, а лишь часть, иными словами, то, что лично для меня имело значение: похищенный с нашей территории автотранспорт и совершенные на моем участке преступления, а также поселившиеся здесь лица из так называемой «группы риска», то есть ранее судимые, освобожденные из мест лишения свободы, наркоманы, проститутки, психические больные и многие другие. Объекты и организации, расположенные на административном участке, я игнорировал, сведениями о них пренебрегал и соответствующую часть паспорта заполнял из рук вон плохо. Все равно идти по квартирам в такое время бессмысленно, если люди работают, то их нет дома, а если не работают, то спят или завтракают. Осмотр дома и проверку нежилых помещений можно начать часов в двенадцать, а с двух приступить к первому этапу поквартирного обхода, когда дети возвращаются из школы. Вообще-то нормальные участковые днем по квартирам не ходят, и это понятно, им нужны взрослые жильцы в полном составе, а это чаще всего случается ближе к вечеру. Но я хожу и днем, потому как не менее взрослых жильцов меня интересуют дети и подростки, а с ними лучше разговаривать без присутствия родителей, это уж вы мне поверьте. Толку куда больше.

До двенадцати я решил позаниматься паспортом участка, добросовестно положил его на стол перед собой и принялся собирать по всем карманам, отделениям сумки, ящикам стола и полкам сейфа разрозненные бумажки с записями, но внезапно передумал и бросил это тупое занятие. Ну его к черту, журнал этот. Пойду-ка я лучше к своим старикам схожу, навещу тех, кто давно не давал о себе знать. Применительно к жизни пожилых людей понятие «давно» для меня означало две-три недели. За двенадцать лет работы на участке я ввел правило, которое всех ужасно удивило, но со временем его исполнение вошло в привычку: если человек в возрасте за семьдесят проживает один и у него нет родственников или знакомых, постоянно с ним общающихся, он должен раз в неделю мне позвонить или отметиться любым удобным ему образом, например, заглянуть в околоток, проходя мимо, или окликнуть меня на улице при встрече. Одинокий старик — существо уязвимое и беспомощное, и у меня сердце сжимается при мысли о том, что с ним может произойти. А ведь никто не узнает. На моем участке живет три тысячи триста с небольшим человек, из них таких вот совершенно одиноких стариков — сто двадцать шесть, и за каждым я наблюдаю, особенно в дни получения пенсий.

Я проверил свой «стариковский» кондуит, подчеркнул имена и адреса тех, кто давно не отмечался, и отправился в путь. К одиннадцати утра я успел обойти четверых из семи намеченных подопечных, когда позвонил дежурный по отделу.

— Дорошин, ты где шатаешься?

— Я на территории.

— Давай возвращайся на базу, тебя требуют.

— Кто, Семенов?

— Ага. Вместе с начальником.

А вот это уже плохо. Начальник отдела у нас новый, примерно как тот дом, который я собрался сегодня проверить, то есть назначен был два с небольшим месяца назад. Ну и, как водится, начальник этот взялся за роль новой метлы, решив во всем навести порядок, всех самолично застращать, построить и насадить железную дисциплину. Вот и до меня очередь дошла. Ай как некстати! Ведь хотел же привести в порядок паспорт участка, дурак! И чего заленился? А начальник — сто пудов — потребует для проверки в первую очередь именно его. Сначала обозрит наглядную агитацию (слава богу, хоть тут у меня порядок), а потом рыкнет: «Паспорта на стол!» То есть паспорт административного участка и паспорта на каждый жилой дом. И вот тут-то все и начнется! Паспорта на дома у меня в относительном порядке, хотя тоже далеки от образцовости, но с паспортом участка — полная катастрофа, то есть Кошмарный Ужас. А уж если дело дойдет до контрольных карточек, то я за нового шефа не поручусь, даже убить может. Мне-то что, я уже говорил — я привычный, с меня брань, пусть и начальственная, как с гуся вода, а вот человек грех на душу возьмет и сядет потом. Жалко...

Я развернул машину и помчался на базу. Надо успеть раньше гостей, руководство ждать не должно. Я уже разделся и даже начал разгребать со стола в беспорядке разбросанные бумаги, когда снова зазвонил мобильник. Голос я узнал сразу, это был мой давешний знакомец Иван Хвыля.

— Ты, кажется, рвался поучаствовать? — хмуро спросил он. — Или мне показалось?

— Нет, не показалось. А что, есть идеи?

— У тебя седьмой участок, правильно?

— Седьмой, — подтвердил я.

— У тебя там один вьюнош проживает, надо бы с ним поработать. Как, возьмешься?

— Само собой. Только не втемную, я этого, знаешь ли, не люблю.

— Никто не любит, — усмехнулся Иван. — Дураков нет. Так я подъеду? Ты на месте или как?

— В ближайшие два часа точно буду на месте, ко мне начальство едет стружку снимать.

— А-а, — понимающе протянул оперативник, — ну это мы поможем. Я думал телефонным звонком обойтись, но, раз такое дело, бумажкой запасусь.

Несмотря на вчерашние выкрутасы и ехидные ухмылки, Иван в этот момент стал мне симпатичен. Хотя я не особенно нуждался в его помощи, сама готовность протянуть руку меня согрела.

Все происходило в точности так, как я и предполагал. Новый начальник отдела, майор Данилюк, ворвался в помещение околотка аки ураган тропический. Следом за ним поспешал старший участковый уполномоченный Валя Семенов. На такой скорости мою наглядную агитацию он пролетел, даже не заметив, о чем я искренне посожалел. Единственный безупречный момент в моей работе пропал зря.

— Давай-ка посмотрим паспорт участка, — потребовал Данилюк.

Высоченный, стройный, в ладно сидящей форме, он был мало похож на «злого начальника», напоминая скорее опера-супермена из какого-нибудь кинофильма. Конечно, два месяца — срок слишком маленький, чтобы однозначно отнести нового шефа к категории «злых», но я отчего-то был уверен, что уж «добрым» он точно не был.

— Товарищ майор, я паспорт, конечно, покажу, но скажу вам сразу, что он далеко не в идеальном состоянии.

Данилюк посмотрел на меня с нескрываемым удивлением.

— То есть ты признаешь, что недорабатываешь?

— А то, — усмехнулся я. — Вы мне покажите хоть одного участкового, который делает все, что предписано инструкцией, и я ему памятник при жизни поставлю.

Семенов укоризненно покачал головой и сделал выразительную мину: мол, кончай выпендриваться. Вальку я знаю лет сто, он давно привык к моей служебной безалаберности и смирился, но ведь начальник-то новый, не освоился еще. Я послушно перестал выпендриваться и достал из сейфа паспорт.

— Вот, пожалуйста.

Данилюк, не присаживаясь, полистал его, качая головой, дошел до последнего раздела, где стояли отметки о проверке паспорта руководством.

— Я смотрю, его давно не проверяли, — заметил он.

— Почему давно? — обиделся я за прежнего начальника. — В июле была проверка.

— А сейчас что? Ноябрь на дворе.

— Так ведь положено раз в квартал...

— Учить меня будешь, Дорошин?

Ой, господи, какой кошмар, что это я несу? Кому перечу? Самому начальнику. Сдурел, что ли, Игорек?

— Не буду, товарищ майор. Вам плохо заполненные разделы показать или сами найдете?

Данилюк молча закрыл паспорт и уселся за мой стол.

— Значит, так, капитан Дорошин. Тебе перечислить по пунктам те обязанности участковых уполномоченных, которые ты не выполняешь, или сам скажешь?

Один — один. Впрочем, возможно, он просто берет

меня на понт и счет по-прежнему один — ноль в мою пользу.

— Я не вношу руководству органа внутренних дел предложения по повышению эффективности оперативно-профилактической деятельности и улучшению координации подразделений, пункт «девять-два» инструкции, — нагло начал я бодрым тоном. — Я не осуществляю контроль за своевременным принятием мер руководителями организаций по устранению причин и условий, способствующих совершению преступлений и административных правонарушений, пункт «девять-три». Еще я не осуществляю проверку соблюдения должностными лицами и гражданами правил регистрационного учета, пункт «девять-шесть». А еще я не выполняю требования пункта «девять-двадцать» о выявлении на административном участке брошенного, бесхозяйного и разукомплектованного автотранспорта и не принимаю меры к установлению его принадлежности. Кстати, пункт «девять-девятнадцать» я тоже не выполняю и проверки гаражей, автостоянок и автосервисов не провожу. Дальше перечислять или хватит? Если хотите, товарищ майор, могу перечислить пункты инструкции, которые я выполняю лучше всего и в полном объеме.

Начальник некоторое время смотрел на меня с интересом, потом глаза его налились холодной яростью.

— Слушай, Дорошин, ты что, не боишься?

— Нет, — я пожал плечами. — А чего я должен бояться?

— Что я тебя уволю на хрен с волчьим билетом. И что ты будешь делать?

Семенов, угодливо стоящий чуть позади нового шефа, скорчился от едва сдерживаемого смеха, но — молодец! — удержался и не издал ни звука. Он был одним из немногих, кто знал обо мне правду, потому что когда-то мы вместе учились на заочном отделении, получая высшее юридическое образование. Ни прежний начальник, ни тем более новый, ни все остальные сотрудники отдела внутренних дел, к территории которого относился мой участок номер семь, этой правды не знали, а Валька меня искусно покрывал и лишнего не болтал.

— А если вы меня уволите, то что ВЫ будете делать? — задал я встречный вопрос. — Я-то уйду, а кто работать вместо меня будет? Только не надо мне рассказывать, что на мое место у вас очередь выстроилась. Работа собачья, зарплата мизерная, инструкция по организации деятельности участковых необъятная, почти как «Война и мир», никаких сил не хватит, чтобы выполнять ее в полном объеме и на должном уровне, так что участковый — фигура самая уязвимая, всегда есть за что ему по шапке надавать. Может, вы кого-нибудь и найдете вместо меня, но где гарантия, что он будет работать лучше?

— Ты, Дорошин, меня за идиота не держи, — грозно сказал Данилюк. — Зарплата ему, видите ли, мизерная! Работы у него, понимаете ли, много! А чья иномарка у входа стоит? «Бээмвэ» пятой модели чья?

— Моя. И что?

— Это на ту самую мизерную зарплату куплена, да? Или ты, пользуясь служебным удостоверением, формой и табельным оружием, шакалишь в рабочее время, равно как и в свободное, и зарабатываешь себе на белый хлеб с маслом и икрой? И как ты будешь зарабатывать, если отнять у тебя удостоверение, форму и оружие, а?

— У вас есть факты? Доказательства?

— Пока нет, но они будут, потому что если я начну

копать, на какие шиши ты купил такую тачку, то мало тебе не покажется. Так что, Дорошин, копать? Или все-таки вспомним, что я твой начальник, а ты — участковый, и будем добросовестно работать и строить нормальные рабочие отношения?

Нет, не злой начальник наш майор Данилюк, не злой и не добрый. Он просто глупый и непрофессиональный, хотя и очень красивый. Прямо Джеймс Бонд, едрена-матрена! Может, он хорошо умеет раскрывать преступления и обеспечивать общественный порядок на вверенной территории, но работать с личным составом он не умеет. То есть абсолютно! Разве можно ни с того ни с сего обвинять человека, которого видишь в третий раз в жизни, в совершении преступления? Подозревать — подозревай, твое право, но под подозрения надо же и фактуру набрать, прежде чем свои подозрения озвучивать, а иначе об чем звуки речи? Это даже я понимаю, хоть и не опер, а рядовой участковый. Так с людьми не разговаривают. А то что это такое: увидел дорогую машину и сразу решил, что все понял и меня можно брать за жабры голыми руками.

— У меня, товарищ майор, папа богатый, — произнес я, скромно потупив глаза. — Машина куплена на его деньги.

Данилюк пристально посмотрел на меня, потом окинул долгим взглядом с головы до ног. Он все еще сидел за моим столом, а я стоял, вытянувшись в струнку. Глаза его остановились на моих ботинках. Гляньъ-ка, неужто разбирается?

— А ботинки? Если я не ошибаюсь, «Кензо». Тоже папа денег дал?

Действительно, разбирается. Интересно, откуда у него такие познания? Он что, одевается в дорогих магазинах? Это на милицейскую-то зарплату? Но я не стану бить шефа его же оружием, это скучно. И вообще, бить начальников неприлично.

— Нет, на ботинки — это мама.

Семенов позеленел и плотнее сжал губы, чтобы не прыснуть. Такого цирка он не видел уже давно, года три, наверное. Ну да, точно, с тех пор, как три года назад пришел Петюнин, новый начальник отдела по организации работы участковых. В тот раз было примерно то же самое, только машина тогда была другая, эту «пятерку» я купил всего год назад. Если бы Петюнин был сейчас здесь, вышло бы еще круче, в смысле — смешнее, но он заболел и уже вторую неделю лежал в госпитале с пневмонией, потому начальник отдела внутренних дел приехал проверять меня со старшим участковым, который Петюнина временно замещал.

— Ты что же, Дорошин, до капитана милиции дослужился, а живешь на иждивении родителей? Не стыдно?

— Что ж поделать, если зарплата маленькая, а овес нынче дорог, — вздохнул я. — Жить-то хочется, а воровать совесть не позволяет.

Майор снова взял паузу, вероятно, обдумывал стратегию обуздывания странного подчиненного, то есть меня. Мне стало даже немного жаль его, он ведь, бедолага, старается изо всех сил, не знает, что меня обуздывать бесполезно, на меня управы нет. Я не строптивый, вы не подумайте, и характер у меня в общем-то хороший, добрый, покладистый. Просто я независимый, как кошка, гуляющая сама по себе, и упрямый, как самый тупой из ослов. Может, отец вчера был прав, назвав меня тупым? Может, он имел в виду мою упертость, а вовсе не интеллектуальные способности?

— Ну хорошо, Дорошин, свои слабые стороны ты знаешь, то есть с самокритикой у тебя все в порядке. А похвастаться есть чем? Какие у тебя показатели участия в раскрытии преступлений и розыске преступников? Есть достижения?

— Нет, товарищ майор, достижений нет, — радостно отрапортовал я. — В раскрытии преступлений участвую слабо, лиц, находящихся в розыске, за последние шесть месяцев не выявлено ни одного.

— Чем же ты целыми днями занимаешься? Тебя послушать, так ты вообще ничего не делаешь.

— Я работаю с населением, товарищ майор.

— И как же ты с ним работаешь?

Вальке Семенову надоело участвовать в избиении младенцев, и он взял дело в свои мощные длани.

— Игорь, дай рабочую тетрадь и журнал обращений и приема граждан.

Ну наконец-то! А я уж было подумал, что новый начальник так и не узнает о наличии этих документов. Самому говорить было как-то неловко, а ведь именно из них, а вовсе не из паспортов видно, как и что делает участковый. Паспорт — он и есть паспорт, его можно вообще один раз заполнить и больше не обновлять, никакой проверяющий не заметит, что сведения давно устарели, если, конечно, предварительно не изучал участок. Только сам участковый и будет знать, что данные из паспорта годятся лишь покойнику на припарки, больше от них толку никакого. А вот рабочая тетрадь и журнал обращений и приема граждан — совсем другое дело, в них отражена повседневная работа, горячая, живая, и по ним знающий человек сразу все поймет. Валька был знающим, именно поэтому он меня покрывал и все мне спускал с рук.

— Вот смотрите, Сергей Александрович, — Семенов раскрыл перед начальником журнал, — видите, сколько людей приходят к Дорошину на прием? И не только в приемные часы, а практически ежедневно обращаются от пяти до десяти человек. Обычно участковые устанавливают время приема по два часа три раза в неделю, а Дорошин ведет прием ежедневно, потому что население участка его знает и ему доверяет. У Дорошина на протяжении последних пяти лет самый низкий в округе показатель преступлений на бытовой почве, потому что он активно занимается профилактической работой...

Валька сел на своего конька, за годы совместной работы он выучил наизусть все способы, которыми можно отмазать меня от выволочек. Он вошел в такой раж, что даже не заметил, как открылась дверь и в кабинете появился Иван Хвыля.

— Товарищ майор, разрешите обратиться?

— Да?

Данилюк поднял голову. Семенов умолк, посмотрел на гостя и радостно улыбнулся:

— Здорово, Ваня.

— Привет, Петрович.

А они, оказывается, знакомы... Ну надо же! То, что произошло в следующие пять минут, заставило вздрогнуть даже меня, привыкшего к дурацким недоразумениям и розыгрышам вроде только что состоявшегося. Оказывается, на территории вверенного мне административного участка проживает фигурант по тяжкому преступлению — совершенному вчера вечером двойному убийству, и начальство Хвыли, узнав об этом, хочет, чтобы с данным фигурантом поработал именно я, а вовсе не оперативники, потому как я неоднократно оказывал квалифицированную помощь в раскрытии преступлений (ого!) и зарекомендовал себя как человек, хорошо знающий население (что правда, то правда) и превосходно умеющий получать информацию и добиваться нужного результата (ах ты, мать честная, а я и не знал). Это все были бюрократические эвфемизмы, за которыми стояла одна простая, как швабра, мысль: я (якобы) умею так разговаривать с людьми и столько всякого разного о них знаю, что мне они рассказывают даже то, что не рассказывают близким друзьям. А потому к фигурантам лучше всего подсылать именно меня, а не оперов, а уж когда я, участковый уполномоченный Дорошин, доведу человека до нужной кондиции и заставлю сказать все, что требуется, тогда и другие подключаются. И чего только о себе не узнаешь в рамках дружественной помощи! Послушать Хвылю, так мы с ним вместе сто тысяч преступлений раскрыли, и каждый раз я был на высоте, что и не преминуло отметить его руководство. Странно, что мне до сих пор не предложили занять должность министра внутренних дел.

— Вот, Сергей Александрович, письменный запрос от следователя. Мы надеемся, что вы не откажете и дадите распоряжение капитану Дорошину оказать нам содействие.

Майор Данилюк, само собой, не отказал. Но рожа у него, когда он покидал помещение моего околотка, была такая, что я не сомневался: он мне все это припомнит, и не один раз. Да ладно, бог с ним. Ну покричит на меня, ну выговор объявит, премии лишит, но не уволит же. Выговоров я не боюсь, их огромное количество в моем личном деле меня совершенно не пугает, потому что делать карьеру я не собираюсь, я хочу, сколько хватит сил и здоровья, заниматься именно тем, чем занимаюсь, и ничем другим, а это возможно только на должности участкового уполномоченного, так что никаких повышений и перемещений по карьерной лестнице мне не нужно.

Когда мы с Иваном остались одни, он придвинул

стул, стоявший у окна, и основательно расположился за столом напротив меня.

— Значит, так, Игорь. Убиенная давеча Алла Сороченко является женой некоего Анташева, предпринимателя средней руки. Застреленный вместе с ней Николай Кузнецов — ее водитель-охранник. У Анташева была первая жена, эта жена родила ему сына Павлика, которому нынче двадцать один год. До недавнего времени Павлик проживал с мамашей, а месяц назад мама купила ему однокомнатную квартирку аккурат на твоей территории, в каком-то новом доме.

— Есть такой, — кивнул я. — Дальше.

— А дальше тот свидетель, который видел, как Кузнецов выходил из машины и разговаривал с каким-то парнем, дал примерные приметы и описание одежды, и по этим приметам господин Анташев опознал своего сына Павлика. Чуешь, к чему дело идет?

Н-да, дело шло к тому, что мальчика Павлика видели рядом с местом, где убили вторую папину жену, всего-то за полчаса до убийства. Хорошенькое дело!

— А что Анташев говорит о финансовой стороне своих взаимоотношений с сыном и бывшей женой? — спросил я.

— Да вот то и говорит, что у первой жены вполне достаточно собственных денег, чтобы ни в чем не нуждаться. Он, конечно, был не особо внятным, когда мы с ним беседовали, потому как вечер провел в ресторане с обильными возлияниями в кругу друзей, пока супруга оперу слушала, да потом еще такое известие... С другой стороны, что у трезвого на уме, то у пьяного на языке, и по смутным намекам можно сделать предположение, что первая жена сама его бросила, к тому же как-то очень обидно, не то другого мужика завела, не то еще что-то в этом роде, но он при разводе вообще никаких денег ей не дал. На алименты она не подавала, хотя сыну было только пятнадцать, а сам Анташев деньги на ребенка давать не счел нужным. Тот еще фрукт!

— Ты думаешь, мальчик Павлик ненавидел Аллу?

— Именно это я и думаю, — кивнул Иван. — У тебя курить можно?

— Валяй, пепельница на подоконнике.

Он вытащил сигареты, закурил и выпустил дым через ноздри.

— Но почему? — задал я новый вопрос. — Я понимаю, если бы после развода родителей парень оказался в нищете, тогда был бы повод для ненависти к женщине, из-за которой все это случилось. Но ты сам сказал, что развелись они не из-за Аллы, это первое. И второе: если у матери Павлика и без того много денег, то в чем проблема? Почему надо Аллу ненавидеть? За что?

— Вот это ты и должен выяснить. Мало ли чего мне пьяный и убитый горем Анташев наговорил? Может, он хоть и пьяный был, но кое-что все-таки соображал и быстро смекнул, что надо сына выгораживать, потому и соврал, что разводился не из-за молодой красоточки.

— А какой смысл врать? Два-три свидетеля из числа друзей и подруг — и правда все равно выплывет, не говоря уж о показаниях первой жены, которую мы тоже имеем право подозревать и с которой обязательно будем разговаривать.

— Так ведь пьяный он был, — засмеялся Иван, — а пьяные обычно дальше собственного носа видят плохо. Им лишь бы сейчас пронесло, а дальше — как-нибудь.

С этим трудно было не согласиться. В любом случае присутствие сына Анташева на месте убийства наводило на всяческие мысли, если, конечно, нетрезвый Анташев не ошибся. Может быть, это был вовсе и не его сын. Но следователь пригласит свидетеля, проведет опознание... Да, к опознанию надо готовиться, а для этого необходимо предварительно присмотреться к мальчику.

— Слушай, Иван, а вы выяснили, с кем Алла была в театре? Сейчас редко кто ходит на спектакли в одиночку, только совсем уж фанатичные любители или поклонники или абсолютно одинокие люди.

Он пожал плечами.

— Выходит, что Алла была фанатичной поклонницей оперы, потому что никаких спутников установить не удалось.

— Не верю, — упрямо заявил я, — не верю, хоть я и не Станиславский, но я не верю. Что известно об Алле?

— Пока немногое. Бывшая модель, обалдевшая от собственной красоты. Высшего образования нет. До брака с Анташевым торговала внешностью, снималась для рекламы всякой дорогой косметики, имела несколько зарубежных контрактов. В двадцать семь лет вышла замуж и стала просто женой и светской львицей.

— Ну и ты веришь, что такая женщина может до такой степени любить классическую оперу, что будет ходить на спектакли одна? Не смеши меня! Даже моя мама, которая вообще, кроме оперы, никакой музыки не признает и всю жизнь прожила замужем за оперным певцом, не ходит одна на спектакли. Если ей не с кем пойти, она меня выдергивает.

— И что, неужели ходишь? — недоверчиво прищурился Иван.

— Хожу. А почему нет?

— Помереть же можно от скуки. Как ты выдерживаешь?

— Нормально, мне нравится. Я на этой музыке вырос. Надо выяснить, что у Аллы за отношения с оперой, из какой она семьи. Может, из такой же, как моя, или она в юности училась вокалу и собиралась стать серьезной певицей, тогда можно допустить, что она действительно была в театре одна. Если же нет, то я тебе точно говорю: с ней кто-то был, и после убийства он или она скрылись с места происшествия. А может, и не после, а на несколько минут раньше. С ней был кто-то, кто знал о готовящемся убийстве заранее. Или заранее не знал, но, когда оно случилось, понял, кто и почему это сделал, но с милицией поделиться своими знаниями не захотел и быстренько отвалил. В суматохе и панике сделать это было проще простого.

— Хорошая версия, — Иван докурил сигарету и сильным быстрым движением потушил в пепельнице окурок, — спасибо. Я, знаешь ли, не театрал, даже и не припомню, когда в последний раз в театре был. По-моему, нас в девятом классе на «Ревизора» водили. Тоска смертная. О том, что люди в театр редко ходят одни, я как-то не подумал. Ладно, займемся. А ты возьми на себя Павлика.

— До какой степени? — уточнил я.

— До средней. Мы же не знаем точно, он был возле театра или нет. Посмотри, что за парень, чем дышит. Если он и собирался убить Аллу, то реально убивал точно не сам, нанял кого-нибудь, деньги-то есть. Может быть, сделал это в родственном содружестве с матерью, у нее, надо думать, оснований не любить новую жену бывшего мужа тоже выше крыши. В такой ситуации важно не спугнуть, иначе мы и парня не зацепим, и исполнителя упустим.

Мы вместе вышли из околотка, машина Ивана стояла рядом с моей.

— Твоя тачка?

Я молча кивнул. Сейчас опять начнется... Неужели и он станет спрашивать, на какие деньги я ее купил? Если спросит, пошлю сразу, адрес он, надо думать, знает. Но Иван ничего не спросил. Впрочем, он, в отличие от нового начальника, уже знал, кто мой отец, а большего ему знать и не надо.

— Классная, — одобрительно кивнул он. — Хорошо бегает?

— Не жалуюсь.

— Отзвонись, когда что-нибудь выяснишь.

— Обязательно, — пообещал я и поехал к новому дому.

* * *

Смешно было бы надеяться застать молодого, не обремененного семьей парня дома средь бела дня. Я и не застал. Ну ничего, еще не вечер. Зато добросовестно обошел все квартиры, познакомился с теми, кто оказался дома, проверил чердаки во всех подъездах, подвалы, ремонтирующиеся помещения, посплетничал с рабочими-ремонтниками, с которыми успел познакомиться, когда работы по переделке новых квартир только начинались. В общем, сделал множество полезных дел и отправился обедать. Куда? Сейчас узнаете.

Пока я общался сначала с руководством, потом с Иваном Хвылей, потом занимался поквартирным обходом, мобильник в моем кармане издавал все разнообразие звуков, на которое был способен, оповещая меня о том, что звонит мама, звонят еще какие-то люди и приходят сообщения. Закончив обход нового дома, я просмотрел список тех, у кого во мне возникла надобность. Ничего срочного. А вот и сообщение от Светки Безрядиной. Светка в рабочее время всегда посылает мне эсэмэски, понимает, что разговаривать мне неудобно. В отличие от мамули, которая звонит мне тогда, когда ей хочется, и требует внимания, не считаясь ни с моей службой, ни с тем, что я как-никак холостяк и имею полное конституционное право на активную личную жизнь, в том числе и интимную. Сообщение от Светки гласило: «Гарик, позвони, когда будет минут 5—7 свободных. Хочу отчитаться о банкете. Целую. А.».

Почему Светлана Аркадьевна Безрядина, в девичестве Кошелева, подписывается инициалом «А.»? И почему называет меня Гариком? Хороший вопрос. Когда-то, в те давние-давние времена, когда звери еще говорили, а мне было семнадцать лет, Светка как-то раз сидела у меня в гостях, в дверь позвонили, я открыл и увидел молодого человека, который со зверским выражением лица отпихнул меня в сторону и ворвался в квартиру с вопросом:

— Аделана?!

— Какая аделана? — растерялся я.

В прихожую выскочила Светка и потащила гостя на лестницу, приговаривая:

— Да здесь я, здесь, чего ты распсиховался?

Выяснение отношений продлилось недолго, вскоре Светка вернулась.

— Слушай, а что такое аделана? — спросил я.

— Какая аделана? — не поняла она.

— Ну такая. Чего аделана-то?

— Ах это! — расхохоталась Светка. — Это был вопрос: «А где Лана?» Этот кретин меня Ланой называет, представляешь? Пошляк.

— Пошляк, — не мог не согласиться я. — И звуком «г» пренебрегает. Где ты таких находишь? Не русский, что ли?

— Почему? — она пожала плечами. — Вполне русский. Просто дикция не идеальная. Не у всех же папы-вокалисты.

С тех пор я в шутку начал называть ее Аделаной, а Светка в отместку нарекла меня Гариком. Боже мой, такое хорошее имя — Игорь, древнее, почти скандинавского происхождения, а все изощряются кто как может. Мама называет меня Егором, вот и Светка свой вариант придумала. У меня была подружка, которая умудрялась называть меня «Ига». Полный мрак!

Но Светке я, конечно, перезвонил.

— Ты ел? — первым делом спросила она.

— Нет еще, собираюсь.

— А ты далеко?

— На территории.

— Давай я тебя обедом накормлю, — предложила Света. — Заодно и поговорим. Татьяна Васильевна тебя достала?

Татьяна Васильевна — это моя мама. Выходит, я был прав, Светка в курсе матушкиных вчерашних попыток мне дозвониться. Что ж, неудивительно, они обе были на банкете.

— Пыталась. Но я проявил завидную стойкость, — гордо сообщил я. — А что у тебя сегодня на обед?

— Ну ты нахал, Дорошин! — возмутилась она. — Будешь есть, что дадут. У тебя дома наверняка обеда нет, а в форме ты по кабакам не ходишь, сам же говорил.

— Да я и не отказываюсь. Сейчас приеду.

Живем мы со Светкой в одном доме, на Малой Грузинской улице. То есть как были с детства соседями, так и остались. Мои родители съехали на постоянное жительство в загородный дом, Светкины умерли, а мы так и живем с ней бок о бок. Правда, в разных подъездах.

Через двадцать минут я сидел за большим овальным столом, покрытым золотистой непромокаемой скатертью, с несказанным удовольствием уплетал фирменный Светкин суп-харчо и слушал печальную повесть о неудачном сыне, который не счел нужным поприсутствовать на банкете в честь премьеры. Весь вечер, как выяснилось, моя мама страдала, без конца звонила мне, чтобы выяснить, когда же я наконец приеду, негодовала, сердилась, переживала, пила сердечные капли и изводила Светку и ее мужа Бориса причитаниями по поводу моей идиотской работы, которой я занимаюсь непонятно зачем. Сама работа грязная, неинтересная и непрестижная, платят за нее мало, а ведь мальчик так талантлив, он мог бы заниматься чем-нибудь более близким к музыке, в конце концов, если ему больше нравится современная музыка, пусть уж пишет только ее, но зачем же быть участковым и так далее, короче, электричка идет со всеми остановками.

— Света, гости на банкете обсуждали убийство? — встрял я ни к селу ни к городу. Слушать пересказ маминых претензий ко мне было скучно, все это я в избытке получил вчера и пока еще помнил наизусть.

— Конечно, обсуждали. Такое не каждый день случается.

— Ты не слыхала, никто не упоминал, что знал убитую?

— Вроде нет. — Она задумалась, потом решительно тряхнула густыми длинными кудрями: — Точно нет. А кто она?

— Некая Алла Сороченко, а муж у нее бизнесмен Анташев. Тебе ничего эти имена не говорят?

— Абсолютно, — она пожала плечами. — А что, ты будешь заниматься этим делом?

— Ну что ты, Светик, это не моя территория. Участковых к делам на других территориях не привлекают, не положено. Вот если какой-нибудь кончик этой истории мелькнет на моем участке, тогда меня могут озадачить конкретным маленьким поручением: опросить, найти, доставить, собрать сведения, поучаствовать в обыске и все такое. А так — нет. Рылом не вышел.

Что-то, видно, мелькнуло в моей интонации, потому что она внимательно посмотрела на меня, и глаза ее стали печальными. Хорошо меня знает Светка Безрядина, ох, хорошо! Даже лучше, наверное, чем саму себя. И уж конечно, она все поняла. Вот за это я и люблю мою соседку Светлану: ей никогда ничего не нужно объяснять долго, она все схватывает на лету, только начнешь говорить — а она уже все поняла. Иногда даже и слова не нужны, достаточно намека или просто взгляда, жеста, вздоха. Жалко, что она старше меня. Может, я бы женился на ней, если бы она согласилась выйти за меня замуж, но вопрос таким образом с самого начала не стоял и в наших отношениях никогда не было даже намека на романтичность. Когда мы познакомились, мне было пятнадцать, я еще в школе учился, а она уже закончила институт, работала и вела интенсивную личную жизнь. У нее был жених Борька Безрядин и еще штук пять ухажеров, которым она вполне успешно морочила головы и пользовалась ими как мальчиками на побегушках или как отходными вариантами в те моменты, когда ссорилась с Борисом. А ссорились они в те времена регулярно, бурно и каждый раз окончательно. Мы со Светой просто дружили.

Она для меня была чем-то средним между старшей сестрой и младшей мамой, я же для нее был младшим братом, за которым надо присматривать, когда родители в отъезде, у которого в квартире можно спрятаться от назойливого кавалера или отсидеться после скандала с мамой и папой, а еще, что немаловажно, которым можно «прикрыться», когда идешь на не одобряемую консервативными предками тусовку. Этим мы пользовались с обоюдной выгодой, оба говорили родителям, что идем, например, в театр или еще куда-нибудь, вместе выходили из дома, а возле ближайшего метро расходились в разные стороны. Светка ехала на свидание, а я — на репетицию рок-группы. В одиннадцать вечера встречались у того же метро, и я, изображая приличного мальчика, провожал свою подругу до квартиры. Светкина мама была в восторге от того, что ее легкомысленная дочь начала наконец посещать учреждения культуры, ведь раньше Свету в театр калачом было не заманить, не любила она этого. В кино — да, всегда и по первому свистку, на балет — ночью разбуди, и помчится в одной ночной сорочке, а вот драматический театр она не любила. От слова «музей» у нее вообще судороги делались. Моя же мама радовалась, что у меня появилась «подруга из хорошей семьи, которая на меня положительно влияет». Положительное влияние Светы заключалось в том, что я теперь регулярно посещаю театры и музеи вместо того, чтобы бренчать на кошмарном синтезаторе и петь кошмарные песни кошмарной рок-группы. И потом, моя мама была женщиной дальновидной, она понимала, что между мной и Светочкой Кошелевой из второго подъезда ничего «плохого», то есть подрывающего мою юношескую нравственность, произойти не может, поэтому наша дружба безопасна во всех отношениях, в качестве невестки соседка в наш дом не войдет никогда. Зато, пока мы так много времени проводим вместе, я не буду интересоваться другими девицами.

А я, подлец эдакий, девицами интересовался, и даже очень, и Светка на правах моей подруги была для меня постоянной советчицей и утешительницей.

Но это так, к слову. Просто нужно было объяснить, почему Светлана так хорошо меня знает и понимает и почему есть вещи, которые я могу сказать только ей одной. Вот и сейчас не нужно тратить много слов, чтобы объяснить ей, почему в моем голосе прозвучала горечь, когда я говорил: «Рылом не вышел». Не в том дело, что я рвусь на оперативные просторы, что мне не хватает романтики и сыщицкой славы, совсем не в том, и Светке это прекрасно известно.

— Твой отец вчера на банкете был очень расстроенным. Он, конечно, делал вид, что все прекрасно, веселился вместе со всеми, но я-то видела, что ему не по себе. Вы поцапались вчера, что ли? Татьяна Васильевна тихонько попросила нас уйти из гримерки, сказала, что вам с отцом надо кое о чем переговорить. Это случилось, когда мы ушли?

— Угу, — подтвердил я, пережевывая бифштекс.

— И сегодня ты хочешь доказать ему, что что-то умеешь, — задумчиво продолжила Света. — Он сказал тебе что-то очень обидное, да?

— Да. — Я глубоко вздохнул. — Он сказал, что стыдится меня, что я его позорю. Он не хочет, чтобы над ним смеялись или жалели его из-за того, что его сын — участковый. Ну и все вокруг этого. Обычная канитель.

— И поэтому ты не приехал на банкет?

— Я работал, Света. Совершено убийство, я — работник милиции, у меня была возможность помочь, и я помог.

— Ну извини, Гарик, я неточно выразилась. Вы поскандалили, и поэтому ты предпочел работать на чужой территории, а не сидеть вместе с родителями на банкете. Все понятно.

— Осуждаешь?

— Да что ты! — улыбнулась Светка. — Я все понимаю. Просто я не предполагала, что твоих родителей так ломает от твоей работы. Ну, я знала, конечно, что они недовольны, не одобряют, но мне казалось, что они привыкли, ведь столько лет прошло... А вчера Татьяна Васильевна такой ушат негативных эмоций на меня вылила! Я даже не ожидала. Не думала, что для них этот вопрос до сих пор актуален, да еще с такими оттенками, как «стыд» и «позор». С этим надо что-то делать, Игорь, это нельзя так оставлять.

— Что ты предлагаешь мне делать? Работу бросить? Со службы уйти?

— Перестань, — она досадливо поморщилась, убрала пустую тарелку и поставила на стол чашки для кофе. — Я немножко знаю тебя, так, совсем чуть-чуть. Со службы ты не уйдешь, это очевидно. А вот мысль раскрыть громкое преступление, чтобы доказать папе, что ты чего-то стоишь в этой жизни, тебе вполне могла в голову прийти. Ведь пришла, я не ошиблась?

— Ты никогда не ошибаешься, — сердито буркнул я. — Скучно с тобой, Аделана.

— Зато с тобой весело, Гарик, прямо обхохочешься, — парировала она. — И у тебя уже есть идеи, как это сделать? Ты ведь только что сказал, что преступление совершено не на твоей территории, значит, ты в раскрытии участвовать не можешь.

Ну слова ей сказать нельзя! Все запоминает, все сечет, на кривой козе не объедешь. Ах, Светка, Светка, до чего ж я тебя люблю! По-братски, конечно.

— Во-первых, немножко могу, потому что сын господина Анташева проживает в аккурат на моем участке, и я уже получил задание поработать с ним. А во-вторых, есть масса обходных путей, которыми можно залезть в это дело, если меня будут усиленно не пускать. И ты мне в этом можешь помочь, если захочешь.

— Без вопросов, — тут же откликнулась Света. — Озадачивай.

Вот чем еще хороша моя соседка, так это тем, что насчет «помочь» у нее всегда «без вопросов».

— Только я в засадах сидеть не буду и следить ни за кем не собираюсь, для таких приключений я уже старая, не забывай, сколько мне лет, — добавила она.

— Не забыл. Сорок. Самый возраст для светских тусовок. Если я завтра скажу тебе, в каких примерно кругах вращалась убитая Алла Сороченко, ты сможешь там покрутиться и разузнать о ней всякие байки и сплетни?

— Запросто. Вон, гляди, какой выбор!

Света сняла с подоконника и поставила на стол резной деревянный ларец, откинула крышку и высыпала ворох каких-то бумаг — писем, факсов, открыток.

— Нам постоянно присылают приглашения на всяческие презентации, юбилеи и прочие мероприятия. Выбери то, что тебе нужно, и я туда схожу, бриллиантами посверкаю, лясы поточу. Без проблем. А хочешь — вместе пойдем? Борис ходит редко, сам знаешь. А приглашения все на два лица. Пойдем?

— Нет, Светик, ты лучше одна. Боюсь, я тебе все испорчу. Все же знают, что ты — Борина жена, а тут я с тобой... Начнутся вопросы, догадки, сплетни пойдут, что ты себе молодого любовника отхватила. Оно тебе надо?

— Не надо, — согласилась Светка. — Но вообще-то мне все равно, Боря же будет знать, что это ты, а не молодой любовник. И потом, почему ты решил, что рядом со мной будешь выглядеть сильно молодым? Это что, грязный намек на мои преклонные года и потускневшую внешность? У тебя, между прочим, виски седые, а у меня пока ни одного седого волоса нет.

Н-да, это называется «ляпнул». Придется каяться.

— Прости. Ляпнул, — честно признался я. — Больше не буду. Ты по-прежнему молода и красива, как богиня.

— И большая и толстая, как рубенсовская женщина, — продолжила она. — Ладно, не извиняйся, сама все знаю. За последние полгода еще три килограмма наросло. Мне тут новую диету дали, говорят, чудодейственная. Называется «певческая». Не слышал?

— Слышал, — кивнул я. — Папа два раза на ней сидел, по пять килограммов сбрасывал. Она действительно хорошая, только противная до ужаса. Соли нельзя ни грамма. Ты же не сможешь без соли, я тебя знаю. И голодать не сможешь.

— А на ней что, жрать нельзя совсем? — испугалась Светка. — Там же вроде бы какие-то продукты перечислены.

— Да нет, — рассмеялся я, — жрать можно сколько хочешь, только это так невкусно, что много не съешь. Поклюешь чуть-чуть и ходишь голодный. Светка, бросала бы ты это дело, а? Сколько я тебя знаю, ты все с весом борешься, а зачем? На что это влияет? Замуж вышла по любви, двоих детей родила и уже почти вырастила, денег много, ну что тебе еще? Зачем тебе худоба? Какого счастья она тебе прибавит?

— Никакого. Я же не за худобу борюсь, Игорек, а за то, чтобы не превратиться в слона. Мне не худеть нужно, а хотя бы не полнеть больше, понял? И так уже пятьдесят четвертый размер, куда ж дальше-то? Ладно, я твоей маме позвоню, она меня по этой диете проконсультирует. Еще кофе налить?

— Наливай.

Кофе у Светки был без кофеина. И спиртного в доме не держали ни капли. Это из-за Бориса. Зато всегда в изобилии были сласти — тортики, конфеты, печенье. А потом Светка ноет, что поправилась. Нет, женщин понять невозможно, и пытаться нечего.

Я уже собрался уходить, когда она спохватилась:

— Погоди, Игорек, у Бори к тебе вопрос был, а я чуть не забыла. Есть еще пять минут?

Пять минут у меня были, даже десять. Света включила видеомагнитофон, вставила кассету.

— Сейчас один сериал показывают, в нем под титры дают песню, Борьке очень слова понравились, он хочет, чтобы ты послушал.

— Зачем? — удивился я. — Я стихов не пишу.

— Нет, ты не понял. — Светка, нажимая кнопки на пульте, искала на кассете нужное место. — Он считает, что «Рыцарям» нужен именно такой стиль песен, это соответствует их имиджу, и весь репертуар нужно под этот стиль подогнать. Во-первых, музыку пишешь все-таки ты, а не дядя Вася. А во-вторых, может быть, ты знаешь кого-то, кто пишет подходящие тексты. А еще лучше, если ты знаешь автора конкретно этих стихов. Ты хоть и не поэт, но про тексты песен и романсов знаешь все. Вот послушай.

Она включила воспроизведение, и с экрана полилось:

> Я все-таки тебя люблю,
> Душа моя при имени твоем трепещет,
> Печаль по-прежнему сжимает грудь мою,
> Я за тебя создателя молю.

Я начал смеяться, даже не дослушав.

— Светочка, должен огорчить тебя и твоего мужа, но Юлия Валериановна скончалась сто двадцать лет назад.

— Понятно, — она уныло выключила телевизор, — опять украли?

— Еще как. И не просто украли, а кастрировали и изуродовали. В оригинале это звучит так:

> Я все еще его, безумная, люблю!
> При имени его душа моя трепещет;
> Тоска по-прежнему сжимает грудь мою
> И взор горячею слезой невольно блещет.
> Я все еще его, безумная, люблю!
> Отрада тихая мне душу проникает
> И радость ясная на сердце низлетает,
> Когда я за него создателя молю.

Так это, Светочка, действительно стихи. А то, что там в телевизоре поют, — это набор слов без ритма и рифмы. Но Борькину идею я понял, буду иметь в виду. У меня со вчерашнего дня одна мелодия в голове крутится, когда не лень будет записать, приведу ее в соответствующий вид.

Я вышел в прихожую и начал одеваться.

— Игорь, а эта Юлия... Валерьевна...

— Валериановна, — поправил я.

— Как ее фамилия?

— Жадовская. Юлия Валериановна Жадовская.

— Никогда не слышала. Она была известной?

— В свое время — достаточно известной. Она писала для нескольких журналов, издала два сборника стихов, у нее и проза есть — романы, повести, этнографические очерки. Юлия Валериановна была дамой разносторонне одаренной. Кстати, на ее стихи писали романсы Глинка, Даргомыжский, Глиэр... Ты хоть знаешь, кто такой Глиэр? — не удержался я от подначки.

— Знаю. «Медный всадник», — огрызнулась Света. — Нечего меня мордой тыкать в мою необразованность, не у всех же папа с мамой музыканты. У меня, например, родители были балетные, поэтому вот как раз балет «Медный всадник» я и знаю. А ты у нас все больше по вокалу.

— Ладно, не злись, — я чмокнул ее в упругую щеку, вдохнул запах хороших духов и сладко зажмурился.

У нас со Светкой во многом, да почти во всем вкусы были разными, но что касается духов — тут они полностью совпадали. От нее всегда пахло так, как мне нравится.

— Между прочим, Юлия Валериановна родилась, когда Пушкину было всего двадцать пять лет, а умерла, когда дедушка Ленин уже в гимназии учился. Представляешь, какую жизнь она прожила? Всего-то шестьдесят лет, а в них уместились и декабристы, и отмена крепостного права, и народовольцы. Мне отсюда, из двадцать первого века, кажется, что это были совершенно разные эпохи, а если вдуматься — одна жизнь, даже не самая долгая. Все, Светик, я потопал, спасибо за обед.

— Погоди!

— Ну, что?

— Погоди, Игорек, у меня на тебя было три пальца загнуто. Два я разогнула, спросила про стихи и выяснила насчет вчерашнего скандала с Владимиром Николаевичем. Остался третий. Черт, не могу вспомнить, что же я хотела.

Моя подруга Светка Безрядина состоит сплошняком из одних достоинств, кое-где перемежающихся недостатками. Даже не недостатками, а мелкими, малозначительными дефектиками, одним из которых является ее патологическая неспособность запоминать, о чем она хотела спросить или поговорить с человеком. Я когда-то давно посоветовал ей загибать пальцы по количеству вопросов, которые нужно задать, или тем, подлежащих обсуждению. Ну в самом деле, зачем запоминать так много, когда можно один раз сосредоточиться, посчитать и потом держать в памяти только одно число. Это куда проще и достаточно эффективно, во всяком случае, когда понимаешь, что обсудила два вопроса, а пальцев загибала целых три, то напрягаешься и вспоминаешь, о чем был третий палец, а если не помнить, что их было три, так и вовсе забудешь навсегда.

— Вспомнишь — позвони, мне бежать пора, — я взялся за ручку двери. — Надеюсь, это не жизненно важно?

— Я тоже надеюсь, — удрученно вздохнула Света.

— Но ты хотя бы вспомни: это ты сама хотела спросить или тебя кто-то попросил?

— Да не помню я, — она с досадой тряхнула пышными кудрями. — Что же я за курица такая безмозглая, а, Игорек?

— Светка, ты лучше всех на свете, — искренне утешил я любимую соседку. — Я тебя обожаю.

Выйдя из подъезда, я заскочил к себе проверить зверей. И правильно сделал, как выяснилось, потому что утром, будучи в расстроенных чувствах, не нашел в себе моральных сил противостоять жалобным просьбам четвероногих и дал, как обещали насчет коммунизма, «каждому по потребностям». То есть кто что просил, то и получил, причем в избытке: мяса, паштета, крабовых палочек и консервированной кукурузы, до которой особенно охочи были Айсор и Карма. В результате все пять лотков, стоящих в ванной, нуждались в срочной очистке. Народец у меня в квартире собрался капризный и до ужаса чистоплотный, невычищенный лоток для них — вещь неприкасаемая, посему, если бы я не зашел сейчас домой, им, бедолагам, пришлось бы со своими насущными нуждами терпеть до вечера, пока у меня не закончится прием населения.

* * *

В квартире, номер которой дал мне Иван Хвыля, по-прежнему никто дверь не открывал, и я вернулся в свой околоток. Минут сорок провел в обществе молоденькой Верочки, работающей с несовершеннолетними правонарушителями: делился с ней полученной сегодня информацией о детках, поселившихся в новом доме. А уже за час до начала приема населения ко мне пошел народ. Я, знаете ли, поневоле стал крутым специалистом по телевизионным программам, потому что пожилые женщины упорно не хотят приходить ко мне с шести до восьми, им нужно сериалы смотреть в шесть часов, и я отношусь к этому с пониманием. Какие еще радости у бабуськи, тем более если она живет одна? В доме номер 16 опять стали тусоваться бомжи; в доме 5 по ночам что-то разгружают в подвал, громыхают, спать не дают и вообще готовят теракт; Витька Семенихин снова запил, бьет жену, выгоняет из дому в чем мать родила и громко поносит власть, чем нарушает законное право соседей на мирный отдых. Насчет подвала мне было все известно, никакого криминала, а вот с бомжами и алкоголиком Семенихиным следовало разобраться сегодня же. Этим я и занялся с восьми до девяти вечера, после чего уже в третий раз наведался к Павлику Анташеву.

Дверь мне открыла женщина лет пятидесяти или чуть меньше, очень, на мой взгляд, симпатичная, толь-

ко глаза грустные. Надо полагать, бывшая жена овдо-
вевшего накануне бизнесмена Анташева. Интересно,
она уже знает о смерти Аллы? По идее, должна бы
знать: если опера сработали нормально, то с ней побе-
седовали в первую очередь, проверяя версию убийства
из ревности.

— Здравствуйте. Участковый уполномоченный капитан Дорошин Игорь Владимирович, — представился я.

— Марина Григорьевна, — женщина протянула
мне руку и неожиданно сильно сжала мою ладонь. —
Вы пришли поговорить об Алле?

Так. Стало быть, знает. Ну ладно, она-то знает, а я
пока не в курсе. Иван велел сильно не нажимать, вот я
и не буду.

— Алла — это ваша дочь? У вас с ней проблемы?

Из комнаты в прихожую вышел молодой парень,
такой же симпатичный, как Марина Григорьевна, и
очень на нее похожий, но при этом ужасно неприятный. Немытые волосы свисают вдоль скул, говорят, это
нынче модно. На носу маленькие очочки, щеки и подбородок покрыты пятидневной щетиной. Если отвин-
тить голову, помыть ее, побрить, причесать и привин-
тить на место, то Павлик Анташев будет выглядеть очень
даже премило, а так он производил впечатление неоп-
рятности и неухоженности. Впрочем, возможно, я просто придираюсь и ничего не смыслю в современной
моде.

— Ну да, по возрасту Алла как раз в дочери годится, — заявил он, проигнорировав этап приветствия.

— Паша! — с упреком воскликнула Марина Григорьевна.

— Да ладно, — Павел скривился.

Я достал блокнот с твердой обложкой и приготовился изображать добросовестного участкового.

— Прошу прощения, я, вероятно, чего-то не понял. Я обхожу новый дом, знакомлюсь с жильцами. Много времени у вас не отниму. Куда можно пройти, чтобы побеседовать?

— Проходите в комнату, — пригласила мать. — Мебель пока еще не вся куплена, так что стола и стульев нет, но можно сесть на диван.

— Ничего, — успокоил я ее, — я на коленке умею писать.

Одного быстрого взгляда мне хватило, чтобы понять: в эту квартиру въезжали без ремонта, только, может быть, новые обои наклеили. Что это, недостаток средств у Марины Григорьевны, воспитательная мера или настойчивое желание сына поскорее переселиться от матери в отдельное жилище? Подозреваю, что не первое и не второе, а именно третье. Судя по украшениям бывшей жены бизнесмена Анташева, на ремонт однокомнатной квартирки денег у нее вполне хватило бы. Один только деловой костюмчик от «Эскада», в который она одета, стоит столько, что на эти денежки можно всю сантехнику здесь поменять с обычной на элитную.

— Сколько человек проживает в квартире? — спросил я, глядя на Марину Григорьевну, словно она здесь главная и никакого Павлика и в помине нет. — Трое?

— Нет, почему же трое? Только сын. Я живу отдельно.

— А Алла, о которой вы говорили? Она тоже здесь живет?

Ну а что? Прикидываться так прикидываться. Они же говорили про какую-то Аллу, так что я имею полное право на подобные вопросы.

— Нет-нет, вы не так поняли, — торопливо заговорила Анташева. — Никакой Аллы здесь нет. Только мой сын Павел.

— Квартира приобретена в собственность или вы ее получили как очередники?

— В собственность. Я ее купила для сына.

Что ж, теперь можно и на сына обратить внимание. Павел стоял, прислонившись к стене и засунув руки в карманы кожаных брюк, и вид у него был одновременно недовольный и какой-то расслабленный. То есть ни малейшего напряжения визит работника милиции у него не вызвал. Может, он и в самом деле не имеет отношения к убийству Аллы Сороченко и возле театра вчера был не он? А может, успешно притворяется.

— Будьте любезны ваш паспорт, — обратился я к нему.

Павлик нехотя отлип от стены и вяло выполз из комнаты. С мебелью и впрямь было напряженно, посему документы пока хранились, вероятно, в кухне в коробке. Или он носит паспорт с собой в кармане куртки. К сожалению, в прихожей никакой вешалки я не увидел, там были только пустые стены и обувь на полу, так что впору было сделать вывод, что верхняя одежда тоже складывается где-то в районе кухни. Жаль, конечно, что одежду мне увидеть не пришлось, все-таки какое-никакое описание куртки, в которой накануне видели неустановленного молодого человека возле театра, у меня было, и можно было бы сделать первые прикидки. Впрочем, это работа не моя, а оперативников, а мне не велено соваться туда, куда не велено. Вот она, горькая доля участковых... Впрочем, кому, может, и горькая, а мне в самый раз, я за раскрытиями никогда не гнался, и ежели чего удавалось нарыть — с легкой душой отдавал операм. Им — галочки в отчетность, мне — нагоняи от начальства за отсутствие показателей участия в раскрытии преступлений и розыске преступников, но операм галочки нужнее, а мне от взбучек ни жарко ни холодно, я давно отучился быть трепетным.

Павел принес паспорт, и дальше разговор пошел привычным порядком: вопрос — ответ, вопрос — ответ, запись в журнал, запись в блокнот. В журнал шло то, что предписано инструкцией, в блокнот — то, что интересует лично меня. Минут через десять я почувствовал, что пришло время снова вернуться к Алле, но не напрямую.

— Анташев, Анташев... — я изобразил усиленную работу мысли. — Вы на моем участке раньше не проживали?

— Откуда я знаю, где ваш участок? — задал Павел встречный вопрос, который по интонации был скорее похож на попытку огрызнуться. Ах ты, огрызок сопливый!

Марина Григорьевна постаралась исправить положение. Вообще она, похоже, тетка нормальная.

— Мы раньше не в этом районе жили, — вежливо сказала она, — мы с сыном жили в Марьине, я и теперь там живу.

— Странно, откуда же мне ваша фамилия знакома? Фамилия редкая, бескоренная, я имею в виду — с точки зрения русского языка. Но я совершенно точно где-то ее слышал... Это ваша девичья фамилия? — обратился я к матери.

— Нет, это фамилия мужа. Мы в разводе.

— Вон что... Так, может, ваш муж здесь проживал? Не знаете?

— Не знаю, — она пожала плечами. — Пока мы были женаты, у нас была квартира на Малой Бронной, а где он жил до этого, я не очень в курсе. Может быть, и в вашем районе. Но в то время вы вряд ли могли работать участковым, это было больше двадцати лет назад.

— Это да, — согласился я с ее безупречной логикой. — Двадцать лет назад я еще в школе учился. А вот насчет Аллы я хотел еще спросить. Она здесь бывает?

— Господи, да что за вопросы у вас такие странные! — возмутилась Марина Григорьевна. — При чем тут какая-то Алла? Я же вам русским языком сказала: квартира куплена мною для сына, я — собственник, а жить здесь будет Павлик. Один. И все.

— Вы извините меня, Марина Григорьевна, — мягко сказал я, краем глаза наблюдая за Павликом, который при новом упоминании Аллы здорово напрягся, — но я участковый, а не дворник. Вы вспомните: вы открыли мне дверь, увидели человека в милицейской форме и сразу подумали, что я пришел насчет Аллы. Это ваши слова, я ничего не выдумал. О чем это говорит? О том, что есть некая Алла, которой может интересоваться милиция, уж не знаю, что она там натворила, но у вас есть все основания полагать, что мы можем ею интересоваться. И я как человек, отвечающий за жилой сектор, должен знать, может ли эта Алла здесь появиться и чего от нее ждать. Поймите, это не праздное любопытство, это моя обязанность, работа у меня такая. А вдруг она — сбытчица наркотиков и собирается устроить в этой квартире притон, пользуясь неопытностью и молодостью вашего сына? Да мало ли что может быть...

Я собирался тянуть свою балладу о том, как «опасно водить караваны в горах», до тех пор, пока меня не прервут самым решительным образом. Тянуть пришлось недолго.

— Что за глупости вы говорите! Можете быть спокойны, Алла здесь никогда не появится. И вообще, она ни с каким криминалом не связана.

— Откуда вы знаете? — быстро спросил я. — И как вы можете быть уверены, что она не появится на моем участке и не наделает глупостей?

— Покойники из морга не сбегают, — ухмыльнулся Павел.

— Паша!

— Да ладно, чего ты. Нет, правда, гражданин начальник, вы зря напрягаетесь, она сюда не придет. Она вообще уже никогда никуда не придет.

— Как я должен вас понимать?

— А так и понимайте. — Павлик вытащил из кармана брелок без ключей, высоко подбросил и весьма ловко поймал. — Ее убили. Вчера, между прочим.

— Ну да, конечно, — торопливо заговорила его мать, — Аллу убили, поэтому, когда я вас увидела, я и решила, что вы пришли поговорить о ней. Правда, со мной сегодня уже разговаривали ваши люди, но я знаю, что одной беседой дело не заканчивается.

Голливуд без меня, конечно, обойдется, есть актеры и получше, но я старался, как мог.

— Алла... Ну конечно, теперь я вспомнил! Вчерашнее убийство жены бизнесмена Анташева. Вот откуда мне фамилия-то ваша знакома. А я все голову ломаю! Алла... у нее какая-то фамилия украинская, да?

— Сороченко, — сухо подтвердила Марина Григорьевна. — Послушайте, Игорь...

— Владимирович, — подсказал я.

— Игорь Владимирович, это все не имеет к нам ни малейшего отношения. Мы с мужем расстались несколько лет назад, Алла — его вторая жена, это совершенно посторонний для нас с Павликом человек. Мы ничего о ней не знаем и знать не хотим.

— Понятно, понятно, — успокоил я ее. — Не нужно так нервничать, я же не следователь. И вообще, убийство было не на моей территории, так что меня оно не касается никаким боком.

В квартире Павла Анташева я пробыл еще минут пятнадцать, но больше ничего существенного об убийстве Аллы Сороченко не услышал. И вот этот факт и казался мне самым любопытным. По опыту знаю: люди непричастные, как правило, стараются рассказать все, что знают, и даже то, чего не знают, строят догадки, выдвигают версии и хотят быть полезными. Напрягают память и фантазию, вспоминают и выдумывают, но им (не всем, конечно, но многим) ужасно хочется стать тем главным свидетелем, благодаря которому преступление будет раскрыто. А люди, которые ведут себя совсем не так, то есть отмалчиваются, уходят от вопросов и ответов и ссылаются на то, что ничего не знают, на самом деле знают, и немало. Разумеется, бывают и исключения, то есть человек отмалчивается не оттого, что ему есть что скрывать, а просто характер у него такой. Ну неразговорчивый он, что тут сделаешь? Или у него зуб болит. Или личная драма сердце разрывает. Однако опыт показывает, что ежели при обсуждении убийства своего знакомого свидетель молчит, то тут всегда есть о чем подумать.

Этими весьма, надо признаться, банальными соображениями я и поделился по телефону с Иваном Хвылей, когда покинул матушку и сыночка Анташевых. Было уже почти десять вечера, вчерашняя простуда, как-то подзабытая под гнетом утренних переживаний и текущих рабочих проблем, снова выползла наружу и приподняла голову, дескать, але, молодой человек, лечить меня будем или где? Я тоже живая, мне кушать надо, и ежели ты мне не закинешь в топку какое-нибудь лекарство, то я начну поедать твое драгоценное здоровье.

Заехав в аптеку и купив какой-то противопростудной ерунды, я вернулся домой и минут пять решал, какова будет последовательность действий. Действий было несколько: поесть, позвонить родителям, накормить зверей, поменять кассеты в записывающей аппаратуре, выпить лекарства. Что сделать в первую очередь, а что потом? С одной стороны, очень хотелось есть, вкусный Светкин обед давно разошелся на успешно потраченные калории, с другой стороны, коты тоже голодны, и их жалко. Утром я забыл, погрузившись в горестные раздумья о себе и собственных родителях, вынуть мясо из морозильной камеры, и теперь размораживать его придется в микроволновке. А микроволновка у меня всего одна, и если положить туда мясо, то мой ужин уже не влезет, потому и приходится решать, кого кормить в первую очередь, себя или зверинец. С кассетами все не так сложно, их можно поменять в любой момент, просто для этого нужно обойти всю квартиру (надо заметить, немаленькую), а сил нет. С лекарствами куда сложнее, я никогда не мог запомнить, какие препараты следует принимать до еды, какие — после, а какие во время приема пищи. Вот эти, которые от простуды, — их когда пить? Хоть убейте, не помню. Можно спросить у мамы, но она тут же начнет переживать, придумывать мне страшные болезни, а утром рассказывать о бессонной ночи, проведенной в тревоге о моем здоровье. Нет, у мамы спрашивать нельзя. Можно позвонить Светке, она тоже знает, но это чревато тем, что Светка, если она дома, тут же примчится меня лечить. Я, конечно же, всегда рад ее видеть, но категорически не хочу, чтобы она из-за меня бросала семейные дела, мужа и двоих детей и бежала на ночь глядя поить лекарствами нерадивого соседа и ставить ему банки с горчичниками. И, наконец, самое ответственное дело — разговор с родителями. Учитывая количество звонков, поступивших от мамы за вчерашний вечер и сегодняшний день и оставшихся без ответа, разговор предстоит нелегкий. Меня будут сначала ругать, потом упрекать, потом требовать объяснений, и все это окажется сдобренным вонючей приправой в виде советов бросить эту работу и рассказов о том, как им за меня стыдно. Короче, приятного мало, неприятного — много, но пройти через это все равно придется. Не звонить нельзя, родители все-таки. В результате мучительных раздумий я решил поставить на разморозку кошачье мясо и одновременно позвонить. Пройду через самое необходимое сразу и потом уже стану предаваться удовольствиям в виде вкусной еды и полезного лечения.

— Папа весь день лежит, не встает, — сообщила мама трагическим голосом. — У него плохо с сердцем после вчерашнего.

— Но ведь премьера прошла суперуспешно...

— При чем тут премьера! Папа очень расстроен из-за твоего поведения. Ты его ни в грош не ставишь. Мало того, что ты не сделал так, как он велел, так ты еще и в ресторан не приехал. Игорь! Что ты себе позволяешь? Как ты себя ведешь? Это какой-то кошмар! Ты весь день не подходил к телефону. Ты плюнул папе в душу и теперь скрываешься.

— Мама, я работал, а не скрывался. Я тысячу раз объяснял тебе, что мне неудобно вести домашние разговоры во время работы, я же все время на людях...

— Не надо мне ничего объяснять! Ты глубоко оскорбил папу вчера, он до сих пор не может прийти в себя.

В общем, я мог бы начать волноваться за папино

здоровье, если бы не знал совершенно точно, что сердце у него работает лучше, чем у многих молодых. Благодаря неустанной маминой заботе великий Владимир Дорошин дважды в год проходит полную диспансеризацию у самых лучших врачей, раз в год — у нас, в России, и раз в год — в Европе, так что за состоянием его здоровья ведется неусыпный надзор. В последний раз кардиограмма у него была просто блестящая, а состояние сосудов вызвало удивление даже у видавших виды докторов: чтобы в таком возрасте да при таких нагрузках — и такие результаты! Помнится, было это не далее как два месяца назад, и мама тогда долго и подробно рассказывала мне о проведенных исследованиях, и мы вместе радовались за папу. Так что если он сегодня целый день лежит и не встает, то не оттого, что у него плохо с сердцем, а исключительно оттого, что у него большие проблемы с самолюбием, гордыней и уважением к чужой личности. Оснований для беспокойства, конечно, никаких нет, но все равно это же мой отец, я его очень, очень люблю, и мне его ужасно жалко. Мне стыдно, что я своим поведением заставил его так сильно переживать. И пусть его переживания кажутся мне неправильными, мне все равно стыдно, и сейчас я готов на все, лишь бы он перестал расстраиваться.

Мамин голос взмывал волнами негодования и опадал, перемежаясь всхлипами, а я — наглец! — доставал из микроволновки мясо, раскладывал по мискам, насыпал сухой корм тем, кому мясо не полагалось, бдительно следил за Айсором, который пытался оттеснить малышку Карму от ее миски и слопать предназначенный для нее антрекот, разглядывал содержимое холодильника и прикидывал, чего бы такого питательного съесть на ужин. Я даже успел с трубкой в руке обойти всю квартиру и поменять кассеты.

— Сынок, а что Катя? Ты с ней виделся?

Вопрос застал меня врасплох, переход оказался неожиданным. Только что я слушал печальную песнь о том, как отравил своим профессиональным выбором жизнь любимым родителям и как гадко поступил, не явившись на банкет, и вдруг Катя какая-то... Я даже не понял, о ком речь.

— Катя? — переспросил я.

— Ну да, Катя, эта девушка с телевидения. Она мне очень понравилась. Я же велела тебе присмотреться к ней повнимательнее. Сегодня по каналу «Культура» был ее репортаж о премьере. Дивно, просто дивно! И папа так хорошо выглядел! Мне уже все приятельницы позвонили.

— Ах, Катя... Нет, мама, я работал целый день.

— Но ты ей звонил?

— Нет, не звонил.

— Почему?

Интересный вопрос. Действительно, почему я не позвонил Кате? Мамуля у меня правильная, хорошо воспитанная, и если бы она узнала, что Катя вчера ночевала у меня, а сегодня я ей даже не позвонил и вообще с трудом вспомнил, кто она такая, она упала бы в обморок.

— Мамуль, Катя уехала в срочную командировку. Когда она вернется, она сама мне позвонит, — соврал я, принюхиваясь к аромату блюда, разогревающегося в микроволновке.

Странно, но запаха я не почувствовал. Как же так? Горячая еда обязательно должна пахнуть, желательно вкусно. Но если и не вкусно, то хоть как-нибудь. Мой же ужин не имел вообще никакого запаха. Может, я печку забыл включить и он стоит там по-прежнему холодный? Я открыл дверцу и потрогал стеклянную емкость, в которой предполагал подогреть жаркое из курицы с картошкой. Емкость оказалась горячей, но запаха не было. Насморк! Господи, идиот, у меня же нос заложен, какие уж тут запахи. Удивительно, что я вообще еще дышу.

— Сынок, ты должен мне пообещать, что, когда Катюша вернется из командировки, ты привезешь ее к нам в гости. Папа будет очень рад, она ему тоже понравилась. Я приготовлю рыбу по-каталонски, мне недавно дали дивный рецепт...

— Не уверен, что она сможет приехать, но я ей предложу, — лицемерно пообещал я. — Мам, я, кажется, немного простыл. Какое лекарство мне выпить?

Это была не ошибка, а продуманный тактический ход. Разговор о моей простуде отвлечет ее от Кати, а последующие мысли о ней — от тревоги за папино здоровье. Все-таки беспокойство о непутевом молодом сыне заведомо слабее, нежели беспокойство о своем кумире, которому под шестьдесят.

Расчет оказался правильным, я тут же получил подробные указания о том, какие лекарства, в каких дозах и в какой последовательности нужно принять, и был освобожден (надо полагать, по случаю тяжелой болезни) от дальнейшего выслушивания указаний, как мне жить. Уже через пять минут я с полным удовольствием поедал свое жаркое, предварив прием пищи доброй стопкой хорошей водки. А что? Мама разрешила и даже рекомендовала.

ВИРТУАЛЬНАЯ ПЕРЕПИСКА

Одалиска — Морю, 22 января 2004 года

Дорогая Море!

Я снова в полном раздрызге... Костя опять уехал и не сказал, когда вернется. Наверное, к ней поехал. Отношения будет восстанавливать. После возвращения он был хороший, ласковый, задаривал меня и Дашку всякими шмотками, купил домашний кинотеатр, вот, говорит, наслаждайся своими сериалами в полный рост. Я было успокоилась, думала, может, и вправду он ездил взятку давать, и никакой любовницы там нет. А когда он опять уехал, всякие мысли в голову полезли. Знаешь, я в книжках читала, что, когда мужья заводят любовниц, у них возникает сильное чувство вины перед женами и они стараются изо всех сил эту вину искупить, становятся ласковыми, внимательными, делают подарки. В общем, все в точности как у меня. Если бы он ездил на Новый год по делу, то, наверное, после возвращения вел бы себя как-то по-другому.

Или нет? Что ты думаешь? И если я права и он завел себе другую бабу, то что мне делать? Ты правильно написала мне тогда, что нельзя все бросать и сваливаться на голову родителям, я обдумала и поняла, что это правильно. Но если так нельзя, то как можно? Что мне делать, Море? Ну посоветуй же что-нибудь. Только ответь быстрее, ладно? Ты у меня единственная подруга, мне больше некому рассказать, не с кем поделиться. Мне очень одиноко, Моречко. Пиши скорее, я жду.

Твоя Одалиска.

Море — Одалиске, 25 января 2004 года

Милая Одалиска, ну что ты опять... Право слово, как маленькая. Почему ты решила, что Костя уехал к женщине? С чего ты это взяла? Он что, сказал тебе об этом? Уверена, что нет. Все это плод твоего воображения. И уехал он не к женщине, а по делам.

Запомни: нет ничего глупее необоснованных подозрений. А основания — это не то, что ты чувствуешь, и не то, что ты прочитала в книжках, а факты. Если у тебя есть факты, давай их обсудим и вместе сделаем выводы.

Еще раз прошу тебя, не впадай в панику раньше времени. Перечитай мое письмо от 29 декабря, чтобы мне в целях экономии времени не повторяться. Извини, убегаю, начальство вызывает.

Море.

Одалиска — Морю, 26 января 2004 года

Я тебе надоела, да? Я не обижаюсь, я понимаю, ты работаешь, ты очень занята, у тебя нет времени, чтобы каждый день подолгу со мной разговаривать. Я имею в виду писать мне длинные письма. Это я бездельница, сижу дома, а когда Костика нет, мне даже еду не нужно подолгу готовить. Для него я всегда стараюсь, чтобы было вкусно, сытно, разнообразно, а когда мы вдвоем с Дашуней, много ли нам надо? Она вообще одни пирожные, йогурты и сладкие творожки готова есть целыми днями, кашу не запихнешь, не говоря уж об овощах и мясе. Так что времени у меня — вагон. Вот я этот вагон и загружаю телевизором и письмами к тебе.

Ты пишешь, что для выводов нужны факты. А у меня их нет. Так что же мне теперь, сидеть и ждать, когда Костя меня бросит? Были бы факты, я бы с ним поговорила, потребовала бы объяснений. А так что?

Наверное, я кажусь тебе глупой. Ну утешь меня хоть как-нибудь!

Целую тебя,

твоя Одалиска.

Море — Одалиске, 7 февраля 2004 года

Одалиска!

Не смей думать, что кажешься глупой или что ты мне надоела! И тем более не смей об этом писать. Не обижай меня. Я уже говорила тебе, что прелесть анонимного общения через Интернет в том и состоит, что это общение можно в любой момент прервать, и никому за это ничего не будет. Ты просто перестаешь отвечать на письма, и найти тебя нет никакой возможности. Если бы ты мне надоела, я бы так и сделала. Но я же переписываюсь с тобой, значит, мне это нужно и интересно. Я привыкла к тебе за то время, что мы знакомы, я привязалась к тебе. Ты моя подруга, и я тебя люблю. А если не отвечаю тебе сразу и письма мои так лаконичны, то это только потому, что много работаю, и ты прекрасно все понимаешь.

Ты считаешь, что фактов у тебя нет? Ты ошибаешься, Одалисочка. Факты есть, только ты не хочешь или не умеешь их видеть. И среди этих фактов самый главный — тот, что у тебя нет фактов. Хорош софизм? В институте по философии у меня всегда была пятерка.

Если ты не поняла — поясню. Когда муж начинает изменять жене, он сам может относиться к этому только двумя способами. Либо он хочет скрыть свою измену от жены и делает все для того, чтобы она об этом не узнала, либо ему на это наплевать, он ведет себя кое-как, и у жены, естественно, очень быстро появляются поводы для подозрений, то есть эти самые факты. В твоем случае фактов нет, и это означает что? А то, моя дорогая, что он хочет скрыть от тебя свой роман на стороне. Разумеется, это рассуждение справедливо только в том случае, если роман действительно есть. А может быть, его все-таки нет, а? Может быть, он действительно уезжает по служебным надобностям?

Теперь разобьем проблему на две части. Часть первая: у Константина есть любовница, и он хочет от тебя это скрыть. О чем это говорит? О том, что он стремится сохранить ваш брак, он не хочет, чтобы ты узнала о его измене. Он хочет продолжать жить с тобой и с дочкой, он хочет, чтобы ты его по-прежнему любила. Иными словами, бросать тебя он не собирается, у него этого и в мыслях нет, более того, он делает все для того, чтобы этого не случилось. Поэтому ни о каких «сидеть и ждать, пока он меня бросит» даже речи быть не может.

Часть вторая: а есть ли вообще эта мифическая любовница? У меня, например, большие сомнения. Во всяком случае, никаких фактов, подтверждающих ее наличие, у нас с тобой нет. И знаешь, что еще я хотела тебе сказать, Одалиска? Только ты не обижайся. Ты не работаешь, сидишь дома, потому и не представляешь, как важно для человека дело, которым он занимается, особенно если это бизнес и если он приносит доход, на который ты живешь. Если бы ты занималась бизнесом или высокооплачиваемой работой, ты бы понимала всю важность вовремя принимаемых правильных решений, подписанных контрактов или достигнутых договоренностей, и ради них ты готова была бы лететь куда угодно и когда угодно, забыв о праздниках, отпусках и собственных удобствах. Потому что когда делаешь деньги, то дело всегда на первом месте, и жены бизнесменов должны быть изначально к этому готовы и не тешить себя ненужными иллюзиями. Ты хотела красивой жизни, богатой, устроенной, ты хотела меха, украшения и собственный дом, но ты никогда не думала о том, чем и как ты будешь за это расплачиваться. Или ты считала, что твоей красоты достаточно, чтобы за это заплатить? Нет, зайка моя, так не бывает. Платить приходится собственными желаниями и представлениями о семейной жизни, которая складывается совсем не так, как тебе мечталось. Ну вот, ты получила то, что хотела, а платить что же, не собираешься? Так не получится.

Но в любом случае это всего лишь рассуждения. Постарайся вспомнить, что делал и что говорил твой муж накануне отъезда, в день отъезда, с кем разговаривал по телефону, может быть, к нему кто-то приезжал, он с кем-то встречался? В каком он был настроении, какие слова употреблял в разговоре с тобой? Здесь важна любая мелочь, если, конечно, ты на самом деле хочешь понять, куда и зачем он уехал.

Но только я прошу тебя, Одалиска, подумай как следует, прежде чем мне отвечать. Хочешь ли ты на самом деле разобраться? И если правда окажется не самой приятной, хочешь ли ты ее узнать? Вопрос не праздный, ведь если ты узнаешь правду, то с этим надо будет что-то делать. А ты готова к этому? Может быть, лучше все-таки закрыть на все глаза и продолжать верить мужу, любить его и принимать таким, какой он есть? Я, кстати, почти на 100 процентов уверена, что лучше верить и любить, потому что никакой бабы у него нет. Но если тебя этот вопрос беспокоит, то давай разбираться. Только, я повторяю, разбираться будем на уровне фактов, а не твоей неуемной фантазии. Я все-таки финансовый аналитик, а не пустоголовая сплетница, которая готова на полном серьезе обсуждать байки о зеленых человечках на летающей тарелке.

Целую,

Море.

Одалиска — Морю, 19 февраля 2004 года

Значит, я, по-твоему, пустоголовая сплетница, да? Хорошего же ты обо мне мнения. Если не хочешь больше переписываться со мной, так и скажи.

О.

Море — Одалиске, 20 февраля 2004 года

Да ты с ума сошла, Одалисочка! Неужели я тебя чем-то обидела? Ну прости, родная, я совсем-совсем этого не хотела. Ты же видишь, я готова обсуждать с тобой каждую мелочь, я вся к твоим услугам, и поверь мне, я болею за тебя всем сердцем, и мне совсем не безразлично, что там у тебя происходит. Просто у меня такая манера изложения, я ведь объясняла тебе, это специфика работы и определенного менталитета. Я не умею на работе быть одной, а у компьютера — другой, я расслабляюсь и немножко меняюсь только тогда, когда хотя бы несколько дней не работаю. Работа в банке — это не то, что выключил компьютер в шесть часов, запер кабинет, вышел из здания и переключился на свободную личную жизнь. Голова забита служебными делами постоянно, я и домой беру материалы, и на выходные и все время думаю о них.

Ну вот, ты теперь снова обидишься, подумаешь, что я расписываю тебе свою занятость, чтобы ты острее ощутила разницу между нами. Я, мол, тружусь с утра до ночи, а ты баклуши бьешь. Нельзя так, солнышко мое, нельзя, чтобы каждое лыко было в строку.

Судя по тому, как долго ты собиралась отправить мне свой короткий упрек (целых 12 дней!), ты все это время на меня дулась. Нормальному человеку не нужно почти две недели, чтобы написать три строчки. Обиделась — скажи сразу, и я сразу извинюсь, и мы объяснимся друг с другом, и все опять станет хорошо. А ты копишь обиду... Это неправильно, Одалиска! Я же не враг тебе. Говорят, что месть — это блюдо, которое надо подавать холодным, но это правильно по отношению к мести и — повторюсь — к врагам, а обида — это совсем другое дело. Обиды надо высказывать сразу и не относиться к обидчику как к врагу, ведь обидеть может и очень близкий человек, любимый и любящий тебя. Он не желает тебе плохого, просто произошло недоразумение, он ляпнул что-то не то, ты поняла что-то не так, или у вас просто настроение не совпало, и он имел в виду одно, а ты поняла это совсем по-другому. Такие вещи надо прояснять сразу и не тратить душевные силы на то, чтобы дуться целых 12 дней.

Ну и что, красавица моя, ты потратила 12 дней впустую? Вместо того чтобы вспоминать и по крупицам собирать факты, которые мы с тобой собирались обсудить, ты все это время жевала обиду? Или все-таки что-нибудь вспомнила и готова излагать?

Люблю тебя, целую и жду письма,

Море.

Одалиска — Морю, 20 февраля 2004 года

Ой, Моречко, роднуся моя, я такая дура! Прости меня, если можешь. А главное — ты такая молодец, что не обиделась на меня. Ты умная ужасно. И мудрая, как будто тебе сто лет. А кстати, сколько тебе? Ты говорила, что тридцать. Это правда? А может, пятьдесят? Хотя нет, конечно, это я хватила через край, если бы тебе было пятьдесят, ты бы не стала со мной переписываться. Пятьдесят — это уже совсем старухи, они и компьютером-то пользоваться не умеют. Но все равно ты ужасно умная, и спасибо случаю, что мы с тобой познакомились на сериальном форуме. Я какую-то чушь несу, но ты не обращай внимания, это я от радости. Ты снова со мной! Ура!

Я старательно перебрала в памяти все, что могла вспомнить о Косте накануне его отъезда. Ничего особенного не вспомнилось. Да, ему звонили, но это как обычно, и на домашний телефон, и на мобильник. Он при мне вообще-то почти никогда не разговаривает, или выходит из комнаты, или дверь закрывает, но так всегда было, в этом нет ничего необычного. Знаешь, бизнесмены все такие подозрительные, им повсюду шпионы конкурентов мерещатся. И еще однажды мне Костя признался, что когда разговаривает по делу и сердится, то сильно ругается матом, поэтому старается, чтобы его ни я, ни главным образом Дашка не слышали. Я тогда спросила, может, лучше не ругаться, тогда и выходить из комнаты не нужно будет, а он ответил, что эти козлы только мат понимают, а когда по-человечески с ними разговариваешь, ничего не делается или делается через одно место. Как ты думаешь, это правда?

Я до Нового года никогда особо не прислушивалась к его разговорам, а потом, когда про «суку» услышала, стала держать ушки на макушке, но ничего интересного не было. Во всяком случае, мне не показалось, что он там с женщиной какой-нибудь разговаривает или еще что... За день до отъезда он с кем-то разговаривал и спросил: «Сколько у меня времени?» Ему что-то ответили, и он как начал орать, мол, вы что, думаете, у меня десять рук и двадцать ног? Когда мне все успеть? Потом успокоился и говорит: «Ладно, как-нибудь сделаю. Постараюсь, говорю!» Вот и все, больше ничего на память не приходит. Не думаю, что эти слова имеют какое-то отношение к Костиной любовнице. Это что-то по работе, а уехал он именно к ней, я уверена. И знаешь, Море, чем больше проходит времени, тем больше я в этом убеждаюсь и — что самое странное — тем спокойнее становлюсь.

Костя мне звонит примерно раз в три дня, говорит, что ситуация сложная и когда вернется — не знает. Сначала я бесилась страшно и каждый раз начинала выспрашивать, что это за дела такие и почему он не знает, когда они закончатся, а потом перестала. Да, милый, нет, милый, все в порядке, Даша здорова, дом не сгорел, продукты есть — Вовик привез из города (Вовик — это наш водитель).

А бывает, такая тоска накатит — выть хочется. Мечусь по дому и реву в голос. Дашку пугаю... Как представлю себе, что я тут одна, а он там с другой бабой развлекается, так хоть в петлю лезь. Ты у меня одна осталась, Моречко, родная моя. Не бросай меня, пожалуйста.

Твоя любящая Одалиска.

Море — Одалиске, 26 февраля 2004 года

Одалиска моя милая, здравствуй!

Что-то ты опять поддалась эмоциям. Говоришь, фактов нет, а как же Костины звонки? Ведь это самое главное. Что он говорил тебе, какими словами, в каком был настроении, называл ли тебя ласковыми именами, говорил ли, что любит и скучает? В какое время дня (или ночи) звонит, громко разговаривает или понижает голос, как будто не хочет, чтобы его слышали, доносятся ли в трубку посторонние шумы, по которым можно судить, что он находится, например, в ресторане? Торопится ли он при разговоре или беседует с тобой не спеша? Говорит ли только с тобой или просит подозвать дочку, чтобы услышать ее голосок? Как же ты упускаешь такие важные вещи? Ведь мы с тобой договорились, что будем анализировать факты, а ты все факты опускаешь.

Это халтура, дорогая моя. Так мы с тобой ничего не добьемся. Впрочем, я, наверное, не права, я ведь сама велела тебе подумать, хочешь ли ты на самом деле во всем разобраться или предпочитаешь ничего не знать и на все закрыть глаза. Ну и как, ты подумала?

Насчет вытья, рева и петли — даже слушать не хочу.

Самый простой путь — поверить в плохое, расстроиться и чувствовать себя несчастной, это легче всего, это каждый дурак сможет. А вот наступить на горло захлестывающим тебя эмоциям, взять себя в руки, заставить себя думать о хорошем, надеяться на хорошее, верить в хорошее, когда все вокруг твердит: плохо! плохо! — на это нужны силы, огромные душевные силы. На это способен далеко не каждый. Но я верю, что ты-то как раз способна, потому что ты умная и сильная. И ты просто обязана перестать чувствовать себя несчастной, потому что рядом с тобой ребенок. Если ты чувствуешь себя несчастной, то и ведешь себя как несчастная, а дети это видят и понимают, и им это неприятно. Да и любому взрослому мало радости от того, что рядом находится глубоко несчастный человек. Если ты хочешь, чтобы тебя любили, если хочешь, чтобы людям рядом с тобой было комфортно и радостно, будь счастливой. Заставь себя быть счастливой, иначе отравишь жизнь малышке. Ей ведь уже шесть лет, она достаточно взрослая, чтобы чувствовать и понимать такие вещи, можешь мне поверить. Что бы ты там ни думала о Косте, ты обязана позаботиться о Дашеньке, о ее душевном покое, о том, чтобы жизнь ее была легкой и радостной рядом с мамой, иначе еще чуть-чуть — и она начнет тебя избегать. Быть несчастной легко, а вот попробуй-ка быть счастливой и радоваться жизни каждый день, каждую минуту, что бы ни происходило! Адская работка, не всем по силам. Но ты справишься, я уверена.

Итак, жду подробного отчета о Костиных звонках или категорического отказа копаться в этой истории. Решать тебе, но я всегда рядом и готова подставить плечо, помни это.

Целую тебя,

Море.

Одалиска — Морю, 1 марта 2004 года

Моречко, дорогая! Я долго думала над тем, что ты написала. Честно говоря, я не очень поняла, как можно заставить себя быть счастливой, когда все плохо. То есть я поняла, что это непременно нужно ради Дашки, тут я с тобой согласна, но я не знаю, как это сделать. И по-моему, ни один человек на свете этого не знает. Так что не требуй от меня невозможного.

Я решила ни за что не отказываться от возможности разобраться и узнать, что же происходит на самом деле. В конце концов, я не вещь, я свободный человек и не желаю тупо лежать в шкафу и ждать, когда хозяину придет нужда мной попользоваться. Я хочу сама решать, что мне делать. Ну может, не совсем сама, а с твоей помощью, но именно решать, а не ждать милости от судьбы. Поэтому вот тебе подробный отчет о Костиных звонках.

Звонит он в разное время, и днем, и поздно вечером, и рано утром. Разговаривает спокойно, громко, никуда не торопится. Правда, настроение у него почти все время мрачное, видно, что-то не ладится, уж не знаю, в делах ли или с этой сучкой. Но совершенно точно он разговаривает со мной не при ней, то есть голос не понижает и не стесняется называть меня всякими дурацкими прозвищами, ну, знаешь, как это бывает. Всякие там дусики-пупсики-лапусики, в общем, то, что в постели кажется таким милым, а в письме даже пересказывать неловко, настолько глупо это выглядит. Если Дашка не спит, обычно просит ее взять трубку и сказать пару слов и каждый раз обещает ей, что вот папа приедет и привезет новую куклу или электронную игру. Звонит он, как мне кажется, из разных мест, потому что иногда я ничего не слышу, кроме его голоса, как будто он один в комнате, иногда слышен работающий телевизор, а два раза он звонил из ресторана, он сам сказал, что сидит в кабаке, обедает, но не знаю, может, врал, потому что ничего особенного я в трубке не слышала. Впрочем, кажется, днем в ресторанах шумно не бывает. Как ты считаешь? В общем, если проанализировать его звонки, то складывается впечатление, что он звонит, когда его бабы нет рядом. Может, она на работе днем, или в ванную пошла, или в магазин. Это хорошо или плохо, что он при ней не звонит? Я все думаю и не могу прийти ни к какому выводу. То мне кажется, что это хорошо, ведь если он старается, чтобы я ничего не заподозрила, значит, хочет сохранить наши отношения, ты сама меня так учила. А иногда кажется, что плохо. Если он не звонит при ней, то, может быть, она вообще не знает, что он женат и у него есть ребенок. И он не хочет, чтобы она узнала. То есть он не меня бережет, а ее. Вот такие пироги, Моречко. ·

Что ты думаешь по этому поводу? Отвечай быстрее, а то у меня от всех этих мыслей скоро голова лопнет.

Твоя Одалиска.

Море — Одалиске, 4 марта 2004 года

Привет, Одалиска!

Твое настроение мне теперь нравится куда больше. Оно стало более конструктивным. Ты уже не ноешь и не размазываешь сопли по полу, а пытаешься осмыслить факты, причем с разных сторон. Так держать, подружка!

Правда-правда, у тебя здорово получается, это тебе финансовый аналитик говорит со знанием дела. Только небольшая промашечка у тебя все же вышла: ты по-прежнему исходишь из того, что у Кости есть любовница, и все свои интеллектуальные силы направляешь на то, чтобы понять, насколько серьезны их отношения и угрожают ли они вашему браку. А тебе не приходило в голову, что те же самые факты свидетельствуют о простой вещи: никакой любовницы у него нет, и он действительно находится в деловой поездке? Ведь все совершенно однозначно указывает именно на это, а ты с упорством тупой папуаски вцепилась в мысль о любовнице и трясешь ее, как ребенок погремушку.

Резюмирую: у тебя нет фактов, которые неопровержимо свидетельствовали бы о том, что твой муж тебе изменяет. И у тебя нет фактов, которые убедительно свидетельствуют об обратном, то есть о том, что поездка его носит чисто деловой характер. Иными словами, у тебя, с точки зрения логики, есть равное право думать и о хорошем (деловая поездка), и о плохом (наличие любовницы). РАВНОЕ право, я это подчеркиваю. Так почему из двух РАВНЫХ возможностей ты выбираешь худшую? Что это за непреодолимое стремление к плохому, к тому, чтобы немедленно и первым делом поверить в худшее и тут же начать чувствовать себя несчастной?

Одалисочка, давай будем думать о хорошем, а? Подумать о плохом ты всегда успеешь, на это много ума не надо. Ты любишь Костю, он любит тебя, у вас чудесная девочка, и что еще нужно для счастья?

До скорого,

Море.

P.S. И не вздумай обижаться на «тупую папуаску». Это выражение я украла у своей начальницы, она всегда нас этими словами распекает, но никто не обижается.

М.

Одалиска — Морю, 9 марта 2004 года

Вчера не ложилась до двух часов ночи, все казалось, что уж на 8 Марта Костя обязательно приедет. Приготовила красивый ужин, оделась, накрасилась, стол накрыла. Не знаю почему, но у меня с самого утра была твердая уверенность, что он обязательно вернется. Ведь праздник же, тем более женский, и после того, как он бросил нас в Новый год, он не посмеет опять...

В общем, он посмел. Он не приехал. До пяти утра я проревела, потом уснула. Теперь вот проснулась, вся опухшая, страшная, глаза бы не глядели в зеркало, да и на весь мир тоже. Я очень старалась, Моречко, честное слово, я изо всех сил старалась думать о хорошем, и у меня уже почти получилось. И я загадала: если он вернется к празднику, то все будет хорошо. Он увидит, что мы с Дашкой его ждем, мы будем радостные, счастливые, и я не скажу ему ни одного слова в упрек, буду нежной, ласковой, любящей. А если он не вернется, значит, зря я думаю о хорошем, на самом деле все плохо, и у него завелась баба, к которой он так надолго уезжает. Я даже знаешь что подумала? Он в том городе, где она живет, открывает филиал и переводит туда часть своего бизнеса, чтобы иметь возможность почаще туда ездить и подольше там бывать. Поэтому он действительно поехал туда по делу, тут Костя не соврал. И поэтому он там так долго торчит. Как ты думаешь, я права?

Ой, Море, не знаю я, не знаю, как жить дальше... Это что же, он собирается жить на две семьи, на два дома, так, что ли? А если там ребенок родится?

Не могу больше писать, опять плакать начала, от слез ничего не вижу, ни клавиатуру, ни экран. Пока, Моречко.

Одалиска.

ИГОРЬ ДОРОШИН

Почему-то я был уверен, что Иван Хвыля больше не позвонит мне, по крайней мере в связи с делом об убийстве Аллы Сороченко и Николая Кузнецова. Никакого результата я не дал, в том смысле, что моя беседа с сыном и бывшей женой Анташева ничего интересного не принесла, и Хвыля имел полное право сделать вывод о моей бесполезности. Но я ошибся. Впрочем, ничего странного в этом не было, я вообще часто ошибаюсь, а в последнее время даже чаще, чем обычно.

Я уже собирался уходить домой, когда заглянул Валька Семенов и предложил пойти попить пива в расположенное рядом заведение. Я начал было отказываться, потому что на вечер у меня были определенные планы, но Валька проявил настойчивость и серьезно сказал, что приглашает не просто так. Этим «не просто так» и оказался Хвыля, с которым Валька, как выяснилось, был давно знаком, хотя вместе они никогда не работали. И еще выяснилось, что Хвыля решил «выставиться» пивом, потому что не привык одалживаться на халяву.

— Слушай, Игорь, надо еще с Павлом Анташевым поработать. Мы с ним уже встречались, но опрос запороли. Потом его следователь вызывал — и тоже по нулям. Короче, выручай. Может, у тебя получится.

Лаконичное «запороли опрос» на человеческом языке означало, что к разговору с юношей Павликом оперативники не подготовились, никаких сведений о мальчике не собрали, кроме тех, которые я им сообщил, вопросы задавали в лоб, ответы получали такие же прямолинейные и не смогли ни на чем зацепить Павла так, чтобы заставить его быть откровенным. Он твердо стоял на том, что к Алле относился терпимо, никаких претензий к ней не имел и вообще не понимает, о чем это его тут спрашивают. О том, что в день убийства он находился возле театра, Павел не сказал ни слова. Потом следователь провел опознание, но результаты его оказались более чем сомнительными: свидетели заявили, что куртка на молодом человеке такая же, как была на парне, который во время спектакля отирался возле театра и с которым разговаривал убитый Николай Кузнецов, а вот лицо они опознать не могут. После семи вечера в ноябре уже, как сами понимаете, не ясный день, видимость плохая, и лицо того парня они не разглядели. А куртка — да, точно такая же.

Ну и что с этим делать? Куртку не с Луны привезли, это все-таки массовое производство, они в магазинах продаются, и носить такие куртки может кто угодно.

— Так, может, это и не Павлик был возле театра-то? — предположил я. — Чего вы в него так уперлись? Других версий нет?

— Версий навалом, — вздохнул Хвыля. — Времени нет, сил нет, людей нет, зато есть другие преступления, причем в полном ассортименте. Честно признаюсь, мы бы не стали к парню цепляться, но он чего-то все крутит, чего-то недоговаривает... Может, и вправду ерунда какая-нибудь, к убийству отношения не имеющая, но следователь велел прояснить до конца. В общем, поможешь? Если нет — говори сразу, я не в обиде, но ты ведь сам предлагал помощь.

Разумеется, я согласился. И вместо того, чтобы идти домой, вернулся в околоток, взял нужные бумажки, сел в машину и отправился к новому дому, где проживает Павел Анташев. Не настолько я законопослушен, чтобы после двух кружек пива не садиться за руль.

Мне хватило получасового обхода дома и осмотра подвалов и чердаков, чтобы сообразить, как построить разговор с Павликом. Оставалось теперь отловить фигуранта, которого, как нетрудно догадаться, дома не оказалось. Но ничего, я подожду, я терпеливый. В голове уже несколько дней носятся фрагменты мелодии, так что можно провести время с пользой. Нотной тетради у меня с собой нет, но я раскрыл большой блокнот, кое-как начертил нотный стан и принялся набрасывать новую песню. Песня получалась грустная, но Борису такие нравятся, он строит репертуар «Ночных рыцарей» с таким расчетом, чтобы группа отличалась от среднестатистической забубенно-веселой попсы. Вот есть группа «Любэ» с акцентом на смысл и мужественность, а есть «Ночные рыцари» с уклоном в сентиментальность и романтику с легким налетом печали.

Ждать пришлось долго, Павлик появился около полуночи. Я выскочил из машины и перехватил его у подъезда.

— Здравствуй, ты меня помнишь? Я ваш участковый, капитан Дорошин.

— Помню, — ответил он хмуро.

— Пять минут есть? Поговорить надо.

— О чем говорить-то? После одиннадцати вечера не имеете права...

— Так тебя до одиннадцати и дома-то нет, как же с тобой говорить? — возразил я. — Да ты не переживай, я много времени не отниму. Понимаешь, я тут подвалы в вашем доме осматривал, ну там на предмет предотвращения терактов и все такое, и мне там кое-что не понравилось.

— Ну? А я при чем?

— Да ни при чем ты, успокойся. Но вопросы-то я могу тебе задать?

— Какие вопросы?

— Понимаешь, я в электронике ни бум-бум. Там какая-то аппаратура непонятная, может, совсем безвредная, а может, и нет, черт ее разберет. Когда я у тебя дома был, я заметил, что у тебя стоит навороченный компьютер, вот я и подумал, что ты наверняка лучше меня разбираешься в железе, ваше поколение этому еще в школе учат, а мы-то самоучки, только на уровне тупого пользователя что-то понимаем. Дом у вас новый, народу пока живет мало, и среди всех, кого я здесь знаю, продвинутых пользователей, кроме тебя, нет. Ну как, поможешь?

— А чего надо-то?

— Надо пойти со мной в подвал и посмотреть, что там за аппаратура стоит, всего-то делов.

— А чего вы своих спецов не вызвали?

— Да где ж я тебе их найду в такое время? — рассмеялся я. — Я вечером плановый осмотр проводил, как положено, а у них рабочий день до шести часов. Вот и решил тебя дождаться.

Туфта, которую я гнал без зазрения совести, могла бы вызвать у мало-мальски разумного человека массу вопросов, но Павлик, судя по всему, был то ли излишне доверчив, то ли глуп, то ли просто еще очень молод. Одним словом, он поверил. И пошел со мной в подвал.

Остальное было делом техники. Я не хотел его бить и вообще применять какую бы то ни было силу. Бью я только алкашей, и то не всех, а лишь тех, кто обирает собственные семьи, избивает женщин и детишек и измывается над престарелыми родителями. Есть еще отдельные категории граждан, которым я при необходимости заламываю руки или накатываю в пятак, но Павлик Анташев к ним не относился. Его я собирался только напугать. Но напугать сильно.

Подвал я выбирал любовно и тщательно, поэтому Павлику стало не по себе сразу же, едва он оказался в слабо освещенном помещении, заполненном непонятного назначения трубами и всяческими агрегатами. Минуты три ушло на то, чтобы он понял, что хочет как можно быстрее отсюда уйти, еще пять минут понадобилось на то, чтобы Павлик осознал, что не уйдет до тех пор, пока не ответит на мои вопросы. Еще пара минут была потрачена на обдумывание перспективы остаться в подвале на неопределенный срок в случае категорического отказа «сотрудничать». Я и пальцем к нему не прикоснулся, просто сам подвал был уж очень выразительным, а я старался быть вежливым, но убедительным. В итоге я получил то, что хотел.

Павел действительно был возле театра примерно за полчаса до убийства. Он следил за Аллой, причем занимался этим около трех месяцев. Он поставил своей задачей доказать, что Алла не хранит верность своему мужу, и разоблачить изменницу. Зачем? Да все просто: из-за денег. Мать, Марина Григорьевна, не жалела денег на то, чтобы купить сыну квартиру, одевала его в дорогие шмотки, оплачивала его обучение в институте, то есть щедро тратилась на то, что казалось ей самой нужным, но категорически отказывала сыну в суммах на расходы, которые казались ей необязательными. Поскольку Павлик учился на платном отделении, то никакой стипендии не получал, и ему приходилось клянчить деньги даже на пиво, не говоря уже о посещениях ночных клубов, тратах на девушек, диски, такси и прочих расходах, неизбежно сопутствующих яркой и насыщенной жизни молодежи. А мама денег давала в обрез, только на самое необходимое. Тогда Павлик обратился к отцу, однако Анташев не больно-то расщедрился. То есть какую-то сумму дал, конечно, сын же все-таки, но далеко не такую, на которую Павлик рассчитывал. Через весьма короткое время папины деньги закончились, и мальчик пришел снова. На этот раз Анташева дома не оказалось, зато была Алла, которая вполне внятно и не особо выбирая выражения объяснила юноше, что просить денег у отца, к которому почти шесть лет не приходил и даже не звонил, не очень-то прилично, что в таком возрасте пора уже добывать на пропитание самому, а не сидеть на шее у родителей, что у отца не так много денег, он все-таки не миллионер, и тратить он их должен не на сына, который за шесть лет ни разу даже с днем рождения папу не поздравил, а на новую жену, которая отныне является для господина Анташева единственной отрадой, самым близким человеком и вообще лучом света в темном царстве.

Павлик ушел глубоко оскорбленным. Из всего сказанного Аллой он сделал вывод: если доказать папе, что его новая жена недостойна его любви, что она мужа обманывает и вообще нехороший человек, то он отвернется от нее и приблизит к себе единственного сына. У мамы денег, конечно, достаточно, но договориться с ней невозможно, у нее какие-то застарелые представления о жизни, а папа, получив удар в спину от Аллы, снова проникнется любовью к Павлику и начнет всячески его баловать и осыпать разнообразными благами. Хоть эта сука Алла и сказала, что отец — не миллионер и денег у него не так много, Павлик точно знал, что их в любом случае больше, чем у матери, и если удастся хотя бы частично воссоединить семью, то он, Павлик, снова окажется в полном финансовом шоколаде.

Вот такими соображениями он и руководствовался, когда начал следить за Аллой. Делал он это не систематически, а так, от случая к случаю, потому что надо же было и в институт хоть иногда ходить, и вообще на тотальную слежку деньги нужны, без денег ни такси взять, ни в казино войти следом за Аллой, ни даже в ресторан. В день убийства ему удалось сесть Алле на хвост, когда она направлялась в театр, и Павлик решил дождаться окончания спектакля и посмотреть, с кем она выйдет. Может, ему наконец повезет, и окажется, что Алла ходила в театр с любовником. Но ему не повезло, потому что его заметил Коля Кузнецов, водитель-охранник, который знал Павлика. Коля вышел и строго спросил, что парень здесь делает. Павлик промямлил что-то насчет того, что случайно мимо проходил, и почел за благо ретироваться. Вот, собственно, и все.

— А ты что, на самом деле шесть лет с отцом не встречался? — удивился я.

— Да ну вы что... Встречался, конечно. Сука Алка имела в виду, что я сам, по своей инициативе не приходил и не звонил. А так-то отец все время то за город меня возил, то в клуб, то на футбол. Когда я в институт поступал, он вместе с матерью под дверьми стоял, переживал за меня.

— Чего ж ты сам ему не звонил и в гости не приходил?

— А зачем?

Павлик был искренне удивлен моим вопросом. Я счел за благо прекратить объяснения, потому что если человек не понимает, зачем нужно видеться с родителями или общаться с ними хотя бы по телефону, то все остальные разговоры просто бессмысленны. Как ни отвратителен был мне Павлик Анташев, но я ему поверил. Он говорил правду. Он просто следил за Аллой, желая уличить ее в супружеской неверности, и никакого отношения к ее убийству он не имеет. Хотя бы потому, что у него нет денег, чтобы нанять дорогого киллера, а киллер, судя по хладнокровию и точности прицельной стрельбы, был не из дешевых. Если бы у Павлика было столько денег, сколько стоит наем киллера такого класса, ему не было бы ни малейшей нужды убивать Аллу Сороченко.

Вот вам и весь сказ.

— Ты видел, как Алла входила в здание театра? — спросил я.

— Видел.

— Она была одна?

— Одна.

— Может, она ждала кого-нибудь у входа?

— Да нет, как из машины вышла, так сразу в дверь вошла.

Это, конечно, ни о чем пока не говорило. Она могла условиться с кем-то встретиться прямо в театре, чтобы не ждать на улице на глазах у водителя Коли Кузнецова. Вот если бы Павлик однозначно заявил, что Алла входила в театр в сопровождении спутника или спутницы, тогда совсем другое дело. А так можно было продолжать гадать на кофейной гуще: одна она была, не одна, с мужчиной ли, с женщиной... Однако мне в голову пришел еще один вопрос:

— Вспомни поточнее, вот Алла выходит из машины, подходит к дверям театра.

— Ну.

— Что у нее в руках?

— А что у нее в руках? — тупо повторил вслед за мной Павлик.

— Вот именно: что у нее в руках?

— Не знаю. Сумка, наверное.

— Наверное, — согласился я. — Она ее открывала?

— А зачем?

— Павел, женщины — это не мужчины, — принялся терпеливо объяснять я. — Они ничего в карманах не носят, у них все лежит в сумочках. Если женщина идет в театр, у нее в сумочке что?

— Ну, билет, наверное.

— Правильно. А билеты когда достают?

— А хрен его знает, когда их достают. Чего вы цепляетесь ко мне?

— Не ругайся, когда со старшими разговариваешь. Билет достают, чтобы показать контролеру, а контролеры стоят почти у самого входа, у второй двери. И люди очень часто достают билеты прямо на улице и держат их в руке. Понял, к чему я веду?

— Нет, не понял. Но билеты она не доставала. Вернее, я не видел, чтобы она сумку открывала. Вроде она вышла из машины и пошла... Нет, не обратил внимания. Не помню.

Жаль. Снова никакой ясности. Был у Аллы билет или она взяла его в окошке дежурного администратора? Бестолковый какой-то свидетель этот Павлик Анташев. Больше двух месяцев выслеживал новую папину жену и так и не выяснил, есть у нее любовник или нет. Даже насчет билетов ничего путного сказать не может. Но хоть одно хорошо: версия отпала. Павлик к убийству Аллы, скорее всего, не причастен. Впрочем, не мне решать. Мое дело сообщить Хвыле о результатах, а там пусть сами разбираются.

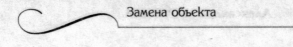
* * *

— Познакомься, Игорь, это Саша Вознесенский, журналист из «Независимой газеты».

— Очень приятно.

Я пожал руку гостю, имеющему тихий и застенчивый вид романтического двоечника. Знаете, есть такие мальчики в каждом школьном классе, которые по одним предметам получают пятерки, а по другим — двойки и тройки, но не потому, что они тупые, а потому, что искренне полагают, будто одни предметы суть обязательны для познания мира и своего места в нем, а другие совершенно бесполезны. Они — романтики, наивно полагающие, что уже все поняли про мировое устройство, и просто странно, что все остальные люди этого не понимают, и им нужно только объяснить, и тогда все будет здорово, в мире воцарятся добро и всеобщая гармония, войны прекратятся и настанет рай на земле.

Саша Вознесенский, которого привела в мой дом тележурналистка Катя Кибальчич, хотел встретиться со мной. Уж не знаю зачем, но Катя очень просила не отказывать. Он смотрел на меня испуганными глазами через толстые стекла очков, беспрестанно курил и говорил негромко, как-то вяло и почему-то просительно. Меня это немало удивило. За годы существования группы «Ночные рыцари» и моей дружбы с Борей Безрядиным я журналистов перевидал видимо-невидимо, и просительных интонаций я что-то ни у кого не слыхал, не говоря уже о том, что не видел испуганных глаз. Журналисты, с которыми мне доводилось общаться, все как на подбор были активными, уверенными в себе, быстрыми в движениях и убежденными в том, что и без того все знают, просто коль уж существует такой жанр «интервью», то следует задавать вопросы и выслушивать ответы, которые, в сущности, никому не нужны. Может, на самом деле эти ребята такими и не были, но впечатление производили именно такое.

— Я хотел бы сделать материал о том, почему убивают бизнесменов и их близких, — путано объяснял Саша, моргая зеленовато-серыми глазами. — Но не в том смысле, что вот их убивают из-за того, что деньги не поделили...

— А в каком смысле? — поинтересовался я.

Катя кинула на меня умоляющий взгляд, дескать, не сбивай парня, видишь, он волнуется. Журналист, который волнуется, — это для меня что-то новенькое. Впрочем, я, наверное, несправедлив, ведь я имел дело только с теми акулами пера, которые пишут о шоу-бизнесе и современной музыке. Эти-то вообще никогда не волнуются. А мой нынешний гость, судя по всему, из какой-то другой когорты, для которой волнение — вещь не такая уж из ряда вон выходящая.

— Понимаешь, Игорь, меня жутко раздражает, когда поднимается шум: вот, мол, бизнесмена убили или там депутата какого-нибудь, ах, ох, караул, невозможно заниматься бизнесом в этой стране, невозможно делать политику. А что, бизнесмен или депутат — не человек, что ли? Сантехника Петрова можно убить из ревности, а бизнесмена нельзя? Дворнику Иванову можно отомстить за старую обиду, а депутату нельзя? И их профессиональная деятельность тут совершенно ни при чем.

— Согласен, — кивнул я. — Так в чем проблема? Напиши, что думаешь.

— Мне нужен материал, живой материал, понимаешь? Катя сказала, что ты занимаешься убийством жены предпринимателя Анташева. Я хочу на этом примере сделать материал. Может, ты мне еще что-нибудь интересное расскажешь или с нужными людьми сведешь? А, Игорь?

— Во-первых, убийством жены Анташева я не занимаюсь, я участковый, а не следователь и не опер. И преступление идет не по моей территории. А во-вторых, откуда ты знаешь, что жену Анташева убили по личным мотивам, а не из-за мужниных дел? У тебя есть информация?

Саша неуверенно посмотрел на меня и чихнул. Потом второй раз. Потом третий.

— Простыл? — сочувственно спросил я.

Взгляд его стал совершенно затравленным и уперся в Дружочка, вальяжно развалившегося у меня на коленях.

— Игорь, ты прости, но у меня аллергия на кошек. Я еще минут тридцать буду чихать, потом глаза начнут слезиться.

— Да, Игорек, — встряла Катя, — поэтому ты его не сбивай, ладно? Пусть он все скажет, вы быстренько договоритесь, и Саша уйдет. А то потом такое начнется!

Вот Катюха — это да, это я понимаю. Настоящая журналистка, быстрая, энергичная, изо рта кусок вырвет. Но как вам нравится это «Саша уйдет»? Не «мы уйдем», а Саша, видите ли, уйдет. А она что, планирует остаться? Хорошо бы, вообще-то, и у меня спросить.

— Игорь, я перейду прямо к делу, ладно? Катя права, нужно все решить побыстрее, а то дело может до «неотложки» дойти. В общем, я знал Аллу. Давно, лет семь назад, когда она была моделью. И я совершенно уверен, что вот ее-то как раз убили по личным мотивам, а не из-за анташевских денежных дел.

— Почему ты так уверен?

— Уверен — и все. Я знаю, что она за человек. Она давала миллионы поводов ненавидеть себя. Миллиарды.

Ну вот, а я тут только что распинался, что Саша какой-то неуверенный. Ни хрена ты в людях не разбираешься, Дорошин. А еще участковый, за жилой сектор отвечаешь. Гнать тебя надо поганой метлой. И место твое — в ветеринарной клинике, вахтером. Поближе к твоим любимым кошкам, подальше от людей, и чтобы ни за что не отвечать. Мой гость знал, что идет в дом, битком набитый кошками, и понимал, что с его аллергией делать этого не следует. И все-таки пришел, и сидит здесь, и пытается мне что-то объяснить, ожидая каждую минуту начала приступа, который может пройти в легкой форме, а может развиться в такое — боже, не приведи. Отсюда и взгляд испуганный, и речь путаная.

И Саша Вознесенский сразу стал мне ужасно симпатичен просто в силу своего мужества, хотя и умело скрытого. Но Катюша права, беседу надо сворачивать или даже переносить в другое место. И перво-наперво следует отнести Дружочка в другую комнату и закрыть все двери, чтобы ни один звереныш сюда не проник. Хотя это им не понравится, и минут через десять у закрытых дверей начнется скандал с истошным мяуканьем и остервенелым царапаньем. Кошки, как известно, не терпят, когда им ограничивают доступ в какую-либо часть подведомственной территории. Они — хозяева участка и должны иметь возможность полностью контролировать его. Ничего, перетопчутся.

Освободив помещение от источника аллергенов, я закрыл двери и вернулся к гостям.

— Ты хочешь сказать, что Алла Сороченко была, мягко говоря, не очень хорошим человеком?

— Нет, этого я сказать не хочу. Она не была плохим человеком. Она была такой, какой была. Алка никому не хотела зла, она не хотела никому навредить специально, понимаешь? Просто она шла по жизни так, что ее ненавидели. Она думала только о себе, о собственных удобствах и выгодах, а на то, что при этом кто-то страдает, ей было глубоко наплевать. Она об этом даже не задумывалась и поэтому страшно удивлялась, когда вдруг узнавала, что кто-то имеет на нее зуб. Ей ведь даже в голову не приходило, что то, что она делает, может вызывать в ком-то ненависть. Я давно хотел сделать материал о заказных убийствах по личным мотивам, но как-то руки не доходили, а когда вчера узнал про Аллу, понял, что на ее примере можно красиво поиграть. Вы ведь наверняка решили, что убийство направлено на запугивание ее мужа, Анташева. Да?

— Я убийством не занимаюсь, — напомнил я. — Но те, кто им занимается, действительно разрабатывают именно эту версию.

Меня раздирали сомнения. Иван Хвыля ясно дал мне понять, что подозреваемым номер один является Павел Анташев, который захотел избавиться от жены отца из ненависти, но ведь не личность Аллы тому виной, а исключительно личность папеньки, лишившего сыночка значительной части благосостояния. Если версия с Павликом не пройдет, на очереди есть и другие, связанные с бизнесом Анташева, и этим уже параллельно занимаются сам Хвыля и его коллеги. Личность Аллы в этих версиях даже не рассматривается, и именно поэтому я попросил Светку Безрядину покрутиться на светских раутах и послушать, что просвещенная публика рассказывает об убитой красавице. И именно с этой версией ко мне сейчас пришел Саша Вознесенский. Как поступить? Послать его подальше? Или прицепить к Светке, пусть работают на пару? И ему выгода, и мне польза.

По Сашиной щеке потекла большая мутная слеза, и я понял, что с изгнанием Дружочка я припоздал, все уже началось и нужно поскорее сворачивать переговоры. Времени на раздумья не оставалось, и я позволил симпатии к журналисту взять верх над здравым смыслом.

— Ты знаешь группу «Ночные рыцари»? — спросил я.

— Конечно. Кто ж ее не знает, — усмехнулся Саша, вытирая платком глаза и хлюпая носом.

— У них есть продюсер, Борис Безрядин.

— Знаю.

— А у Бори есть жена Светлана, моя старая подруга. Если хочешь, я вас познакомлю, походишь вместе с ней по разным тусовкам, пособираешь сплетни об Алле.

— А она согласится?

— Саша, она уже согласилась, потому что я сам ее об этом попросил. Я хоть и участковый, но все-таки милиционер, поэтому я не буду рассказывать тебе, что к чему, просто прими как факт: я подумал, что Аллу могли убить не как жену предпринимателя Анташева, а как бывшую супермодель, красавицу Аллу Сороченко. Поэтому я попросил Свету собрать для меня сведения о ее личной жизни и ее поступках за последние годы. Если тебя такой вариант устраивает — соглашайся, если нет — извини, больше ничем помочь тебе не смогу. Но с одним условием: ни с кем, кроме меня и Светланы, не обсуждать то, что ты узнаешь.

— А со мной? — снова встряла Катя.

— И с тобой — особенно, — улыбнулся я. — До окончания следствия, разумеется.

— Почему это со Светланой можно обсуждать, а со мной нельзя? — попыталась обидеться она.

— Потому что Света и так все будет знать. Катя, если ты собираешься перечить мне в служебных вопросах, то мы с тобой больше никогда ни о чем не договоримся. Тебе ведь и для канала «Культура» надо материалы делать, и для МузTV, и «Рыцарей» снимать. Так вот, одного слова Бори Безрядина будет достаточно для того, чтобы в мире искусства и в шоу-тусовке с тобой никто никогда не имел никаких дел. А для Бори достаточно одного моего слова. Ты меня поняла?

Теперь она уже всерьез собралась обидеться, но через пару секунд передумала. Все-таки Катюша Кибальчич была настоящей журналисткой, для которой интересы дела всегда на первом месте, а личные обиды — это так, ерунда, о которой даже думать не стоит.

— Поняла, Игоречек, — она весело улыбнулась. — А с женой Безрядина мне можно познакомиться?

— Зачем? — не понял я. — Ты же с ней знакома, она была на съемке, когда ты делала материал про «Рыцарей».

— Ну, это не то, — протянула Катя. — Там я с ней знакомилась как журналистка с телевидения, а ты меня представь как свою подругу. Это же совсем другое дело.

— Хочешь вытянуть из нее интимные подробности про Бориса?

— Ну, Игоречек...

По Сашиным щекам слезы лились уже Ниагарским водопадом, еще чуть-чуть — и платок придется сушить в стиральной машине.

— Ладно, — сдался я, — все равно нужно Сашу отсюда выводить. Пошли. Катя, бери Сашу, одевайтесь и ждите меня на лестнице. Мне нужно переодеться и позвонить Светлане.

Ах, какой я молодец! Как ловко я вывернулся из ситуации «Саша уйдет, а я останусь». И не в том дело, что я не хотел, чтобы Катя осталась. Против этого я совсем даже не возражал. Но я терпеть не могу, когда кто-то принимает решения за меня. От этого я зверею.

К счастью, Светка оказалась дома и согласилась принять нашу компанию «на чашку чаю». Я быстренько сменил домашние, потрепанные кошачьими коготками джинсы на тоже джинсы, только поприличнее, выскочил в прихожую одеваться и чуть не сбил с ног Катю, с растерянным видом стоящую босиком над своими ботиночками. Дверь на лестницу распахнута, Саша стоит на площадке с неизменной сигаретой, а Катя почему-то до сих пор здесь.

— В чем дело? Почему ты не обуваешься?

— Там... это...

Она протянула мне ботинки, и я все понял. То ли мои звери отомстили мне за запертые двери, то ли им конкретно Катя не понравилась, но маленький, тридцать третьего, наверное, размера ботиночек, изящный, модный, с длинным узким носком, был использован кем-то из котов в качестве сортира. Ну что ж, неоригинально, такое уже бывало. И, что характерно, всегда с женщинами. К мужчинам мои звери куда более лояльны. Я метнулся к телефону.

— Погоди минутку, я позвоню Светке, может, у нее найдется пара обуви твоего размера.

— Да откуда у нее, — Катя чуть не плакала от досады, — она же огромная, и нога у нее, наверное, сорок пятого размера.

— Не преувеличивай, — я быстро нажимал кнопки, — и потом, у Светки есть дочь. Что-нибудь придумаем.

К счастью, обувь у Светки нашлась. Правда, не такая остромодная, как у Кати, но все-таки спортивные ботинки, из которых ее дочь Лена выросла года два тому назад, были дорогими и в хорошем состоянии. Ботинки должен был минут через пять притащить Севка, младший сын Безрядиных. В ожидании обуви мы расположились живописной группой: Катя — на стульчике в прихожей, Саша и я — на лестничной площадке.

— Черт, ботинки жалко, я три месяца гонорары копила, впроголодь жила, чтобы их купить, — причитала расстроенная Катя. — Куда их теперь девать? Носить нельзя, они воняют. Их же не постираешь... Только выбросить остается.

— Ну и выброси, — посоветовал флегматичный Саша.

— Я тебе новые куплю, — пообещал я.

— Ну да, ты купишь. — Она вздохнула. — Знаешь, сколько они стоят? Тебе столько за год не заработать. Вот не зря я всю жизнь кошек не любила, прямо как чувствовала, что рано или поздно они мне какую-нибудь подлянку сделают.

Значит, Катя не любит кошек... Жаль. Придется огорчить мамулю. У Катюши в моем доме перспектив нет. Даже если лично я смогу смириться с ее нелюбовью к моим зверям, то сами звери ей этого не простят. А обмануть их невозможно, они отношение к себе чувствуют за километр.

На самом деле заработать Кате на новые ботинки я мог за полчаса, но в этом не было необходимости, потому что деньги у меня пока еще были. Не был бы я таким ленивым, давно бы уже стал миллионером. Я неплохо умею зарабатывать, но в искусстве транжирить деньги мне вообще равных нет. Если у меня что-то пачкается, ломается или выходит из строя, я прикидываю, что находится ближе: место, где это можно починить, или место, где можно купить новую вещь. И если оказывается, что новую вещь купить проще, чем приводить в порядок старую, я не раздумывая достаю кошелек или кредитную карту. Вот и получается, что зарабатываю я много, и трачу тоже много, и при моих немалых доходах миллионером мне никак не стать. А все почему? Потому что я упорно не желаю делать то, что мне неинтересно. Не хочу я записывать партитуры как положено, не хочу делать аранжировки, я сочиняю мелодию и отдаю ее Борису. Он мне платит, платит щедро, грех жаловаться, и с каждого исполнения песни мне капают денежки как одному из авторов. Но именно как «одному из», хоть и главному. Потому что из-за моей неорганизованности и патологического свободолюбия Борис вынужден отдавать мои мелодии другим музыкантам, которые записывают партитуру, делают аранжировки и тоже считаются авторами. А ведь все эти деньги мог бы получать я один.

— А почему ты не любишь кошек? — спросил Саша. — Что они тебе сделали?

— Они — предатели, — сердито ответила Катя. — Я здесь, в Москве, подобрала котенка, он был бездомный, жалкий такой, голодный. Я его вырастила, он классным котом стал, красавец, шерсть густая, глаза сверкают. Загляденье. Казиком назвала, Казимиром. А летом поехала домой, к родителям, в отпуск, и его с собой взяла, не с кем было оставить...

— Погоди, а ты что, не москвичка? — удивился Саша.

— Да нет же, я из Белоруссии, я тебе сто раз говорила, а ты все время забываешь. Ну и вот, я его привезла домой, в Минск, и мы поехали на дачу, к бабушке. И бабушка в него влюбилась насмерть. Главное, соседки все бегают на кота смотреть и причитают: ах, Эва Евгеньевна, какой чудный котик, да какой красавец, да какой умница, да какие у него глазки, да какие ушки, да он все понимает, только сказать не может. Бабушке, конечно, приятно, но это я еще могу понять. Но Казик — это вообще! Сволочь такая! Млеет, слушает, что про него говорят, то одним бочком повернется, то другим, ушами шевелит: мол, говорите еще, говорите, хвалите меня, рассказывайте, какой я замечательный. Представляете? Гаденыш.

— Да почему же гаденыш-то? — удивился я. — Нормальная реакция. Как говорится, доброе слово и кошке приятно.

— Да потому, что через две недели, когда я собралась уезжать, он не дался. Я его пытаюсь в сумку засунуть, а он вырвался, убежал и спрятался. Три часа искали, я чуть на самолет не опоздала. Думала, с ним случилось что-нибудь, собаки бездомные задрали или мальчишки поймали, в общем, напридумывала себе всякого и всю дорогу в аэропорт в машине проревела. А перед самой посадкой бабушка позвонила на мобильник и говорит, что, как только машина отъехала от дома, Казик нарисовался, к ней на колени запрыгнул и давай мурлыкать. Предатель! Продал мою любовь за комплименты. С тех пор я всех кошек ненавижу.

Я с трудом сдерживал улыбку. Катины переживания были мне понятны, и обида ее была понятна, но все-таки это было ужасно по-детски! Разве можно мерить кошек человеческими мерками? Разве можно требовать от них человеческих чувств? Только в детстве мы живем в мире сказок, которые начинаются словами: «Давным-давно, когда звери еще говорили...» Но звери не говорят. И не думают так, как мы. И не чувствуют, как люди. А Катя осталась, в сущности, совсем ребенком, для которого кошка — это тот же человек, только с другой внешностью, и на него можно обидеться, и можно его ненавидеть, и можно ждать от него каких-то поступков и расстраиваться, когда ожидания не оправдались.

Открылись двери лифта, появился двенадцатилетний Сева с ботинками в руках. Катя обулась, и мы стройными рядами двинулись в соседний подъезд пить чай со Светкиными пирожными.

* * *

Об участии Саши Вознесенского в Светкиных культпоходах мы договорились быстро, и беседа давно уже вышла за рамки обсуждения убийства Аллы Сороченко. Дорвавшаяся до источника информации Катя впилась в жену известного продюсера Безрядина и всеми силами пыталась выудить из нее никому не известные подробности жизни Бориса и группы «Ночные рыцари». Катюша, наверное, хорошая журналистка, но куда ей со Светкой тягаться! Даже если бы моя соседка была не особенно умна, все равно она прожила почти в два раза дольше и жизненного опыта накопила, соответственно, в два раза больше. А ведь Светка — редкостная умница, так что на кривой козе ее фиг объедешь. Саша из профессиональной солидарности кинулся помогать коллеге, бомбардируя Свету вопросами, но делал это как-то без души, что ли, одним словом, было видно, что мысли его заняты чем-то другим и современная рок-музыка ему вовсе не интересна. Ну, оно и понятно, он ведь в своей ужасно независимой газете ведает приложением «Экслибрис», то есть занимается исключительно книгами. А вот я, воспользовавшись тем, что на меня перестали обращать внимание, вернулся к размышлениям об убитой жене бизнесмена. Иван Хвыля — спасибо ему за это — позвонил и сказал, что на всякий случай проверил записи дежурного администратора театра, у которого перед спектаклем зрители получают билеты, «оставленные на фамилию». На фамилию Сороченко или Анташева (ну, мало ли...) никто из участников спектакля билетов не оставлял. Итак, что мы имеем с гуся? Алла пришла на премьеру оперы одна, предварительно купив билет в кассе. Из чего это следует? Из того, что в момент убийства, когда она упала на землю, никто не кинулся к ней с криками «Алла! Алла! Боже мой!», что обычно происходит, когда рядом есть кто-то из знакомых. Действительно ли она была одна или все-таки у нее был спутник или спутница, которые почему-то (что само по себе очень подозрительно) сочли за благо знакомство не афишировать и с места преступления скрыться? Хороший вопрос. Это крайне маловероятно, если вместе с Аллой в театре была женщина, хотя тоже не исключается, если она причастна к убийству. А вот если она была с мужчиной, то вполне естественно, что он никак себя не проявил и даже, скорее всего, не выходил вместе с ней на улицу, потому что было известно, что у входа ее встречает водитель-охранник Николай Кузнецов. То есть можно предположить, что Алла была в театре с любовником. Его нужно обязательно найти, и в этом мне должна помочь Светка. В тусовочном мире обязательно кто-нибудь знает его имя, и имя это непременно всплывет. Итак, вариантов получается целых четыре: Алла была на спектакле одна; она была с любовником; она была с некой дамой, причастной к готовящемуся убийству; она была с мужчиной, тоже к этому причастным. Три последних варианта будут проверяться сведениями, которые добудут для меня Света и Саша. А вот как проверить первый?

Пойдем с другой стороны. Где Алла взяла билет на премьеру? Купила в кассе или получила от кого-то из артистов или музыкантов. Участники спектакля дружно утверждают, что никто Аллу Сороченко не знает и билетов ей не оставлял, не передавал, не дарил и на спектакль ее не приглашал. Значит, она не из числа личных друзей. Что остается? Круг заинтересованных профессионалов — критиков, театроведов, музыковедов, к коим бывшая модель ну никак не относится. Круг приезжих, которые хотят походить по московским театрам, все равно по каким, и к ним Аллу тоже причислить нельзя. Есть еще круг тех, кто ходит в театр за компанию, пригласит кто-нибудь, купит билеты — чего ж не пойти? Но если Алла была одна, то этот вариант не проходит, а если пришла в театр с нейтральными знакомыми, то где они, почему никак себя не проявили на месте убийства? И последний круг — истинных любителей, которые готовы бежать в любую погоду за тридевять земель, чтобы послушать любимую оперу или любимого исполнителя. Неужели Алла именно такая? Чудны дела твои, господи. Впрочем, я знаю о ней так мало, что вполне могу допустить и такой изыск. Может быть, она училась музыке, собиралась стать певицей, но по каким-то причинам не сложилось, голос подвел или судьба пошла по другой дорожке, перевесила красивая внешность, замаячили большие деньги в модельной перспективе... Мало ли как могло пойти. А любовь к опере осталась. Правда, Хвыля сказал, что спрашивал об этом у ее мужа Анташева, и тот с уверенностью ответил, что классической музыкой Алла не интересовалась и зачем она пошла на оперу — представления не имеет. Но ведь пошла же зачем-то! Мелькнула шальная мысль о том, что Алла работает на иностранную разведку и в театре у нее была назначена встреча с резидентом или агентом, но я тут же одернул себя и заставил вернуться на грешную землю. Хотя мысль сама по себе не так плоха, как кажется на первый взгляд, ибо в нее хорошо вписывается и то, что она была в театре одна, и убийство, которое выглядит как заказное, то есть профессионально исполненное. Но делиться этой мыслью с Хвылей я не стану, не хочу быть посмешищем.

Есть еще одна лазейка, в которую можно попытаться протиснуться, чтобы понять, что привело Аллу в театр. Она не покупала билет в кассе, а пришла по чужому билету. Знаете, как это бывает? Артист приглашает знакомого на спектакль и говорит, что у дежурного администратора будет лежать билет на его фамилию, к примеру, Васькин. А Васькин идти на спектакль не хочет или не может, ему неинтересно, дела у него, времени нет или заболел. И он предлагает кому-то пойти вместо него. Подойди, говорит, к окошку администратора, там лежит билет на фамилию Васькин. И человек по фамилии Петькин идет слушать оперу по билету, предназначенному для Васькина. Артисты искренне утверждают, что никакого Петькина не знают. И что получается? Зато Петькина знает Васькин, который на спектакль не пришел, но может объяснить, почему Петькину захотелось послушать оперу и с кем он собирался туда пойти. Ведь оставляют, как правило, по два билета, очень редко кто ходит в театр в одиночестве. Значит, нужно искать Васькина. А для этого придется заново опрашивать всех участников спектакля и выяснять, все ли, кому они оставляли билеты у администратора, пришли или кто-то не смог, а потом у тех, кто не смог прийти, выяснять, предлагали ли они кому-нибудь пойти вместо них. Вот морока-то! И главное — сделать невозможно, потому что оперативники заниматься этим совершенно точно не станут, не тот масштаб, трудозатраты огромные, а в результате они получат ответ на вопрос, почему Алла Сороченко была в театре и была ли она там одна или с кем-то, а информация эта им сто лет не нужна, ведь они разрабатывают версию об убийстве из корыстных побуждений, целью которого являются деньги Анташева, а не Алла как таковая с ее сомнительной любовью к итальянской опере и хорошему вокалу. Этим заняться мог бы я сам, тем более я многих артистов знаю, но кто же мне позволит? Не та территория, не та должность, не тот круг должностных обязанностей. Как только я сунусь в театр, мне тут же по шапке надают, сперва оперативники и следователь, которые ведут дело, — за самодеятельность, а потом и папенька — за то, что позорю его своим низким профессионализмом и природной глупостью. Плавали, знаем.

Я методично поглощал пирожные, запивал их чаем и с тревогой замечал, что Светка нервничает все больше и больше. Она не выпускала из рук телефонную трубку и, мило улыбаясь и отвечая на вопросы журналистов, вернее, ловко уворачиваясь от прямых ответов, то и дело набирала номер, но ни с кем не разговаривала. После каждой такой попытки дозвониться она становилась чуть бледнее, чуть напряженнее, и я понимал, что происходит. Она пытается дозвониться Борису. Ах, бедная Светка! Только я один понимал, что с ней происходит.

Борис был болен. Как выяснилось, неизлечимо. Сначала его замучили головные боли, он наблюдался у невропатолога, который и настоял на том, чтобы провести ядерную магнитно-резонансную томографию. Оказалось, что у него аневризмы сосудов головного мозга, причем неоперабельные. Местонахождение аневризм таково, что при операции могут быть повреждены жизненно важные центры, и ни один хирург не брался оперировать, ни у нас в стране, ни за рубежом. Заболевание протекает бессимптомно, просто голова болит — и все, но если происходит разрыв аневризмы, то в лучшем случае наступают инсульт и паралич, а в худшем — сами понимаете что. И случиться это может в любой момент, если будет спровоцировано повышение внутричерепного давления. То есть опасность представляет буквально все: тяжелая простуда, грипп, стресс, опьянение, травмы, авиаперелеты — да что угодно.

Вот уже четыре года Светка и Боря живут с пониманием, что каждую секунду может наступить конец. И каждый раз, когда Борис не отвечает на звонки, Светка сходит с ума. А ведь что такое мобильный телефон? Въехал в тоннель — и он уже отключился, вошел в лифт — то же самое. Если Света ухитрялась позвонить мужу именно в этот момент, у нее начиналась паника. Да, она все понимала про лифты и тоннели, но точно так же понимала, что с Борисом могла приключиться беда и при падении он повредил телефон, который теперь не работает. Не лучше бывало и в те моменты, когда телефон работал, но Боря не отвечал. Опять же Светка понимала, что он мог оставить телефон где-то на несколько минут, да в туалет пойти, в конце концов, но ведь причина Борькиного молчания могла оказаться и иной. Одним словом, ее жизнь превратилась в нескончаемый ад. Надо отдать должное Борису, он, когда мог, регулярно, раз по пятнадцать в день, отзванивался жене, просто чтобы сказать, что с ним все в порядке, но такие систематические звонки не всегда бывали удобны. Когда ты один — делай что хочешь, а когда ты на людях? Как ты будешь объяснять, что каждые полчаса звонишь жене? Что о тебе подумают? В этом и состояла основная трудность их нынешней жизни: о болезни Бориса, кроме него самого и Светы, знали только два человека — врач и я. Таково было принятое Безрядиными решение, и пока оно оставалось неизменным. Ни родители Бориса, ни дети, ни тем более посторонние ничего не знали. В принципе, логика была мне понятна, хотя я ее и не поддерживал: никто не будет иметь дело с продюсером, который в любую секунду может... ну, сами понимаете.

Повседневная жизнь Безрядиных претерпела самые радикальные изменения, из нее были исключены все возможные факторы риска. Борис не летал самолетами, куда мог — добирался на поездах и перекладных, а туда, куда поезда не ходили совсем, не ездил, посылая вместо себя доверенного человека. В периоды эпидемий гриппа не появлялся в общественных местах, где велика вероятность заражения вирусом, отказывался от посещений ресторанов, приемов, избегал людных мероприятий. Он «правильно» одевался, чтобы не простудиться, не сидел на сквозняках, не пил кофе и не употреблял алкоголь. Он перестал водить машину и нанял шофера, чтобы, во-первых, не нервничать в дорожной ситуации, а во-вторых, сидеть на самом безопасном пассажирском месте — правом заднем, дабы в случае аварии максимально снизить риск травмы головы. За ним прочно закрепилась репутация человека с большими странностями, но он считал, что это в любом случае лучше, нежели понимание, что с ним нельзя строить долгосрочные планы и затевать проекты.

Четыре года назад, когда Борису поставили диагноз и выяснилось, что операцию делать никто не берется, я принял удар на себя. В самом прямом смысле слова. Светке понадобилось около месяца, чтобы осознать случившееся и принять его. Весь этот месяц я не отходил от нее, все мои рубашки и джемпера промокли от ее слез, язык распух от беспрестанных разговоров, уговоров и утешений, а душа моя изболелась от жалости и к ней самой, и к ее мужу. Борька в это время был в США, куда уехал, чтобы проконсультироваться у известного хирурга. Это была их последняя надежда, рухнувшая, когда Боря позвонил и сказал, что ничего сделать невозможно. И еще он сказал, что у него сейчас трудный период и он останется на месяц у друзей, живущих в Майами, постарается отвлечься, привести в порядок мысли, не говоря уж о том, что теперь он боится лететь самолетом. Он и туда-то лететь боялся, но его подстегивала надежда на то, что его оставят в клинике, прооперируют и обратно он будет возвращаться здоровым человеком. Теперь же выяснилось, что здоровым ему не стать, а лететь в Россию все же придется, и ему требуется время, чтобы набраться мужества для этого перелета, который может оказаться последним в его жизни. В общем, Светке было понятно, что он не хочет возвращаться, пока не придет в себя, потому что не хочет, чтобы жена, дети, друзья и знакомые видели его в таком чудовищном душевном состоянии. И она не возражала против того, чтобы он остался пожить месячишко в Майами, на океанском побережье.

Но только если Борька остался в Штатах у друзей, которые были в курсе его проблемы и готовы были ее обсуждать, сочувствовать и поддерживать его морально, то Светка в Москве осталась со своей бедой практически один на один, если не считать меня. Она не могла жаловаться подружкам, она боялась выходить в свет и появляться там, где есть знакомые, потому что знала, что не сумеет скрыть обрушившегося на нее горя. Дома она как-то держалась, чтобы дети ничего не заметили, а когда они уходили в школу, прибегала ко мне рыдать. Я взял отпуск и сидел со Светой целыми днями, сначала в своей квартире, а потом, к вечеру, когда ей нужно было появиться дома, мы вместе шли к ней. Уходил я только тогда, когда она, напившись снотворного, доползала до спальни и валилась на кровать.

В один прекрасный день она пришла и сказала:

— Боря взял билет, он прилетает через три дня. Игорек, я сейчас вслух скажу одну вещь, только ты не смейся. Мне обязательно нужно сказать это вслух. Можно?

— Говори.

Светка помолчала немного, потом повернулась к окну и громко сказала, глядя в небо:

— Господи, я верю, что ты меня слышишь. Если Борис долетит домой живым, я скажу тебе спасибо и с той минуты буду благодарить тебя каждый день, каждый час за то, что мой муж прожил этот день и этот час. Я больше не буду плакать и рвать на себе волосы, я не буду впадать в отчаяние, потому что верю, что Боря проживет столько, сколько ты ему отмерил. Как сказал Иисус: «Отче, пусть меня минует чаша сия, впрочем, не как я хочу, но как Ты». Пусть будет так, как ты захочешь, а я буду благодарить тебя за все, что ты нам даешь.

У меня в тот момент горло перехватило, и я, здоровенный двадцативосьмилетний мужик, с трудом удержался от слез. Светка повернулась ко мне, и я увидел, что лицо у нее спокойное и просветленное.

— Знаешь, я много думала, — медленно сказала она. — Я ничего не могу изменить с Бориной болезнью. И никто не может. Но я могу продолжать быть счастливой. Я могу не позволить горю изуродовать нашу жизнь и нашу семью. Я могу сохранить душевный покой детей и Бориных родителей. Я могу сделать так, чтобы Боре было легче. И я все это сделаю, чего бы мне это ни стоило.

Она сдержала слово. За четыре года я больше ни разу не видел ее плачущей из-за Борьки. Света всегда улыбалась, с готовностью смеялась над шутками и анекдотами, радовалась жизни, заботилась о муже и детях и каждый раз, услышав по телефону голос Бориса, говорила: «Спасибо тебе, господи». И только я один знал, что творилось в ее душе, когда Борис не отвечал на звонки, и чего ей стоило в такие минуты продолжать улыбаться, поддерживать разговор и не показывать охватывающего ее ужаса. Она стала настоящей мастерицей уверток, потому что надо же было как-то объяснять и детям, и знакомым, почему они перестали отдыхать на средиземноморских курортах и почему больше не ездят зимой в Альпы кататься на горных лыжах, почему Борис не полетел с «Ночными рыцарями» на конкурс Евровидения и почему не выпил даже глотка водки на поминках давнего доброго знакомого. При этом ссылаться на проблемы со здоровьем никак нельзя, вот и крутись, как умеешь. И Света научилась. Научилась врать, научилась держать лицо и быть искренней и заинтересованной собеседницей даже тогда, когда Боря не отвечал на звонки. Она научилась быть счастливой и радоваться каждому дню, прожитому вместе с мужем, но я знал, что достигается это счастье постоянной, ежеминутной, невероятно тяжелой душевной работой.

Вот и сейчас она поддерживала легкую веселую беседу с журналистами, но мне, знавшему ее без малого два десятка лет, были видны и окаменевший от напряжения подбородок, и потемневшие от страха глаза.

Разговор мягко соскользнул с «Ночных рыцарей» на меня, причем самым неожиданным образом. Катя спросила, откуда появилась традиция в торжественных случаях дарить котят. Светкины глаза на мгновение расширились.

— Вспомнила! Ой, Игорек, я вспомнила, что должна была у тебя спросить в тот раз.

Ну слава богу, не прошло и года.

— Боря просил узнать, не ожидается ли у тебя прибавления, а то к Новому году начнутся всякие торжественные мероприятия.

— Нет, пока не жду. Аринка взяла тайм-аут, — пошутил я.

Пришлось объяснять Кате, что традиция зародилась, когда Арина в первый раз принесла котят. Я решительно не знал, что с ними делать, поскольку ни в каких фелинологических клубах не состоял, а мысль продавать котят в подземном переходе казалась мне почему-то кощунственной, хотя своего Ринго я именно так и приобрел. В помете было пять котят, двоих я пристроил знакомым, а судьба троих так и подвисла в неопределенности, когда на помощь пришел Борис.

— Слушай, — заявил он, выслушав очередную порцию моих стенаний, — а давай их подарим победителям конкурса, у нас как раз через две недели итоговый концерт, будет большая тусовка и вручение призов. Три котенка — как раз три первых места. А что? Может получиться красиво: дорогой приз, к нему роскошная корзина с цветами, а в корзине — очаровательный котенок, породистый, чистенький. Можно еще бантик какой-нибудь ему привязать. Это хорошая фишка.

— А если этот твой победитель на следующий день выбросит котенка на улицу? — опасливо спросил я.

— Ты что! — фыркнул Боря. — Это же приз, его при всем честном народе вручали, все видели. Победители начнут звездный путь, у них будут брать интервью и обязательно станут спрашивать про котят. Как вы его назвали, да как он кушает, да как растет? И как они будут выглядеть, если не смогут предъявить своего кота? Ты что! Они за твоих котят будут двумя руками держаться, даже если кошек в принципе не любят.

Таким образом проблему личной жизни кошки Арины мы решили раз и навсегда. Конкурсов и прочих подходящих мероприятий в жизни музыкального продюсера Бориса Безрядина было великое множество, посему романтическим порывам Арины и Дружочка я не препятствовал. Котята попадали в хорошие руки, за их судьбой бдительно следили и журналисты, и лично Света Безрядина, активно участвующая в делах мужа, а в последнее время получить в подарок котенка «от Безрядина» стало даже престижным. Во всяком случае, если кому-то зверя не доставалось, это порой становилось поводом для обиды или интриг: мол, этому подарили, а тому не подарили, наверное, это неспроста. Но Борина неожиданная идея принесла плоды еще и моему постоянному ветеринару, который, узнав о судьбе котят, попросил, чтобы вместе с котенком дарили и его визитную карточку. В этом был смысл: тебе дарят котенка и тут же дают визитку ветеринара, дескать, если что — обращайтесь, специалист выезжает на дом, хорошо знает и породу в целом, и особенности конкретно этой кошачьей семьи, потому как наблюдал и лечил и маму, и папу и принимал роды. Придумка оказалась эффективной, мало у кого из награжденных живым призом были собственные проверенные ветеринары, и многие обращались к моему врачу. В общем, всем сплошная выгода.

Пока мы все это рассказывали Кате, Светка дозвонилась до мужа и успокоилась. Но Катя с кошачьей темы слезать не пожелала и принялась жаловаться на моих питомцев, испортивших ей новые дорогие ботинки.

— Кать, да успокойся ты, я же сказал, что куплю тебе новые, — сердито произнес я.

— Ты знаешь, сколько они стоят? — взвилась девушка. — Обещать легко, а когда ты цену увидишь — рухнешь. Куда тебе с твоей зарплатой.

Света ловко подавила смех и подлила ей еще кофе. У Светки была своя тайна, у меня — своя. Конечно, в мою тайну посвящено куда больше народу, но только я сам решаю, когда и за счет кого расширять круг посвященных, и моя соседка всегда с этим считается. Официально авторами моих песен считаются совсем другие люди, фамилия моя нигде не мелькает, и у меня есть полная возможность скрывать то, что я хочу скрыть, столько, сколько мне нужно. Мне не нужна слава композитора-песенника, мне нужны деньги, и это всех устраивает. Авторами примерно девяноста пяти процентов того, что я сочиняю, считаются лидеры групп, которые ведет Борис, этих групп у него восемь. «Ночные рыцари» — самая громкая, самая знаменитая, занявшая второе место на конкурсе Евровидения, но у Борьки есть еще пара-тройка очень приличных в смысле раскрученности групп, остальные пока находятся в начале пути, но тоже не лишены перспективы. Наличие лидера, пишущего хиты, в составе группы работает на имидж, на популярность, и я с легкостью отдаю Боре свои творения. Он нанимает аранжировщиков, которым платит деньги, автором песни считается исполнитель, составляется договор, согласно которому все права на использование произведения переходят к продюсеру, что позволяет Борису выплачивать мне гонорар с каждого исполнения и с каждой записи и быть уверенным, что меня не обманули. Всех все устраивает, так почему бы нет? Это устраивает даже моих родителей, потому что, если бы сын великого Дорошина засветился как автор песен для рок-групп, мама с папой этого не вынесли бы. Они прекрасно знают, что именно этим я зарабатываю на жизнь, но если предать мою причастность к низкому жанру огласке, то... одним словом, как у Грибоедова, «ах, боже мой, что станет говорить княгиня Марья Алексевна».

Итак, Света молчит и улыбается, я молчу и сержусь, Катя продолжает причитать по поводу дорогих ботинок, а вот Саша Вознесенский как-то странно на меня посматривает. Кажется, он о чем-то начинает догадываться. Что ж, ему, пожалуй, можно и рассказать, но потом, и непременно при условии, что он не станет распространяться об этом. А для того чтобы быть уверенным в его молчании, мне нужно получше его узнать, так что если я решусь раскрыть ему свой секрет, то сделаю это очень и очень не скоро. Кате же я совершенно точно ничего не скажу, ведь она работает в том числе и на музыкальный канал и наверняка не сможет удержаться, чтобы не использовать эту информацию. Саше-то мой секрет до лампочки, он о книгах пишет, с заказными убийствами разбирается, а вот Катя — лицо заинтересованное.

Из гостеприимного дома Безрядиных мы ушли около полуночи. Машина, на которой приехали Катя с Сашей, стояла возле моего подъезда, так что метров пятьдесят мы прошли вместе, а потом возникла неловкая пауза. Саша, видимо, все понял и отошел на три шага в сторону, якобы покурить. Катя молча стояла и смотрела куда-то вдаль.

— Ты останешься? — спросил я.

Она помотала головой.

— Меня твои коты не любят. Не хочу навязываться. Насильно мил не будешь.

Я вообще-то не дурак, то есть дурак, конечно, но не совсем. И если вначале, когда Катя только-только привела Сашу ко мне, я был уверен, что она захочет остаться у меня, то теперь я был абсолютно убежден, что оставаться она не собирается и мои коты тут совершенно ни при чем. Чем-то я, видно, ее разочаровал, что-то ей не понравилось во мне, а может быть, наоборот, что-то сильно привлекло в Саше, и сейчас она хочет не подняться ко мне в квартиру, а сесть вместе с ним в машину. Что ж, так тому и быть. Правильно она говорит: насильно мил не будешь. Да, она мне нравится, и маме моей она нравится, но у нас с ней все равно ничего путного не получится. Очень уж мы с ней разные. И кошек она не любит. Да и коты мои ее не жалуют.

— Ладно. Тогда счастливо. И имей в виду: насчет новых ботинок я говорил серьезно. Ты реши, как тебе удобнее — поехать вместе со мной в магазин или взять у меня деньги и ехать одной. Как решишь — позвони, договорились?

Она заметно повеселела, видно, ожидала, что я начну настаивать на чем-то и затею сцену, чмокнула меня в щеку, открыла машину и скользнула за руль. Я попрощался с Сашей и зачем-то долго смотрел вслед отъехавшему автомобилю, удивляясь невесть откуда взявшемуся чувству облегчения. Наверное, я никогда не женюсь.

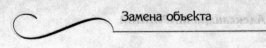

ВИРТУАЛЬНАЯ ПЕРЕПИСКА

Одалиска — Морю, 15 марта 2004 года

Моречко, роднуся моя!

Костик вернулся! Вчера вечером! И знаешь, мы провели такую ночь, что я выбросила из головы все мысли о его измене. Господи, какой он был ласковый, какой страстный, как соскучился по мне! У нас даже в медовый месяц так не было.

Какая я была дура, что подозревала его. Нет у него никакой бабы, я теперь это точно знаю. Я у тебя кое-чему научилась за последние месяцы и стала внимательно прислушиваться к тому, что он говорит и как говорит, и теперь могу даже немножко гордиться своими достижениями. Вот послушай.

Вчера, конечно, все было как вихрь, он едва через порог переступил — даже ужинать не стал, Дашке коробку с подарками сунул и потащил меня в спальню. А сегодня за завтраком стали про Дашку разговаривать, что она да как, и он вдруг ни с того ни с сего заговорил что-то про детские дома и про ублюдков-родителей, которые детей бросают. Я сперва похолодела. Первая мысль была: он думал о том, чтобы уйти от нас и бросить Дашеньку, а потом понял, что не сможет. Хорошо, конечно, что не сможет, но плохо, что он вообще об этом думал, значит, баба все-таки есть и он хочет с ней жить. А потом до меня дошло, я вспомнила, что многие фирмы, чтобы уйти от высоких налогов, прикрываются благотворительностью, то есть проводят по документам, что перевели больнице или, например, детскому дому большую сумму, директор детского дома это подписывает, а на самом деле покупают два стола и три стула за пять копеек, еще копеек пятьдесят отстегивают в карман самому директору, чтобы все подписал и помалкивал, а по документам-то проводят огромные суммы, которые потом освобождаются от налогов. Вот это дело он и проворачивал, когда уехал в декабре. И теперь все становится понятным. Он поехал туда перед Новым годом, чтобы проплата успела пройти прошлым годом, а там что-то не заладилось, видимо, честный человек попался, отказался от отката и выгнал его. И в конце января, пока еще не подали налоговую декларацию, Костику нашли в другом городе такой же вариант, даже еще лучший, потому что там согласились провести все документы декабрем, то есть оформить задним числом. Но это все-таки сложнее, поэтому получилось так долго.

Вот! Ну похвали меня, Моречко, скажи, какая я молодец!

Твоя Одалиска.

Море — Одалиске, 15 марта 2004 года

Одалиска!

Ты редкостная умница! Ставлю тебе пятерку и мысленно аплодирую. Почему ты не получила никакого образования? Ты же такая способная, схватываешь все на лету. Теперь ты понимаешь, что я имела в виду, когда писала тебе, что в конце года всегда много работы и возникают всякие неожиданные ситуации, которые нужно разрешать немедленно, иначе завтра будет поздно? В частности, я говорила и о таких ситуациях, как те, в которые попал твой муж.

Зайка моя, я страшно рада, что у тебя все утряслось и что ты избавилась от своих сомнений и плохих мыслей. Теперь ты видишь, как я была права, когда говорила, что нужно надеяться на хорошее и верить в хорошее, потому что подумать о плохом ты всегда успеешь.

Обнимаю тебя и целую крепко-крепко,

Море.

Одалиска — Морю, 16 марта 2004 года

Море, это катастрофа! Я нашла у него в кармане пиджака фотографию. Это женщина. А я, дура, так радовалась вчера...

О.

Море — Одалиске, 17 марта 2004 года

Да, это неприятно. Но давай подумаем, кто это может быть. Не исключаю, что любовница, но именно не исключаю, потому что в реальной жизни существует масса вариантов. Женщина на фотографии может быть кем угодно твоему Костику, а может и вообще не иметь к нему лично никакого отношения. Это просто чья-то фотография, которую его попросили кому-то передать в вашем городе, вот и все. Ты снова совершаешь ту же ошибку и начинаешь в первую очередь думать о плохом. А как же мои уроки?

Кстати, опиши мне эту женщину. Какая она, молодая, старая, красивая, ухоженная? Как причесана? Во что одета? Мне нужны детали, чтобы мы с тобой могли обсудить их и попытаться сделать выводы о том, кто она такая, из какой среды. Давай, Одалисочка, не кисни, думай о хорошем. Хотя я понимаю, как тебе тяжело. Но если я буду тебе сочувствовать и ахать над тобой, тебе легче не станет, а вот если мне удастся заронить в тебе хотя бы зерно сомнения в Костиной неверности, то тебе проще будет настроиться на позитивный лад.

Жду ответа,

Море.

Одалиска — Морю, 18 марта 2004 года

Моречко, можешь ругать меня, и будешь права. Что же я за дура такая, почему не догадалась сразу же отсканировать фотографию, когда только нашла ее? Идиотка! Посмотрела и сунула в тот же карман, где она лежала, а ведь возможность в тот момент была, Костя пошел ванну принимать, он любит подолгу в пене мокнуть, и я бы все успела. Теперь надо искать возможность, чтобы улучить момент и снова ее взять, если только он не перепрятал фотографию в другое место или вообще из дома не унес. Черт, ну надо же мне быть такой кретинкой! Почему я никогда сразу ничего не соображаю, а всегда потом, когда уже поздно?!

На всякий случай, если не смогу найти снимок, постараюсь описать тебе эту женщину. Лет 28—30, то есть она не моложе меня. Лицо простое такое, без изюминки, типа Маша с Уралмаша. Стрижка, правда, ничего, небось в парикмахерскую сходила, чтобы миленькому на фотку запечатлеться. Одета не так чтобы очень, не могу припомнить точно, какие на ней тряпочки, но что-то красненькое такое, плебейское, и сидит она на диване, ножки крестиком, якобы сексуально, короче, провинциальная потаскуха. Глухая деревня. Я вообще-то детали плохо помню, потому что у меня от злости и отчаяния тогда аж горло перехватило и в глазах почернело. Надо было снимок спрятать, пусть бы Костик думал, что потерял его, а я не догадалась. Ну ладно, что уж теперь...

Так у меня на сердце тяжело, Море, ты не представляешь! Такое чувство, что жизнь кончилась.

Целую,

Одалиска.

Одалиска — Морю, 23 марта 2004 года

Наконец-то удалось отсканировать фотографию, посылаю ее тебе. Ну и что ты о ней думаешь? Нет, я просто не понимаю, как можно было променять меня

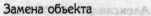

на нее! Ну что он в ней нашел, а? Вот скажи мне, ну чем она лучше меня?

Прямо злости не хватает!

О.

Море — Одалиске, 24 марта 2004 года

Одалисочка, ты что-то на себя не похожа! Мне казалось, ты такая разумная, интеллигентная молодая женщина, а ты ведешь себя как базарная торговка. На фотографии я вижу нормальную симпатичную женщину наших с тобой лет. Да, она не производит впечатления холеной и ухоженной, поэтому я даже допускаю, что она может быть чуть моложе нас, лет 25—26, просто у нее нет возможности следить за собой, пользоваться дорогими кремами, хорошей косметикой и услугами косметолога, поэтому овал лица уже немного поплыл и вокруг глаз видны морщинки. Ты это ставишь ей в упрек? Она живет более чем скромно, у нее нет лишних денег, это и по одежде видно, и по дивану, на котором она сидит. А по выражению ее лица рискну сделать предположение, что она не очень счастлива. Разве она виновата в том, что у нее нет такого мужа, как у тебя? И с каких это пор красный цвет стал признаком плебейства? Уж не снобка ли ты, милая Одалиска? Кстати, как ты сидишь? Расставив ноги, как большинство мужиков? Что-то я сильно сомневаюсь. Тоже небось ноги скрещиваешь.

Одним словом, ничего потаскушечного я в женщине на фотографии не вижу. И если вдруг выяснится, что она не является любовницей Кости, то как бы тебе не стало стыдно за свои слова. Не хочу морализировать и учить тебя жизни, но на этой женщине нигде не написано, что твой муж с ней изменяет тебе. Ну фотография, ну в кармане, и что? Да я тебе сто тысяч случаев придумаю, когда у мужчины в кармане оказывается фотография какой-нибудь женщины. В общем, оснований для паники я не вижу. У тебя же есть глаза, раскрой их и посмотри внимательнее: какая ты и какая она. Если Косте нравится такая женщина, как ты, то его по определению не может увлечь такая, как эта женщина. Не тот тип, не та внешность, не тот уровень. Зачем она ему? По твоему предыдущему письму я уж бог знает что подумала, действительно какая-то б... в красном и в неприличной позе. А что я вижу? Обычную женщину, уставшую от постоянных забот, с более чем скромным достатком.

Обдумай мои слова. А если будешь продолжать дурью маяться, то я тебе еще кое-что скажу. Но пока не время.

Целую тебя, моя зайка пугливая, и желаю тебе приятных мыслей и добрых чувств.

Море.

Одалиска — Морю, 26 марта 2004 года

Море, ты на меня как ушат холодной воды все время выливаешь. Только я разбегусь, чтобы прыгнуть со скалы, ты тут как тут и останавливаешь меня. Ты действительно думаешь, что женщина с фотографии не его любовница? Господи, Моречко, я бы так хотела в это верить, да я бы все на свете отдала, только бы это оказалось правдой!

После твоего письма два дня назад я немножко приободрилась. Знаешь, попыталась представить себе, как Костя с ней знакомится, имея жену и ребенка, как разворачиваются у них отношения, как они вместе засыпают и просыпаются, и поняла, что ты права. Не складывается картинка. Он очень требовательный в определенных моментах, ну, там, к белью, к пеньюарам, к духам и всякое такое, а у нее же наверняка ничего этого нет, так что она изначально не могла быть для него привлекательной. И я успокоилась на целые сутки.

А вчера он, когда мы перед телевизором вечером сидели, стал что-то комментировать по ходу фильма, как раз «Романс о влюбленных» показывали, и бросил какие-то странные слова о бабах-суках, которые своих парней из армии не могут дождаться и за других замуж выскакивают. Я сперва подумала, что он насчет фильма говорит, там как раз такая же история, но у него интонация была такая... ну как тебе объяснить? Не отстраненная. Ну вот как будто он не фильм комментирует, а свою жизнь. И я знаешь о чем подумала? Эта женщина — его давняя любовь, еще до армии, она обещала его ждать и не дождалась. То есть он ее давно знает, потом отношения у них прервались, а потом они встретились. То ли случайно, то ли он ее целенаправленно искал, то ли, может быть, она — его. И все вспыхнуло снова. Да, все правильно, он не заметил бы ее теперь, когда женат на мне, не заинтересовался бы, но если он знал ее раньше, то это совсем другое дело. Не зря же говорят, что старая любовь не ржавеет. И что мне теперь делать?

Одалиска.

Море — Одалиске, 28 марта 2004 года
Одалиска, дорогая!
Я тебя понимаю, ох, как я тебя понимаю! Старая любовь — штука очень опасная, для жен она куда страшнее, чем новая подружка. С новой подружкой всегда есть надежда, что она быстро надоест и все вернется на круги своя, а старая если за несколько лет не забылась, то дело плохо. Но не хочу тебя пугать прежде времени, давай сперва попробуем разобраться.

Во-первых, зайка моя, мы с тобой еще не окончательно убедились в том, что женщина с фотографии — Костина любовница. Все-таки еще остается вариант, что фотография имеет какую-то другую функцию, например, как я уже говорила, ее попросили передать кому-то в вашем городе. Знаешь, как это бывает? Ах, вы из такого-то города, у меня там давняя знакомая живет или родственники, вы не могли бы передать им мою фотографию, а то письмо написать все не соберусь, а мы сто лет не виделись... И все в таком духе. Или вот еще тебе вариант: Костя был в поездке не один, а с кем-то из коллег по работе, и фотография была у этого коллеги, например, это его жена или возлюбленная. Они жили в гостинице в одном номере. Коллега уехал раньше, Костя еще задержался и, когда собирал вещи, обнаружил, что коллега забыл фотографию. Например, она лежала у него в прикроватной тумбочке. Костя, естественно, взял ее, чтобы вернуть растяпе. Или так: коллега в командировке познакомился с девушкой, та подарила ему свою фотографию, коллега отнесся к роману легкомысленно и фотографию с собой домой брать не стал, зачем она ему, тем более если он женат, а Костя на всякий случай прихватил, он ведь не знал, по рассеянности ее забыли или умышленно не взяли. Хватит тебе трех вариантов или еще придумать? Я могу, у меня с этим не задержится. Одалисочка, я ведь писала тебе раньше, что была замужем и ушла от мужа, потому что он дико меня ревновал, причем почти всегда совершенно безосновательно. Говорю «почти», чтобы быть честной, у меня действительно один раз за пять лет супружеской жизни случился небольшой романчик, но именно в этот период муж ничего и не заметил, а все сцены, которые он мне регулярно устраивал, не имели под собой ни малейшей почвы. Но он, так же как и ты, в первую очередь думал о плохом, и те простые объяснения фактам, которые его так пугали, просто не приходили ему в голову, хотя мне-то казалось, что они лежат на поверхности. В общем, я здорово натренировалась в понимании того, как по-разному можно трактовать одни и те же обстоятельства.

Во-вторых, пришло время сказать тебе то, о чем я упоминала в предыдущем письме. Одалиска, твой Костя родился на свет далеко не в тот момент, когда вы с ним познакомились. Да и ты, надо думать, родилась чуть раньше. Я хочу напомнить тебе, что до момента вашей встречи вы оба жили своей жизнью, и в этой жизни были разные события и разные люди, разные переживания и разные мысли. И тебе, зайка моя, необходимо научиться с этим считаться. Нельзя выкинуть из Костиной жизни, из его памяти и его сердца все то, что происходило с ним до вашей женитьбы. И уж поскольку в его жизни были другие люди, а не только мама с папой и ты, любимая, то нужно закладываться на то, что эти люди тоже продолжают жить и могут входить в сегодняшнюю Костину жизнь, а заодно и в твою. И с этими людьми Костю связывали определенные отношения, которые нельзя вот так, в один момент, взять и зачеркнуть, и не просто нельзя, но, я считаю, и не нужно. Наша прошлая жизнь — это тот фундамент, на котором стоит наша сегодняшняя жизнь, а если из фундамента выбрасывать кирпичи, что происходит со строением? Правильно, оно обрушивается. Так что к прошлому нужно относиться бережно. Давай сделаем допущение, что женщина с фотографии — старая Костина любовь. О чем говорит тот факт, что он продолжает с ней общаться и даже пытался дать ей денег (опять же если допустить, что ты правильно трактуешь его новогоднюю поездку)? О том, что он не забывает добра, он не выбрасывает людей из памяти, он умеет хранить теплые воспоминания и быть благодарным за все хорошее, что связывает его с этими людьми. Попробуй поставить себя на место такой женщины. Вот ты любила когда-то парня, потом роман закончился, и через много лет вы случайно встречаетесь вновь, и он смотрит на тебя как на постороннюю, он не помнит вашего первого поцелуя, вашей первой ночи, проведенной вместе, он не помнит слов, которые говорил тебе, он даже не помнит, что любил тебя. Как тебе, приятно будет? Что ты о таком мужике подумаешь? Что он — сволочь, бесчувственный кретин, подонок, негодяй и все такое. Ведь подумаешь, правда? И что, ты хочешь, чтобы твой Костя оказался именно таким? Помни, зайка моя, человек — существо цельное, это сложная система, которая на нажатие определенной кнопки реагирует всегда одним и тем же определенным образом. И если мужчина по отношению к другим женщинам ведет себя как бесчувственная сволочь, то к своей жене он будет относиться точно так же. Если вы (не дай бог, конечно!) расстанетесь, он забудет о тебе через два дня, о Дашеньке — через три, и никогда никакой помощи ты от него не получишь, да не то что помощи — знака внимания к ребенку не дождешься. Тебя такая перспектива утешает? А вот то обстоятельство, что он сберег какие-то теплые чувства к давней своей возлюбленной, не забыл ее и даже пытался помочь деньгами, говорит в пользу того, что и после развода (тьфу-тьфу-тьфу!) он вас с Дашкой не кинет. То есть твой муж — человек во всех отношениях приличный. Но это — еще раз повторю — верно только в том случае, если речь действительно идет о женщине, которую он любил, а не о какой-то незнакомой женщине, фотография которой оказалась у Кости совершенно случайно.

И третье. В разводах и вообще нет ничего хорошего, уж поверь мне, я через это прошла, а в разводах при маленьких детках — особенно. Так что настраивайся на то, что жить тебе с Константином еще долгие-долгие годы, и старайся гнать от себя плохие мысли. В первую очередь думай о том, что все хорошо. Не рассматривай факты однобоко, пытайся найти все возможные объяснения, а не только одно-единственное, насчет измены, и ты увидишь, что во всем массиве возможных вариантов измена занимает малюсенький процент. Но я, кажется, повторяюсь.

Целую,

Море.

ХАН

Он проснулся внезапно, автоматически посмотрел на светящийся циферблат часов — 1.46. Пошевелил рукой и вдруг понял, что он в постели один, Оксаны рядом нет. Мгновенно накатил ужас, даже пот прошиб: она ушла, она его бросила, просто он заспался и спросонья не вспомнил об этом сразу. Но в следующую секунду Хан опомнился. Да нет же, вечером они были вместе дома, он помогал Мишке разобраться с новой компьютерной игрой, которую ему купил Аркадий, Оксана болтала по телефону с подругой, потом смотрела какой-то сериал. Все было в порядке. Просто она встала на минутку, в туалет пошла или на кухню попить. Хан тревожно прислушался, но ни шагов, ни шумов не услышал. Он подождал еще пару минут и выбрался из постели.

Жена в халате сидела на кухне, перед ней на столе

стоял открытый ноутбук, подключенный к Интернету, пальцы проворно бегали по клавиатуре, издавая едва слышные мягкие пощелкивания. Рядом стоит чашка с чаем, в пепельнице — дымящаяся сигарета.

— Что случилось? Почему ты не спишь? — спросила она вполголоса, не отрывая глаз от экрана.

— Ты тоже не спишь, — вместо ответа сказал Хан. — Что ты делаешь?

Ему показалось, что она смутилась. Впрочем, может быть, только показалось.

— Мне нужно кое-что в Интернете посмотреть, я вечером забыла, а потом проснулась и вспомнила, что утром должна... В общем, утром мне будут обязательно нужны эти сведения. Иди, Хан, ложись, ты и без того не высыпаешься.

Сердце у него колотилось так сильно, что грудная клетка, казалось, сейчас разорвется. Нет, не обидит он Оксану открытым недоверием и подозрением, не станет обходить стол, чтобы взглянуть на экран компьютера. Но он уверен, что она лжет. Никакие сведения из Интернета ей не нужны. Она пишет письмо Аркадию, она не только общается с ним лично, но и переписывается по электронной почте, а это совсем плохо. Им есть что обсудить, причем такое, чего нельзя обсуждать в присутствии Мишки, а ведь встречаются они пока втроем. Между ними назревает новый виток близости. Или уже назрел?

Хан забрался под одеяло и уставился в темный потолок. Он не сможет заснуть, пока Оксана не вернется в спальню. Периферическим зрением он замечал, как меняются цифры на табло часов, стоящих на тумбочке возле кровати, и каждое изменение отдавалось в нем неожиданной и необъяснимой болью. Вот еще минута прошла, еще минута, еще одна, а она все не возвращается, ей интереснее там, с ним, с Аркадием, они обмениваются короткими посланиями, общаются, что-то обсуждают, и она не может от него оторваться. «Это конец, Хан, — сказал он себе. — Готовься, она вот-вот объявит тебе, что возвращается к бывшему мужу. Или уйдет молча, ничего не объявляя и не объясняя, просто соберет вещи, возьмет сына и оставит на видном месте ключи от квартиры. Наберись мужества, очень скоро оно тебе понадобится».

Они все учились в одном классе — Ханлар Алекперов, Оксана Бояринова и Аркадий Гашин. Хан влюбился в Оксану сразу же, еще в первом классе. Они все десять лет сидели за одной партой, и одноклассники так привыкли к тому, что они всегда вместе, что никому даже в голову не приходило смеяться, подшучивать над ними и дразнить «тили-тили-тестом». Аркадий был просто другом Хана и никаких особенных знаков внимания Оксане не оказывал вплоть до выпускного вечера, когда все вдруг переменилось. Хан так и не понял, как это произошло. Просто на вечер Оксана пришла с ним, а ушла уже с Аркадием.

Она чувствовала себя очень виноватой, несколько раз пыталась объясниться с Ханом, говорила, что с ней происходит что-то невероятное, что она не может с этим справиться, но и жить без Аркадия она тоже не может, и что такого с ней никогда не было. Хан принял удар мужественно, он был достаточно мудрым для своих лет, чтобы честно признаться себе: да, он любил Оксану, но любила ли она его? Да, она сидела с ним за одной партой, он по утрам встречал ее по дороге в школу и после уроков провожал домой, они часто вместе занимались то у него дома, то у нее, они постоянно ходили в кино, а на вечеринках у одноклассников танцевали только друг с другом, но что из этого? Разве они строили какие-нибудь совместные планы? Разве она ему что-нибудь обещала? Разве хоть раз сказала, что любит его? Оксана просто дружила с Ханом и позволяла ему себя любить. Они ведь даже не целовались. Да, она понимала, что он влюблен, поэтому и чувствовала себя такой виноватой после выпускного вечера, но разве его чувства ее к чему-нибудь обязывают?

В тот тяжкий момент Хану очень помог отец, от которого юноша ничего не скрывал. Недетская мудрость Хана выражалась в том, что он готов был осмыслить и принять позицию, но сама позиция, выраженная в словах, была сформулирована именно Керимом Джангировичем, опытным следователем, перед глазами которого прошло множество личных трагедий и любовных драм. «Ты не имеешь права требовать, чтобы тебя любил тот, кого любишь ты сам, — говорил Хану отец. — Никто не обязан разделять твои чувства и отвечать на них. Если чувства совпадают — это великое и редкое счастье. Если они не совпадают — это обычное явление».

Через три года Оксана и Аркадий стали жить вместе, потом поженились. Все у них было славно, родился сын Миша, Аркадий успешно двигался и процветал в своем бизнесе, Хан служил в милиции, в подразделении по борьбе с экономическими преступлениями, оставался другом семьи и продолжал молча любить свою Оксану.

Однажды к нему в руки попали сведения о том, что фирма Аркадия Гашина оказалась в зоне пристального внимания «компетентных органов», что пока к ней и к ее хозяину только присматриваются, но вот-вот начнутся активные действия. Несколько дней Хан разрывался между профессиональным долгом и дружбой. Дружба победила. Он предупредил Аркадия.

Потом, правда, долго презирал себя за то, что предал интересы профессии.

Хан так и не понял до конца, какими соображениями руководствовался Аркадий, когда принял то решение, которое принял. С Ханом он не советовался, просто поставил перед фактом. При помощи небольшой мзды он в мгновение ока оформил развод, все, что можно, переписал на Оксану, все вклады переоформил и деньги перевел за границу, а сам уехал в Израиль, пообещав обосноваться, устроиться, открыть фирму, встать на ноги и в самое кратчайшее время приехать, зарегистрировать новый брак с Оксаной и забрать ее с сыном в славный город Тель-Авив или еще в какой-нибудь, но в той же стране. При помощи связей и взяток Аркадию удалось провернуть все это, включая получение визы, всего за неделю, но в конечном итоге он был прав, что поторопился: для решительных действий оперативники созрели ровно через сутки после того, как бизнесмен Гашин покинул Россию. Но было поздно. Фирма ликвидирована, счета закрыты, владелец убыл.

Первое время он звонил довольно часто, примерно раз в три дня, потом реже, потом совсем перестал звонить, а через полгода стало известно, что он женился. Там, не то на чужбине, не то на исторической родине. Оксана была в шоке.

Все это время Хан был рядом с ней и с мальчиком, сначала просто помогал справиться со всеми теми делами и проблемами, которые раньше решал Аркадий, и все вокруг шутили, что Хан временно замещает Оксане мужа. Потом, когда стало известно о женитьбе Аркадия, Хан снова, как когда-то в детстве, стал для Оксаны самым близким, единственным другом. Она плакала на его плече, она болела и принимала из его рук лекарства и заботливо сваренный бульон, она, не стесняясь в выражениях, кричала и закатывала истерики, позволяя ему утешать себя и успокаивать. И в один прекрасный для Хана день вдруг посмотрела на него совсем другими глазами, чуть удивленно, даже испуганно, и сказала: «Хан, а ведь я тебя люблю. И что самое смешное, я, оказывается, тебя всегда любила. Аркадий был просто помрачением рассудка. Я, наверное, долго болела им, но теперь полностью выздоровела. Хан, женись на мне, а?»

Они поженились. Это были самые счастливые годы в жизни Хана. И вот теперь Аркадий приехал в Москву, сказал, что давно развелся, что хочет перевести сюда часть своего бизнеса. И еще он хочет видеть сына. Хан так и не узнал, что сказал Аркадий своей бывшей жене, объяснил ли как-нибудь свое предательство, просил ли у нее прощения, Оксана сама не рассказывала, а выспрашивать он не считал возможным. Человек говорит ровно столько, сколько хочет сказать, а заставлять его сказать больше — значит проявлять насилие над личностью, вынуждать делать то, чего он делать не хочет. Этому тоже в свое время Хана научил отец. Однако тот факт, что Оксана не рассказывает никаких подробностей об Аркадии, Хана очень беспокоил и наводил на тревожные, неприятные размышления. Он ревновал так, как не ревновал даже в юности, когда Оксана ушла с Аркадием. Ревновал так, что в глазах становилось темно и дыхание останавливалось. Он завидовал тем людям, которые умеют закатывать скандалы и требовать объяснений. Хан не умел. В его семье, между его родителями это не было принято. Он рос в обстановке любви, взаимного уважения и взаимного доверия, и он совершенно не понимал, как можно обвинить человека, с которым живешь под одной крышей, во лжи или еще в чем-нибудь неблаговидном. Да еще сделать это на повышенных тонах. То есть он прекрасно знал, что огромное количество людей это делают, причем делают регулярно, но точно понимал, что для него это неприемлемо.

Аркадий приехал, почти ежедневно встречается с Оксаной и Мишей, собирается покупать дом в Подмосковье, а Хан живет в пылающем страшном аду. Если бы он тогда, пять лет назад, не предупредил Аркадия, тот сейчас или сидел бы на зоне, или был нищим. Ну, может, не совсем нищим, но уж точно не таким состоятельным и благополучным, каким является. Он должен быть благодарен Хану за то, что тот в свое время поступился профессиональным, служебным долгом во имя старой дружбы, а он вместо благодарности собирается увести у него жену.

Мысль казалась Хану корявой, он интуитивно чувствовал, что в ней что-то не так, что-то неправильно, но докопаться до этой неправильности никак не мог. Был бы жив отец, он объяснил бы ему, что к чему. Но отца уже несколько лет не было в живых, и Хану очень его не хватало.

Краем глаза он снова ухватил изменение цифры на электронном табло. Еще минута прошла. А всего их прошло двадцать шесть с того момента, как он вернулся из кухни. Оксана переписывается с Аркадием и все никак не может закончить разговор. Как влюбленные, которые прощаются в подъезде и все никак не могут оторваться друг от друга. «Отец, ты меня оставил, — с горечью подумал Хан, — скоро меня оставит Оксана, и я останусь совсем один. Господи, как мне это вынести и не сломаться?»

ИГОРЬ ДОРОШИН

До определенного момента это был один из самых замечательных вечеров за последний год. Завтра выходной, и я могу без зазрения совести до глубокой ночи предаваться своему любимому занятию: отсмотру пленок, запечатлевших поведение моих котов в отсутствие хозяина, и заполнению дневников. Вообще-то максимум интересного происходит при резком изменении обстановки, например, когда я приношу нового зверя или когда Арина рожает котят. В стабильной ситуации любопытные события происходят редко, и каждый раз это становится для меня праздником. В течение двадцати минут я с удовольствием наблюдал, как Дружочек боролся с Айсором за право залезть в шкаф-купе. Дружочек давно полюбил это надежное укрытие, потому что первым сообразил, как можно туда залезть, и вполне исправно, производя неимоверный грохот, отодвигал створку. Он застолбил место, никому другому пользоваться открытым шкафом не дозволялось, а когда он закрыт, никто и не мог туда забраться: у кого хватало ума, у того просто недоставало на это сил. И вот Айсор с чего-то вдруг решил, что у него силенок поднакопилось и можно, пожалуй, попробовать сдвинуть тяжелую зеркальную створку и оприходовать «домик», пока Дружочек занят чем-то другим. Но не таков мой Дружочек! Он мгновенно очутился на месте происшествия и принялся всеми силами препятствовать взлому жилища. Айсор, встав на задние лапы, пытался отодвинуть дверь с одной стороны, Дружочек налегал с противоположной, дверь ходила в пазах ходуном, коты шипели друг на друга и воинственно размахивали хвостами, оставшаяся часть команды превратилась в болельщиков и скромно сидела в сторонке, наблюдая за битвой гигантов. Глядя на это уморительное зрелище, я пожалел, что мои камеры пишут только изображение. Надо будет поставить новую аппаратуру, чтобы записывать звук, в подобных ситуациях это может оказаться любопытным.

Отмотав пленку назад, я стал смотреть ее снова, уже более предметно, попутно отмечая в дневнике стадии развития конфликта: вот Айсор, пригибаясь и воровато оглядываясь, приближается к заветному шкафу, вот первые попытки сдвинуть дверь, вот из-за угла появляется Дружочек, несколько секунд выжидает, прижавшись к полу и концентрируясь для рывка...

Я предавался чистому наслаждению исследователя и пребывал в таком блаженном состоянии, что телефонный звонок не напугал меня и не насторожил, хотя должен был бы, учитывая, который был час. Четверть второго. Приличные люди в такое время не звонят, значит, что-то случилось в околотке. Но я ошибся, звонила Светка.

— Разбудила? — робко спросила она.

Я похолодел. Светка в четверть второго ночи? Неужели Борис...

— Нет, я не спал. Что-то случилось?

— Я зайду, — вместо ответа проинформировала меня соседка.

Значит, случилось. Но не с Борисом, и это самое главное. Все остальное можно пережить.

Похоже, она звонила не из дома, уж больно быстро она оказалась у моей двери. При ее появлении на меня волной накатил запах ее духов. Света Безрядина стояла на пороге моей квартиры, держа в руках меховую накидку, сверкая бриллиантами и ослепительной кожей обнаженного декольте и переливаясь шелком вечернего платья.

— Господи, откуда такая красота? — восхитился я. — С приема, что ли?

— Ну, примерно, — она нервно усмехнулась. — Это, конечно, был не прием в полном смысле слова, но что-то близкое к тому. Очень нарядная тусовка. Игорь, надо поговорить.

Да кто бы сомневался! Если бы не нужно было срочно что-то обсудить, пришла бы ко мне в гости Светка среди ночи в вечернем туалете, как же!

— Чаю хочешь?

— Не надо... Впрочем, ладно, давай чайку выпьем. Только котов закрой, у меня платье тонкое.

Требование было не только справедливым, но и своевременным. Мои коты Светку обожали. Она была единственной представительницей женского пола, кого они приняли всей своей независимой душой, потому что не чувствовали в ней претендентку на территорию. Мозги у котов, вообще-то, не особо развитые, это вам не собаки, но зато души у них чувствительные до невозможности, они абсолютно точно и мгновенно определяют, кто чего хочет, кто о чем думает и у кого какое настроение. В присутствии Светки я никогда не излучал опасных для котов мыслей, то есть никогда не рассматривал ее как возможного обитателя своей квартиры, и Светка тоже ничего такого не излучала, посему звери относились к ней доброжелательно и даже с некоторой, я бы сказал, любовью. Она всегда приносила что-нибудь вкусненькое, что ставилось ей в большой жирный плюс, не оставалась спать в моей постели, за что получала два плюса, охотно и подолгу ласкала тех, кто это дело любил, и не протягивала руки к тем, кто сторонился физического контакта, при этом никогда не путала, кому из котов нравится поглаживание по горлышку (Айсор), кому — почесывание брюшка (Карма), кому — грубое чесание против шерсти (Арина), а кто этих глупостей на дух не переносит (соответственно, Ринго и Дружочек). Как только Светка появляется в моей нескромной (в том смысле, что большой и просторной) обители, коты тут же занимают круговую оборону в ожидании, когда она куда-нибудь сядет, и стоит ей присесть, все желающие немедленно начинают тусоваться вокруг нее и залезать на колени в предвкушении ласки, а прочие сидят рядом с видом скорбящей богоматери и ловят ее взгляд в надежде получить то самое вкусненькое, которое у нее где-то лежит, то ли в сумке, то ли в кармане, но лежит обязательно. Следствием подобных кошачьих тусовок уже стали два испорченных платья и три свитера, поскольку не родилась еще на свет такая кошка, которая не выпускала бы когти.

Вот и сейчас вся кошачья братия высыпала в прихожую и бдительно следила за тем, куда пройдет любимая гостья и где сядет. Я быстро втолкнул Свету в гостиную и закрыл все двери. Это, естественно, вызвало жуткое неудовольствие со стороны четвероногих, которые немедленно принялись скрестись в дверь и оскорбленно мяукать.

— Посиди, я принесу чай, — сказал я, оставляя Светку одну.

Пока кипятилась вода, я приготовил поднос с чашками, сахарницей и конфетами и все думал, что же такое случилось у моей подружки. С Борей все в порядке, с детьми тоже, иначе она не попросила бы чаю и выложила бы мне все прямо у порога. Значит, если что-то и произошло, то не с близкими ей людьми. Но тогда почему нужно приходить с этим посреди ночи? И лицо у нее какое-то напряженное...

Я вернулся в комнату, разлил чай, подал чашку Светке.

— Ну? Будешь рассказывать или как?

— Буду, — кивнула она. — Хотя видит бог, как мне этого не хочется. Игорь, я узнала, зачем Алла Сороченко ходила в театр на премьеру. Я не знаю, как ты к этому отнесешься... Короче, Алла была любовницей Владимира Николаевича.

— Какого Владимира Николаевича? — не понял я.

— Того самого. Твоего отца.

Меня затошнило. В какой-то умной книжке я прочитал, что человека тошнит, когда он не может или не хочет принять ситуацию, когда все его нутро противится и не желает, чтобы было так, как есть. Наверное, поэтому меня и тошнило. То есть не до рвоты, конечно, но мутило здорово, как с похмелья. Если бы передо мной сидела не Светка Безрядина, а кто-нибудь другой, я бы задал, наверное, тысячу и один вопрос «про это», уточняя, откуда информация, да насколько она точна, да можно ли ей доверять, да не стоит ли ее еще раз перепроверить. Но передо мной сидела именно Светка, и я наверняка знал, что все эти вопросы бессмысленны. Светка никогда не была пустой сплетницей и никогда не передавала непроверенную информацию. Кроме того, я знал, как она ко мне относится, и был стопроцентно уверен, что она ни за что не сказала бы мне такую вещь, если бы не была в ней абсолютно убеждена. Она сто раз все перепроверила, прежде чем заявляться ко мне среди ночи. Какие-то первоначальные сведения она уже получила раньше, а сегодня, вероятно, последовало окончательное подтверждение, после которого она уже не могла молчать.

В голове зазвучал папин голос, поющий «Il balen del suo sorriso». Сентиментальный идиот, я был уверен, что он, как и прежде, думает о маме, когда исполняет эту арию, и, как и прежде, признается ей в любви. И самое ужасное, что мама тоже так думала, слушая его пение. А на самом деле в зале сидела его любовница, красавица Алла Сороченко, и он пел «Ясный свет ее улыбки», обращаясь к ней, думая о ней, мечтая о близости с ней, вспоминая самые яркие, самые волнующие моменты их отношений. Дьявол! Да как он посмел?!

Наверное, мое лицо стало какого-то интересного цвета, серо-зеленого или бледно-желтого, потому что Света заботливо спросила:

— С тобой все нормально? Или накапать чего-нибудь?

— Водки, — просипел я севшим голосом. — Или виски. И не накапать, а налить.

Она молча достала бутылку, налила стакан виски и протянула мне. Вкуса спиртного я не почувствовал, но уже через пару секунд алкоголь обжег внутренности, и сжавшиеся в спазме сосуды разжались.

— Игорек, не родился еще мужик, который хотя бы раз не изменил своей жене. Твой отец — гениальный артист, мировая знаменитость, но он же все равно мужчина, и он такой же, как и все. Не принимай это так близко к сердцу. Чтобы не изменять женам, нужно быть таким больным, как мой Борис, и бояться за свою жизнь больше, чем хотеть свежих ощущений. Я, например, не уверена, что он не изменял мне до того, как ему поставили диагноз.

— Спасибо, утешила, — усмехнулся я. — И давно это у папы?

— Примерно год или чуть меньше. Об этом романе действительно мало кто знал, они хорошо соблюдали конспирацию. Муж Аллы совершенно точно не знал, можешь мне поверить.

— Это ты к тому, что он не мог заказать жену из ревности?

— Ну да.

— И моя мама не могла, — я снова усмехнулся. — Она тоже не знала. И я не знал. Может, у Аллы был еще какой-нибудь любовник, которого она бросила ради моего папеньки?

— Игорек, любовников у нее было выше головы, но никаких слухов о том, чтобы кто-то из них сильно переживал разрыв, я не слышала. Некоторых из них я даже видела, мне их показали, они выглядят вполне довольными жизнью, приходят на мероприятия в сопровождении умопомрачительных девиц и имеют прекрасный цвет лица.

— А про последнего, ну, того, который был до папы, тебе что-нибудь известно? — не отставал я.

— Известно, — вздохнула Света. — Богатый и успешный дядька, он сам бросил Аллу ради еще более красивой девицы, которая родила ему ребеночка и на которой он в этой связи женился полгода назад. Зачем ему убивать Аллу? Какой резон?

— Никакого, — согласился я. — А про нового любовника что-нибудь слышно?

— Про какого нового?

— Про того, которого она завела, крутя роман с папой. Ведь может такое быть? Но папу бросать она не захотела, и новый кавалер из ревности ее застрелил сам или заказал.

— Игорь, ну что ты говоришь...

— Или так: она завела нового мужика, и папа об этом узнал и не захотел смириться, — продолжал я монотонно.

— Игорь, опомнись! — Светка смотрела на меня с ужасом. — Ты понимаешь, что говоришь? Ты что, подозреваешь отца в том, что он мог убить свою любовницу?

— А почему нет?

Я равнодушно пожал плечами. Уже почти два часа ночи, ел я в последний раз часов шесть назад, и стакан виски, одним броском отправленный в пустой желудок, делал возможным и не такие чудовищные предположения.

— Убить ее он, конечно, не мог, в момент убийства папа находился в своей гримерке, у меня на глазах, но организовать убийство вполне мог. Почему нет? — повторил я.

— Но это же твой отец, Игорь! Как ты можешь так думать о нем? Он же не посторонний тебе человек, ты знаешь его всю жизнь, и кто, как не ты, должен понимать, что на убийство Владимир Николаевич не способен.

— Ничего я не должен понимать. Еще полчаса назад я был уверен, что папа не способен изменить маме, не способен увлечься длинноногой свистушкой и испоганить память о всех тех годах, которые он прошел рядом с мамой. Вот полчаса назад я был уверен, что знаю своего отца, а сейчас я уже так не думаю. И если он не такой, каким я его себе представляю, то как я могу точно понимать, как он может поступить, а как не может? Получается ведь, что я его совсем не знаю. И теперь я ни за что не могу ручаться.

Светка посмотрела на меня с жалостью и каким-то отчаянием, взяла второй стакан, плеснула себе виски и сделала большой глоток.

— Мне не нужно было тебе все это рассказывать? Надо было промолчать, да?

— Перестань, — поморщился я. — Я сам просил тебя разузнать все, что можно, про Аллу. Информация — главное оружие, не зря же говорят: предупрежден — значит, вооружен. И я не кисейная барышня, чтобы оберегать меня от неприятной информации, а то я, не дай бог, расстроюсь. Я тебе очень благодарен, Свет, правда, честное слово, очень благодарен. Кстати, как ты думаешь, следствию уже известно, кто был любовником Аллы?

— К сожалению, да. Как раз сегодня я разговаривала с дамочкой, которая числится близкой подругой убитой, она сама мне рассказала, что с ней беседовал следователь и она ему поведала о твоем отце.

Что ж, так тому и быть. Я хотел отличиться и доказать, что Аллу Сороченко убили по личным мотивам, не связанным с бизнесом ее мужа, но официальное следствие перешло мне дорогу. Они сами занялись ее любовными связями. Видно, версия с бизнесом никак не проходит. Но отличиться я по-прежнему хочу, я по-прежнему хочу доказать родителям, что я не никчемный и не тупой. И есть еще одна вещь, которую я хочу. Я должен попытаться защитить отца, что бы я о нем на самом деле ни думал. И сделать обе эти вещи можно только одним способом: доказать, что убийство возле театра было на самом деле убийством водителя-охранника Николая Кузнецова, а вовсе не убийством Аллы Сороченко, которая просто стояла рядом, иными словами — под руку попалась, под пулю подставилась. Только не думайте, что я в этом уверен и собираюсь доказывать другим истину, в которой сам ни капли не сомневаюсь. Вовсе нет. Я не знаю, что стоит за этим чертовым убийством. Может быть, Аллу действительно убили из ревности или мести, и может быть, к этому действительно причастен мой отец.

Я вполне это допускаю. Но если я хочу решить две свои задачи, то у меня есть для этого только одна возможность, только один путь, и я должен этот путь пройти, чтобы честно сказать себе: я сделал все, что мог. Если не получится — значит, не получится, не судьба. Но пробовать надо.

Мы со Светкой еще выпили, я проводил ее до самой квартиры (ночь все-таки, мало ли что), вернулся к себе и... растерялся как-то. Лечь спать? Или занять мозги любимым делом и вернуться к кассетам, запечатлевшим поведение котов в отсутствие хозяина? Или сесть в кресло, налить себе еще стакан, завернуться в плед и впасть в черные мысли? Впрочем, нет никакой гарантии, что я не впаду в эти мысли, если попытаюсь уснуть или займусь кассетами.

Спиртное облегчения не приносило. После того как первой дозой удалось справиться со спазмом, толку от виски не было никакого, но я все равно выпил еще. Почему-то начался озноб, я залез под горячий душ и стоял, наверное, минут тридцать, пока не почувствовал, что смертельно хочу спать. Быстро нырнул в постель, закутался поплотнее, свернулся калачиком и впал в те самые черные мысли, которые отчего-то не утонули в виски.

Все-таки интересно устроены у человека мозги. Или это только я один такой неправильный? Никогда мужчина, изменяющий своей жене, не вызывал у меня отрицательных эмоций. Мы, мужики, не кобели, просто мы — такие. Ну что с нами сделаешь? Все мои друзья-приятели-сослуживцы так или иначе, в тот или иной период своей жизни изменяли своим женам или постоянным подругам, и я рассматривал это как норму жизни. Подумаешь, большое дело! И вообще, как же без этого? Без этого никак нельзя. Но как только дело коснулось моей семьи, моего отца и моей мамы, оно сразу стало не просто большим — огромным. Потому что вдруг оказалось, что, кроме самого факта физической близости с другой женщиной (не с женой, то есть не с моей мамой), в супружеской измене наличествует масса привходящих факторов, о которых просто не думаешь до тех пор, пока это не имеет отношения к тебе самому.

В голове по-прежнему звучала предательская «Il balen», а перед глазами стояла мама, растворившаяся в папином пении, в его божественном голосе, верящая каждой ноте, каждому звуку и украдкой вытирающая слезы. Ведь она думала, что это — для нее. А отец ее обманывал. Она, такая красивая, такая способная, не стала делать собственную карьеру, она посвятила всю себя служению папе и его голосу, она отказалась от многого желанного для себя в угоду нужному папе, она выстроила свою жизнь для него и его искусства, и что он с этим сделал? Обманул ее, посмеялся над ней. Он предал маму. Она так ему верит, а он ее предал. Она старается быть в его глазах женственной, привлекательной, не утратившей красоты, она надевает нарядные платья, делает сложные прически, тщательно накладывает макияж и верит, что у нее все получается, что все ей удается, что она для него по-прежнему хороша, любима и желанна. А на самом деле все не так. Она не хороша, не любима и не желанна. Любимой и желанной для него стала молодая красавица Алла Сороченко, потому что ни одна женщина в пятьдесят пять лет не может быть желаннее двадцатипятилетней. Правда, Алле было не двадцать пять, а чуть за тридцать, но сути это не меняет. Так мир устроен. И так устроены мы, мужики.

Мне было обидно за маму. Обидно так, что, если

бы я умел, я бы, наверное, заплакал. И еще мне было обидно за себя. В своей жизни я делал достаточно много неправильного, и такого, что не одобрялось родителями, но казалось мне самому вполне приемлемым и даже нормальным, и такого, что было объективно неправильно, и в глубине души я это признавал. И каждый раз родители объясняли мне мою неправильность и ставили папу в пример. Папа был олицетворением того, как можно жить, руководствуясь двумя понятиями: «надо» и «нельзя», а не понятиями «можно» и «хочу», как делает большинство из нас. Меня воспитывали в убеждении, что правильно — это так, как делает папа, а у всех, кто живет по-другому, просто не хватает силы воли, ума, мудрости, выдержки, ответственности, преданности своему делу, любви к своему искусству, будь то вокал, спорт или педагогика. Папа был образцом. А я был несовершенным и слабым, потому что не мог даже приблизиться к эталону, но я должен был к этому стремиться. Я мог быть недоволен словами или поступками отца, но я всегда отдавал себе отчет, что я недоволен не потому, что отец сделал что-то плохое, а исключительно потому, что лично меня это не устраивает. Короче, если совсем просто, то я не только любил папу, я уважал его. И что теперь? Как я могу уважать человека, который предал свою жену, мою маму, выставил ее на посмешище, унизил ее, растоптал все то хорошее, что было между ними за тридцать пять лет совместной жизни, выбросил это хорошее на помойку как ненужный хлам!

И еще я вспоминал, как стоял посреди гримерки и выслушивал папины слова о том, что я бездарный, глупый, непрофессиональный и никчемный. Я вспоминал, сколько ярости и праведного гнева было в его голосе, и только сейчас понимал, что же происходило на самом деле. Мой отец — великий артист, подозреваю, что даже покруче Шаляпина, он только что услышал, что на выходе из театра убита его любовница, его обуревают эмоции, которые он не может проявить, обнародовать, выплеснуть, а эмоции рвутся наружу, их невозможно удержать в себе, они в клочья раздирают внутренности и... И что же он делает? Он начинает кричать на меня. Он находит подходящий объект — неудалого сына, и орет на него, оскорбляет, выпускает пар. Его охватывают боль, страх и отчаяние, но он — великий актер! — находит способ дать им волю, прикрыв фиговым листком отцовского негодования. Он произносит слова, которых не слышит сам, он высказывает мысли, которых на самом деле нет в его голове, по крайней мере в тот момент. Может быть, он действительно считает, что такой сын, как я, не делает ему чести, но тогда, в гримерке, он думал вовсе не об этом, и не о своей репутации он беспокоился, и не жалости знакомых он боялся. Все его нутро содрогалось и кричало: «Алла! Алла! Любимая! Как же я без тебя?» И эти истинные, искренние вопли своей души он ловко маскировал оскорблениями, которые выкрикивал в мой адрес. Он просто заменил один объект другим. А рядом сидела мама и не понимала, что происходит в действительности.

Отец не посмел тогда, в гримерке, сказать правду и признаться, что знаком с убитой женщиной, это означало бы обидеть маму и вызвать ее подозрения. Вместо этого он предпочел обидеть меня. Наверное, это правильно. Отец верно рассудил, я — мужчина и с обидой справлюсь легче и быстрее, чем мама. Но в то же время он использовал меня как предмет, как неодушевленное существо, чувствами которого можно пренебречь. И это было как-то неприятно.

А на следующий день мама сходила с ума, потому что папа плохо себя чувствует, лежит, пьет сердечные лекарства и не разговаривает с ней. Она была уверена, что это из-за меня, и я даже чувствовал себя немного виноватым. Я не сомневался в папином здоровье, но мне не хотелось быть причиной маминых переживаний. И оказывается, все было совсем, совсем не так. Отец плохо себя чувствовал вовсе даже не из-за меня, и я совершенно напрасно испытывал комплекс вины. Получалось, что отец снова использовал меня, а заодно и маму.

Уснуть мне так и не удалось. До самого рассвета я пролежал, закутавшись в одеяло и ковыряясь в своих черных мыслях, жалостливая Арина добросовестно мурлыкала рядом с подушкой, пытаясь вылечить мой душевный недуг, и я то и дело утыкался носом в ее густую короткую шерстку и горестно вздыхал.

Ровно в восемь явился Ринго объявлять подъем. Я встал, накормил котов, принял душ и понял две вещи. Первое: я совершенно не хочу спать, я полон созидательной злости и сокрушительной энергии. Второе: я знаю, как провести сегодняшний выходной день.

Я позвонил Ивану Хвыле и попросил о встрече в любом удобном для него месте и в удобное время. Договорившись с оперативником, я поехал по обувным бутикам искать ботинки для Кати взамен испорченных моими котами. Только не подумайте, что я собрался при помощи подарков бороться за благосклонность молодой журналистки. Я не тупой, мне два раза повторять не надо, а Катя ясно дала мне понять, что первый эпизод нашей близости так и останется единственным. Но поскольку обувь испорчена по моей вине, я считаю своим долгом возместить убытки, тем более обувь-то действительно дорогая.

Ботинки я искал долго, но все-таки нашел. До назначенной встречи с Иваном оставался еще целый час, и я подумал, что вполне успею отловить Катюшу и вручить ей обновку. Катя оказалась на съемке в Госдуме, в двух шагах от магазина, где мне удалось отыскать эти злополучные фирменные ботиночки, так что все сложилось удачно. Девушка сперва отнекивалась и отказывалась принять подарок, видно, боялась, что я буду рассматривать это как первый шаг в укреплении отношений. Пришлось объясниться начистоту, и она сразу повеселела.

— Ты не обижаешься? — робко спросила Катя.

— Да что ты, Катюша. Жизнь есть жизнь.

— А любовь есть любовь, — вздохнула она печально, из чего я сделал вывод, что с ее новым увлечением что-то не вполне благополучно.

— Звони, если что, — сказал я на прощание.

— Позвоню, — грустно пообещала она. — Спасибо тебе за ботинки.

Встречу с Хвылей пришлось дважды переносить на более позднее время, но я воспринял это как само собой разумеющееся: работа оперативника плохо поддается четкому планированию, в нее постоянно вклиниваются непредвиденные обстоятельства. Важно то, что мы в конце концов встретились в какой-то симпатичной недорогой забегаловке, где заодно и поели. Иван был уставшим и раздраженным, и у меня мелькнула было мысль отказаться от своей затеи, уж очень велика была вероятность того, что он взорвется и пошлет меня куда подальше. Но я все-таки решил идти до конца, другого способа спасти самого себя я не видел.

— Вы по-прежнему рассматриваете убийство Сороченко и Кузнецова как убийство именно Сороченко? — спросил я, набравшись храбрости.

— Ну да. Алла — жена бизнесмена, у которого куча, как выяснилось, проблем с партнерами и контрагентами. А Кузнецов — водила, гора мышц. Кому он нужен-то? Тем более он не москвич, вел достаточно замкнутый образ жизни, друзей-приятелей у него здесь не было, так что насолить он никому не мог. Мы проверяли.

— Хорошо проверяли?

Иван поднял на меня усталые глаза и прищурился.

— Хочешь сказать, что если мы запороли работу с младшим Анташевым, то и все остальное делаем так же плохо?

— Не хочу. Не злись, пожалуйста. Я хочу сказать, что людей и времени у вас мало, а работы много, и если у вас по части Кузнецова осталось что-то недоделанное, то, может, я мог бы... ну, помочь чем-то.

Хвыля ответил не сразу, сперва как-то особенно тщательно доел свой бараний шашлык, собрал корочкой хлеба соус с тарелки, сделал несколько неторопливых глотков из высокой кружки с пивом.

— Слушай, Игорь, давай начистоту, ладно?

— Давай, — с готовностью согласился я.

— Ты насчет своего отца знаешь?

— Что конкретно ты имеешь в виду? — осторожно спросил я.

— То же, что и ты, — усмехнулся он. — Его связь с убитой Сороченко. Или знакомство, если тебе так приятнее.

— Я не красна девица, чтобы стараться сделать мне приятное, — сердито буркнул я. — Да, знаю. Вчера только узнал.

— От кого? От него самого?

— Ну прямо! — фыркнул я. — Нашлись добрые люди, проинформировали.

— Ясно. И теперь ты хочешь костьми лечь, чтобы его выгородить. Я правильно понял твой порыв?

Да правильно, правильно он понял. Правда, он не все знает и не может понимать, как важно мне доказать самому себе и своим родителям, что я что-то могу в своей работе, что-то умею. Но в целом он, конечно же, прав.

— Ты пойми, Иван, я одновременно милиционер и сын своего отца. Я не могу перестать быть милиционером, но я и не могу перестать быть сыном. И наоборот. Понимаешь?

— Про «наоборот» я что-то плохо понял.

— Я буду оставаться сыном, но я не перестану быть ментом. Если с отцом что-то не так, для меня это будет большим ударом, но, если с ним все в порядке, я хочу сделать все, что в моих силах, чтобы это выяснить и доказать. Теперь понятно?

— Теперь понятно, — кивнул он. — И с этой точки зрения тебе выгодно доказать, что убийство с личностью Аллы вообще не связано и направлено оно было исключительно на устранение Кузнецова. Так?

— Ну, так, — угрюмо подтвердил я.

Ну почему, почему этот Хвыля все переводит на какой-то торгашеский язык? «Выгородить», «выгодно»? Неужели он считает, что все в этой жизни измеряется только степенью корыстной заинтересованности? Впрочем, пусть считает все, что угодно, лишь бы мне удалось с ним договориться.

— Но ты хотя бы понимаешь, чем мне это грозит? — спросил Иван. — Ты понимаешь, что будет, если ты окажешься прав, добудешь под эту версию мощную фактуру, ее придется докладывать моему руководству и следователю, и выяснится, что в раскрытии преступления принимал участие посторонний человек? И что я об этом знал и не только не пресекал, но еще и способствовал? Ты бы хоть меня пожалел, если себя не жалко.

— Никто не узнает, — твердо сказал я. — Слово даю. Всю фактуру отдам тебе с подробным отчетом, что откуда взялось, сам будешь докладывать. Если моя помощь даст результат, все лавры — тебе. А если не даст, то тебе по шапке не надают.

Хвыля задумчиво молчал. По его лицу я видел, что мое предложение ему нравится, но принять его он побаивается. Да и кто меня знает, в самом деле? Мало ли чего от меня можно ожидать, я для него человек малознакомый, а ну как подлянку какую-нибудь подстрою?

— Ты мне только дай все, что есть по Кузнецову, а дальше я сам, — продолжал давить я.

— Ладно, — со вздохом согласился Хвыля. — Уговорил. Завтра встретимся, дам тебе материалы посмотреть, выпишешь, что тебе надо. Но с условием: каждый день будешь меня информировать, что сделал и каков результат. Никаких игрищ за своей спиной я не терплю.

— А если надо будет, поможешь? — спросил я, вконец обнаглев.

Он посмотрел на меня с интересом и внезапно улыбнулся.

— Слушай, капитан, я тебе еще даже палец в рот не положил, а ты, похоже, уже полруки оттяпал. С тобой не соскучишься.

Это он еще моих котов не видел. Вот уж с кем действительно не соскучишься.

ВИРТУАЛЬНАЯ ПЕРЕПИСКА

Одалиска — Морю, 3 апреля 2004 года

Моречко, приветик!

У меня все хорошо. Ну, относительно, конечно. Но все-таки лучше, чем было зимой, когда Костя уехал и непонятно было, куда, зачем и когда вернется. Он теперь стал очень внимательным, дарит много подарков и мне, и Даше. Правда, дома по-прежнему бывает мало, частенько и ночевать не приезжает, но это и раньше было, так что ничего нового не происходит.

Знаешь, Моречко, у меня не очень получается думать только о хорошем, хотя я изо всех сил стараюсь, честное слово. Вот смотри. Возьмем, к примеру, эту фотографию злосчастную. Если бы она была чья-то, то есть если бы было так, как ты придумала насчет коллеги, с которым Костя жил в гостинице в одном номере, то он бы эту фотографию сразу ему бы и отдал, когда вернулся. Правильно? А ведь я ее сначала нашла случайно, через день после его приезда, а потом еще раз, когда сканировала и пересылала тебе, это уже неделя после его возвращения прошла. Почему она столько времени была у него? Почему он ее сразу-то не вернул? А если его попросили передать снимок родственникам и знакомым (это тоже ты придумала), то почему не передал? Почему хранил у себя столько времени? Я тут недавно проверила его карманы и сумку, фотку не нашла. Может быть, он ее перепрятал получше или вообще в офис увез, чтобы я случайно не нашла, он же не знает, что я ее уже видела. Значит, боится. Знает кошка, чье мясо съела. Ну как тут думать о хорошем?

Одно утешает: на майские праздники поедем на море, мы каждый год ездим на Средиземное море, на первое солнышко. Хорошо, что праздники длинные, погреюсь, поплаваю, подзагорю. Все говорят, что мне загар очень идет. Наверное, я эгоистка, да? Ты так любишь море, ты даже ник себе взяла такой — Море, а я тебя дразню рассказами о поездке. Слушай, Морюшко, а почему ты сама не ездишь на море? Неужели ты так мало зарабатываешь? Я думала, что в банке хорошо платят. Или я чего-то не понимаю? Прости, если обидела тебя своими вопросами, хотя ты, кажется, вообще ни на что не обижаешься, потому что умная.

Обнимаю тебя и целую миллион раз,

твоя Одалиска.

Море — Одалиске, 12 апреля 2004 года

Зайка моя, Одалисочка, здравствуй! Я очень рада, что ты поедешь с мужем на море, поплаваешь, развеешься, и уверена, что эта поездка будет очень важной и полезной для ваших отношений. Побудете вместе, никакой работы, никаких отвлекающих факторов, будете много разговаривать, и вполне возможно, он сам тебе расскажет про ту женщину. К слову придется — и он расскажет, кто она такая, и окажется, что все твои страхи были напрасны. Ты успокоишься, и все снова станет отлично. И вообще, Одалиска, море — это что-то! Во всяком случае, для меня. Я вообще про все забываю, когда в воду вхожу, все дурные мысли с меня смываются и уносятся волной, и остаюсь только я одна наедине с морем, а оно доброе, ласковое, оно успокаивает, баюкает, я даже могу лечь на спину и задремать. Правда, я давно не ездила на юг, то есть с того момента, как развелась. Понимаешь, у меня отец очень болен, ему нужно дорогое лечение, и пока я была замужем, муж это лечение оплачивал, он хорошо зарабатывал.

А теперь мне приходится самой выкручиваться, каждую копейку откладывать, чтобы отца два раза в год отправлять лечиться за границу, так что на мои поездки к морю уже ничего не остается даже при моей приличной зарплате.

А уроки свои ты делаешь халтурно, дорогая. Что это за разговоры про перепрятанную фотографию? Не проще ли сделать вывод, что Костя ее просто-напросто отдал тому, кому она предназначалась? А то, что отдал не сразу, а через некоторое время, может объясняться тем, что этого человека либо не было в городе, либо у Кости не было времени, чтобы с ним встретиться. Ты же сама говоришь, что он очень много работает, всегда занят и даже домой иногда не приезжает ночевать, остается в городе. Давай-ка, Одалисочка, старайся как следует, не ленись. А то, я смотрю, ты и писать мне реже стала, а как только я перестаю тебя контролировать, так у тебя мысли неправильные появляются.

Целую,

Море.

Одалиска — Морю, 17 апреля 2004 года
Моречко, у меня такой облом... Черт знает что! Уже который день пытаюсь добиться от Кости ответа, едем мы на море или нет, надо же вещи подготовить, съездить в город, по магазинам прошвырнуться, подкупить кое-что, а он юлит, глаза отводит и не отвечает ни да, ни нет. Дескать, не знает, ничего не может гарантировать, может быть, его снова в командировку пошлют. Да какая, к чертовой матери, командировка на праздники?! Где это видано, чтобы людей на майские выходные посылали в командировки? Мало того, что его на Новый год услали и на 8 Марта он дома

не был, так еще и на майские! Ну это уж вообще... У меня слов нет. Как ты считаешь, может, мне поехать в город, к нему на работу, поговорить с генеральным директором? Или кто там у него главный, я не знаю. Я даже не знаю, где его офис находится, ни разу там не была. Но я найду, это не проблема, водитель-то знает. Приду и устрою скандал. Пусть кого-нибудь другого посылают, что, Костя один во всей фирме работает, что ли? Других сотрудников нет? Нашли дурака. Не зря же говорят, кто везет — на том и едут.

Что ты мне посоветуешь?

О.

Море — Одалиске, 18 апреля 2004 года

Одалиска, не паникуй и не принимай поспешных решений. Конечно, если поездка сорвется — это не есть хорошо. Но нужно с уважением относиться к работе мужа, особенно если за счет этой работы происходит финансовое обеспечение твоей жизни и жизни вашего ребенка, не забывай эту простую истину. Я понимаю, что тебе ужасно хочется поехать на море, но работа все-таки на первом месте, я тебе это уже объясняла.

Теперь что касается моих тебе советов. У тебя есть два варианта поведения: либо принять ситуацию такой, какая она есть, и спокойно ждать, как будут развиваться события, либо действительно попробовать поговорить с начальниками Кости. Если ты решишь пойти по второму пути, то нельзя этого делать с бухты-барахты, любой разговор нужно готовить, особенно если от результатов разговора что-то зависит для тебя. Нужно готовить с тем расчетом, чтобы результат получился не какой-нибудь, а такой, который тебе нужен. Поэтому перво-наперво нужно понять, с кем, когда и как разговаривать. Поскольку у меня есть почти десятилетний опыт работы в коммерческих структурах, то есть в коллективах, где есть начальники и подчиненные, я могла бы дать тебе пару дельных советов, но для этого мне нужно понимать, с какими людьми тебе придется иметь дело. Если хочешь воспользоваться моей помощью, напиши подробно все, что ты знаешь о Костиных сотрудниках и руководстве. Пол, возраст, семейное положение, характер, привычки и все такое.

Если хочешь знать, как поступила бы я на твоем месте, то я бы, конечно, умолкла со своими претензиями и терпеливо ждала, как дело обернется. Может быть, все-таки поездка состоится и все будет тип-топ, а если нет — что ж поделать, значит, в этом году не поедем, ну ничего, не последний год на свете живем, и море никуда не убежит, оно вечное. Но это, конечно, совет на мой характер, а у тебя характер другой, поэтому ты можешь думать и чувствовать совсем по-другому. В любом случае, что бы ты ни решила, помни: я — рядом и всегда готова прийти на помощь если не делом, то хотя бы словом. Нужен совет — дам, нужно утешение — тоже не откажу. Только подумай как следует, зайка, не ленись, ладно?

Море.

Одалиска — Морю, 18 апреля 2004 года

Море, куда ж теперь думать, уже трясти надо, а не раздумывать, времени-то совсем не осталось. Билеты надо заказывать, отель, на визу времени может не хватить, так что Франция, Испания и Италия отпадают, остаются Турция и Кипр. Хотя у Костика полно связей, он шенгенские визы делает за два дня, но все равно для них нужны приглашения с той стороны, а приглашения без оплаченного отеля не дают. Заказать отель я могу по Интернету, это без проблем, а оплатить и получить приглашение как? Пристаю с этим к Косте утром и вечером, а он отмахивается или вообще молчит.

Я знаешь что подумала, Моречко? Он все врет насчет командировки. Он собрался ехать на море с ней, с этой бабой, а мне вкручивает насчет деловой поездки. Но она еще окончательно не согласилась, и он не знает, поедет она с ним или нет, поэтому и оставляет запасные варианты, мол, если начальство не пошлет в командировку, то поедем. А начальство тут вообще ни при чем! Он ЕЕ решения ждет, а не начальника. Поэтому я решила, что обязательно должна поехать к нему на работу и поговорить. Пусть мне скажут, что ни в какую командировку его отправлять не собираются, тогда у него не будет вариантов. Как ты считаешь? Ему придется поехать с нами, даже если у него были другие планы. Здорово я придумала?

Конечно, твои советы мне очень пригодились бы, но я тут подумала и поняла, что мало кого знаю с Костиной работы. То есть к нам в гости на его день рождения каждый год приезжает человек по двадцать с женами или с подругами, я всех их помню в лицо и по именам, но плохо представляю себе, кто из них какую должность занимает. Я начала подробно описывать, что помню, но пока получилось только про трех человек. Постараюсь сегодня ночью закончить, Костик предупредил, что приедет только завтра, какие-то там срочные проблемы у них возникли, так что до утра у меня будет навалом свободного и бесконтрольного времени. Если к утру сделаю, то завтра перешлю тебе мои мемуары. Буду рада любым твоим советам, ты действительно в таком деле более опытная, я-то ни одного дня не работала с тех пор, как вышла замуж, уже все перезабыла насчет служебных отношений.

Целую, до завтра,

Одалиска.

Одалиска — Морю, 19 апреля 2004 года

Моречко, посылаю тебе то, что обещала. Получилось ужасно длинно, писала всю ночь, открой «скрепку». Жду ответа.

О.

Одалиска — Морю, 20 апреля 2004 года

Почему не отвечаешь? Ты получила мое послание со «скрепкой»? Время идет, праздники на носу. Я нервничаю.

О.

Море — Одалиске, 21 апреля 2004 года

Одалиска, извини, что задержалась с ответом. Понимаю, время не терпит, но мне нужно было внимательно прочесть твои «записки охотника» и тщательно обдумать их, прежде чем давать тебе советы. Дело деликатное, времени действительно осталось в обрез, поэтому, если что не так пойдет, переделывать уже не успеешь, так что осечки быть не должно.

Из тех людей, которых ты мне описала, ни один не вызывает у меня доверия в том смысле, что вот с ним бы я поговорила в первую очередь. Самыми перспективными с точки зрения интересующего тебя разговора мне кажутся те, кого ты перечислила под номерами 4, 7 и 12. Судя по всему, они обладают достаточными полномочиями и, что немаловажно, хорошо относятся лично к тебе, так что, если Костю действительно собираются послать в командировку, твоя просьба и твои жалобные глазки могут сыграть свою роль. Номер 12 похож на главного босса, и если я не ошиблась, решение принимает именно он. НО! Если он и есть главный босс, то ему может очень не понравиться, что жена его сотрудника обращается непосредственно к нему. Знаешь, у боссов есть такая болезнь: они считают нужным общаться и решать вопросы только с равными себе по положению или с вышестоящими. Ты можешь мне возразить, что этот человек приезжает к Косте на день рождения, то есть для него это не зазорно, но поверь мне, зайка, день рождения — это одна песня, а служебные и деловые вопросы — совсем-совсем другая. И теперь представь себе ситуацию: ни о какой командировке речи нет, Костя тебя обманул, и босс тебе об этом скажет. Чего ты добьешься? Каков будет результат? Сейчас я тебе разложу по полочкам. Первое: босс вызовет Костю и навставляет ему фителей, то есть между ними испортятся отношения, и это неизбежно скажется на Костиной работе и на возможном повышении в должности и зарплате. Второе: история почти наверняка станет в фирме достоянием гласности, и совершенно непонятно, как это скажется на взаимоотношениях твоего мужа с коллегами по работе. Не исключено, что над ним начнут смеяться, потому что он так глупо «прокололся на бабе». Третье: Костя начнет тебя ненавидеть за то, что ты вмешиваешься в его служебные отношения и портишь их. И четвертое: Костя поймет, что ты все знаешь про его обман, и что ему с этим делать? Он ведь может хлопнуть дверью и уйти к той женщине, как делают многие мужчины, уличенные в супружеской измене, а разве этого ты хочешь добиться? По-моему, ты хочешь совсем другого. Так что вариант с боссом пока откладываем.

Типчики, которые у тебя описаны под номерами 4 и 7, явно близки к Косте и дружат с ним, так что действовать надо через кого-то из них. И ни в коем случае не открыто. Подкатись к ним потихоньку: мол, так и так, прямо не знаю, что и делать, Костика собираются снова услать на все праздники, семейная жизнь рушится и все такое. Но Костик совершенно помешан на своей работе, и вообще он такой безотказный, не может начальству сказать «нет». Может быть, ты мог бы поговорить с вашим боссом, чтобы Костика не посылали в командировку, пока праздники не кончатся, только чтобы Костик не знал, а то он будет сердиться. Даже если твой муж врет и на самом деле он собирается ехать на море с женщиной, его друг тебе об этом не скажет и пообещает поговорить с руководством, а на самом деле он шепнет Косте, что лучше бы ему не рисковать понапрасну и с любовницей никуда не ездить, а то, не ровен час, ты и до руководства дойдешь. И Костя, если у него есть хоть капля разума, поедет с тобой и с Дашкой, а не с ней. Тебе же все это будет преподнесено как результат переговоров друга с начальником. Таким образом, Косте удастся сохранить лицо и перед тобой, и перед коллегами, начальство ничего не узнает, скандала не будет, и повышение по службе не пострадает. Идея понятна? А уж если он все-таки уедет без тебя, то в такой ситуации ты сможешь быть абсолютно уверена, что это действительно командировка. Тут уж ничего не попишешь. Дело есть дело.

Теперь идем дальше. Кого выбрать, номер 4 или 7? Судя по тому, что ты пишешь, номер 7 появился у вас впервые только в этом году, раньше он не приезжал, из чего можно сделать вывод, что раньше он вместе с Костей не работал. Номер 4, наоборот, дружит с твоим мужем давно, и в этом смысле я бы отдала предпочтение именно ему, но он, опять же судя по твоим словам, бывает не вполне адекватным. Те особенности поведения, которые ты мне описала, говорят о том, что он балуется наркотой, а наркоманы — люди крайне ненадежные. Он может сделать все не так, спровоцирует на работе скандал, и все твои усилия пойдут прахом. Поэтому я бы на твоем месте сделала ставку на мужичка под номером 7, он производит неплохое впечатление. Если у тебя есть более подробная информация о нем, поделись, чтобы наши выводы стали более обоснованными.

Зайка, я вот еще о чем подумала. Когда Костя уезжал в декабре и в феврале — марте, ты ни разу не писала о том, что, дескать, звонила ему на работу или кому-то из сослуживцев, чтобы выяснить, когда он вернется. Почему? Ты это делала, но просто мне не говорила? Или у тебя вообще нет такой привычки — звонить, выяснять, то есть пользоваться дополнительными источниками информации? Или ты готова была бы это сделать, но у тебя нет их телефонов? Или телефоны есть, но ты считаешь, что недостаточно знакома с сослуживцами мужа, чтобы звонить им по таким деликатным вопросам? Мой интерес не праздный, мне важно это понимать, чтобы выработать правильную стратегию твоего поведения в том случае, если ты все-таки решишь действовать, а не сидеть и ждать, как будут развиваться события.

Понимаю, что тебе сейчас не до телевизора, но как тебе новый сериал по роману Кречетова? Он идет поздно вечером, так что я успеваю смотреть, и у меня уже появилась куча мыслей. Готова поделиться, когда у тебя будет настроение.

Море.

Одалиска — Морю, 22 апреля 2004 года

Моречко, у меня ничего не получается, я спросила вчера у Кости, как будто невзначай, про Вадика (это тот, который номер 7), а он сказал, что Вадик уже две недели в больнице, его какие-то хулиганы избили и ограбили. Я, конечно, могу сказать, что хочу его навестить, это было бы нормально, но, по-моему, бессмысленно, ведь если он уже две недели не ходит на работу, то ничего не знает про Костины командировки, да и моя просьба поговорить с начальником будет выглядеть нелепо. Может, все-таки попробовать через Олега (это номер 4)?

У меня нет телефонов Костиных сослуживцев, как-то так с самого начала было принято, что я никогда им не звоню. Ни им, ни их женам. И они мне не звонят. То есть мы не дружим семьями, а встречаемся, только когда ездим к ним в гости или они к нам приезжают. Ты думаешь, если я попытаюсь за спиной Кости поговорить с кем-то из них, это будет выглядеть странно?

Одалиска.

Море — Одалиске, 22 апреля 2004 года

Именно так я и думаю. Но если ты твердо решила поговорить, то, во-первых, давай рассмотрим еще какую-нибудь кандидатуру, потому что Олег с подозрениями на наркоманию меня что-то не вдохновляет, и во-вторых, тебе следует тщательно продумать, как начать разговор с учетом того, что раньше ты никогда за спиной Кости с этим человеком не общалась. Я еще раз перечитала твои записи и подумала о номере 1. А что? Мужик под сорок лет, холостой, каждый раз появляется с новой девушкой, то есть, если у Кости есть проблемы романтического плана, номер 1 отнесется к ним с пониманием и сделает все как надо. С другой стороны, он привык кобелировать на свободе, и для него это норма жизни, так что он может и не учесть всей остроты вопроса для человека семейного и отне-

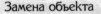

сется к твоей просьбе несерьезно. Подумай, как он тебе, и сообщи дополнительную информацию, если знаешь что-то еще о нем.

Море.

Одалиска — Морю, 23 апреля 2004 года

Моречко, так вышло, что не успела с тобой посоветоваться. Вчера поздно вечером (мы уже почти легли спать) к нам приехали двое с Костиной работы, один из них тот, который номер 12, а другого я вообще не знаю, в первый раз увидела. Они все (и Костя тоже) были очень сердитые, уселись в гостиной, я им принесла закуску к выпивке и ушла. Хотела подслушать, о чем они разговаривают, но не получилось, Дашка проснулась и раскапризничалась, пришлось сидеть около нее и сказку читать. Когда я услышала, что они уходят, вышла к двери и думаю: «Черт с ним, попробую!» И говорю: ну что, господа бизнесмены, неужели придется моему мужу опять праздники без семьи встречать? Они эдак переглянулись, потом номер 12 усмехнулся, повернулся к Косте и говорит: «Это хорошо, Костик, что у тебя жена такая понимающая. Другая бы уже в истерике билась, а она, видишь, понимает, что дело требует жертв. Усек, Константин? Дело жертв требует». И так серьезно это сказал, мне даже не по себе стало. Ну, я набралась нахальства и спрашиваю: «Вы хоть в теплые края его посылаете? А то обидно, у нас тут солнышко, а Костя неизвестно где будет». А тот, второй, которого я не знаю, отвечает, мол, солнышка не обещаем, твой муж поедет в северные края, а там погода неустойчивая.

Вот такие дела, Моречко. Значит, про командировку — это не вранье, и начальник в курсе. Чувствую я, не видать мне в этом году моря как своих ушей.

Одалиска.

Одалиска — Морю, 25 апреля 2004 года

Море! Катастрофа! Костя вчера уехал. Но как! Я больше чем уверена, что он сговорился со своими мужиками, чтобы они его прикрыли. «В северные края, там погода неустойчивая». Как же! Дожидайся! Он вещи быстренько собрал и уехал, а я, не будь дура, шкаф открыла и проверила, что он с собой взял. Так вот, взял он только легкие вещи: две пары летних брюк, майки, шорты, сандалии, кроссовки и панамку дурацкую, которую мы в прошлом году в Испании купили, на набережной, для смеха. Это он в северные края поехал с таким гардеробом, да? Ни одного свитера, ни куртки — ничего! Зато не забыл прихватить с собой загранпаспорт. Картина ясная: он уехал с ней, с этой проституткой в красном платье. И уехал не на север, а именно на юг, на море. Причем не в Краснодарский край какой-нибудь, а за границу. Как мне быть, Море, роднуся моя? Как это пережить? Такая чудовищная ложь, да еще мужиков с работы в это впутал. Теперь вся фирма знает, что он меня обманывает, и все надо мной за глаза смеются. Позор!

Что делать, Море? Как жить с этим? Я так не хочу, чтобы Костя меня бросил, я так этого боюсь. Все-таки я его люблю, и ребенок у нас, без Кости мне Дашку не поднять, у меня профессии никакой нет, да и домой к родителям возвращаться не хочется. В общем, караул. Скажи мне что-нибудь утешительное.

Жду,

твоя Одалиска.

Море — Одалиске, 26 апреля 2004 года

Да, Одалисочка, насчет летних вещей — это неприятно, но все-таки не катастрофа, тут ты явно преувеличиваешь. Почему ты так твердо решила, что Костя уехал на курорт с любовницей? Да, он мог уехать на юг, но совсем не обязательно с ней. Слова того мужчины, который приходил к вам домой, насчет севера могли быть просто шуткой, с самого начала было известно, что он едет в южные края. Или переменились обстоятельства, в тот момент планировали поездку в северную часть страны, а потом оказалось, что ехать нужно совсем в другое место, так часто бывает. То, что Костя уехал в южном направлении, сомнению не подлежит, тут я с тобой не могу не согласиться, но почему именно на курорт? И почему именно с бабой? Тут у тебя перебор, зайка моя. Ты что, слышала, чтобы он с ней созванивался, разговаривал о поездке? Ты слышала, как он произносит названия «Анталия, Измир, Бодрум, Кемер, Ларнака, Ницца, Биарриц, Марина-дель-Соль, Римини»? Ведь не слышала же, правда? Так чего ты себя накручиваешь?

Ну-ка бери себя в руки. И делай так, как я учила: придумывай всевозможные объяснения и выбирай из них самое хорошее, а не хватайся за первое попавшееся, тем более за плохое.

Целую тебя,

Море.

Одалиска — Морю, 27 апреля 2004 года
Вообще-то таких названий, какие ты перечисляешь, я действительно в Костиных телефонных разговорах не слышала, хотя последнее время постоянно находилась настороже и старалась все услышать, особенно если он в разговоре понижал голос. Но зато я слышала название «Дангара», это где-то в Египте или в Тунисе, в общем, на севере Африки. Вот туда он и уехал, я уверена. Что же получается? Я тут с ума схожу от

ревности, реву и транквилизаторы глотаю, а он в.море плещется и с этой сучкой трахается? Это как вообще? Нормально?

О.

Море — Одалиске, 29 апреля 2004 года

Одалиска, милая! Если ты произносишь слово «Америка», это совершенно не означает, что ты собираешься туда ехать. Мало ли какие географические названия ты могла слышать от Кости? Мы с тобой в переписке с десяток курортов перебрали, но мы же туда не едем, по домам сидим, ты в своем городе, я — в своем. С транквилизаторами завязывай, это не дело, зайка моя.

А теперь послушай, что я тебе скажу, только не выключай компьютер, пока не дочитаешь до конца. Ты — девушка нервная, эмоциональная, и если тебе не понравится то, что я пишу, с тебя станется... Так вот, Одалисочка, определись уже наконец, чего ты хочешь в первую очередь: чтобы Костя тебя любил или чтобы он тебя не бросил. Я понимаю, ты хочешь того и другого одновременно, и можно без хлеба, как говорил Винни-Пух. Но для удобства анализа желания придется разделить. Итак, что нужно сделать, чтобы Костя тебя любил и тебе не изменял? Ответ: ничего. С этим сделать ничего нельзя. Если он тебя не любит, то не любит, и повлиять на это невозможно. Ты, наверное, наслушалась идиотских фраз о том, что за любовь нужно бороться, не сдаваться без боя и всякое такое, но это полная дребедень, уж поверь мне. Что значит «бороться за свою любовь»? Это значит, что человек тебя любить не хочет, а ты его заставляешь, он не любит, а ты заставляешь, заставляешь, заставляешь, всеми правдами и неправдами, честными и нечестными методами, вынуждаешь человека делать то, чего он делать не хочет. Ведь бред же, правда? По здравом размышлении любому должно стать понятно, что так не бывает и быть не может. Можно заставить человека учиться, работать, можно заставить вернуть долг или сделать какое-то дело, но нельзя насильно, против его воли, заставить его чувствовать то, что ты хочешь. Так что если вдруг (не дай бог, конечно) выяснится, что твой муж тебя больше не любит так, как тебе этого хочется, то есть страстно и преданно, то сделать с этим ничего нельзя и тебе придется смириться и принять это как данность, которую ты не в силах изменить.

Вторая часть: ты не хочешь, чтобы он тебя бросил. Вот тут можно сделать очень и очень многое. В первую очередь ваш брак должен быть для него комфортным и в бытовом плане, и в психологическом. Он должен идти домой с радостью и точно знать, что дома его ждут только положительные эмоции и только приятные вещи: красивая жена, пребывающая в спокойном и хорошем настроении, веселый здоровый ребенок, чистота, вкусная еда, атмосфера доброжелательности, разговоры только на интересующие его темы и просмотр по телику только интересных для него передач. Элементов, составляющих физический и эмоциональный комфорт, очень много, ты все их знаешь, наверное, наизусть, так что не мне тебя учить, но помни: главная составляющая — это жена с ее внешним видом, настроением и поведением. Как бы ни было в доме чисто, а на столе вкусно, но если жена ворчит, пилит, вызывающе молчит, предъявляет претензии, достает подозрениями, повышает голос или делает еще что-нибудь, из-за чего общение с ней становится некомфортным, со всем остальным можно не стараться.

Я понимаю, трудно быть белой и пушистой, когда на душе черно от ревности, но тебе придется, если ты хочешь, чтобы Костя тебя не бросил. И в первую очередь для этого нужно научиться не зависеть от его любви. Ты ведь от чего с ума сходишь? От мысли, что он тебя больше не любит. А если предположить, что тебе все равно, любит он тебя или нет, что для тебя главное, чтобы он жил вместе с тобой и растил ребенка, то сразу же все приобретает совершенно другую окраску. Попробуй, и поймешь, что я права.

И еще одно соображение. Мужчина, как правило, бросает жену ради любовницы только тогда, когда ему становится трудно или невозможно совмещать одну женщину с другой. До тех пор, пока наличие любовницы не создает проблем в семье, его фиг заставишь развестись, мужики боятся перемен еще больше, чем мы, бабы. Поэтому, если ты хочешь сохранить семью во что бы то ни стало, закрывай глаза на все, даже на самые явные признаки того, что у Кости есть другая женщина, и он никогда тебя не бросит.

Но я считаю, что веских доказательств наличия на горизонте любовницы у тебя все же нет. Согласна, есть сомнительные моменты, каждый из которых в отдельности можно разбить в пух и прах, но вместе они, конечно, наводят на разные мысли... Однако если ты собираешься жить с Костей и дальше, если ты этого действительно хочешь, то лучше тебе научиться думать правильно, то есть только о хорошем, как я тебя учила.

Счастливых тебе праздников, Одалисочка. Я на все выходные уеду к родителям на дачу, там нет компьютера, так что, если ты мне напишешь, ответить смогу только после 10 мая.

Целую тебя,

Море.

ИГОРЬ ДОРОШИН

На этот раз с журналистом Сашей Вознесенским я встречался на нейтральной территории. Все-таки у парня аллергия на кошачью шерсть, зачем же его мучить, тем более если я собираюсь обратиться к нему с предложением, которое больше смахивает на просьбу.

О встрече мы договорились вчера, и весь вечер я мысленно выстраивал разговор, подбирал аргументы, расставлял их в нужном порядке, прикидывал так и эдак, пытаясь сопоставить информацию о Николае Кузнецове, переданную мне Хвылей, собственные умозаключения и свои и Сашины возможности. Наконец мне показалось, что я все продумал, все учел, и я с чистой совестью лег спать. Среди ночи я проснулся в холодном поту: мне в голову пришла мысль из разряда простейших, очевиднейших, но эта простая мысль перечеркивала все мои умопостроения. А что, если Кузнецов был новым любовником Аллы Сороченко? И мой отец об этом узнал и организовал убийство соперника? А может быть, не только его одного, но заодно и неверной возлюбленной? Тогда мои попытки доказать, что двойное убийство было на самом деле убийством конкретно Кузнецова, обернется тем, что обвинение все равно падет на отца. Если же я не стану вмешиваться и заниматься самодеятельностью, то эту версию проверять не станут и все обойдется. И так нехорошо, и эдак неладно. В принципе, папа мог с равным успехом заказать только Аллу, только Николая или обоих, так что, по какому бы пути ни пошло следствие, они все равно придут к исходной точке: к Владимиру Николаевичу Дорошину. И мои жалкие потуги раскрыть преступление самостоятельно при помощи Саши Вознесенского могут только ускорить трагический для моей семьи финал. Но ведь мое бездействие тоже может обойтись слишком дорого. А вдруг это все-таки было убийством именно Кузнецова, причем вовсе не из-за Аллы? Если о романе папы с убитой женщиной знает следствие, то его наверняка уже допрашивали. Как он себя повел? Что говорил на допросе? Дал ли повод к подозрениям или полностью отбился? Знает ли об этом мама? Вряд ли знает, иначе уже раз сто позвонила бы с возмущенными причитаниями о том, что папу беспокоят и треплют ему нервы. Значит, у него хватило ума хотя бы на то, чтобы маму не тревожить.

Так все-таки что мне делать? Ввязываться в эту авантюру или нет? До тех пор, пока следствие идет по пути раскрытия убийства Аллы Сороченко, папе, наверное, нетрудно будет утверждать, что ни о каком новом любовнике он не знал и, стало быть, мотива для убийства у него не было. Он будет стоять на том, что Алла никаких поводов для ревности ему не давала, и вообще между ними царила полная гармония. И доказать, что мой отец знал о новом увлечении Аллы, будет практически невозможно, потому что если оно и было, то о нем никому не ведомо, в противном случае до Светки обязательно дошли хотя бы отголоски этой истории. А вот если переместить акцент на Кузнецова и начать копать и разрабатывать его связи поглубже, а не так поверхностно, как это сделано на сегодняшний день, то информация о его связи с женой хозяина может и выплыть, а тут уж и до папы рукой подать. Вернее, до того факта, что у него мог быть мотив для убийства. Черт, прямо оперные страсти какие-то!

Одна коварная мыслишка долго стояла, притаившись за дверью сознания, и, улучив удобный момент, все-таки выскочила наружу: если папа виновен или хотя бы причастен, то, разрабатывая линию Кузнецова, у меня есть все возможности заняться манипулированием информацией. Проще говоря, я смогу утаить то, что покажется мне опасным, и подать в выгодном для себя (в смысле — для моей семьи) свете все остальное. Каков капитан Дорошин, а? Готов пойти на фальсификацию во имя спасения родного папаши. Или не готов? Так как же все-таки мне поступить? Какое решение принять?

Надо ли говорить, что с той минуты я больше не спал. Что-то я в последнее время спать стал маловато, все мысли черные одолевают...

Как я отработал день на своем участке — даже и припомнить не смогу, голова была будто песком набита, я не очень хорошо соображал и не уверен, что делал все правильно. Кажется, я посвятил день совместной работе с инспектором по делам несовершеннолетних, во всяком случае, в памяти мелькают остатки впечатлений о посещении двух школ и нескольких неблагополучных семей. Но, возможно, это всего лишь плод воспаленного воображения, и на самом деле занимался я совсем другими вещами. Не помню. Более или менее адекватно воспринимать окружающий мир я начал только тогда, когда пришел в кофейню на Мясницкой, где была назначена встреча с Вознесенским.

Он опоздал примерно на полчаса, и за это время я успел выпить две чашки кофе и немножко наладить мыслительный процесс.

— Как продвигается сбор материала для статьи? — бодро спросил я, когда Саша уселся напротив меня за столик и заказал себе кофе и какие-то закуски.

— Да ты, наверное, и сам все знаешь от Светланы, — уклончиво ответил он.

Я понял, что он боится разговора о моем отце. Конечно же, Саша в курсе, ведь он постоянно был рядом со Светкой на всех мероприятиях, которые она посещала в последнее время. Он просто не может не знать про отца и Аллу Сороченко.

— Н-да, — протянул я, — стало быть, с материалами у тебя небогато.

— Ну, это как сказать, — усмехнулся журналист.

Ответ мне не понравился. Для меня он означал примерно следующее: можно написать о том, как милиция изо всех сил копает в сторону анташевского бизнеса, а на самом деле у убитой был любовник, да еще какой знаменитый, да у которого в придачу сын — милиционер, так что господин Дорошин-старший вполне мог рассчитывать в непредвиденном случае на профессиональную помощь. Тоже неплохо. А ведь есть еще версия, да какая крутая: убийство Аллы организовал Дорошин-младший, потому что папин роман, сделавшийся на старости лет, мешал творческой деятельности великого певца, неблагоприятно сказывался на голосе (тут можно наворотить всяких подробностей про нарушения режима и диеты) и ставил под угрозу дальнейшие успешные выступления, а стало быть, и высокие доходы, чему сыночек, живущий на иждивении родителей, стремился всеми силами воспрепятствовать. Для статьи в прессе — просто шикарно. Только не подумайте, что я такой умный и сразу же сообразил все это, как только начал разговаривать с Вознесенским. Нет, конечно. Все это пришло мне в голову еще ночью, когда я вертелся в постели, то и дело натыкаясь то щекой, то рукой на мягкую Аринину шерстку.

— А хочешь, чтобы материала было еще больше?

— Конечно.

— Тогда давай расставим все по своим местам, —

твердо сказал я. — И моего отца обсуждать не будем, хорошо?

— Нет.

Саша сказал это мягко и посмотрел на меня чуть удивленно, но сквозь облик романтического двоечника вдруг проглянуло что-то жесткое. Проглянуло — и тут же исчезло, и снова передо мной сидел молодой мужчина, мой ровесник, в очках с толстыми стеклами, в темной рубашке и теплом джемпере, весь такой домашний-домашний, неофициальный-неофициальный. Если бы не его аллергия, я бы даже сравнил его с большим ленивым котом.

— Что — нет?

— Мы сначала обсудим твоего отца, а уж потом будем говорить о том, как сделать так, чтобы у меня было больше информации.

— Почему так, а не иначе?

— Потому что у меня может сложиться впечатление, что ты уверен в виновности своего отца. Ты хочешь, чтобы у меня было такое впечатление?

— Не хочу. Саша, я ни в чем не уверен, но, кроме версии, связанной с моим отцом, есть еще и другие. Про роман отца и Аллы уже знает следователь, он этим и без нас с тобой занимается, а вот другими версиями не занимается никто, у них просто нет сил и времени. У тебя есть шанс принять непосредственное участие в работе и получать всю информацию из первых рук. Хочешь?

Я был уверен, что он скажет: «Хочу!!!», причем ответит сразу же, не раздумывая. Журналист ведь, не кто-нибудь, должен клюнуть. Но я ошибся. Прежде чем ответить, Вознесенский долго думал, одновременно поедая что-то вроде толстого горячего бутерброда. Кажется, у знающих людей это называется клубным сандвичем.

— И как это будет выглядеть? — спросил он наконец.

Я объяснил. Мы вместе будем разрабатывать линию Николая Кузнецова. Кое-какими сведениями о нем поделился Хвыля, остальное придется добывать самостоятельно. Например, есть имена парочки его подружек, с которыми Николай общался в последние полтора года, то есть с момента появления в Москве. До этого он жил в другом городе, и вполне возможно, туда придется поехать, чтобы покопаться в его старых связях.

— Сможешь?

— Легко, — улыбнулся Саша. — Возьму отпуск за свой счет, если очередной не дадут. Откуда родом этот Кузнецов? У него родители есть?

— Детдомовский. Но адрес детского дома известен, это у черта на куличках, в Самарской области. После детдома и интерната он немножко поработал в том же городке, потом переехал, но сведений о том, куда именно, нет. Известно только, что в Москву он приехал из Челябинска, но где он обретался до этого — неизвестно. Так что поездить тебе придется, если согласишься. Более того, я уверен, что на самом деле он в Москву вовсе и не из Челябинска прибыл. Документов, подтверждающих это, нет никаких, все записано с его слов. А сказать, сам понимаешь, можно все.

— А в паспорте что?

— Ну, в паспорте стоит штамп о регистрации в Челябинске, но этому штампу сто лет в обед, его аж в девяносто девятом году поставили. А где гарантия, что он так и сидел все эти годы на одном месте? В Москве он с февраля 2003 года, у Анташева работал с мая того же года, а чем он занимался до этого, никто точно не знает. Вот это все нам с тобой и нужно будет выяснить. Ну что, берешься?

— Берусь, — решительно ответил Вознесенский, на этот раз без всяких раздумий. — А как этот водила к Анташеву-то попал? Старый знакомый?

— Если бы, — вздохнул я. — Если бы они раньше были знакомы, проблем бы не было. Анташев его в спортзале нарыл. Кузнецов приехал в Москву, искал работу и возможность зарегистрироваться, ходил в спортзал качаться, а Анташеву срочно понадобился водитель-охранник без вредных привычек, и он пришел к хозяину этого зала, через которого он уже раньше подыскивал себе ребят. Экономный этот Анташев просто фантастически! Вместо того чтобы нанимать охранников через агентство, сам искал, так дешевле выходило. Ну вот, пришел он к знакомому владельцу спортзала, тот и порекомендовал ему Кузнецова. Хороший, дескать, парень, спокойный, без вредных привычек и, что немаловажно, без глупостей в голове, то есть хочет работу честную, стабильную и с криминалом не связанную. Положение у него аховое, работы нет, регистрации нет, так что согласится на любую зарплату, даже не очень высокую. Экономному Анташеву это понравилось, он его нанял, сделал ему регистрацию по адресу своей дачи и поручил возить Аллу и выполнять всяческие мелкие задания, например, съездить за сыном и привезти его к отцу. Это все со слов Анташева, а уж как там было на самом деле — не знаю, — развел я руками. — Будем с тобой вместе проверять.

— Ну хорошо, а в трудовой книжке у него что написано? Там же должны быть записи о том, где он работал, — настаивал журналист.

Я расхохотался.

— Ох, Саня, наивный ты человек, а все потому, что приличный. Да на кой ему трудовая книжка? Трудовая нужна тем, кто заботится о пенсии, а наш Коля Кузнецов, судя по всему, не собирался в старости жить на государственное пособие, а может, и вовсе не планировал до этого возраста дожить. У Анташева, конечно, трудовая книжка Николая лежит, в его фирме кадровик дела в порядке содержит, правда, не проверяет ничего и никого, но бумажки все для проверки всегда в ажуре, да только я тебе таких книжек за полчаса штук сто нарисую, вон бланки на каждом углу продаются, покупай, заполняй, ставь липовые печати — и трудовая биография готова. Когда Кузнецов поступал на работу к Анташеву, книжки у него не было, сказал, что потерял вместе со всеми документами, в том смысле, что его обокрали по дороге в Москву. И военный билет, и трудовая книжка, и водительские права, и еще какие-то бумажки, короче, все, кроме паспорта, который он, как человек предусмотрительный, носил в кармане. Все остальное было в чемодане, а чемоданчик — тю-тю. Так что начинать будем с чистого листа.

— А конкретнее?

— А если конкретнее — то с Колиных подружек, благо их всего-то две. Правда, не могу поручиться, что их и в самом деле только две, может, и больше, но оперативники поверхностным поиском обнаружили двух. Вот к ним и поедем.

— Когда?

Вопрос мне понравился. В нем звучало уже не цепляние к деталям в попытках понять, где я обманываю, чего недоговариваю, а полная готовность к действию.

— Да как только будет свободное время, так и поедем.

— Тогда сейчас, — решительно сказал Вознесенский.

— Идет, — согласился я.

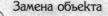

В записях, которые показал мне Иван Хвыля, значились Ниночка и Валечка. Ниночка работала кассиром в супермаркете, Валечка — маникюршей в салоне красоты. Супермаркет находился по соседству с домом, где Кузнецов снимал квартиру, из чего можно было сделать вывод, что с девушкой Ниной он познакомился, когда покупал продукты. Нину мы на работе не застали, не ее смена, и решили сперва попробовать наведаться в салон, где трудилась вторая подруга убитого, а уж потом, если ничего не выйдет, искать девушек по домашним адресам. Не знаю почему, но люди куда легче и охотнее разговаривают с милиционерами в свое рабочее время. Наверное, это потому, что многие рассматривают время пребывания на работе как выброшенное из жизни, вот и не жалко его тратить, все-таки разнообразие какое-то. Разумеется, к бизнесменам и владельцам фирм это не относится, а вот к служащим — в полной мере. Зато, когда начинаешь приставать к человеку, когда он дома, это вызывает такую злобу, что просто диву даешься. Свободное от службы на хозяина время — наша самая большая ценность, собственно, об этом и Маркс говорил, если я не ошибаюсь, и расходовать сию ценность черт знает на что не хочет никто. Ну что ж, оно и понятно. Тем паче у каждого человека есть личные планы, а тут — здрасьте! — мы из милиции, поговорите-ка с нами, да подольше, да поподробнее, да не всегда о приятном. Кому понравится? То-то и оно.

С Валечкой нам повезло, она мало того что оказалась в своем салоне, так у нее еще и клиентов не было, а сидеть все равно полагалось до самого закрытия, то есть до десяти вечера. В нашем распоряжении оказался целый час, даже с минутами. За стойкой администратора восседала женщина такого вида, что сомнений не оставалось: это Сама. То есть хозяйка. Стоило нам спросить мастера по маникюру Валентину, она окатила нас взглядом, в котором было столько подозрения и недоброжелательности, что мы почли за благо не рисковать и не доставлять девчонке лишних неприятностей. О том, чтобы объяснить, кто мы такие и зачем пришли, не могло быть и речи, придется маскироваться под желающих сделать маникюр. Сашу я пожалел и в качестве клиента выступил сам. Да черт с ним, где смокинг — там и ухоженные руки, авось никто не заметит.

— Валя, вы мне только ногти не полируйте, — попросил я. — Лучше побольше внимания массажу уделите. Обрежьте все, что там у вас полагается, и сделайте массаж как следует.

Хорошенькая рыженькая Валечка понимающе улыбнулась и внимательно осмотрела мои грабли. Ничего приятного, надо полагать, она не увидела.

— Я вам еще парафиновое обертывание сделаю, если для вас не дорого, — предложила она. — У вас кожа очень пересушенная. А царапины откуда?

— Котам маникюр делал, — улыбнулся я. — А им не нравится, они вырываются и царапаются.

Ее зеленые ярко подведенные глазки зажглись любопытством.

— Котам? У вас их сколько? Двое?

— Пятеро, — с гордостью сообщил я.

— Ух ты! Класс!

— Валя, вы только не спрашивайте меня о них, ладно?

— Почему? — удивилась девушка. — Обычно если у кого кошка или собака, так хлебом не корми — дай про них поговорить. А вам не нравится про них рассказывать?

— Именно что нравится. Даже очень. Я, Валечка, сумасшедший кошатник, для меня нет ничего в жизни интереснее котов и кошек, особенно когда их несколько. Мне только дай волю, так я про все забуду и начну часами о них говорить. Поэтому воли мне давать не надо, а то я вам своими кошками голову заморочу, а про дело поговорить с вами не успею.

— Про какое дело? — насторожилась она.

— Про Николая Кузнецова. Вам ведь уже говорили, что он погиб?

— Ну да, — она кивнула, разбалтывая в мисочке с горячей водой какие-то порошки, — приходили тут какие-то... из милиции. Только я ведь ничего не знаю.

— Это вы про убийство ничего не знаете, а про самого Колю можете много интересного рассказать. Каким он был, что любил, что ему нравилось, что не нравилось, что он ел, какие передачи по телику смотрел, какой у него был характер.

— А, это... — протянула Валя. — Это да. Только мы с ним уже полгода не встречались. У меня другой парень теперь, да и у него, как я поняла, другая девушка. Так что слезы по нему лить я не собираюсь. А вы что, тоже из милиции?

— Тоже, — нахально подтвердил я, не сильно, впрочем, греша против истины.

— И маникюр делаете? — недоверчиво прищурилась она.

Я скорчил трагическую мину.

— А куда ж деваться? У вас там, у входа, такая дама строгая сидит, что я не решился ей признаваться, пришлось делать вид, что мы клиенты. Она нас, наверное, за сексуальное меньшинство приняла: пришли вдвоем, да на маникюр.

— Да ладно, — усмехнулась девушка, — пусть думает. Это хорошо, что вы ей не сказали, а то после тех, ну, которые в прошлый раз приходили и корочками трясли, она из меня три дня душу вынимала: что это у меня за проблемы с милицией, уволить грозилась. Прямо ума не приложу, что вам про Колю рассказать, вроде ничего такого я не знаю. Водила и водила, как все.

— А поподробнее? Что значит «водила, как все»?

— Ну, обыкновенный он был. Спокойный, серьезный такой, ночных тусовок не любил. Добрый.

— Добрый?

— В смысле — не жадный. И вообще... Такой, знаете, сочувствующий. Если я устала или плохо себя чувствую, пожалеет, сделает что-нибудь хорошее, ну, там, за ананасом, например, сбегает или за мороженым или цветы принесет.

— Ничего себе обыкновенный, — заметил Саша, который сидел рядом и с любопытством наблюдал за тем, что девушка проделывает с моими руками. — Вы что же, хотите сказать, что добрые, серьезные и спокойные мужики на каждом углу валяются?

— Ничего я не хочу сказать. Нормальный он был. Только неразговорчивый. Все больше молчал.

— Так, может, он скрытный был? Хотел что-то от вас утаить?

— Ой, я вас умоляю! — протянула Валя. — Чего ему

скрывать-то? Водила — он водила и есть, все тайны у него хозяйские, а про его хозяев я и не спрашивала никогда, мне неинтересно.

— Николай хозяина возил? — на всякий случай спросил я.

— Нет, его жену, ну и там всякое по мелочи. Поручения какие-то, пойди туда — не знаю куда, одним словом.

— Про жену хозяина много рассказывал?

— Да нет, пару раз обмолвился. Я ж говорю, он молчаливый был, трепаться не любил.

— А куда вы вместе ходили? В кино, в клубы, в рестораны?

— В клубы — нет, он этого не любил. А в рестораны и в кино ходили, конечно.

— На какие фильмы?

— Ой, ну на какие фильмы мужики ходят? Боевики, пришел-ударил-убил, руки-ноги повыдергивал, потрахался — вот и все кино.

Я не стал спорить с Валечкой, хотя знаю точно, что не все мужики любят боевики, точно так же, как не все женщины любят слезливые мелодрамы.

— Зачем же вы ходили, если вам не нравилось? — снова вступил Вознесенский.

— А кто сказал, что мне не нравилось? Мне по кайфу. Там такие прикольные вещи бывают! И потом, Коле нравилось, а я влюблена была, хотелось ему приятное сделать. Но он правда очень добрый был, понимал, что мне и другое нужно. Каждый раз после того, как мы на боевик сходим, он говорил: теперь ты выбирай, какой фильм хочешь посмотреть, давай сходим. Я ни разу этим не воспользовалась, но было приятно.

— А в какие рестораны вас Николай водил?

— Да какие по дороге попадутся, в те и заходили. Но в основном в те, что поближе к его дому.

— Отчего так?

— Ему хозяин разрешил машину возле дома ставить, чтобы можно было вызвать в любое время, даже ночью. Ну и вот, Коля меня встретит, привезет к себе домой, машину поставит — и в ресторан. Далеко же не хочется пилить, ноги не казенные, а метро он не любил.

— Так ведь машина же есть, — удивился я. — Почему на ней не поехать?

— Ну как же? — в свою очередь, удивилась девушка. — Это ж не выпить ни грамма в ресторане.

— А что, Николай был строг по этой части?

— Еще как. Даже кружку пива себе не позволял, если за рулем. Нет, серьезно, я не вру, он очень за свою работу держался. Хозяин Колю предупредил, что из передряг с гаишниками вытаскивать его не станет, если права отберут — уволит в тот же день и другого водителя возьмет. И вообще, я же говорю, Коля очень серьезный был, добросовестный. Если нельзя — значит, нельзя.

Н-да, покойный был явно законопослушнее меня, грешного. Я-то позволяю себе, правда, не грубо, но позволяю. Серьезный, добросовестный и во всех отношениях приличный парень был этот Коля Кузнецов. Как же его угораздило-то?

— Валя, вот вы сказали, что у Николая после того, как вы расстались, появилась другая девушка. Это точно?

— Абсолютно, — тряхнула рыжей челкой Валя.

— Откуда вам известно? Он вам сам сказал?

— И сам сказал, и я своими глазами их видела. Мы случайно столкнулись в ГУМе, в кафе на втором этаже.

Я со своим новым парнем была, а он с новой подружкой. Хорошенькая — прелесть! Даже лучше меня.

Я не совсем понял, было ли это критичностью по отношению к себе или дешевым кокетством, поэтому на всякий случай сказал:

— Ну, Валечка, это вряд ли возможно. Вы — настоящая красавица.

А сам подумал, уж не Алла ли Сороченко была той хорошенькой прелестью. Похоже, Саша подумал примерно то же самое, потому что очень уместно подал реплику:

— Даже не представляю, какой же надо быть, чтобы оказаться лучше вас.

— Да это, в общем-то, нетрудно, — улыбнулась Валя без тени кокетства. — Надо просто быть блондинкой, этого уже будет достаточно. Вот вы можете мне объяснить, почему вам, мужчинам, всегда блондинки нравятся больше всех остальных? Чем вас так белые волосы привлекают?

Алла была брюнеткой, но это еще ни о чем не говорит, учитывая наличие в природе париков и красок для волос. И потом, если у нее был роман с водителем, то, появляясь в общественных местах вместе с ним, она должна была во избежание случайных узнаваний стараться изменить внешность.

Вознесенский тем временем, спасая положение, пространно объяснял Валечке про подсознание и про то, что белый цвет ассоциируется с невинностью, и прочие фрейдистские глупости.

— И потом, светлые волосы молодят, — вступил я. — Если женщина хочет скрыть возраст, она чаще всего красится в блондинку.

— Ой, да что там ей скрывать! — вздернула брови девушка. — Ей от силы года двадцать два было.

— Точно? — строго спросил я.

— Точнее не бывает.

Значит, не Алла. Уже легче. Хотя и не совсем. Мало ли с какой подружкой Николай ходил в ГУМ. Тот факт, что он там был с очаровательной юной блондинкой, никак не отменяет того факта, что у него могла быть и другая любовница.

Мои руки млели и пели серенады. Пальцы у хрупкой Валечки оказались на удивление сильными, она проминала мои ладони так, что мне казалось, будто кожа на внутренней и тыльной сторонах кисти слипается. Никогда не думал, что существует массаж кистей и пальцев, и тем более не думал, что это такой кайф!

— Ну ладно, а кроме кино и ресторанов, еще где-нибудь бывали вместе?

— Практически нет.

— Может, встречали кого-то из Колиных знакомых?

— Нет, ни разу такого не было. Москва, знаете ли, город большой.

— Ладно. А что он про себя рассказывал?

— Практически ничего. Ну, говорил, что детдомовский, в армии не служил по здоровью, закончил ПТУ, работал в автосервисах и вообще всю жизнь имел дело только с машинами. Женат не был, детей нет.

— Откуда в Москву приехал — не говорил?

— Нет. Да я и не спрашивала.

Вот нравы, а? Почти год встречаться с парнем, периодически ночевать у него, ходить с ним в кино и в рестораны и практически ничего о нем не знать. Неужели самой не интересно? Или Николай так поставил дело, что и спрашивать не хотелось? Вполне возможно. Интересно, почему? Такой характер? Не любит говорить о себе? Или по каким-то причинам не хочет?

Эта Валечка моложе меня всего-то лет на пять-шесть, а такое впечатление, что она вообще представитель другого поколения. И о новой подружке Кузнецова говорит без капли ревности, а ведь это для женщин вообще не характерно. У них может быть уже двадцать второй новый кавалер, но при мысли о том, что брошенный любовник устроил свою личную жизнь, они почему-то начинают ужасно злиться. А этой — хоть бы что. Ну был — и был. Ну убили — и убили. Чудеса, право слово.

— А почему его в армию не взяли? — полюбопытствовал Саша. — Чем он болел?

Валя пожала плечами.

— Вот уж не знаю. Подозреваю, что ничем. Здоровый был, как я не знаю кто. Липовую справку купил, наверное. Так, давайте сюда руки, только осторожно: горячо.

Она обернула мои кисти чем-то действительно горячим и сверху обмотала полиэтиленом.

— Липовая справка дорого стоит, — заметил неугомонный журналист. — Откуда у бывшего детдомовца такие деньги?

— Ой, я вас умоляю! Может, вы думаете, что авторемонтники мало зарабатывают?

Никто из нас, конечно, так не думал. Но все-таки... Хотя если дело было в маленьком провинциальном городке, то там и цены на липовые справки невысокие. С другой стороны, в маленьком провинциальном городке на ремонте машин не больно-то разживешься, народ там небогатый, и иномарок, требующих дорогого ремонта, раз-два и обчелся. Но это уже зацепка. Чтобы детдомовский мальчишка, не имеющий ни родных, ни связей, сумел откосить от армии, он должен быть или серьезно болен, или иметь деньги. О болезни Кузнецова ни его хозяин Анташев, ни подружка Валечка ничего не знали. Так что же это могла быть за болезнь, которую выявили военкоматовские врачи, но которую вполне успешно можно было скрывать на протяжении почти двух лет и при этом тренироваться в спортзале? Сильная близорукость? Исключено. Ни очков, ни контактных линз Кузнецов не носил, да и о физических нагрузках в этом случае не может быть и речи. Может, у него обнаружили ВИЧ? Или психзаболевание? Или Кузнецов был гомосексуалистом? Да нет, не похоже, ведь есть Валечка, а в супермаркете на кассе работает еще Ниночка, которую мы пока не видели. Или он был наркоманом, но с тех пор успешно вылечился? Ой, что-то я сомневаюсь. На лечение нужны большие деньги, одной силой воли тут не обойдешься. И на липовую справку нужны деньги. Все упирается в деньги, которые непонятно откуда взялись у восемнадцатилетнего одинокого детдомовского парнишки. Вот здесь и нужно копать. Возможно, именно отсюда, из этой истории с деньгами, и тянется ниточка, приведшая в конце концов к убийству.

С парафиновым компрессом сидеть пришлось долго, около получаса, и за это время мы с Сашей успели выяснить много чего интересного, но, к сожалению, не о Кузнецове, а о самой Валечке. Она, оказывается, мечтает разбогатеть и начать путешествовать. Жизнь ее складывалась так, что она мало где бывала, кроме Москвы, лето проводила в основном с родителями на шести дачных сотках, выросла в небогатой семье, и дальние поездки были не по карману.

— Вот как попаду на вокзал, так — поверите? — все внутри дрожит от волнения, до того хочется поездить, мир посмотреть, да просто в поезде прокатиться. Я однажды в Шереметьеве была, подругу встречала, она из Турции прилетела, так я там чуть в обморок не упала от переживаний. Выходит человек из самолета, а я думаю: он три часа назад был ТАМ, дышал ТЕМ воздухом, видел ТОТ город. Понимаете?

Я понимал, но чисто теоретически, потому что благодаря папиным бесконечным гастролям и маминым периодическим Кошмарным Ужасам, случающимся в день спектаклей, объездил всю Европу, и ни малейшего волнения эти поездки у меня не вызывали. Да, я уже говорил, что мама не требовала моего непременного присутствия на зарубежных премьерах, но Кошмарному Ужасу ведь не прикажешь, он приходит, когда захочет, и если мамуля не могла справиться с ним в одиночку, я запасался больничным и в пожарном порядке мчался на выручку на один-два дня. Хорошо еще, что благодаря нужным знакомствам и энной сумме денег мне ежегодно проставляли в загранпаспорт годовую шенгенскую визу, так что вылететь к маме на помощь я мог в любой момент. Посему за десять лет я успел много где побывать.

— А на вокзале что делаете? — спросил я из вежливости, для поддержания разговора. — Тоже подруг встречаете?

Ну в самом деле, что ей там делать, если она никуда не ездит? Не подрабатывает же чистенькая деловитая Валечка вокзальной проституткой.

— Нет, я туда как раз с Колей ездила. Примерно раз в месяц.

Вот тебе и здрасьте! А говорила, что нигде, кроме как в кино и в ресторанах, вместе с Кузнецовым не бывала. Правильно говорят, что один вопрос и один ответ — это только малая часть информации, надо спрашивать неоднократно, под разным углом, в разное время и в разном контексте.

— На какой вокзал?

— На Казанский.

— И зачем вы туда ездили?

— Не знаю, — Валя начала аккуратно разворачивать мои руки.

— Как это — не знаете? Что вы там делали-то?

— Ну я же говорю: не знаю, — нетерпеливо повторила она. — Коля меня в баре оставлял, заказывал кофе, пирожные или коктейль и уходил. Потом возвращался, и мы уезжали.

— И вы у него не спрашивали, что он делал на вокзале?

— Он говорил, что у него небольшое дело.

Ничего не скажешь, откровенность у этой парочки была как-то не в ходу. А может, дело не в откровенности, а в отсутствии интереса к личности партнера? Кто их разберет...

— Как долго он отсутствовал?

— Минут пятнадцать-двадцать.

— Каждый раз?

— Ну да.

— Может быть, он встречал какие-нибудь посылки? Не обращали внимания? Может, он уходил с пустыми руками, а возвращался с пакетами или сумками? Или наоборот, уходил с сумкой, а возвращался без нее.

— Нет, что вы, такого не было. Вот какие ручки у вас стали чудесные — прямо загляденье! Смотрите! Нравится?

Я посмотрел, но ничего особенного не увидел. Руки как руки, какими были — такими и остались. Ну, правда, кожа стала помягче, гладкая, почти бархатистая, а то была как наждачная бумага. Но мои собственные руки интересовали меня сейчас меньше всего.

Куда любопытнее были сведения о вокзальных похождениях Николая Кузнецова.

— В какое время вы туда приезжали? В одно и то же или в разное?

— Часов в одиннадцать вечера.

— Всегда?

— Да.

— А день недели тоже был один и тот же?

— День недели? — Валя задумалась. — Нет, дни недели разные были, это точно.

— Почему вы так уверены?

— Ну, там один бар есть, где меня Коля оставлял, однажды мы приехали, а он закрыт. Коля сначала удивился, потому что раньше он всегда в это время работал, а потом прочитал расписание, а там написано, что бар по средам не работает. Значит, раньше мы в другие дни недели приезжали, не в среду, иначе он бы всегда был закрыт. Правильно?

— Правильно, — я по достоинству оценил ее способность к логическим умозаключениям.

Выйдя из салона, мы с Сашей сели в машину.

— Ну что, рванем в супермаркет? — предложил я. — Ниночка заступает в десять вечера и будет работать до утра, магазин круглосуточный. Или тебе спать пора?

— Поехали, — сухо бросил журналист, и я понял, что мои последние слова его обидели. Ну и зря. Я же пошутил.

Шикарным словом «супермаркет» именовался маленький по площади, но до отказа набитый разными вкусностями и полезностями магазинчик, имеющий всего два кассовых аппарата, так что Ниночку мы увидели сразу. Та самая юная блондинка, хорошенькая — прелесть. На мой вкус, Валечка была лучше, но у мастера по маникюру было на этот счет другое мнение.

Разговор с кассиршей много времени не занял, она была последней подружкой погибшего охранника-водителя и смерть его переживала куда сильнее, чем Валечка, все время плакала и прямо на глазах теряла все свое очарование. Справедливости ради замечу, что блондинкой она была натуральной, в этом была ее сила, но и слабость одновременно: настоящие блондинки имеют обыкновение ужасно дурнеть, когда плачут. Лично я предпочитаю брюнеток, на них, в отличие от блондинок, бывает приятно смотреть даже по утрам, когда они заспанные и ненакрашенные. Но это так, к слову.

С Ниночкой Николай встречался пять месяцев, ни с кем ее не знакомил, водил в кино и в рестораны, словом, все происходило в точности так же, как с Валечкой. И на вокзал ездил. В разные дни недели, но строго около двадцати трех часов, отсутствовал минут пятнадцать-двадцать. Ни сумок, ни пакетов, ни объяснений, кроме лаконичного: «одно небольшое дело».

— Нина, как вам показалось, он ездил на вокзал только с вами или он там бывал и один?

— Конечно, он и без меня ездил, — кивнула она, всхлипывая. — Несколько раз было, что он меня провожал домой или сюда, на работу, когда у меня ночная смена, и все на часы посматривал, говорил, что ему еще на вокзал надо успеть.

— Именно «успеть»? — переспросил я. — Это его слова? Или он говорил «съездить»?

— Нет, он говорил «успеть» и на часы смотрел.

* * *

Я повез Вознесенского домой. Жил он на противоположном от супермаркета конце Москвы, так что времени для обсуждения ситуации у нас было более чем достаточно.

— Ну и как тебе все это нравится? — спросил я.

— Похоже на наркотики, — не раздумывая ответил журналист. — Небольшие партии, которые можно положить в обычную сумку вроде моей. Килограмма три, объем маленький, а деньги приличные. Кузнецов встречал один и тот же поезд, который приходит на Казанский вокзал из Средней Азии около одиннадцати вечера.

По фактуре объяснение было подходящим, но оно как-то не вязалось в моем представлении с личностью Николая. Спокойный, серьезный, добросовестный, сочувствующий, ни грамма спиртного за рулем — и наркодилер? Нет, как-то не так. Не вяжется.

— А если он встречал поезд в надежде увидеть кого-то? — предположил я. — Знал, что человек должен рано или поздно приехать в Москву, и приезжал встречать каждый поезд? Хотя нет, — тут же оборвал я полет собственной фантазии, — не получается. У него рабочий день ненормированный, бывало, что освобождался часов в восемь вечера, а когда и в шесть, а бывало, что его до глубокой ночи держали. В таком режиме каждый поезд не встретишь, а если встречать не каждый, то тогда вообще смысла нет. Наверное, он вообще не был завязан на прибытие поезда, потому что не мог заранее планировать свое время, это и девушки его подтвердили: он звонил им, когда освобождался, и если они могли и хотели — то встречались. Значит, у Кузнецова на вокзале были просто встречи с кем-то. Но почему именно на вокзале? И почему в одно и то же время?

— А вот это проще, — заметил Саша. — Человек, с которым он встречался, мог прийти только около одиннадцати. Может быть, он работает на вокзале до одиннадцати. Надо подъехать туда и узнать, сотрудники каких служб заканчивают работу в одиннадцать часов. Может, камера хранения, или смена носильщиков, или кассиры, уборщики, да мало ли кто. Кузнецов звонил ему, если освобождался вечером, и они договаривались о встрече.

— А почему встреча длится пятнадцать-двадцать минут? Не один раз пять минут, другой раз — час, а всегда одинаковый промежуток времени. Есть версии?

— Не знаю пока, — признался он. — Но я буду думать. Слушай, Игорь, а может, махнем сейчас на вокзал? А что? Время как раз к одиннадцати, у меня вечер свободный, у тебя тоже. Поехали? Все равно ведь по Садовому кольцу едем, давай свернем к Комсомольской площади.

Вообще-то я и сам планировал съездить на Казанский вокзал, но уж никак не в обществе журналиста Саши Вознесенского. У меня и в мыслях не было заниматься дилетантской самодеятельностью, я собирался прийти в линейный отдел и поговорить с местными операми. Представитель прессы в таких разговорах всегда лишний.

— Я завтра съезжу, — без длинных объяснений сказал я.

— Но почему? Время же есть. И все равно мы едем в том направлении.

— Саш, я буду разговаривать с операми.

— И что?

— А то, что при тебе они говорить не будут. Сам не понимаешь? Это мы к девочке из салона или из магазина можем прийти, достать одну мою ксиву, она как фотографию в форме увидит, так больше ничего читать и не станет. А в линотделе совсем другие люди сидят. Они попросят документы и у меня, и у тебя. И как ты думаешь, что они скажут, когда увидят, что один из нас — участковый, а вовсе не опер и не следователь, а другой — вообще журналист? Тебе, конечно, по фигу, а мне завтра утром на работу выходить. К этому времени мое начальство уже будет знать, что я влез в чужое дело, и намылит мне одно пикантное место. А еще об этом узнает следователь, который ведет дело об убийстве, и ему это все очень-очень не понравится. И попадет не только мне, но и Ивану Хвыле.

— Ладно, если все так серьезно, я с тобой не пойду, в машине посижу. Или в тот бар зайду, где Кузнецова девочки ждали.

— Уговорил, — вздохнул я. — Только я тебя умоляю, Саш, без ненужной инициативы, хорошо?

— Хорошо. А почему ты так уверен, что оперативники на вокзале не любят журналистов? Ты знаком с ними?

— Нет, я с ними незнаком, но журналистов не любят все среднестатистические милиционеры. Их любят только самые глупые менты и самые умные.

— Почему так? — удивился он.

— Да потому, что самые тупые просто не понимают, что вы творите, а самые умные, наоборот, очень хорошо понимают и видят, как вас можно использовать.

— И что же мы такого, позволь спросить, творим? — нахмурился Вознесенский.

— Ну, ты, может, ничего такого не делаешь, ты же все больше о литературе и искусстве пишешь, а есть такие, которые активно мешают следствию, разглашая то, о чем надо бы до поры до времени помолчать. Ты пойми, работа по раскрытию преступлений не любит гласности и чужих глаз, а у вас гласность — это профессия. Не в том же дело, что журналисты какие-то особенно плохие, нет, они замечательные ребята, просто

у них и у ментов профессии несовместимые, взаимо-
исключаемые.

— А ты какой? Среднестатистический?

Замечательный вопрос. И как на него отвечать? Нахально заявить, что я из когорты самых умных? Или
причислить себя к тупым, как это недавно сделал мой
отец? Или же признаться, что я среднестатистический
и не люблю журналистов? Правильно меня Светка
всегда учила, надо думать, прежде чем что-то говорить,
а то подставишься. Но мой язык с детства был моим
врагом.

— В шахматах это называется «вилка», — засмеялся я. — Подловить меня хочешь? Или хочешь выяснить, как я к тебе отношусь? Не надейся, я не признаюсь в своей глупости и не стану настаивать на своей
гениальности. Я — самый обыкновенный, среднестатистический милиционер, но благодаря тому, что около моего отца всю жизнь были журналисты, я к ним
привык, узнал поближе, кое-что понял и отношусь к
ним хорошо.

Уф, кажется, вывернулся. Ну, Вознесенский, с тобой
не забалуешь, надо держать ухо востро.

— Вообще-то на среднестатистического ты не очень
похож, — заметил Саша. — Что ты в милиции делаешь?

Я пожал плечами.

— Работаю. Что там еще можно делать?

— Ну, можно, например, дурака валять, а можно и
бабки заколачивать. Если бы я не знал, кто твой отец,
я бы как раз это и подумал, глядя на твою тачку и прочие мелочи. Ботиночки у тебя не форменные, а фирменные, и часы недешевые, и бумажник, между прочим, из натуральной кожи, английский.

— Разбираешься, — недобро усмехнулся я. — И дальше что?

— Работать в милиции тебе вряд ли интересно. Остается один вариант: ты там валяешь дурака.

Я не стал возражать.

— Ну ладно, пусть так. Допустим, ты прав. А почему ты думаешь, что мне работать неинтересно?

— А что, разве интересно?

— Да нет, Саша, я с тобой не спорю, просто мне любопытен ход твоих рассуждений.

— Да ход-то самый простой, — улыбнулся он. — Светлана сказала, что ты хорошо разбираешься в поэзии. Катя говорила, что у тебя музыкальное образование. Такому человеку не может быть интересно в милиции просто по определению.

— Светлана ошиблась. Я в поэзии ни черта не смыслю. С чего она это взяла?

— Она рассказывала, как ты прослушал какую-то песню и сразу сказал, что это плагиат, и назвал поэта, у которого стихи украдены. Причем поэта абсолютно малоизвестного. Я, например, такой фамилии вообще никогда не слыхал, а ведь я учился в Литинституте в поэтическом семинаре. А ты не только автора знаешь, но и оригинальные стихи наизусть прочел. Это говорит о чем-нибудь или нет?

— Говорит, — согласился я, — только совсем не о том, о чем ты подумал. Я не в поэзии разбираюсь, а в текстах для песен и романсов, это все-таки немножко другое. Раз ты учился в поэтическом семинаре, то должен понимать разницу. Я, например, хорошо знаю творчество Сумарокова, Цыганова и Кольцова и совсем почти не знаю Фета и Некрасова. Меня интересовала только та поэзия, которая годится для вокального исполнения. Знаешь, как я в детстве развлекался? Возьму толстенный том «Песни и романсы русских поэтов», выберу стихотворение, напишу к нему музыку, а потом прошу родителей сыграть мне или спеть то, что когда-то написали на эти стихи композиторы. Если они такого романса не знали, брали ноты в библиотеке Консерватории. И я сравнивал, насколько то, как я прочувствовал эти стихи, отличается от того, как их прочувствовал другой музыкант. Вот поэтому песенно-романсовую поэзию я знаю, но это отнюдь не означает, что я вообще в поэзии разбираюсь. Так что Светлана тебя дезинформировала.

— Но Катя-то сказала правду, — тут же возразил он, — ты действительно музыкой занимался.

— Ну, занимался, — неохотно подтвердил я. — В далеком сопливом детстве. Да вон сколько детей ходят в музыкальные школы, а сколько из них становятся музыкантами? Единицы.

— Как же ты оказался в милиции?

— От армии спасался. А потом как-то втянулся. Зачем менять свою жизнь, если все устраивает? К чему ума искать и ездить так далёко, как писал бессмертный Грибоедов.

Я врал нагло и почти вдохновенно. Никакая армия мне не грозила, с моей оконченной на одни пятерки музыкальной школой по трем специальностям (кроме скрипки и гитары, я экстерном сдал экзамен по классу фортепиано, чтобы мамины усилия по моему обучению не пропали даром) и многочисленными юношескими опусами в разных жанрах камерной музыки я легко мог поступить и в Консерваторию, и в Гнесинку. Даже если бы моих собственных способностей к музыке оказалось для этого недостаточно, в запасе оставалась тяжелая артиллерия в лице родителей. Уж как-нибудь да поступил бы.

Несмотря на относительно поздний час, машин на дорогах было много, и добирались мы из Выхина, где снимал квартиру Кузнецов и где, соответственно, работала кассирша Ниночка, довольно долго. Наконец свернули на Каланчевку и подъехали к вокзалу.

— Ну что, посидишь в машине или в бар пойдешь? — спросил я, выключая двигатель.

— Пойду посмотрю своими глазами, что это за бар. Мало ли, пригодится, когда буду статью писать.

Я проводил Сашу до бара и отправился к коллегам. Не зря же говорят, что жизнь устроена по полосочному принципу: то повезет, то не повезет. На месте убийства мне не повезло, Хвыля отнесся ко мне более чем критически, а следователь — более чем недружелюбно, зато в линейном отделе внутренних дел на Казанском вокзале меня встретили приветливо и выразили полную готовность помочь, даже не спрашивая, с какого это перепугу к ним заявился участковый, а не кто-нибудь посолиднее.

— Так я знаю этого типа, — тут же заявил моленький оперативник по имени Юра, разглядывая фотографию Кузнецова, которую я ему показал. — Мы его отрабатывали.

Вот тебе и раз!

— На какой предмет?

— У нас тут южное направление, наркотрафик, сам понимаешь. Так что к некоторым поездам внимание особое. И вот мы заметили, что этот парень то и дело приходит к ташкентскому поезду, что-то с проводниками передает.

Значит, не встречает, а провожает. Ну конечно! Именно поэтому Кузнецов отсутствовал каждый раз примерно одно и то же время, то есть ровно столько, сколько нужно, чтобы дойти от бара до платформы, пройти вдоль состава, найти знакомого проводника, отдать передачу и вернуться в бар. Пятнадцать-двадцать минут. Все точно.

— Мы сперва фигуранта трогать не стали, поработали с проводником, она и сказала, что он передает конверт с деньгами какой-то дальней родственнице, которая живет по маршруту движения поезда. Ну, мы, само собой, проверили, она конверт показала, мы его вскрыли. Действительно, деньги. И никаких записок, только адрес на конверте и имя той родственницы. Так что в части наркотиков он чист.

— Когда отходит ташкентский поезд?

— В двадцать три шестнадцать. Вот как раз только что ушел.

Ах ты, черт! Чуть-чуть не повезло, а то мог бы и проводницу найти. Впрочем, может быть, я зря отчаиваюсь, Юра-то производит впечатление мальчика добросовестного и дотошного, наверняка у него в материалах есть то, что мне нужно.

— Ты не помнишь, в каком городе живет родственница Кузнецова?

— Сейчас посмотрю.

Он загремел связкой ключей и полез в сейф. Копался Юра так долго, что я усомнился в своей первоначальной оценке. Может, он и дотошный, но в бумагах у него такой же бардак, как и у меня. Наконец он достал толстый блокнот. Ну, понятно, материалы из оперативного дела он мне показывать не может, а вот свои собственные рабочие записи — запросто.

— Значит, так. Фамилия проводника — Краско Ольга Ивановна. Деньги она возила Руденской Лидии Павловне в город Новокуйбышевск. Адресочек Руденской есть. Будешь записывать?

— А как же, — кивнул я, доставая собственный

блокнот, точно такой же, как у Юры, только обложка другого цвета.

Мы одновременно глянули на свои рабочие талмуды и дружно рассмеялись. Я записал адрес и задал следующий вопрос:

— Краско с сегодняшним составом уехала?

— Вот чего не знаю, того не знаю, — развел руками Юра. — Бригада ташкентская, Краско не москвичка. Что, хочешь с ней поговорить? На мои сведения не надеешься?

— Не в этом дело. Если она возила конверты Руденской в Новокуйбышевск, то как она их передавала? Не почтой же конверт с деньгами отправлять. Значит, Руденская приходила на вокзал к прибытию поезда. Хочу узнать, что это за женщина.

— Зачем? — нахмурился Юра. — Вы ее, что ли, разрабатываете, а не Кузнецова?

— Да нет же. Кузнецов убит, причина не ясна, нужно искать его знакомых, по документам он детдомовский, и никто даже не знал, что у него в Новокуйбышевске родственница есть. Если он ей деньги регулярно посылал, то, может, она что-то о нем знает, ну, о его прошлом, о давних делах, о врагах его и все такое. Прежде чем к ней соваться, нужно же понимать, с кем будешь иметь дело, стратегию выработать.

— Ну-ну, — вздохнул почему-то Юра, — можешь, конечно, и Ольгу Ивановну Краско дожидаться, а можешь и у меня спросить, потому как мы этим вопросом тоже интересовались.

Мне стало неловко. И почему я решил, что Юра глупее меня? Только потому, что он существенно моложе? Дурак я набитый.

— Извини, — искренне произнес я. — Я был уверен, что вам такие сведения не нужны.

— Как же не нужны? А мало ли как дело обернется, и выяснится, что с этими конвертами не все ладно? Нужно будет опрашивать и Кузнецова, и родственницу его, стыковать показания, ловить на противоречиях. Вот мы и запаслись на всякий случай. Короче, со слов Краско, Кузнецов сказал ей, что Руденская — пожилая и не очень здоровая женщина и гонять ее на вокзал ему не хочется, поэтому он давал проводнице дополнительно немного денег, чтобы она в Новокуйбышевске спроворила какую-нибудь вокзальную тетку поприличнее, заплатила ей и попросила отвезти конверт в адрес. Краско ездит этим маршрутом уже много лет, на каждой станции у нее есть знакомые торговки и кассирши, так что просьбу Кузнецова ей выполнить было легче легкого. В Новокуйбышевске она передавала конверт одной и той же бабульке, которая исправно доставляла его Руденской за... — он полистал блокнот, нашел нужную запись, — за сто рублей.

— А почему Кузнецов отправлял деньги с оказией, а не почтовым переводом, Краско не знает?

— Нет. Мы ее спрашивали, она не знает.

— А самого Кузнецова не спрашивали?

— Конечно. Он сказал, что родственница у него очень старая и больная и за деньгами ни на почту, ни на вокзал ходить не может. Мы его сразу же отпустили. А что? Криминала-то никакого, деньги передавать не запрещено. Краско их через границу не перевозила, только в пределах территории России. Там ведь даже письма не было. В конверте только деньги, на конверте — адрес, а на словах, мол, передайте Лидии Павловне, что это от Коли Кузнецова. Вот у меня так и записано: «Со слов гр-ки Краско О.И., мужчину зовут Николаем Кузнецовым, в конверте содержатся деньги, которые он отправляет для своей дальней родственницы Руденской Л.П., проживающей по адресу: г. Новокуйбышевск, Самарская область, улица...» и так далее.

Н-да, похоже, наш убитый охранник-водитель не любил не только разговаривать, но и писать. Не дружил он ни с устным словом, ни с письменным.

— По месту регистрации Руденскую пробивали?

— А как же. Именно по этому адресу именно она и проживает, и действительно немолодая и не очень здоровая.

— И последний вопрос: откуда Краско может знать точно, что вокзальная бабулька доставляет деньги в адрес, а не кладет себе в карман? Она не говорила?

— Ну, вот уж этим мы совсем не интересовались. Но ты сам рассуди, капитан, разве стал бы Кузнецов столько времени отправлять деньги с одной и той же проводницей, если бы передачка не доходила до адресата? Да стоило ему хоть раз узнать, что Руденская денег не получила, он бы эту Краско одним пальцем придавил. Он же здоровенный был, сильный, молодой, с таким шутки плохи. Я так думаю, Руденская каждый раз, как деньги получала, тут же ему звонила и благодарила, так что он точно знал, что все в порядке, люди надежные, никто его не обманывает.

Я от души поблагодарил оперативника Юру, который по молодости лет охотно делился информацией, чего сыщики постарше никогда не делают. А может быть, ему просто было скучно и хотелось с кем-нибудь поговорить, и я удачно подвернулся.

Все бы ничего, но я никак не мог найти объяснение тому факту, что Николай Кузнецов упорно не хотел пользоваться услугами почты и посылал деньги с проводником. Объяснения насчет немощи и болезни меня не устраивали. Может, до вокзала этой Руденской и впрямь далеко добираться, но уж почта-то наверняка рядом. А если она так немощна, что и до почты дойти не может, то, значит, должен быть кто-то, кто помогает ей по хозяйству и ходит в магазин. Так что получить перевод в любом случае можно. Нет, я все понимаю, бывают ситуации, когда оказия лучше почты, например, если деньги нужно передать срочно. По почте-то они будут бог знает сколько времени идти, а если передать с проводником — их получат совсем скоро, уже завтра, а то и через несколько часов. Но для таких случаев существуют телеграфные переводы, деньги приходят в течение суток, как телеграммы. Правда, за телеграфный перевод берут большую комиссию. Может, Кузнецов экономил? Все может быть.

И потом, он отправлял деньги систематически, примерно раз в месяц, накопит — пошлет, накопит — пошлет. Или даже не так: получал зарплату, сразу откладывал сумму для родственницы и посылал. Тут срочностью и неотложностью как-то не пахнет, скорее похоже на постоянную материальную поддержку. Значит, родственница не такая уж дальняя, то есть она может быть дальней по крови, но близкой по душе, и Кузнецов ее любил и заботился о ней. Но тогда почему никто о ней не знает, ни сотрудники Анташева, ни подружки Николая? Неужели он до такой степени был скрытен и неразговорчив? Фантастика!

Уж не знаю, сколько чашек кофе выпил Саша Вознесенский, ожидая меня в вокзальном баре, но сигарет он за это время выкурил, судя по пепельнице, не меньше десятка. Совсем здоровье не бережет.

— Садись, рассказывай, — он снял со стула свою сумку, освобождая для меня место.

Я отрицательно покачал головой.

— Нет, поехали, по дороге расскажу, поздно уже.

Всю дорогу до Сашиного дома на «Щукинской» мы обсуждали странности Николая Кузнецова в части отправки денег в город Новокуйбышевск. Какие только версии мы не выдвигали, каких предположений не понастроили! Вплоть до наличия у Кузнецова внебрачного ребенка, который воспитывается не матерью, а пожилой родственницей то ли Колиной, то ли матери этого ребенка. В общем, это было весьма и весьма похоже на правду, потому что объясняло сразу два факта: систематичность отправки матпомощи и молчание о том, что у него есть любимая родственница. Никакая она не любимая, а может, даже и не его, а той женщины, которая родила от него ребенка.

Была еще версия шантажа. Некая Руденская Лидия Павловна шантажировала Николая и регулярно требовала финансовых вливаний в свой карман. Версия была хороша тем, что указывала на наличие в жизни охранника-водителя какой-то тайны, которая, вполне вероятно, и привела в конце концов к убийству.

Были и другие гипотезы, менее интересные, но ни одна из них так и не дала ответа на вопрос о том, почему же все-таки проводник и поезд, а не почта и телеграф.

— Ты как насчет съездить в Новокуйбышевск? — спросил я журналиста.

— Запросто. Ты меня одного хочешь отправить?

— Ни за что. Одно дело, если там живет милая старушка, которой Коля Кузнецов помогал исключительно из родственной любви. Тут ты и один справишься. А если там шантаж? Если там темная история, и сидит в городе Новокуйбышевске не милая старушка, а старая карга? Или, что еще хуже, она сидит там за «болванчика», то есть является владельцем адреса, на который Коля слал деньги, не более того. А сами деньги предназначены совсем другим людям, серьезным и очень недобрым. Ты попадешь как кур в ощип, и тебя потом долго-долго не смогут найти, даже с собаками. Поедем вместе, только мне нужно с работой прокрутиться. Если лететь самолетом, то можно обернуться за один день, так что поедем либо в выходные, либо будем ждать, пока я смогу отпроситься за свой счет. Кстати, — я оживился, потому что мне в голову пришла занятная мысль, — если Руденская просто владелица адреса, то это может объяснять, почему Кузнецов не пользовался почтой. Ему так шантажисты велели.

— А смысл в чем? — не понял Саша.

— Вот смотри: они не дают ему своего адреса, что вполне естественно. Адрес они дают совершенно посторонний. Живет там милая одинокая бабулечка, которая не прочь подзаработать, оказывая внешне вполне невинную услугу. Ну трудно ли? Конверт получил — конверт отдал, вот и все хлопоты. Теперь представь себе, что эта бабулечка начинает каждый месяц ходить на почту, как на работу, и получать там переводы, несопоставимые с размером пенсии. Новокуйбышевск город, конечно, не маленький, но и не Москва, и девочки на почте всех постоянных получателей переводов быстро запоминают. А ну как разговоры пойдут, что, дескать, бабка Руденская из Москвы деньги получает каждый месяц, а ну как эти разговоры до милиции дойдут, а там вдруг да заинтересуются, потому как милиционерам давно известно, что у старушки Лидии Павловны сосед, или сынок, или внучок, или племянничек двадцатипятиюродный — трижды судимый уголовник. Или еще как-нибудь закрутится, вариантов масса, и риск велик.

— Резонно. А если вокзальная тетка проболтается? Начнет рассказывать направо и налево, что регулярно носит Руденской конвертики с ташкентского поезда? Тогда как?

В сообразительности Саше Вознесенскому не откажешь. Действительно, как? А очень просто. Если за этими деньгами стоит какое-то вымогательство или еще что-нибудь зловредное и если у плохих людей достало ума подставить бабку Руденскую вместо себя, то наверняка они догадаются поработать и с вокзальной теткой. Прижать ее в темном уголке и доходчиво объяснить, чтобы молчала, потому как ежели начнет рот открывать где не положено, то мало того, что приработка лишится, но еще и неприятностей себе наживет. Вот так примерно.

Но очень сложно... Очень все сложно получается. И ради чего? Ради миллиона долларов или хотя бы ради ста тысяч, которые по меркам города Новокуйбышевска являются колоссальной суммой? Нет, ради ежемесячных двухсот долларов. Смешно. Примерно так же, как участковый в смокинге.

Надо ехать в Новокуйбышевск и выяснять все на месте.

ХАН

Много лет назад, когда они в школе проходили Крестовые походы и религиозные войны, Хан спросил отца:

— Папа, а ты мусульманин?

— Нет, — удивился Керим Джангирович.

— А кто же ты?

— Я атеист. Но если бы меня воспитывали в религии, то я, конечно, был бы мусульманином, потому что мои родители, твои дедушка и бабушка, — азербайджанцы.

— А мама кто?

— Наша мама тоже атеистка, — засмеялся отец. — Ты хочешь знать, кем она могла бы быть, если бы верила в бога?

— Ну да, — кивнул мальчик.

— Давай подумаем. Наша мама родилась в Москве, но ее родители жили на Западной Украине, там очень много католиков, но и православных много, так что пятьдесят на пятьдесят. Она могла бы быть католичкой, а могла бы исповедовать православие. В любом случае она была бы христианкой. Почему тебя это интересует?

— Хочу понять, какая религия лучше. Пап, а что лучше: христианство, иудаизм или мусульманство?

Керим Джангирович посмотрел на сына с удивлением, но и с одобрением.

— А вот скажи мне, какой цвет лучше, красный или желтый?

— Ну... — Хан задумался. — Наверное, красный.

— Почему?

— Он мне больше нравится. Представляешь, красная спортивная машина, «Феррари» или «Порше»...

— Сынок, — перебил его отец, — ты подменяешь понятия. Я ведь не спросил, машина какого цвета тебе больше нравится, я спросил: какой цвет лучше. Просто цвет, сам по себе, безотносительно к машине и к твоим личным вкусам. Не торопись, если у тебя нет готового ответа — подумай немного. Когда надумаешь — скажешь.

Хан думал минут тридцать. Ходил по квартире, листал многочисленные альбомы по искусству, рассматривал висящую в шкафу одежду. Ему очень нравилась мамина бирюзовая блузка, и он подумал было, что бирюзовый цвет — самый лучший, он так радует глаз, от него на душе становится как-то празднично. Но, с другой стороны, вот висит папин костюм, и если бы он оказался таким же бирюзовым, как мамина блузка, это выглядело бы нелепо. Папин костюм — темно-серый, и это совершенно замечательный цвет. Или вот в альбоме репродукция «Подсолнухов» Ван-Гога, желтый цвет такой красивый, такой солнечный, а хотел бы он, Хан, чтобы его комната была оклеена обоями такого цвета? Нет, не хотел бы. И темно-серых обоев он не хотел бы, слишком мрачно. Он снова поглядел на мамину блузку, представил себе комнату с ярко-бирюзовыми стенами и подумал, что через три дня сошел бы с ума. Так какой же цвет лучше, а какой хуже? Как их сравнивать, по какому критерию? Один цвет лучше для женской блузки, другой больше подходит для мужского костюма... Головоломка какая-то. Как ни напрягал Хан мозги, ответа на вопрос он так и не нашел и понял, что отец его «развел», что его вопрос был очередной проверкой на сообразительность. Тестом.

— Папа, я думаю, красный ничем не лучше и не хуже желтого, — заявил он. — Красный — это красный, а желтый — это желтый. Просто они разные.

— Умница, — Керим Джангирович просиял радостной улыбкой. — Ты совершенно прав, сынок. А теперь вспомни, что ты спрашивал насчет религий, и считай, что ответ ты получил. Ни одна религия не лучше и не хуже другой, просто они все разные.

В тот раз обсуждение темы «лучше — хуже» на этом и закончилось. Но отец и сын к ней вернулись, когда Оксана ушла к Аркадию.

— Неужели он настолько лучше меня, что можно было забыть все те годы, которые мы были вместе? — глотая слезы, твердил Хан. — Ведь десять лет, пап, десять лет! Мы никогда не расставались, только на время летних каникул, и то не всегда. Или ты, или Ксанкины предки старались достать по две путевки в лагерь, чтобы мы ехали вместе. Ну что, что в нем есть такого, чем он лучше?

— Сынок, — грустно вздыхал отец, — Аркаша не лучше тебя, а ты не хуже его. Просто ты — это ты, а он — это он. Вы — разные. Ты — такой, он — другой. Десять лет Ксаночке нужен был ты, теперь ей нужен он. Это нормально, как ни печально это признавать, но это совершенно нормально. Сначала каждому человеку бывают нужны родители, он без них не может обойтись, скучает, когда они уезжают, тоскует, рвется к ним, он жить без папы и мамы не может. Потом у него появляется лучший друг, самый близкий, самый доверенный, с которым можно играть и секретничать, и, когда встает вопрос, побыть дома с родителями или бежать играть с товарищем, он отдает предпочтение товарищу или подружке, если речь идет о девочке. Разве наши родители стали от этого хуже? Нет, конечно. Просто в тот момент жизни нам нужнее и важнее дружба и совместные секреты. А потом приходит любовь, и самый лучший и верный друг вынужден отступить, потому что для человека в тот момент потребность общаться с любимым гораздо важнее и сильнее. Важнее и друзей, и родителей. И что же, разве друг стал от этого хуже?

— Ты хочешь сказать, что я для Ксанки просто друг, а Аркашка — любимый человек? — хмурился Хан.

— Нет, сынок, я хочу сказать совсем другое. В каждый момент своей жизни люди делают только то, в чем у них есть душевная потребность. Это только иллюзия, что люди часто делают то, чего они делать не хотят. Это неправда. Знаешь, есть такая поговорка:

человек платит только за то, за что хочет заплатить. Невозможно заставить человека платить за то, что ему не нужно. Это очень глубокая мысль, не суди о ней поверхностно. Вот тебе самый простой пример: ты садишься в автобус, и у тебя есть выбор, платить за проезд или не платить. Ты что сделаешь?

— Заплачу, — буркнул Хан.

— Почему? Ты сознательно хочешь, чтобы в городской казне было на пять копеек больше? Зачем платить, если можно не платить?

— Ну да, не заплатишь, а потом контролер поймает и начнет поносить на весь автобус. Или вытащит на улицу и в милицию потащит, там тоже мозги прочищать начнут, в школу сообщат, тебе на работу. Столько головной боли из-за несчастных пяти копеек. Проще заплатить и ехать спокойно.

— Правильно, сынок, — одобрительно кивнул Керим Джангирович. — Ты в данном случае платишь не за проезд, а за свое душевное спокойствие. Ты не хочешь прилюдного скандала, ты не хочешь, чтобы на тебя показывали пальцем, да и на меня тоже. Вот за это ты и платишь. Потому что у тебя есть определенная психологическая потребность выглядеть достойно в глазах окружающих и не привлекать негативно окрашенного внимания к себе. У тебя есть еще одна потребность: не быть причиной моих неприятностей и отрицательных эмоций. Понимаешь меня? Это не слишком сложно?

— Нормально. Я понимаю, что ты хочешь сказать. То есть те люди, которые не платят, — им просто наплевать, что их будут чихвостить на весь автобус. У них нет такой потребности — и они за нее не платят, да?

— Ну конечно. Ты у меня умница, — улыбнулся отец.

— А к Ксанке это какое имеет отношение?

— А вот послушай. Психологических потребностей у человека очень много, они все разные. Одни появляются и остаются на долгие годы, другие возникают и через какое-то время исчезают, иногда через длительное время, а иногда и через короткое. По-разному случается. Но одно остается неизменным: когда у человека появляется какая-нибудь потребность, он ищет способ ее удовлетворить. Если он голоден — он ищет еду. Если он хочет спать — ищет место, где можно прилечь. Если потребность не физиологическая, а психологическая, или, если хочешь, душевная, он ищет способ ее реализовать. Например, ищет какое-то занятие, которое этому способствует, или старается быть рядом с человеком, в обществе которого потребность реализуется. Понимаешь?

— Теоретически — да, но как же Ксанка... Не понимаю, какая связь.

— Помнишь, ты рассказывал мне про свою одноклассницу, которая бегала за мальчиком на два класса старше? Кажется, ее звали не то Зина, не то Зоя.

— Зося. Зоська Кучменева. Над ней все ржали, а она бегала за ним и бегала, чего только не делала, чтобы он обратил на нее внимание.

— Ну и как, обратил?

— Обратил. Они даже гуляли месяца два, наверное.

— А потом что случилось?

— Представляешь, она сама его бросила. Все так удивлялись! Столько сил положила, чтобы он с ней гулял, а когда все получилось — бросила. Это же был самый клевый парень во всей школе, мастер спорта, на международные соревнования ездил. Все девчонки по нему сохли.

— Насколько я помню, ты говорил, что эта Зося

участвовала в какой-то олимпиаде и даже какое-то место завоевала, — заметил отец.

— Ну да, по физике. Республиканская олимпиада. Она первое место заняла. Шуму тогда было на всю школу, ее портрет на Доску почета повесили и начали носиться с ней как с писаной торбой. В комитет комсомола сразу выбрали и все такое. И что?

— А ничего. Когда она своего спортсмена-то бросила, до олимпиады или после?

— После. Практически сразу. Мы все тогда говорили, что Зоська совсем зазналась, что у нее от успехов крышу снесло. Как стала первой по физике, так и старые друзья стали не нужны.

— А вот здесь ошибка, — Керим Джангирович поднял указательный палец. — Вы подменяете понятия. Смотри, что произошло на самом деле. Ваша Зося была неприметной серой мышкой, любила свою физику, много занималась, и никто на нее внимания не обращал. А ей хотелось внимания. Ей хотелось быть на виду. Любыми путями, любым способом, но на виду. Чтобы ее все знали, чтобы ей вслед оборачивались. Вот такая у нее была психологическая потребность в тот момент. Почему такая потребность появилась — это другой вопрос, и дело сейчас не в этом. Дело в том, что она выбрала свой путь решения проблемы: стать подругой самого заметного мальчика в школе, и это автоматически приведет к тому, что ее тоже станут замечать, о ней станут говорить, на нее будут смотреть. Конечно, она делала это несознательно. Она добилась своего, начала встречаться с тем спортсменом и была совершенно счастлива, потому что немедленно попала в центр всеобщего внимания. А тут случилась олимпиада, и Зося занимает на ней первое место. Ты сам говоришь: с ней стали носиться как с писаной торбой.

Все, Ханлар, ее цель достигнута, ее все знают, о ней все говорят. Так зачем ей этот мальчик? Для чего он ей нужен?

— Да ты что, пап, — возмутился Хан, — она же его любила.

— А вот и нет, сынок. Она никогда его не любила. Ей было с ним скучно, ей не о чем было с ним разговаривать, потому что, кроме своих тренировок и соревнований, он ничего не знал, а она прилежно училась, много читала, и круг интересов у нее был куда шире. Но он давал ей то, что ей было нужно, и в этом смысле она его, конечно, любила, как ты, например, любишь свою теплую куртку, потому что тебе в ней удобно и она не дает тебе замерзнуть. Однако же, когда наступает лето, ты прячешь ее в шкаф, она становится не нужна, потому что исчезает потребность в тепле, которую ты при помощи этой куртки удовлетворяешь. Зося завоевала первое место, привлекла к себе внимание, и ей больше не нужно было встречаться со скучным и малообразованным мальчиком-спортсменом.

— Пап, ты так рассуждаешь... — растерялся Хан. — Люди же не вещи.

— Сынок, ты же понимаешь, что я утрирую. Я просто привожу примеры, чтобы моя мысль была более понятной. Кстати, а где сейчас эта Зося? Она собирается поступать в институт?

— Конечно. У нас все собираются, кто-то на вечернее, но в основном все на дневное отделение документы подавать будут.

— А мальчик у нее есть сейчас? Она с кем-нибудь встречается?

— Есть какой-то заумный очкарик из физматшколы. Я сам его не видел, но Ксанка видела как-то их вместе, говорит, что он страшнее атомной войны. Особенно по сравнению с нашим спортсменом.

— Что и требовалось доказать, — удовлетворенно произнес отец. — Сначала у Зоси была потребность оказаться замеченной, и поэтому ей было хорошо рядом со спортсменом, школьной знаменитостью. Она была счастлива рядом с ним, совершенно искренне счастлива, потому что, когда человек удовлетворяет свою душевную потребность, ему хорошо. Теперь у нее другая потребность, и эта потребность удовлетворяется общением с заумным очкариком из физматшколы. Спортсмен не хуже очкарика, а очкарик не лучше спортсмена. Просто одна потребность ушла, другая появилась. Понимаешь?

— Пап, а это не очень цинично? — осторожно спросил Хан. — Все-таки любовь — это чувство... ну, не знаю. Про любовь не принято так говорить.

— Вот как? — вскинул густые брови Керим Джангирович. — И что циничного ты видишь в моих словах?

— Получается, что ты живешь с мамой и удовлетворяешь какую-то свою потребность? Ты используешь маму, что ли?

— Конечно, — улыбнулся он. — У меня есть потребность чувствовать, что человек, которого я люблю, счастлив, что у него все хорошо. Я делаю все для того, чтобы мама была счастлива, чтобы жизнь ее радовала или по крайней мере не огорчала. Как только я пойму, что больше не могу делать ее счастливой, что ей плохо рядом со мной, моя потребность перестанет удовлетворяться, и наш брак распадется. Но об этом ты можешь пока не беспокоиться. Потому что мама точно так же использует меня. Для нее важно чувствовать, что рядом есть человек, для которого главный смысл жизни — это ее счастье, который об этом заботится денно и нощно. Так что у нас с твоей мамой полная гармония в отношениях.

Вот это Хан понял не очень хорошо, а если честно — то не понял совсем, но не стал застревать. Для него важным сейчас было одно: почему Оксана бросила его и ушла к Аркадию и можно ли сделать так, чтобы все вернулось.

— А как же с Ксанкой, пап? — жалобно спросил он.

— Ну а что Ксана... У нее появились какие-то новые потребности, которые общением с тобой уже не удовлетворяются. Это нормально. Девочка растет, развивается, меняется. Тебе тоже в детстве нравилось читать сказки, потом приключения, потом серьезные книги про войну. И фильмы ты уже другие смотришь, не те, что в пять лет, и разговоры с друзьями другие ведешь. Ты тоже развиваешься и меняешься. Ты вспомни, в первом классе ты дружил с Валериком из соседнего дома, а в третьем у тебя был уже Шурик, а с шестого класса — Аркаша Гашин. Разве Валерик плохой парень?

— Хороший, — согласился Хан.

— Так что ж ты с ним дружить перестал?

— Ну... как-то... не знаю даже. Так сложилось.

— Вот именно, — строго произнес отец. — И Шурик — хороший парень. А ведь ты и с ним дружить перестал. Меняются потребности — меняются и люди, в обществе которых эти потребности удовлетворяются. Люди не становятся лучше или хуже, просто внутренний мир человека очень динамичен, он не стоит на месте, он постоянно меняется, соответственно меняются желания, цели, установки, ценности, потребности. Ты понимаешь меня, сын? Если Ксаночке сегодня хорошо с Аркашей Гашиным, это вовсе не означает, что Аркаша лучше тебя. Просто он — другой. Он не похож на тебя, он не такой, как ты, и ей сегодня именно это и нужно. Если ты ее любишь — радуйся, что ей хорошо, что она нашла человека, рядом с которым чувствует себя счастливой. Ведь если ей чего-то не хватало рядом с тобой, значит, она не была в полной мере счастлива.

Этот разговор в разных вариациях повторялся почти ежедневно на протяжении двух месяцев, которые понадобились Хану, чтобы прийти в себя от нанесенного Оксаной и Аркадием удара. В это время он сдавал экзамены на юрфак и страшно удивился, когда оказалось, что он поступил. Он добросовестно зубрил историю, готовился к сочинению, упражнялся в устном английском и совершенно ничего не помнил. Ни как готовился, ни как сдавал. Все потонуло в вязком тумане постоянной душевной боли.

В сентябре начались занятия, Хан попал в новую среду, и ему стало легче. Те разговоры с отцом он вспоминал еще долго, пытался разобраться в себе и в жизни, что-то у него получалось лучше, что-то хуже, что-то не получалось совсем. Уже став совсем взрослым, он порой снова мысленно возвращался к тому, что говорил ему, семнадцатилетнему, Керим Джангирович, и удивлялся: неужели отец, объясняя ему такие сложные и нетривиальные вещи, надеялся, что сын его поймет? Хану было двадцать три года, когда отца не стало, и он тогда подумал, что Керим Джангирович, наверное, предчувствовал скорый уход и торопился сказать сыну все, что считал важным, что выстрадал сам, на собственных ошибках. Лучше сказать раньше, чем не успеть сказать вообще. И пусть парень пока не поймет, но он запомнит, а поймет потом, когда повзрослеет. «Поэтому он и говорил со мной тогда об этом так часто и так подолгу, все старался объяснить подоходчивее, не жалел времени, хотя был очень занят. Он боялся, что если будет ждать, пока я наберусь ума, то опоздает», — думал Хан.

Хан никогда особенно не интересовался психологией, и ему трудно было вникнуть в суть рассуждений о психологических потребностях и путях их удовлетворения. Он принял отцовские тезисы как данность. Да, он их не очень-то понимал, но они многое объясняли. То есть теория работала, хоть и не была понятной. В конце концов, совсем не обязательно знать, как работают часы, чтобы узнавать по ним время.

Зато другую вещь, вынесенную из тех разговоров, он понял очень хорошо: нет понятий «лучший» и «худший», есть понятие «другой». И еще есть понятия «нравится» и «не нравится», которые многие люди путают с понятиями «лучший» и «худший». Нет хороших фильмов и плохих книг, нет хороших поступков и плохих людей, есть то, что соответствует чьему-то вкусу и устраивает, и то, что вкусу не соответствует или не устраивает. И не нужно подменять одно другим.

Многие годы это понимание здорово облегчало Хану жизнь. И только в последние три месяца перестало спасать. Нет, он, наученный отцом, не думал, что Аркадий в чем-то лучше его, он понимал, что если Оксана уйдет, это вовсе не будет означать, что он, Ханлар Алекперов, чем-то плох. Он просто боялся, что она уйдет. Он не хотел жить без нее. Хан был уверен, что не сможет дышать, что умрет, если рядом не будет Оксаны. Строго говоря, то, что он испытывал, нельзя было назвать ревностью в чистом виде. Скорее это был животный страх. Страх за собственную жизнь, которая мгновенно оборвется, если из нее исчезнет жена.

Он совершенно запустил служебные дела, хотя пока этого никто не заметил. Хорошо, что у него был солидный задел, огромные запасы информации, о существовании которой никто не знал, и теперь он выезжал на этом заделе, выдавая все новые и новые порции сведений, якобы собранных и проанализированных в последнее время, чуть ли не вчера или даже прямо сегодня. На самом деле сведения были получены несколько месяцев назад, и анализ был сделан раньше.

Было у него и еще одно дело, его личное, почти частное. Группировка Лебедева по кличке Ворон. Логичнее было бы с такой фамилией иметь погоняло Лебедь, но лебедь — птица белая, нежная и аристократичная. Наглый, жадный и жестокий бандит предпочел именоваться Вороном. К Ворону и его бригаде у подполковника Алекперова был свой счет. Но даже этим делом он в последние три месяца почти не занимался, делал только самое необходимое, но глубоко не копал и пристально не отслеживал.

ВИРТУАЛЬНАЯ ПЕРЕПИСКА

Одалиска — Морю, 1 мая 2004 года

Костя только что приехал, УРА!!! Пошел в душ, а я кинулась к компьютеру поделиться с тобой радостью. Сейчас совсем рано, день только начался, так что можно считать, что мы будем вместе все праздники. Правда, здорово?

Хотя ты, конечно, этого не прочитаешь сегодня... Ладно. Люблю, целую, обожаю.

О.

Одалиска — Морю, 1 мая 2004 года

Моречко, Костя поел и лег спать, говорит, что всю ночь не спал в дороге, а я села писать тебе письмо. Знаю, что не прочтешь, что уехала за город к родителям, но мне больше не с кем поделиться, а делиться с тобой каждым соображением уже вошло в привычку.

Первый восторг быстро улетучился, и снова одолели мысли, которые ты называешь неправильными. Костя приехал загорелый, даже не столько загорелый, сколько сгоревший. Я зашла в ванную, когда он мылся, и увидела, что у него плечи и спина облезают. И нос облупился. Видно, он был на каком-то уж очень солнечном юге.

И настроение у него еще хуже, чем у меня. Ты представляешь? Лицо прямо почернело, мрачный, весь какой-то перевернутый, слова цедит еле-еле, разговаривать не хочет, даже Дашку на руки не взял. Черт-те что, одним словом. Совершенно ясно, что он со своей бабой поссорился и уехал с курорта раньше времени. Видно, они здорово поцапались, всерьез, потому что зимой, когда она деньги не взяла и выставила его из квартиры, он был не такой злой. Расстроенный — это да, но не такой, как сейчас. Сейчас на него просто смотреть страшно. Я даже подходить к нему боюсь. Неужели в таком настроении нам придется просидеть дома все праздники? Вот ужас-то! А я, дура, радовалась, когда он приехал! Лучше бы он вообще не приезжал, сидел бы на своем морском курорте со своей сучкой и не портил бы мне настроение.

Целую,

Одалиска.

Одалиска — Морю, 2 мая 2004 года

Ну вот и праздники, будь они неладны... Надо же было так все испортить! Второй день в доме настроение как на похоронах. Костя со мной ни о чем не разговаривает, что вполне естественно, он же с любимой поссорился и теперь переживает, куда уж тут с женой словом перемолвиться или на ребенка внимание обратить. Всемирная скорбь. Ах, кобель, ну сукин же он сын! Ладно, изменяет, так он еще и свои кобелиные проблемы в дом тащит, нет чтобы за порогом их оставить. Вчера проспал до вечера, а когда сели ужинать, вдруг заговорил о том, что вот живешь-живешь, веришь человеку, думаешь, что он никогда тебя не предаст, а он... Мол, никому верить нельзя, любой может нанести удар в спину, даже самый близкий. Во до чего она его довела! Я, конечно, сделала вид, что ничего не слышу и не понимаю, чтобы не обострять. Интересно, что она такого сделала? Наверное, закрутила на курорте с другим мужиком, побогаче, посолиднее, вот Костя и не выдержал, сорвался оттуда. Вот и хорошо. Мне спокойнее. Будем надеяться, что на этом его любовные похождения закончились.

Жаль, что тебя нет дома, очень хочется обсудить с тобой эту ситуацию. Ну что ж делать, потерплю, пока ты вернешься с дачи.

О.

Море — Одалиске, 4 мая 2004 года

Одалиска, привет! Тут в поселке, оказывается, открыли Интернет-кафе, я заглянула туда проверить почтовый ящик и обнаружила твои письма, целых три штуки. Я, честно говоря, обрадовалась и удивилась, никак не ожидала, что ты напишешь, я ведь предупреждала тебя, что до 10 мая буду у родителей.

Поверь моему опыту, зайка моя, нельзя делать вид, что ты не слышишь, когда твой муж вслух что-то говорит. Ведь, кроме вас, в доме никого не было, и то, что он сказал, было сказано для тебя и только для тебя. Если бы он не хотел быть услышанным, он бы промолчал. Твой Костя заговорил о предательстве вслух, значит, его это сильно мучает, ему необходимо с кем-то об этом поговорить, а ты от разговора уклоняешься. Это совершенно неправильно. Вернись сама к этой теме, дай мужу возможность высказаться, вот увидишь, он будет тебе благодарен. Только не приставай с ножом к горлу, не лезь в душу, просто дай ему понять, что ты готова его выслушать и обсудить проблему, что тебе тема предательства не безразлична и тебе интересно об этом поговорить. Поняла?

Целую,

Море.

Одалиска — Морю, 7 мая 2004 года

Море, я сделала так, как ты советовала. Знаешь, получилось очень странно. Когда я об этом заговорила, Костя как-то весь дернулся, помрачнел, обнял меня, поцеловал и сказал, что я у него самая лучшая. И ничего не рассказал.

Как ты думаешь, что это означает?

Одалиска.

Море — Одалиске, 8 мая 2004 года

Я думаю, Костя просто благодарен тебе за готовность проявить участие. Ну и ладно, пусть он ничего не рассказал, но зато теперь он будет знать, что ты всегда рядом, что ты готова подставить плечо, что тебе не все равно, когда его что-то тревожит. Это очень важно в семейной жизни. Может быть, это вообще самое главное.

Извини, что пишу коротко, но здесь, в Интернет-кафе, обстановка не располагает к длинным излияниям.

Целую тебя,

Море.

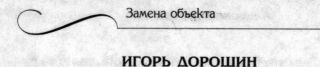

ИГОРЬ ДОРОШИН

Я люблю бывать у родителей, потому что, когда нахожусь в их доме, меня словно плотным облаком окутывают и ласково баюкают сразу три радостные мысли: как я люблю своих родителей и какие они у меня хорошие, несмотря на имеющиеся в ассортименте недостатки; какой хороший у них дом, просторный, красивый, уютный, отделанный и обставленный по их вкусу, который в данном случае (что вообще-то странно) полностью совпадает с моим собственным; как хорошо, что я живу отдельно от них.

Но сегодня я ехал к ним в Некрасовку с тяжелым сердцем, ведь мне предстояло объяснение с отцом, и избегать его я не намерен, хотя к этому есть все возможности. Я могу просто молча слушать упреки в свой адрес, кивать и не говорить ни слова. Однако, если сыновняя любовь угодливо предлагала возможность устраниться от скандала, бодрствующий во мне милиционер настоятельно требовал решительного разговора. Мне необходимо было задать папе ряд вопросов об Алле и ее водителе, а сделать это невозможно без обнародования своей осведомленности об их романе.

— Ты один? — Увидев, как я вылезаю из машины, мама огорченно всплеснула руками.

— Как видишь.

— А Катя? Я думала, ты приедешь с ней. Ну как же так, Егорушка? Мы с папой приглашали вас обоих, я приготовила изумительную рыбу по-каталонски.

— Мамуля, Катя работает на телевидении, у нее ненормированный рабочий день и очень напряженно с выходными. Сегодня она занята. Не огорчайся.

— Ой, Егор, — мама сокрушенно покачала головой и горячо расцеловала своего неудалого сынка, — ты совершенно не умеешь строить отношения с приличными девушками. Боюсь, внуков мне не увидеть. Ну, пойдем в дом, папа тебя ждет.

— Он все еще сердится?

— Папа очень расстроен тем, что ты ослушался его и не приехал на банкет, он считает, что ты проявил неуважение к нему, — строго сказала мама. — Несколько дней он пролежал в своем кабинете, у него была жуткая депрессия, впрочем, ты все это знаешь, я же тебе каждый день рассказываю о наших делах. Но теперь он немного отошел и готов тебя простить, если ты поведешь себя правильно.

— Правильно — это как? — ехидно осведомился я. — Я должен биться головой о стену и рвать на себе волосы? Или молчать, как рыба, и не затрагивать больную тему?

— Егор! — воскликнула она с упреком.

— Ладно-ладно, — я ласково обнял маму, — я все понял. Постараюсь, чтобы все было в лучшем виде. Где отец? Все еще лежит в кабинете?

— Он плавает.

Это хорошо. Значит, папа в настроении. Может, не в самом лучшем, но уж точно не в депрессии, уж я-то своего папочку знаю. И потом, мама, как всегда, драматизирует; если с отцом разговаривал следователь или кто-то из оперов, то ему пришлось так или иначе с ними встречаться, а значит, вставать с дивана и выходить из кабинета. Интересно, он ездил для этого в Москву, что-то солгав маме? Или они приезжали сюда, и папа выдал их за журналистов или еще за кого-нибудь, с кем нужно вести деловые переговоры без посторонних? Или ему пришлось признаться во всем маме, а уж она сама решила не посвящать меня в подробности, которые могут уронить папин авторитет в моих глазах?

Раздевшись, я заскочил в столовую и схватил со стоящего на столе старинного фарфорового блюда неземной красоты тарталетку, наполненную чем-то соблазнительно благоухающим. Это оказалось крабовым салатом, но каким-то особенно вкусным. Моя мама всегда умела придавать давно знакомым традиционным блюдам новое незнакомое очарование.

— Егор! — маминому негодованию не было предела. — Ну зачем ты кусочничаешь! Сейчас придет папа, и мы сядем за стол.

— М-м-м, — ничего более внятного с набитым ртом я произнести не сумел и принялся энергично жевать, — я хочу сказать: где мои плавки? Пока папа плавает, пойду составлю ему компанию, оздоровлюсь.

— Вот это правильно, — одобрила меня мама, — это очень полезно для здоровья. Я давно тебе говорю: приезжай к нам каждый выходной, плавай, парься в бане, гуляй в лесу по два часа — и будешь здоров до глубокой старости. Плавание, баня и ходьба — это самое главное для спины, для позвоночника, а позвоночник — это самое главное для здоровья...

Ну, понеслось. Лекцию о важности позвоночника я слушал по меньшей мере раз пятьсот. Да я что? Разве спорю? Конечно, позвоночник — это важно. Но сейчас для меня куда важнее совсем другое.

— Мамуля, папино здоровье — национальное достояние, и о нем следует заботиться по всем правилам, а мое здоровье как-нибудь перебьется, ладно?

Мама поджала губы и вышла из столовой. Я быстро схватил еще одну тарталетку, но уже с другого блюда. Тоже вкуснятина.

— Вот, держи свои плавки.

Мама вернулась, держа в руках полный набор принадлежностей для бассейна: плавки, два полотенца, махровый халат и резиновые шлепанцы.

Я быстро прошел узким коридорчиком в пристройку, где находились бассейн и сауна. Отец сильными неторопливыми движениями рассекал голубую водную поверхность. Бассейн в родительском доме неширокий, примерно на две дорожки, но достаточно длинный, двадцать метров, так что папе с его хорошо поставленным брассом есть где размахнуться.

Он плыл сосредоточенно и заметил меня только тогда, когда я спустился по лесенке и оказался возле него.

— Привет, — весело поздоровался я. — Сколько тебе осталось?

— Четыре, — ответил он, уплывая от меня.

Это означало, что ему нужно проплыть туда и обратно четыре раза, чтобы получился километр, который папа проплывает, если есть возможность, каждый день. Я не спеша шевелил руками и ногами, мотыляясь от бортика к бортику и изображая плавание. Не то чтобы я не любил плавать, отнюдь, у меня вообще со спортом отношения более чем доброжелательные, дома даже тренажеры стоят, и я на них регулярно занимаюсь, но сейчас мне хотелось сосредоточиться и подготовиться к разговору, который легким быть не обещал.

Папа наконец остановился, вылез из воды и потянулся к лежащему на шезлонге халату. В свете последних событий я невольно окинул его оценивающим взглядом. Таким взглядом мы иногда смотрим на своих соперников, пытаясь понять, чем они лучше нас. Ничего особенно привлекательного я не увидел, обычное тело почти шестидесятилетнего мужчины, ведущего здоровый образ жизни, то есть не дряблое, плотное, крепкое, на талии и животе — приличный слой жирка, но благодаря очень широким плечам и мощной грудной клетке отец все еще кажется стройным. В меру волосат. Ноги коротковаты и кривоваты, да и волос на голове не «до фига и больше». Что в нем нашла красавица Алла Сороченко? А если она была не первой и не единственной папиной любовницей, если он и раньше изменял маме, то что в нем находили другие женщины? Деньги? Славу? Это объяснение годилось бы, если бы папа, как это принято, например, в Голливуде, выводил своих подруг на официальный уровень, появлялся бы с ними всюду, ездил в круизы, открыто тратил на них деньги и фотографировался на обложки модных журналов. Но здесь же все иначе: если женщины получали от отца деньги, то очень небольшие, потому что расход больших денег невозможно было бы скрыть от мамы, а о славе и вовсе говорить нечего. Зачем им мой отец? Что в нем есть такого необыкновенного? Но ведь что-то же есть, иначе не было бы в его жизни Аллы Сороченко. Наверное, я действительно совсем не знаю своего отца. И почему нам всегда кажется, что мы своих близких знаем наизусть и видим их насквозь? Ничего мы не видим и ни черта не знаем.

— Я пойду в сауну минут на десять, а ты плавай, — сказал он, заворачиваясь в халат.

— Подожди, пап, я с тобой, — заторопился я к лесенке.

— Но ты же почти не плавал. Плавай, я пока попарюсь, потом я уйду, а ты будешь париться.

— Папа, погоди, — настойчиво повторил я. — Нам нужно поговорить.

Он недоуменно вскинул реденькие бровки.

— О чем? О твоем хамском отношении ко мне и к маме? О том, что ты опозорил меня на весь театр? О том, что ты счел возможным не прийти на банкет и поставить меня в дурацкое положение перед гостями? Если ты собираешься извиниться и пообещать, что это впредь не повторится, я готов тебя выслушать.

О как! Круто забирает папенька, с места в карьер. Ну что ж, мне же проще.

Я вылез из воды и накинул халат. Папа, не дождавшись от меня ответа, неторопливо и гордо удалялся по выложенному бирюзовым и кремовым кафелем полу в сторону сауны. Ровный шаг, прямая спина — даже в банном халате он смотрелся королем, столько в нем было достоинства и непоколебимой убежденности в своей правоте.

— Смею тебе заметить, — негромко сказал я ему в эту прямую гордую спину, — что ничего из вышеперечисленного не произошло бы, если бы ты с самого начала был честен или хотя бы искренен.

Отец замер, потом медленно повернулся ко мне лицом.

— Что ты хочешь сказать? В чем я был нечестен и неискренен?

— Когда я пришел в твою гримуборную и спросил, кто из присутствующих знает Аллу Сороченко, ты промолчал. Если бы ты сразу сказал, что она пришла в театр по твоему приглашению, что она — твоя знакомая, я не тратил бы время на опрос всех артистов и музыкантов, а спокойно поехал бы вместе со всеми на банкет. Я не остался бы в театре до поздней ночи, разговаривая с каждым, кто там работал в тот вечер, не задавал бы им глупых и непрофессиональных вопросов и не пачкал бы твой светлый образ. Если у тебя есть что возразить мне, я готов тебя выслушать.

Если бы передо мной стоял обычный мужчина, он в подобной ситуации, как в кино показывают, обмяк бы и сразу словно постарел лет на десять, а то и на все двадцать. Плечи опускаются, подбородок дрожит, глаза в пол — словом, сами знаете, как актеры это умеют изображать. Но не таков мой папенька! Он не актер, играющий разоблаченного стареющего ловеласа, он сам по себе Актер, Артист, поэтому сейчас он, может, самообладание и утратил, но только не царственную осанку и спокойное выражение лица.

— Значит, они все-таки тебе сказали... Подонки. Они обещали, что ты ничего от них не узнаешь. И после этого ты хочешь, чтобы я не стыдился твоей профессии, твоей принадлежности к этому клану тупых болтливых обманщиков?

Ну, батя! Бурные и продолжительные аплодисменты. Двадцать пятый съезд КПСС отдыхает. Даже когда он совершенно не прав, он все равно прав, а все остальные — в данном случае я, Хвыля и следователь — не правы. Вот это талант, вот это реакция! Обзавидуешься.

— Успокойся, они ничего мне не говорили. Кстати, они очень удивились, когда узнали, что мне все известно.

— Вот как? Откуда же ты узнал? Кто тебе сказал? — недоверчиво прищурился отец.

— Можно подумать, что вы с госпожой Сороченко были такими великими конспираторами, что никто в целом мире не мог знать о вашем романе, — усмехнулся я. — Очень многие знали, уверяю тебя.

— Я хочу знать, кто тот негодяй, который тебе сказал.

— Не сверкай глазами, пожалуйста, — спокойно ответил я, — я все равно тебе не скажу. Давай сядем и поговорим, пока рядом нет мамы.

— Нам не о чем говорить. Не думаешь же ты, что я начну оправдываться перед тобой? Или, может быть, ты ждешь от меня покаяния? Ты посмел упрекнуть меня в нечестности, а о маме ты подумал? Ты подумал, как это выглядело бы, если бы я при ней и при всем честном народе признался, что знаком с убитой женщиной?

— Сядь, пап, — повторил я и подал пример, усевшись в один из шезлонгов, стоящих вдоль стеклянной стены. — Ты мог бы солгать, придумать что-нибудь, сказать, что она — деловая знакомая или чья-то родственница, для которой тебя попросили оставить билет. Ты мог сказать любую глупость, но дать мне понять, что не нужно больше ходить по гримуборным и задавать вопросы. Мы с тобой вышли бы в коридор, и один на один ты сказал бы мне все, что посчитал нужным на тот момент. Пусть это была бы неполная правда, но мы избежали бы кучи проблем. Неужели это непонятно?

— Нет, непонятно.

Отец наконец сдал позиции и уселся на соседний шезлонг, но осанку по-прежнему держал королевскую. Я — хоть убей! — не понимаю, как это можно делать на таком специфическом сиденье.

— Мне непонятно, каким образом мое признание могло бы решить проблему твоего безобразного отношения к собственным родителям.

Как я только что сказал? «Отец сдал позиции»? Ошибочка вышла, никаких позиций он не сдал, сами видите. Я ему про Аллу, а он мне — про меня, такого нехорошего. Упирается до последнего. Вероятно, упрямство в нашем роду передается генетически. Я обреченно вздохнул.

— Если тебе непонятно — объясняю. Когда человек сразу чёстно отвечает на вопросы милиции, он дает понять, что чист перед законом. Если же он начинает лгать, то есть скрывать правду, у милиции возникает законное подозрение, что эта правда как-то связана с преступлением. О чем тебя спрашивал следователь?

— Я не намерен...

— И не надо, я тебе и так скажу, — прервал я его. — Пока он спрашивал тебя только о том, не говорила ли Алла, что ей кто-то угрожает и что у нее неприятности, не жаловалась ли на врагов, не называла ли их имена. Пока — я подчеркиваю: пока — следствие пытается отработать версию убийства твоей любовницы в связи с деловыми контактами ее мужа. Но очень скоро к тебе придут снова и будут задавать уже совсем другие вопросы.

— Какие же? — в папином голосе звучало холодное высокомерие.

Интересно, он когда-нибудь теряет самообладание? Или тот случай в гримерке, сразу после убийства Аллы, был единственным? Да и то это ведь было понарошку, не в самом деле, ему просто нужно было прикрыть настоящее горе и подлинный страх какой-то ширмочкой, и в качестве такой ширмы он выбрал напускную ярость. То обстоятельство, что он не растерялся и смог это сделать, говорит не о потере самообладания, а вовсе даже о противоположном. Он прекрасно держал себя в руках.

— Вопросы, папа, которые ориентированы на совсем другую версию. Версию о том, что Аллу Сороченко убил ее любовник, то есть ты.

— Да как ты смеешь!

Ну слава богу, свершилось. А то я уж начал бояться, что помру, так и не увидев папу, вышедшего из себя.

— Ты соображаешь, что говоришь? Ты смеешь обвинять своего отца в убийстве?! Да ты...

Нет, у меня положительно нет времени выслушивать эти тирады до конца, в любой момент может зайти мама и поинтересоваться, почему мы не идем к столу, если уже не плаваем, а если мы мирно беседуем, то она тоже хочет присоединиться. Пришлось снова проявить невежливость и перебить старшего:

— Речь не о моем отце, пойми ты это.

— А о ком же?

— Речь о человеке по имени Владимир Николаевич Дорошин, у которого была любовница. Любовницу убили. Дорошин скрывает знакомство с ней, значит, он причастен к убийству. Нужно только найти мотив. Если бы Дорошину нечего было скрывать, он сам немедленно пришел бы в милицию и рассказал все, что знает об убитой. А он этого не сделал. Ну, пап, это же прописные истины, мне, право же, просто неловко их тебе объяснять.

— Что ты несешь? Зачем мне было убивать Аллу?

— Пап, это не я несу, это говорит некий обезличенный работник милиции. Он имеет полное право так думать, а ты не сделал ничего для того, чтобы он так не думал. Ты же не хотел, чтобы я занимался этим делом, чтобы я в него лез, ты же хотел, чтобы им занимались те самые обезличенные милиционеры, которые лично тебя не знают и никаких теплых чувств к тебе не питают, вот они и занимаются, а я просто объясняю тебе, что и как они думают. Или будут думать не сегодня завтра.

— Но зачем, зачем мне ее убивать?

— А я почем знаю? — я пожал плечами. — Может, ты ее ревновал, может, у нее появился новый любовник, и тебе это не понравилось. А может быть, она стала слишком требовательной, ей нужно было больше внимания, больше денег, она хотела быть не тайной возлюбленной, а полноправной законной женой и блистать не в московских бизнес-тусовках сомнительного качества, а в высшем свете на венских балах. Откуда я знаю, что там между вами происходило?

— Ты не смеешь!

— Папа, перестань. Сначала будут подозревать тебя, таскать тебя на допросы, выявлять твои связи, опрашивать твоих друзей и знакомых. Не жаловался ли ты на неверность Аллы или на ее чрезмерную настойчивость? Не было ли у тебя долгов? Все понимают, что в момент убийства ты был в гримерке, на виду у десятка человек, но неужели ты думаешь, что это освобождает тебя от подозрений? Такая штука, как наемные убийцы, в простонародье называемые киллерами, придумана как раз для таких случаев. Вот и будут выяснять, не искал ли ты выходов на киллера. Твоя связь с Аллой все равно вылезет наружу, о ней узнают все, в том числе и мама, скрыть тебе ничего не удастся. А потом знаешь что произойдет?

— И что же?

— Потом возьмутся за маму. И заметь себе, мы говорим сейчас не о моей маме, а о Татьяне Васильевне, жене не моего отца, а некоего Дорошина, который завел себе молодую любовницу.

— Не понимаю, к чему ты ведешь. Почему не мама, а жена Дорошина, и с каких это пор я перестал быть твоим отцом и превратился в некоего Дорошина? Что за бредни у тебя в голове, Игорь?

— Я тебе объясняю, а ты упорно не хочешь понимать. Татьяна Васильевна узнает, что у ее мужа есть любовница, представляющая реальную угрозу многолетнему браку. Или, как вариант, браку она не угрожает,

но появляется риск для певческой карьеры Дорошина, потому что жизнь с молодой любовницей несет в
себе угрозу режиму, здоровью и нервной системе великого певца, а это, в свою очередь, может сказаться
на голосовом аппарате. А это — сам понимаешь —
влечет за собой отмену выступлений, разрыв контрактов, потерю репутации и соответствующие финансовые потери, с чем Татьяна Васильевна смириться никак не может. И она решает избавиться от помехи.
Она тоже была в момент убийства в гримерке? Пустя-
ки, папа! Про киллера я тебе уже рассказывал. Маму
начинают интенсивно допрашивать, может быть, даже берут под стражу и запихивают в общую камеру с
уголовницами, наркоманками и проститутками, а тем
временем пытаются выяснить у ее подруг и знакомых,
знала ли она об измене мужа и как относилась к со-
пернице, не строила ли коварных замыслов устранить
разлучницу и все такое. А Татьяна Васильевна вынуж-
дена будет оправдываться, доказывая, что она ничего
про любовницу мужа не знала и даже не подозревала,
выставлять себя на посмешище, и все это будет для
нее крайне унизительно. Ну как, впечатляет?

— Это возмутительно!

Ох, хороши в моем саду цветочки, а акустика в бассейне еще лучше. Папа говорил негромко, даже тихо,
но «в маску», а когда задействован резонанс, то даже
самый слабый звук, издаваемый без малейшего напряжения, разносится далеко-далеко. Дай-то бог, чтобы
мама не услышала. Впрочем, дом построен с таким расчетом, чтобы на пути любых звуков вставали непре-
одолимые преграды: папа любит тишину, а уж когда
он репетирует или думает, ему мешает каждый шорох.

— И у тебя язык поворачивается обвинять в убийстве не только меня, но и родную мать?! Не думал, что вырастил такого сына. Для тебя нет ничего святого!

Он что, действительно не понимает, о чем я ему толкую, или ловко прикидывается, переводя стрелки на меня самого и мою нравственную ущербность, как сделал это когда-то в театре?

— Папа, пожалуйста, возьми себя в руки и вникни в то, что я говорю...

Дверь, ведущая из коридорчика, соединяющего бассейн с домом, распахнулась, и появилась мама. Ну вот, дождались. Я так и знал, что ничего не успею. Надо было сразу брать быка за рога, но мне почему-то хотелось, чтобы отец сам понял, что мне нужно, и сам предложил помощь, потому я и вдавался в эти нудные и долгие объяснения.

— Володюшка, Егор, вы скоро? У меня все готово и остывает уже.

— Сейчас, мамуля, мы чуть-чуть передохнем, еще разочек зайдем в баню и прибудем к столу. Еще минут пятнадцать, хорошо?

— Хорошо, но не больше, блюда нельзя все время подогревать, они совершенно теряют вкус, — строго сказала мама и закрыла дверь.

Так, у нас цейтнот. Пора заканчивать с реверансами и переходить прямо к делу.

— Значит, так, папа. Все эти радужные перспективы, которые я тебе нарисовал, стали возможны только благодаря твоей неискренности, проявленной после убийства Аллы. Чтобы они не стали реальностью, есть только одна возможность: доказать, что преступление было направлено не на Аллу, а на ее водителя Николая, а Алла оказалась просто случайной жертвой. Тогда все подозрения в адрес Дорошина и его жены автоматически отпадают. Поэтому ты сейчас ответишь на все вопросы, которые я задам, и не будешь читать мне мораль и обзывать плохим сыном. Ты успеешь сделать это потом, в присутствии мамы. Договорились?

Молчание было ему ответом. То есть мне.

— Ты был знаком с водителем?

— Какое это имеет значение?

— Пап, давай не будем терять время, ладно? Если ты станешь упираться и строить из себя оскорбленную невинность, я все равно задам те же вопросы, только уже за обедом, потому что люблю своего отца и не хочу, чтобы у него были неприятности. Хочешь поговорить при маме? Ради бога, я готов.

— Да, я видел его неоднократно. Он привозил Аллу в то место, где мы встречались, и потом увозил ее. Это все?

— Да что ты, — улыбнулся я, — это только начало. Алла не боялась, что Николай все расскажет мужу?

— Нет, не боялась.

— Почему?

— Она ему платила за молчание. Но он вообще был неболтлив.

— Сколько она платила?

— Не помню, кажется, долларов по пятьсот в месяц.

— Он ее шантажировал, что ли?

— Нет, это была ее инициатива. Вернее, моя. Это я подсказал Алле, что надо наладить финансовые отношения с водителем, чтобы обезопасить себя.

— И что, он вот так сразу согласился брать деньги?

— Нет, Алла говорила, что в первый раз не взял, тогда она повторила попытку на следующий день. Во второй раз у нее получилось.

— Интересно, чем же первый раз отличался от второго? Почему он сначала не взял, а потом согласился?

— Алла сказала ему, что, если он возьмет деньги, она будет уверена в его молчании, в противном же случае ей придется постоянно быть настороже и бояться, что он в любой момент продаст ее мужу. Она сказала Николаю, что он ей очень нравится как водитель и как охранник и ей не хотелось бы портить их отношения недоверием. Тогда он взял деньги.

— Что ж, неглупый ход, — признал я. — Сомнительный по нравственным характеристикам, но безошибочный с точки зрения результативности. Тоже твоя идея или Алла сама додумалась?

— Моя. Твои вопросы закончились?

— И не надейся. Ты сказал, что Николай был неболтлив. Это твое личное впечатление или ты говоришь со слов Аллы?

— У меня нет личного впечатления, я только видел его, но ни разу не разговаривал. Алла жаловалась, что из него слова не вытянешь, она была очень общительной, любила поболтать, особенно по дороге, в машине, когда больше заняться нечем, а Николай никакие разговоры не поддерживал. Только «да», «нет», «как скажете», «будет сделано».

Что ж, сходится. Значит, Кузнецов был неразговорчив не только со своими подружками, но и со своими хозяевами.

— Что еще Алла про него рассказывала? Папа, мне важна любая мелочь, любое слово.

— Что еще... — Он задумался и в этот миг утратил всю свою напускную царственность и стал каким-то... человеческим, что ли. Теплым и очень уязвимым. Мое сердце сжалось от любви к нему и от горечи. — Еще Алла говорила, что он терпеть не может детей.

— Да? — удивился я. — А как она это определила? Он что, сам ей об этом сказал?

— Нет, насколько я понял, он ничего не говорил. Просто Алла заметила, что он совсем не может смотреть на маленьких детей. Как увидит — так сразу глаза отводит и нервничать начинает.

Вот те и раз! Приехали, называется. Неужели тихий скромный водитель Коля Кузнецов — жестокий маньяк, педофил-убийца, на совести которого не одна невинная жертва, и руки его по локоть в крови? Вот ужас-то! И убийца его — не кто иной, как отец замученного и убитого им ребенка. А что? Как версия — вполне годится. В голове быстро заработали шестеренки, высчитывая, как можно выйти на преступника. Отработать досконально все передвижения Кузнецова за десять лет, составить детальный список мест, где он проживал, поднять сведения об убийствах в этих местах детей, в том числе и о раскрытых (сами знаете, как часто у нас сажают не тех, кто в самом деле совершил преступление, а тех, кто под руку неудачно попался), посмотреть, у кого из погибших отец из офицеров или спортсменов. Вариант: родители ребенка достаточно состоятельны, чтобы нанять киллера. Одному мне с этим, конечно, не справиться, никто мне никаких сведений не даст, тут нужен запрос следователя, но главное — подать идею.

— Это очень важно, папа. Вспомни, пожалуйста, поточнее все, что Алла говорила по этому поводу. Каждое слово.

— Мне нечего добавить. Я не очень вникал в то, что она говорила о своем водителе. Он мне был совершенно неинтересен.

Ну конечно, мы — великие певцы, а вы — простые водилы, нам до вас дела нет.

— А, вот еще, я вспомнил. Алла все удивлялась, что он к милиции хорошо относился.

Пришел мой черед удивляться. Нынче найти человека, который хорошо относится к милиции, — большая жизненная удача. А уж среди водителей таких и вовсе найти невозможно, потому что первый враг человека за рулем кто? Правильно, работник ГИБДД, а отсюда и отношение к милиции в целом.

— А это в чем выражалось? В чем-то конкретном?

— Не знаю, я с ним никогда не ездил в машине и не разговаривал. Но Алла рассказывала, что он водил очень аккуратно, старался ничего не нарушать. Несколько раз их инспектор останавливал, причем, как Алла утверждала, Николай ничего не нарушил. Просто проверка документов. Один раз машину обыскивали, когда они с дачи ехали. Алла каждый раз начинала возмущаться, называла милиционеров козлами и придурками, не при них, конечно, а когда уже отъезжали, а Николай спокойно говорил, что ничего страшного, у них такая работа, надо относиться к этому с пониманием, пусть лучше лишний раз остановят и проверят, чем вообще никого не останавливают и ничего не проверяют, потому что тогда преступникам будет полное раздолье. Вот теперь все. Больше я действительно ничего об этом водителе не знаю.

Ну ничего себе! Не Николай Кузнецов, а просто клубок противоречий какой-то. Не любит детей, зато любит милицию. Вы таких видели? Вдобавок молчаливый, скрытный, заботливый, добросовестный, за рулем не пьет, даже правил дорожного движения не нарушает, физически здоровый, сильный, накачанный, но в армии почему-то не служил. Должна, должна быть какая-то причина, какой-то стержень, на который аккуратно нанизываются все особенности его жизни и характера.

Голова шла кругом. Я скинул халат и прыгнул в воду, чтобы остудить пылающие мозги, а еще через пять минут мы уже сидели за большим столом, уставленным закусками. Мамуля у меня любит, чтобы все было красиво, и каждая домашняя трапеза выглядит как парадная, даже обыкновенный завтрак, а уж когда воскресный обед — тем более.

* * *

Все оргвопросы, связанные с поездкой в Новокуйбышевск, Саша Вознесенский взял на себя, высмотрел в расписании аэропорта самые подходящие рейсы из Москвы в Самару и обратно, приобрел билеты и даже выяснил заранее, какими электричками можно добраться из Самары до Новокуйбышевска, где на них можно сесть и далеко ли от аэропорта до платформы. Я был ему благодарен, потому что предварительная осведомленность в данном случае оборачивалась значительной экономией времени, ведь мы ехали на свой страх и риск, а не в служебную командировку, когда местная милиция тебе помогает, дает машину и все необходимые сведения. Был бы я опером, пришел бы в Самарском аэропорту в отдел милиции и получил бы помощь, а с удостоверением участкового на это рассчитывать не приходится.

В Новокуйбышевск мы прибыли около полудня и отправились искать адрес, по которому проживала Лидия Павловна Руденская. Это оказалась хилая обшарпанная пятиэтажка без лифта на окраине города, а квартира Руденской располагалась на последнем этаже. Подозреваю, что крыша в доме регулярно протекала и старушка маялась с капающей с потолка водой.

Ох, как же я ошибался! Впрочем, не в первый раз. Лидия Павловна оказалась вовсе не старушкой, ей было около пятидесяти или чуть больше, во всяком случае, она выглядела моложе моей мамы. Но это касалось только лица. Во всем остальном она была действительно старушкой, передвигалась с трудом, ходила по квартире с палкой и сильно согнувшись. У нее явно серьезные проблемы с позвоночником и ногами, да и руки на вид совсем больные. А глаза-то ясные, и взгляд прямой и жесткий.

Она открыла нам дверь и замерла на пороге, глядя на нас не столько вопросительно, сколько с вызовом.

— Что угодно?

Голос сипловатый и какой-то надтреснутый, но отнюдь не слабый. Своим некурящим носом я мгновенно уловил запах табака, исходящий не только из квартиры, но даже от одежды женщины. Видно, курит она много.

— Вы — Лидия Павловна Руденская?

— Именно. Так что вам угодно?

— Мы можем пройти к вам? У нас к вам несколько вопросов.

— О чем? Я вам уже все сказала и велела больше не являться сюда.

Вот это уже интересно. У Лидии Павловны проблемы с молодыми мужчинами, которые требуют от нее каких-то сведений, и мужчины эти ей, как говорили в позапрошлом веке, «не по сердцу пришлись». И кто же это такие, хотел бы я знать?

— Это, вероятно, недоразумение, Лидия Павловна. Вы нас принимаете за каких-то других людей. Мы к вам еще не приходили и ничего не спрашивали.

— Ну разумеется, — она слабо усмехнулась, и я понял, что «тех» она не боится, просто они ей почему-то глубоко противны, — ко мне приходил другой молодой человек. Но вы явились с теми же вопросами, и я сразу отвечаю вам: нет, мне ничего не известно, и говорить с вами я не стану.

— Лидия Павловна, — взмолился я, — поверьте, я понятия не имею, о чем вы говорите. Я из Москвы, из милиции, могу показать удостоверение. К вам приходили и спрашивали о Николае? Кто? Когда? Что их интересовало?

Глаза ее сверкнули, она сделала два тяжелых шага и отступила от порога.

— При чем тут Николай? Какой Николай? Вас интересует Виктор, мой племянник, и нечего морочить мне голову. Уходите.

Лидия Павловна сделала попытку закрыть дверь, но ей это не удалось. Врываться в квартиру нам не хотелось, но придержать дверь всегда можно, большого усилия тут не требовалось.

— При чем тут Виктор? Какой Виктор? — Я позволил себе пошутить и дословно повторить ее вопросы. — Нас интересует Николай Кузнецов, который регулярно шлет вам деньги из Москвы.

— Коленька?!

Она быстро справилась с собой и протянула узловатую руку:

— Покажите документы.

Я показал ей свое удостоверение.

— Так вы участковый? — в ее голосе зазвучали нотки недоверия. — Не следователь?

— Понимаете, Николай Кузнецов проживал на моем участке, и мне поручили найти его родственников и знакомых, — соврал я, глядя на Руденскую честными глазами.

— Почему? — обеспокоенно спросила она. — Что-то случилось с Колей? Он пропал? Зачем искать его родственников? Да у него и нет никого, он детдомов-

ский. Опять вы врете, уважаемый Игорь Владимирович, если, конечно, документ у вас не поддельный.

Ого! Вот это называется «больная немощная ста-
рушка-инвалид». Мало того, что сечет разницу между
участковым и следователем, так еще и читает быстро,
и запоминает прочитанное. Сколько времени она раз-
глядывала мое удостоверение? Секунды. А все разгля-
дела, даже мое имя не забыла. Впрочем, чему я удив-
ляюсь? Она хоть и очень больная, но не старая, моложе моей мамы, а маме всего пятьдесят пять.

— Документ у меня настоящий. Лидия Павловна,
дело в том, что Николай погиб, его убили, мы занима-
емся поиском убийцы, и нам нужно собрать все возможные сведения о жизни Николая. Вы нам поможете?

Вот теперь она разволновалась не на шутку, рука,
опирающаяся на палку, тряслась так, что я испугался,
как бы женщина не упала.

— Коленька... — пробормотала она вполголоса. —
Вот и ты тоже... Ах, Коля, Коля.

Помолчала немного и произнесла уже совсем другим, твердым голосом:

— Проходите. Я отвечу на ваши вопросы, но, если
я пойму, что вы меня пытаетесь обмануть и снова вы-
ведать что-то о Вите, не скажу больше ни слова. Вы поняли?

Мы прошли в маленькую тесную прихожую, сняли
куртки и ботинки, и Лидия Павловна провела нас в
бедно обставленную комнату, в которой, однако, царил
полный порядок. Во всяком случае, ничего не разбро-
сано и все вещи на своих местах. Руденская уселась за
стоящий в центре комнаты круглый стол, которому
стукнуло никак не меньше полувека, и жестом указала нам на стулья. Мол, присаживайтесь. Я сел лицом к
окну, Саша — напротив меня.

— Как это случилось? — спросила Лидия Павловна строго, привычным жестом придвигая к себе пепельницу и пачку дешевых сигарет.

Я подождал, пока она закурит.

— Николай работал водителем-охранником у одного бизнесмена, возил его жену. Она выходила из театра, Николай ее встречал, застрелили обоих. И совершенно непонятно пока, кто это сделал и почему. Лидия Павловна, кто такой Виктор? Почему к вам приходили и спрашивали о нем?

— Витя — мой племянник, он погиб два года назад.

— Так что же хотели эти люди? Зачем им сведения о человеке, которого нет в живых?

— Вот этого и я не понимаю. Поэтому выгнала их и велела больше не возвращаться. Вернее, не их, а его. Тот человек был один. Он мне и деньги предлагал, и запугивать пытался. Крайне неприятный тип.

Можно было бы задать еще кучу вопросов на эту тему, но мы с Сашей не за этим приехали. История с племянником Витей, конечно, сомнительная, но насто интересует не погибший два года назад Витя, а погибший совсем недавно Коля Кузнецов, а времени у нас не так чтоб очень много, и тратить его на удовлетворение обыкновенного любопытства мы не можем.

— Лидия Павловна, давайте поговорим о Николае. Откуда вы его знаете? Он ваш родственник?

— Коленька? Нет, что вы. Он Витин друг. Они росли в одном детдоме, потом в одном интернате. Мальчики очень дружили, были неразлучны. Когда я забирала Витю на денек, то и Колю брала.

— Значит, Виктор ваш тоже детдомовский? — удивился я. — А что случилось с его родителями?

И Лидия Павловна поведала нам, что Витя Осипенко — сын ее старшей сестры. Родился он в 1976 году, в 1979-м его отца посадили за грабеж, а в 1981-м от пьянства умерла мать. Пятилетнего Витю поместили в детский дом, потому что, кроме младшей сестры матери, Лидии Павловны Руденской, желающих взять мальчика к себе не нашлось. Лидии же Павловне в усыновлении отказали. Она была геологом, по полгода проводила в экспедициях, жила одна, замуж не вышла, и в ее отсутствие заниматься ребенком было некому. Семья Осипенко проживала в Сызрани, Лидия Павловна — в Новокуйбышевске, то есть хоть и не в одном городе, но все-таки в пределах одной области. Когда Руденская возвращалась из экспедиции и жила дома, она регулярно ездила к племяннику, забирала его вместе с другом Колей и проводила с ними целый день. Водила в кино, на аттракционы, покупала им мороженое, сладкую воду и милые мальчишескому сердцу мелочи и на убой кормила настряпанными дома блюдами: супом из термоса, холодными, но все равно вкусными котлетами, сваренным специально для них компотом и, конечно же, пирожками и кулебяками. Документы на усыновление она подавала четыре раза, и все четыре раза ей отказывали: дескать, вы со своей работой не сможете обеспечить мальчику надлежащий уход и присмотр, да и жилищные условия не позволяют, квартирка-то однокомнатная, а вы с ребенком получаетесь разнополыми. Выходит, рожать мальчика и жить с ним в одной комнате почему-то можно, а усыновлять нельзя. Лидия Павловна клялась, что, если ей разрешат усыновление, она перестанет ездить в экспедиции и найдет себе работу в Новокуйбышевске, на что ей отвечали, что, мол, вы сначала найдите, а мы еще посмотрим, сколько вы на той работе зарабатывать будете и сможете ли на эти деньги достойно содержать ребенка. Можно подумать, что в интернате на содержание детей-сирот тратили миллионы. Работу свою Руденская очень любила и бросать ее ради того, чтобы снова получить отказ, не хотела. А там и Витя вырос, они с Колей закончили одно и то же ПТУ, оба получили специальность авторемонтника. В 1994 году Витю забрали в армию, а вот насчет Коли Лидия Павловна ничего точно не знает, потому что Витя после окончания ПТУ устроился на работу в автопарк там же, в Сызрани, а Коля уехал не то в Чапаевск, не то в Бузулук, и с тех пор Руденская его не видела.

— Неужели вы не удивились, что спустя столько времени Николай начал присылать вам деньги? — спросил я. — Ведь почти десять лет прошло.

— Нет, — она покачала головой, — не удивилась. Коля в детстве был очень добрым мальчиком. Смею утверждать, что он был искренне ко мне привязан, ведь о нем никто, кроме меня, не заботился. Я так думаю, что он узнал о смерти Витеньки и понял, что я осталась совсем одна и некому больше мне помочь, вот и решил поддержать материально. О, этот мальчик хорошо меня изучил, — Руденская слабо улыбнулась, — он знал точно, что если приедет и привезет мне деньги, я их не возьму. А если пришлет по почте, я отправлю их назад адресату. Но я из этих денег ни копейки не потратила, все в целости и сохранности лежат. Ах, Коленька, Коленька, как же ты так...

— Почему же вы их не тратите? — удивился Саша. — Он ведь вам специально их передавал, чтобы вы ни в чем не нуждались. Вы нездоровы, вам нужны лекарства, санатории, уход, помощница по хозяйству.

— Это все верно, молодой человек, но я не могу жить на то, чего не заработала. Мне что-то вот тут, внутри, — она показала искалеченным болезнью пальцем на грудь, — не позволяет. А деньги Коленькины я складывала в шкатулочку, мало ли как сложится, вдруг ему самому пригодятся, если наступят тяжелые для него времена... Вот они и наступили, только деньги ему теперь не нужны.

Руденская печально вздохнула и опустила глаза.

— Когда это случилось? — спросила она. — Когда Колю убили?

— Две недели назад.

— Значит, девять дней уже прошли... Хотите чаю?

Мы хотели. На завтрак дома времени у нас не было, мы еще затемно приехали в аэропорт, а то, чем нас потчевали в самолете, было столь ничтожным, что не осталось даже в памяти, не то что в желудке.

Руденская тяжело поднялась и, опираясь на палку, вышла из комнаты.

— Ну что, друг Вознесенский, тайны срывают свои покровы, — пошутил я. — Все загадки в поведении Кузнецова разгаданы. Теперь понятно, почему он посылал деньги и почему никто не знал о родственнице, и ясно, почему поездом, а не почтой. Похоже, мы зря съездили. Здесь мы ключ к убийству не найдем.

Саша смотрел на меня как-то странно, словно на инопланетянина.

— Хочешь посмеяться? — неожиданно сказал он.

— Валяй.

— Она все врет.

— Кто? — не понял я. — Руденская врет? С чего ты взял?

— Она ловко прикидывается, будто только от нас впервые услышала о гибели Кузнецова. Она давно о ней знала. Интересно, откуда?

— Да почему ты решил, что она знала? — недоумевал я. — Ты что, экстрасенс? Или я что-то пропустил?

— Я не экстрасенс, просто я удачно сижу, и мне видны фотографии на стене.

Я резко обернулся и начал шарить глазами по развешанным на стене фотографиям в рамочках. Все они были групповыми, вероятно, сделанными в геологических экспедициях, на каждой видна была Руденская с коллегами, красивая, молодая и тогда еще здоровая. И только один портрет, угол которого перетянут черной капроновой лентой в знак траура. С портрета на нас смотрел улыбающийся Николай Кузнецов.

Снова я поспешил в своих суждениях. Приехали мы сюда явно не зря. Теперь бы только не спугнуть лживую старушку, подобраться к ней осторожненько и зажать в мертвые тиски.

Послышались тяжелые шаркающие шаги, и я торопливо шепнул Вознесенскому:

— Саш, ты только не торопись, я сам, ладно? И если не уверен, что правильно понимаешь мою мысль, лучше промолчи.

Он обиженно посмотрел на меня сквозь толстые стекла очков и кивнул. Руденская вошла в комнату, неся в руке пластиковую голубую вазочку с дешевыми конфетами.

— Я там все приготовила, и чай, и чашки, и сахарницу, но принести сюда вам придется самим. У меня одна рука постоянно занята палкой, а другой рукой много не унесешь.

Я метнул на Сашу короткий взгляд, который он истолковал совершенно правильно, вскочил и отправился на кухню. Мы с Руденской остались вдвоем.

— Лидия Павловна, у вас на стене портрет с траурной лентой... — начал я.

Она не стала дожидаться, пока я закончу вопрос.

— Это Витя, мой племянник. Я же вам говорила, он погиб два года назад.

Внутри у меня все оборвалось. Все-таки я не оперативник, навыков оперативной работы у меня не бог весть сколько, да и с реакцией плоховато. Я понимал, что сейчас нужно соображать очень быстро и принимать точные и единственно правильные решения, но знал, что вряд ли сумею. В подобных ситуациях мне оказываться не приходилось, я же обыкновенный участковый, к тому же не очень профессиональный, как справедливо заметил мой отец.

Мне нужен был тайм-аут хотя бы на две минуты.

— Я помогу Саше, — произнес я, поднимаясь из-за стола, — заодно и руки помою.

Вот теперь все встало на свои места. Виктор Осипенко каким-то образом сумел создать иллюзию собственной гибели. Каким именно образом и зачем — вопрос второй и даже третий, люди часто пытаются спрятаться за могильный камень, когда боятся преследований и расправы. Его тетка Руденская верит и считает племянника погибшим. А племянничек-то жив-здоров, раздобыл липовые документы на имя своего детдомовского дружка Коли Кузнецова и спрятался в Москве. Ах, классно придумано! Москва — она сама по себе немаленькая, народу в ней чертова уйма, а тут еще фамилия у дружка такая замечательная: Кузнецов. По статистике, Кузнецовых в нашей стране больше, чем даже Ивановых, это самая распространенная фамилия. Да и Николай — имя далеко не редкое, вот и попробуй найди в Москве человека с такими данными. Осел Витя Осипенко в Москве, прикинулся Колей Кузнецовым, о себе старался не рассказывать, чтобы не завраться и не запутаться, был молчаливым, необщительным, но о тетушке Лидии Павловне, которая в свое время делала для него все, что могла, а потом растеряла в геологических экспедициях все здоровье, он помнил и старался ей помогать. Но тетка-то мало того, что незаработанных денег не возьмет, она ведь, поди, и почерк племянника прекрасно знает, поэтому почтовый перевод посылать нельзя. Просить кого-то заполнить на почте бланки не хочется, там ведь нужно и адрес отправителя указывать, и врать что-то, а вдруг тетка и впрямь деньги назад отправит, и получит их неизвестно кто, а там, глядишь, и до милицейского разбирательства дойдет. Нет, с проводником — оно спокойнее. Пусть не так надежно, люди ведь разные попадаются, могут и не донести конвертик до адресата, но зато риск минимален. Но людям, которые преследовали Виктора два года назад, как-то все-таки удалось его разыскать, и планы по его устранению они в полной мере реализовали. Они предположили, что единственная родственница Виктора, его родная тетка, знает о том, что он жив и где-то скрывается, и пытались у нее эти сведения получить, но Лидия Павловна дала им от ворот поворот. Она действительно ничего не знала, иначе Виктор, посылая ей деньги, не назывался бы Колей Кузнецовым. Он бы вообще проводнице никакого имени не называл, Руденская и без того знала бы, от кого получает помощь. Виктор Осипенко служил в армии и никаких болезней, дающих право на «белый» билет, у него не было. Все сходится, все. Господи, как же все оказалось просто!

Допустим, неизвестные, которым Осипенко перешел дорогу и которые узнали (интересно, как?), что он не погиб, первым делом кинулись к тетке. Она ничего не знает. Куда они двинулись дальше? Они должны были выяснить у Руденской имена самых близких и доверенных друзей Осипенко, у которых тот мог бы отсидеться. Выяснили?

Тайм-аут затянулся, мне нужно было быстро рассказать о своих умозаключениях Вознесенскому, который выразительно гремел посудой, давая понять оставшейся в комнате Руденской, что молодые люди на кухне сервируют чай, почему-то то и дело роняя ложки на пластиковую поверхность стола.

Я еще немного потянул время, пока пил первую чашку чаю с невкусной, давно состарившейся конфетой. Я немного тугодум, говорю же: с реакцией у меня неважно, и мне нужно время, чтобы составить план разговора.

— Лидия Павловна, — наконец осторожно начал я, — а что случилось с вашим племянником Виктором? Отчего он погиб?

— Его взорвали, — спокойно ответила Руденская, но я видел, что это спокойствие достигается огромным усилием воли. — Вместе с женой, ребенком и родителями жены. В их собственном доме.

Так, вот и ответ на еще одну загадку. Кузнецов не мог смотреть на маленьких детей, отводил глаза. Неужели он сам взорвал всю свою семью, чтобы имитировать собственную смерть? Вот чудовище-то!

— Какой кошмар! — невольно вырвалось у меня.

Вообще-то я имел в виду поступок Виктора, но Лидия Павловна истолковала мои слова по-своему.

— Да, кошмар. Никто ничего не расследовал, все были уверены, что это бытовой газ в сочетании с неисправной электропроводкой. И я тоже так думала, пока год назад не приехал этот тип и не стал совать мне деньги в обмен на информацию о Витиных друзьях. Наверное, он думал, что Витя кому-то что-то опасное рассказал, и хотел найти тех, кто располагает этой опасной информацией. Разумеется, я ему ничего не сказала. Зачем навлекать на людей неприятности?

— Значит, вы и про Николая ему не сказали?

— Нет, конечно. Коленька мне как родной, не стала бы я его подставлять. Это же настоящие бандиты! Вы думаете, это они Колю убили? — тревожно спросила она. — Думаете, они его нашли в Москве?

Примерно так оно и было, они действительно нашли Кузнецова, и действительно в Москве, да только Кузнецов-то был не тот. Как же все-таки они нашли Виктора?

Я сделал вид, что не услышал вопроса, потому что не знал, как на него отвечать. Сказать правду прямо сейчас? Это может выбить Руденскую из колеи настолько, что она не сможет рассказывать, а мне нужно было узнать у нее еще очень многое.

— Значит, когда к вам приехал тот человек, вы заподозрили, что взрыв не был несчастным случаем?

— Конечно. Это же очевидно. Если Витя знал что-то опасное для бандитов, они могли с ним расправиться.

— Расскажите мне о вашем племяннике, Лидия Павловна, — попросил я. — Расскажите все, что вы о нем знаете.

— Зачем? Вы же приехали узнать о Коле. Вы клялись, что вам не нужна информация о Витеньке. Пытаетесь меня обмануть, да? Убирайтесь!

Она поднялась и жестом указала нам на дверь. Надо было спасать положение. Придется, видимо, сказать Руденской правду. Больше тянуть нельзя.

— Лидия Павловна, — очень серьезно сказал я, — мы уйдем, если вы настаиваете, но сначала посмотрите на эту фотографию. Кто на ней, как вы думаете?

Я протянул ей маленький снимок, который мне оставил Хвыля. Это была фотография из листка по учету кадров, изъятого в фирме Анташева.

Руденская бегло взглянула и тут же подняла глаза на меня.

— Это Витя. Ну и что?

— А теперь посмотрите вот это.

Я вынул из папки ксерокопию того самого листка по учету кадров, в верхнем углу которого красовалась эта же фотография. Лидия Павловна пробежала глазами по строчкам.

— Ничего не понимаю, — растерянно произнесла она. — Фотография Витина, а фамилия почему-то Кузнецов. И имя другое. И даты какие-то странные, Вити с ноября две тысячи второго года нет в живых, а здесь написано, что он с две тысячи третьего года работает... и под чужой фамилией... Что все это означает?

— Мне очень жаль, Лидия Павловна, — грустно сказал я, — но это означает, что ваш племянник до ноября нынешнего года был жив. Он не погиб при взрыве, и человек, который к вам приезжал, знал об этом и пытался найти Виктора. Вероятно, это ему удалось.

Она опустилась на стул, палка выпала из ее руки и со стуком покатилась по деревянному полу.

— Вы хотите сказать, что... что Витя все это время был жив? Что он не умер? Его не взорвали? Все эти два года я его оплакивала, а он на самом деле был жив? Это он посылал мне деньги, а не Коля? Значит, это его убили в Москве, а не Колю?

— Боюсь, что так и есть. Лидия Павловна, чьим почерком был написан адрес на конвертах с деньгами?

— Адрес был напечатан на принтере. Я не придавала этому значения... У Вити всегда был плохой почерк, корявый, и я думала, он хотел, чтобы адрес был четким, хорошо читался, чтобы путаницы не вышло...

И вот тут она расплакалась. Она не рыдала, не билась в истерике, она сидела, не пряча лица, и слезы катились по ее еще гладким щекам и капали на темное платье. Она даже не всхлипывала, только в горле что-то судорожно подрагивало.

* * *

— Что бы ты сделал на месте того мужика, который приезжал к Руденской? — спросил я Сашу, когда мы в электричке катили из Новокуйбышевска назад в Самару.

— Я бы начал с детского дома. То есть с интерната. Конечно, прошло больше десяти лет, но, может быть, там остались еще те, кто работал при Осипенко и Кузнецове. Они могут помнить, с кем еще Виктор был дружен, кроме Коли. Более того, они могут знать, где сейчас Кузнецов, а это важно.

Саша был прав, это действительно было важно. Кто сделал Виктору паспорт на имя Кузнецова? И почему именно на его имя, а не какое-то другое? Ответ напрашивался сам собой: Николай Кузнецов знал о проблемах друга и помог ему с документами. Может быть, он сам тоже впутался в какой-то криминал, живет по липовому паспорту, и настоящий паспорт ему уже не нужен.

— Надо ехать в Сызрань, — решил я. — Но я отпадаю сразу, завтра утром мне надо быть на службе. А ты как?

— Да я — пожалуйста, — улыбнулся Саша. — Я — птица вольная, мне достаточно позвонить и предупредить, что меня еще день не будет на работе. А могу и взять несколько дней за свой счет. У нас ведь как? Главное, чтобы полоса была в порядке, чтобы все материалы были подготовлены, а где ты проводишь рабочее время — ~~никого~~ не интересует. Давай я тебя провожу до аэропорта, сдам билет, переночую в Самаре и завтра прямо с утречка двинусь в Сызрань. Годится?

— Годится. Спасибо тебе.

Хорошо, что Саша взял билеты на ночной рейс, на более ранний мы бы не успели: рассказывала Руденская долго и подробно, показывала фотографии, на которых запечатлены были Витенька и Коленька в семь лет, в десять, в двенадцать, на качелях, в пневматическом тире, в кафе-мороженом, на крылечке детского дома — маленькие, коротко стриженные и набычившиеся, перед входом в интернат — повзрослевшие, ухмыляющиеся подростки, обнимающие друг друга за плечи.

В аэропорт мы успели вовремя, до окончания регистрации оставалось еще полчаса, Саша пошел в кассу возврата сдавать билет, а я пристроился в уголке и позвонил Светке.

— Ты котов проверяла?

— Обижаешь, — фыркнула моя подруга, у которой постоянно хранились запасные ключи от моей квартиры.

— И как они?

— Чуть с ума не сошли от радости, — гордо сообщила она.

Все понятно, сердобольная Светка опять притащила им всякой вкуснятины. Ну как же, детки брошены на произвол судьбы, надо ж пожалеть несчастных.

— Что ты им принесла? — сердито поинтересовался я.

— Сырую телятину и отварную курицу. Ну, Игорек, не злись, я совсем чуть-чуть...

— Да я не злюсь. Просто ты их балуешь, а мне потом расхлебывать. Кошки не глупее нас с тобой, они прекрасно понимают, что вкусное лучше, чем невкусное. Они твоей телятины поедят и завтра от говядины будут нос воротить, подавай им телятину, а где я ее возьму? В нашем магазине ее не бывает, а ездить через день на рынок — я запарюсь.

— Ну ладно, ладно, не сердись, я больше не буду.

Будет. Точно знаю, что будет. Эти разговоры в пользу бедных происходят у нас со Светкой каждый раз, когда я куда-нибудь уезжаю и оставляю котов на ее попечение.

— Когда ты вернешься?

— Да я уже в аэропорту, сейчас пойду регистрироваться.

— Как съездил? Удачно? Удалось что-нибудь узнать?

— Ты даже не представляешь, насколько удачно, — совершенно искренне ответил я. — Завтра все расскажу подробно.

— Когда? — тут же спросила она. — А хочешь, я спать не лягу, приду к тебе и буду ждать, когда ты придешь? И ты мне сразу все расскажешь.

Хочу, конечно. Светка — настоящий друг, она знает, как трудно мне молчать, когда меня буквально распирает. Мне обязательно нужно поделиться, но у меня хватает ума не делиться с первым встречным, и я терплю изо всех сил, пока не представится возможность рассказать человеку близкому и доверенному, такому, как мой дружбан, старший участковый Валя Семенов или моя давняя подруга-соседка Света. Но я тоже настоящий друг и понимаю, что у Светки муж и двое детей, и будет по меньшей мере странным, чтобы не сказать неприличным, если она среди ночи вылезет из супружеской постели, оденется и отправится ко мне.

— Нет, Светик, давай лучше ты ночью будешь спать. Мне тоже надо подремать хоть пару часов перед работой. Пригласи меня завтра на обед, и я тебе все расскажу в обмен на миску похлебки.

— Договорились. Да, чуть не забыла, Боря просил тебе передать, что твоя последняя песня — просто чудо, и ты будешь последний кретин, если отдашь ее кому-нибудь на откуп. Возьми себя в руки, потрать день, сделай партитуру как следует — и станешь миллионером. У этой песни есть все шансы стать хитом по меньшей мере на несколько лет.

— Ладно, я подумаю, — пообещал я.

Но думал я в самолете совсем о другом...

Итак, Виктор Осипенко. Был призван в 1994 году в десантные войска, в боевых действиях не участвовал, службу нес вполне достойно, хотя звезд с неба не хватал. Регулярно слал тетке письма из армии, из этих писем она узнавала о том, как идет служба, чему учат и как кормят в армейской столовке. Когда Витю в семнадцать лет впервые вызвали в военкомат, его, учитывая приобретенную в ПТУ специальность, приписали к автомобильным войскам и тут же дали направление в автошколу, чтобы учился водить машину и получил права. Витя сначала ходил на занятия добросовестно, но ближе к окончанию курсов закрутил роман с какой-то девушкой и плюнул на навыки вождения. Его вызвали в военкомат и строго спросили: «Будешь учиться? Будешь ходить на занятия?» Витя грубо и честно ответил: «Нет!» Девушка в тот момент была для него куда важнее. В военкомате почесали репу и махнули рукой: ну и черт с тобой, пойдешь в воздушно-десантные войска.

Вите было все равно. В десантники он не рвался, романтика парашютов и кульбитов была ему чужда, но службы он не боялся, был рослым, проворным и сильным. Его направили в разведроту. Лидии Павловне он как-то написал, что любимая поговорка их сержанта: «У нас не обсуждают, у нас выполняют». Тетка в ответном письме попыталась что-то объяснить племяннику насчет условности и относительности этого постулата, но по последующим Витиным письмам поняла, что такая постановка вопроса его более чем устраивает. Он не любил вникать, рассуждать и оценивать, он стремился получать четкие указания и умел их добросовестно выполнять. Он был не лишен чувства юмора, и Лидия Павловна хохотала до слез, читая снабженное подробным чертежом описание «ротной Мани» — специального валика, набитого войлоком с опилками и снабженного двумя палками. Этим валиком натирали полы в казармах.

Служил Витя Осипенко в показательном полку. К ним ежемесячно приезжали проверяющие, смотрели уровень подготовки солдат, которые демонстрировали высокому начальству групповые прыжки на ходу из автомобиля с переворотом через голову и подготовку к огневому контакту, снятие часового, разминирование. В принципе, этому должны обучать каждого солдата, на самом же деле основное внимание уделялось спортсменам и тем ребятам, у кого была хорошая физподготовка. Нельзя же обучать всех поголовно, такие тренировки занимают много времени и должны проводиться ежедневно, а кто же будет полы мыть? А плац кто подметет? Спорт в полку, как выяснилось, — не основное. Основное — уборка и всяческая писанина, одним словом, много рутины и мало романтики.

Из писем племянника Руденская видела, что это

его нисколько не огорчает, за романтикой он не гнался, быть первым и лучшим не стремился и вполне удовлетворялся той жизнью, которой жили «не спортсмены». Несмотря на отличные природные данные, физподготовка у него хромала, потому что какая такая особенная физподготовка может быть у детдомовского мальчишки? В спортивные секции его мама за ручку не водила, и папа над душой с секундомером не стоял. Какие железки находил вокруг себя, те и «кидал», да и то не систематически.

Через семь месяцев сержант спросил: кто хочет учиться на повара? Витя первым вскинул руку: «Я!» Его отправили на пять месяцев в учебку, после чего он сдал экзамен на четвертый разряд и вернулся в свой полк поваром. Вставать ему приходилось очень рано, ведь в четыре часа утра повар уже должен быть на кухне, зато было много свободного времени, служба «сутки через трое», и появилась возможность заниматься спортом по своему графику, чем Витя и воспользовался, развивая по совету инструктора природные данные. В спортзал ходил в основном ночью, потому что днем там шли занятия с солдатами, а ночью — полное раздолье.

На соревнования за честь полка его не посылали, а вот в учениях один раз в полгода участвовать приходилось, и вот тут физическая подготовка очень даже требовалась. Вите Осипенко на учениях нужно было сначала прыгать с парашютом как десантнику, а уж потом в качестве повара разворачивать полевую кухню. Во время последнего перед демобилизацией прыжка он налетел на скалу, разбил колено, но, несмотря на боль, вовремя занял позицию, развернул кухню и подготовил питание. Учения длятся пять-семь дней. Первые три дня Витя бегал с разбитым коленом, закусывал губу от боли, но никому не говорил, на четвертый день потерял сознание, его забрали в больницу, где он и пролежал почти месяц.

Ближе к дембелю стали делать наколки. Что это за десантник без наколок? Витя послал своей девушке в Сызрань рисунки, попросил ответить, какая ей нравится больше, какая картинка на его мощном плече будет ее радовать. Девушка ответила сухо и нейтрально: мол, ей вообще наколки не нравятся, от них за версту уголовщиной несет, но если ему хочется — пусть делает, ей все равно. Витя наколку делать не стал. Не было у него глупого честолюбия, не собирался он в дальнейшем никому демонстрировать свою причастность к элитным войскам. А может, девушку эту сильно любил.

После демобилизации Виктор в Сызрани уже не жил. Приехал к Руденской в Новокуйбышевск, дня три отъедался теткиными пирожками и кулебяками, потом съездил в Сызрань, побыл там немного и уехал ближе к Уралу, в Оренбургскую область, устроился водителем в какой-то частной лавочке; права он еще в армии получил. Чем «лавочка» занималась, Лидия Павловна толком не знала, а Витя не особенно о своей работе распространялся, но зарплату получал приличную, во всяком случае, в автопарке до ухода в армию ему платили куда меньше. Женился на хорошей девушке, нет, не на той, которая у него была до армии, на другой. У нее были славные родители, приняли Витю как родного, жили все вместе в отдельном домике в частном жилом секторе. Домик-то, конечно, доброго слова не стоил, но у Вити руки золотые, он его весь постепенно перестроил, переделал, утеплил, не домик стал, а картиночка. Тетке после армии он писал гораздо реже, поздравления к праздникам, правда, никогда не забывал прислать, а вот чтобы подробное письмо написать — нет, это уж раз в год, не чаще. Оно и понятно, у Виктора самостоятельная жизнь началась, взрослая, семейная, ребенок родился, с домом хлопоты, жена молодая, да и работу надо выполнять, так что Лидия Павловна не обижалась, все понимала. Радовалась, что у племянника-сироты все устроилось, что он теперь не один на белом свете, что здоров и благополучен. И пусть Витя писал ей подробные письма только один раз в год, зато каждый год во время отпуска обязательно приезжал в Новокуйбышевск на один-два дня, сидел безвылазно у тетки в квартире и все-все-все ей рассказывал, показывал фотографии жены, ребенка, дома. Пытался оставлять Руденской деньги, но она не брала, отказывалась категорически, уверяла, что у нее все есть и ей ничего не нужно, клятвенно обещала немедленно дать знать, если ей что-то понадобится. Виктор бегал в аптеку и закупал лекарств побольше, чтобы хватило надолго, вызывал сантехников и электриков, чтобы вот прямо сейчас, при нем, починили и привели в порядок все, что нуждается в починке, ругался с ДЭЗом из-за протекающего потолка, привез Лидии Павловне хороший телевизор с видеоприставкой и огромную коробку кассет с ее любимыми фильмами, одним словом, что мог, то делал. Вернее, мог-то он многое, но ведь Лидия Павловна не все примет, она такая.

А потом ей сообщили о том, что дом ночью взорвался и все погибли. Все до единого. И Витя, и его жена, и сынок маленький, и родители жены. Руденская на похороны приехать не сумела, она уже тогда ходила с трудом, и для такого вояжа ей нужен был попутчик, который отвез бы ее туда и обратно на машине. На Витину могилу она попала только к сороковинам. Поплакала, положила цветочки и уехала. Все.

Вот таким простым и незлобивым парнем был Виктор Осипенко. Руденская уверяет, что он не любил драться и был совершенно не агрессивен. Мог он уничтожить всю свою семью, чтобы самому остаться в живых? Что-то сомнительно.

ВИРТУАЛЬНАЯ ПЕРЕПИСКА

Одалиска — Морю, 10 мая 2004 года

Костя опять уехал. Сказал, что в Москву и, наверное, надолго. Вопрос с летним отдыхом даже не стал обсуждать.

Мне кажется, это конец. Он десять дней сидел дома и думал, может ли он без нее жить, и понял, что не может. И теперь уехал, чтобы попробовать начать новую жизнь с этой сучкой. А меня держит про запас, на всякий случай, если там что-то не заладится. Поэтому он не сказал мне, что уезжает насовсем и бросает нас, а начал плести какую-то фигню насчет того, что, дескать, не знает, когда вернется, но наверняка не раньше чем через месяц, а может быть, и через два, и через три.

Короче говоря, мне все ясно. И настроение — хоть в петлю. Лучше бы он уехал так, чтобы я наверняка знала, что к бабе, но что через неделю вернется. Что делать, Море? Как мне с этим справиться?

О.

Море — Одалиске, 12 мая 2004 года

Одалиска, ты меня огорчаешь, честное слово! Ну что за глупости? Почему ты решила, что это конец? Ты что, никогда не слыхала про длительные командировки? Да людей не то что на два-три месяца, на год отправляют, на два, на пять.

У меня тут образовалось несколько свободных часов, и я до позднего вечера перечитывала нашу с тобой переписку за последние три месяца. Должна признаться, у меня сложилось странное впечатление. То есть я сама себе показалась круглой дурой. Ты уверяешь меня, что у Константина завелась любовница, и приводишь факты, которые (будем говорить прямо) достаточно убедительны, а я изо всех сил делаю вид, что они ни о чем не говорят и все у тебя в полном порядке. Ты, наверное, думаешь, что я совсем слепая и глухая, иными словами — непроходимая и упрямая тупица, не желающая принимать очевидные вещи. Это не так, Одалиска. Просто у меня характер не такой, как у тебя. Я не могу и не умею мыслить однонаправленно, однозначно. Я занимаюсь финансовой аналитикой, и если вижу, что акции какого-то концерна падают на один пункт, я просто не имею права с ходу делать вывод о том, что концерн на пути к разорению, я должна выдвинуть все возможные гипотезы, почему котировка снизилась, найти способы их проверить, какие-то гипотезы подтвердить, какие-то опровергнуть и только после этого делать окончательное заключение. То же самое происходит у меня с оценкой житейских ситуаций. Пример? Пожалуйста. Я готова согласиться с тем, что у Кости есть дама сердца на стороне, но при этом я не готова утверждать, что его нынешняя поездка непременно связана с ней. Я вполне допускаю, что это действительно длительная командировка. Понимаешь? И так можно пройтись по каждому пункту нашей с тобой переписки. Если бы ход мыслей у меня был другим, я бы не стала финансовым аналитиком.

Я не собираюсь класть свою жизнь на то, чтобы убедить тебя в честности и верности твоего мужа, потому что совсем не знаю его. Возможно, он и в самом деле тебе изменяет. Но как твоя подруга (надеюсь, ты еще не передумала считать меня подругой?) я по мере своих скромных сил делаю все возможное, чтобы облегчить твою жизнь. Я пытаюсь настроить твои мысли таким образом, чтобы тебе легче было справиться с ситуацией. Наверное, у меня это не очень получается, но я стараюсь, делаю, что могу. И поверь мне, я не лукавлю. Если бы я оказалась в такой ситуации, в какой оказалась ты, я бы думала именно так, как советую тебе. В моей искренности можешь не сомневаться.

Обнимаю тебя, зайка моя, держись.

Море.

Одалиска — Морю, 25 мая 2004 года

Здравствуй, Море! Я много думала над твоими словами. Кости нет уже две недели, и я поняла, что очень скучаю. И еще я поняла, что очень люблю его и буду ждать, сколько бы ни пришлось. За эти две недели я вспомнила всю-всю-всю нашу с ним жизнь, и как мы познакомились, и как он в первый раз цветы мне подарил, и как мы готовились к свадьбе, и как он ухаживал за мной, когда я носила Дашеньку, у меня была тяжелая беременность, и Костя надо мной крыльями махал, шагу лишнего ступить не давал. В общем, вспомнила все хорошее, что у нас с ним было, и на сердце так тепло стало и так... не знаю даже, как объяснить. Короче, несколько ночей не спала — ревела. Я очень его люблю и все равно буду ждать. Даже если он уехал к той бабе, я все равно буду ждать. Рано или поздно он одумается и бросит ее, или, может, она его прогонит, и он вернется. Главное — терпеливо ждать, не сдаваться и верить, что все наладится. Правда? Или я дура? Как ты думаешь, Моречко?

Твоя Одалиска.

Море — Одалиске, 1 июня 2004 года

Ну что ты, Одалисочка, какая же ты дура? Ты умница. Ты поняла самое главное: ты его любишь. Не цепляешься за мужа как за источник благосостояния, а любишь как человека, как мужчину и отца своей дочери. Это же прекрасно, что есть на свете человек, которого ты так любишь. Если бы такого человека у тебя не было, ты бы так и не узнала, что такое любить, не пережила бы все те прекрасные моменты, которые вспоминала целых две недели. А это дорогого стоит. Многие женщины начнут вспоминать, и окажется, что воспоминаний хватает только на пять минут, больше ничего светлого в их личной жизни не было. А знаешь, какое огромное количество женщин на земле вообще этого не пережили и не знают, что это такое и как это бывает? А ты — счастливая, потому что знаешь.

Будь благодарна судьбе за это знание, а заодно и Косте.

Море.

Одалиска — Морю, 10 июня 2004 года

Моречко, роднуся моя, у меня снова наступила черная полоса. Пару дней назад мне приснился Костя, как будто он с этой сучкой в красном платье сидит в ресторане, а я сижу за соседним столиком и наблюдаю за ними, но они меня почему-то не видят, хотя я сижу к Косте лицом. Они обнимаются, целуются, и я изо всех сил стараюсь, чтобы они меня увидели, мне почему-то кажется, что если Костя меня заметит, то у них сразу все кончится и он вернется, и я пытаюсь привлечь к себе внимание, громко говорить, потом вскакиваю и танцую прямо возле их столика, шлепаю Костика по затылку, а он все равно меня не замечает. И вдруг я понимаю, что все бессмысленно, что он не может меня заметить, потому что меня нет. Понимаешь? Вообще нет. Я не то умерла, не то по какой-то причине меня нет. То есть меня больше нет в его жизни. Мне так страшно стало, я проснулась в слезах и с того момента места себе не нахожу. Негодяй! Как он мог бросить меня с ребенком? Конечно, он мне все оставил, и дом, и машину с водителем, и деньги. То есть он оставил большую сумму дома и сказал, что, если еще деньги будут нужны, Вовик (водитель наш) привезет. Уж где он их возьмет, не знаю, у нас с самого начала не было принято, чтобы я такие вопросы задавала. Я вообще не знаю, сколько у Кости денег, знаю только, что на мои прихоти хватало. Я так понимаю, что зарплату Вовику он платит сам или поручил кому-то. В общем, он мне все оставил, но что мне с этим делать? Да, в доме я буду жить, на машине буду ездить, пока Вовке платят, а что мне делать, когда деньги закончатся? Я же ничего не понимаю в бизнесе, да и вообще... Дура я, надо было хоть какую-нибудь профессию получить, хоть где-нибудь поучиться, но, когда мы с Костей познакомились, мне было девятнадцать лет, и мне казалось, что теперь все. То есть моя красота будет мне гарантией, что муж меня не бросит и работать мне не придется. Да и где работать-то? В поселке — негде, здесь только коттеджи и особняки навороченные, даже транспорта нет никакого, ведь у всех есть машины. А в городе работать я не смогу, потому что если Вовке перестанут платить зарплату, то и машины не будет, как же мне добираться? Это ж тридцать километров! На будущий год Дашку надо в школу отдавать, опять же, на чем ее возить? В поселке-то школы нет, а если бы и была, я хочу, чтобы моя дочь училась в приличной школе, а не в сельской. В общем, одни вопросы кругом...

Моречко, я что-то растерялась совсем. Неужели Костя меня бросил? Так не хочется в это верить, так страшно.

О.

Море — Одалиске, 19 июня 2004 года

Привет, зайка моя! Только что примчалась из аэропорта, летала с родителями в Швейцарию, укладывала отца в очередной раз в клинику. Открыла почту и прочитала твое последнее письмо. Как жаль, что меня не было несколько дней и я не смогла сразу ответить тебе! Тебе совсем плохо, Одалисочка, а я оставила тебя одну...

Я понимаю, как тебе страшно. Но мы же с тобой договорились, что будем думать о хорошем, ты сама мне написала, что любишь Костю и будешь ждать его, даже если он сейчас с другой женщиной, будешь надеяться на то, что он вернется. Я сначала похвалила тебя, потому что в тот момент была уверена, что это правильно. Но теперь я думаю немножко по-другому. Надеяться надо, это безусловно. Но нельзя, как мне кажется, строить свою жизнь только на этой надежде, потому что, если она не оправдается, будет слишком больно, да и в положении ты окажешься безвыходном. Знаешь, это как при тяжелой болезни: нужно надеяться на выздоровление, но при этом, во-первых, обязательно лечиться, а во-вторых, заранее подумать о том, как жить и что делать, если все-таки не выздоровеешь. Применительно к твоей ситуации это означает, что нужно, конечно же, верить и ждать возвращения Кости, но при этом помнить о том, что он может и не вернуться. Всякое может быть, фифти-фифти. В то же время нельзя думать только о том, что он тебя бросил и не вернется никогда, потому что на душе у тебя настанет беспроглядная темнота, а это неправильно. С беспроглядной темнотой в душе жить невозможно, то есть многие живут, конечно, но это безумно тяжело. Отсюда вывод: настраивайся на худшее, но надейся на лучшее. Вот так, одновременно, параллельно. Сможешь?

Море.

Одалиска — Морю, 28 июня 2004 года

Да пошел он!.. Без него проживу, не пропаду. Назло ему встану на ноги, всего добьюсь сама, пусть удавится. Что я, хуже других, что ли? Руки есть, голова тоже, ну пусть не такая гениальная, как у некоторых, но все-таки есть, нормальная голова, здоровая. И времени свободного навалом. Я, конечно, привязана к дому, если и уезжать куда-то, то только вместе с Дашкой. Можно было бы нанять няню или гувернантку, но деньги надо экономить, ведь неизвестно, даст ли Костя еще и если даст, то когда. А может, и вовсе не даст, уехал — и с концами. Ты понимаешь, какая фишка: у него есть мобильник, но в поездки Костя его не берет, то есть он мне звонит, когда считает нужным, а я его найти не могу. Наверное, у него есть еще один телефон, по которому ему могут звонить с работы, но номера он мне не давал. Так что, когда деньги кончатся, не факт, что я смогу позвонить и попросить еще. И если он сам к тому моменту звонить перестанет, я окажусь в пиковом положении.

В общем, я все это продумала, представила и поняла, что надо брать себя в руки и что-то делать. То есть получать профессию и искать работу, на которой будут платить так, чтобы я смогла жить в этом доме, содержать его и растить Дашку. При этом работа должна быть денежной, потому что содержать нужно не только дом, но и водителя с машиной, а чтобы сэкономить на водителе, нужно водить машину самой, то есть получить права, а это тоже траты. Короче, я поняла, что нужно научиться делать что-то такое, что далеко не каждый может, чтобы на эту профессию был спрос, превышающий предложение. Что ты мне посоветуешь, Моречко? Может, выучить какой-нибудь редкий иностранный язык, такой, который раньше не был востребован, а теперь нужен, потому что с этой страной быстро развиваются экономические связи? У меня к языкам есть способности, правда, я ими никогда не пользовалась, все дурака валяла и внешностью торговала, в том смысле, что на дискотеках отрывалась и парням головы морочила, мужа денежного искала, но, если взяться за ум, у меня получится, я уверена. Учебники и кассеты можно по Интернету заказать, их прямо сюда доставят, даже в город ехать не надо, и без учителя можно обойтись, конечно, будет труднее, но я справлюсь. Как ты считаешь, Море? Или у тебя есть другие профессии на примете для моего случая? Отвечай быстрее, у меня как шило в заднице, надоело сидеть на одном месте и рыдать, хочется скорее начать что-то делать для собственной жизни, руки чешутся.

Твоя Одалиска.

Море — Одалиске, 4 июля 2004 года

Вот такой ты мне нравишься, Одалиска! Молодчинка!!! Я так рада за тебя — ты не представляешь! Но внесу одну поправку: не «назло ему» и не «пусть удавится», а пусть увидит, когда вернется, что ты не совсем дура беспомощная, не клуша, способная только рыдать и биться в истерике, а вполне самостоятельная, умная, красивая женщина, волевая и сильная, с которой ребенок не пропадет, если с мужем что-то случится. Уверяю тебя, Косте это будет приятно. Мы же условились с тобой, что не только строим запасной аэродром, но и надеемся на то, что основной еще поработает. Ты не только выстраиваешь свою жизнь без Кости, но и веришь в то, что вы все-таки будете вместе. Не увлекайся одним направлением, помни о параллельности.

Что касается профессии, то я не готова дать тебе дельный совет, подожди немножко, я озадачила твоим вопросом нескольких знакомых, которые понимают в вакансиях и трудоустройстве, и жду от них ответа. Они обещали не только подумать, какой профессией можно овладеть, учитывая особенности твоей ситуации, но и разузнать, какие есть самые толковые учебники и пособия. Тогда сразу всю информацию тебе скину.

А ты пока погуляй по Интернету, заходи на самые разные сайты, почитай всякое-разное, глядишь — у тебя какие-нибудь мысли появятся. Например, поймешь, что тебе интересно и что у тебя могло бы хорошо получиться.

Целую,

Море.

ИГОРЬ ДОРОШИН

Саша Вознесенский позвонил днем, когда я, как и обещал накануне, обедал у Светки Безрядиной и с набитым ртом повествовал о нашей поездке в Новокуйбышевск.

— Этот тип и здесь побывал, — с места в карьер начал журналист, едва услышав мой голос. — Приезжал в январе этого года. Сказал, что он друг Виктора Осипенко, что Виктор погиб, и теперь он якобы хочет собрать его друзей по интернату и устроить коллективные поминки. Там нашлись люди, которые помнят Осипенко, они заахали, заохали и назвали два имени: Николая Кузнецова и Натальи Новокрещеновой. С Кузнецовым он дружил, а с Новокрещеновой у Виктора были отношения, близкие к супружеским. Они вроде даже собирались пожениться, но его призвали в армию.

— Что-нибудь известно о Кузнецове и этой девушке? Где они сейчас?

— О Кузнецове ничего не знают, он в интернате не появлялся. Известно только, что после ПТУ работал в каком-то гараже в Чапаевске, потом в Кинели, это здесь же, в Самарской области, а позже от него никаких вестей не было. Новокрещенова, наоборот, одно время часто появлялась, навещала своих бывших воспитателей. Потом вышла замуж и переехала в Тюменскую область. Теперь ее фамилия Самойлова. В интернате говорят, что этому типу они даже ее фотографию дали.

— Лихо. В Тюменскую область не хочешь смотаться? — нахально спросил я.

— В принципе, можно. Но я подумал, может, лучше сначала в Кинель? Это близко. Попробую найти гараж, где работал Кузнецов. А вдруг там знают, где он сейчас?

— Ни в коем случае! — я почти кричал. — Ты с ума сошел? Если Кузнецов, как мы и предполагаем, помог Виктору с поддельным паспортом, то весь путь к нему должны проходить профессионалы. Это может оказаться очень опасным, ты что, не понимаешь? Кузнецов наверняка связан с криминалом, там такие хвосты могут вырасти — не приведи господь. И не вздумай туда соваться.

Мне показалось, что Саша обиделся. Ну конечно, ехать к какой-то тихой безобидной женщине — не так круто, как идти по следу опасного преступника. Конечно, Вознесенский — парень сообразительный и откровенных глупостей не наделает, но я все-таки тоже не совсем безмозглый и не могу позволить романтическому двоечнику ехать незнамо куда. Одно дело — бывшая невеста, и совсем другое — дружки по темным делишкам.

Выслушав мой подробный рассказ о встрече с Лидией Павловной Руденской, Светка, в свою очередь, отчиталась о поведении моей хвостатой банды. Оказывается, у Айсора вчера был понос. Она не стала говорить мне об этом по телефону, чтобы я не волновался. То-то я утром заметил, что он не стал есть, даже к миске не подошел, и вообще был каким-то меланхоличным. Я думал, он просто не в настроении, а он, оказывается, приболел. Надо будет забежать в аптеку за лекарством и вечером попытаться всунуть ему в пасть таблетку. Вообще-то я опытный кошатник, но даже я не могу самостоятельно давать Айсору лекарства. Любому из моих котов я могу даже сделать укол без посторонней помощи, только не черному, как преступные замыслы, Айсору. Придется прибегнуть к помощи Светки, Айсор у нее в руках млеет и как-то вяло реагирует на опасность.

— Зачем ждать вечера? Давай сейчас заскочим и все сделаем, — предложила моя соседка. — Вечером мы с Борей идем на юбилей, тебе придется ждать, пока я вернусь, а это будет не раньше часа ночи.

До часу ночи я, пожалуй, не доживу, и так почти не спал.

— Мне еще в аптеку надо зайти, у меня лекарства нет, — виновато сказал я.

— У меня есть.

Светка вынула из аптечки конвалюту с таблетками. Хорошо, что котов лечат человеческими лекарствами. Если у меня, безалаберного, чего-то нет, то у Светки обязательно найдется, будь то нотная бумага или средство от кошачьего поноса.

— Доедай быстренько, и пойдем, — скомандовала она, складывая в мойку грязную посуду.

Все оказалось несколько хуже, чем я предполагал. Дома я обнаружил, что у Айсора действительно понос, причем приличный, и рвота. Я не стал обольщаться его болезненным состоянием, ибо многократно проверено: никакая болезнь не ослабляет силы его кошачьего сопротивления. Парень он тренированный, спортивный, физическую форму поддерживает исправно, в чем я неоднократно убеждался, просматривая видеозаписи. Как только я покидаю квартиру, он мчится в ту комнату, где у меня стоят тренажеры, и начинает вытворять нечто немыслимое, выделывая замысловатые пируэты и прыгая с комплексной доски на беговую дорожку, с дорожки — на сиденье велоэргометра, оттуда снова на доску. Особой его любовью пользуется штанга, на которой он пытается изображать канатоходца, впрочем, пока безуспешно. Почему-то Айсор решил, что играть в комнате с тренажерами ему нельзя, и никогда не делает этого в моем присутствии, зато, когда я ухожу, отрывается по полной программе. Так что как бы он ни был болен, но если ему чего-то не хочется — его фиг удержишь или заставишь. Вырывается он своим мускулистым телом с таким первобытным отчаянием, как будто его собираются поджаривать живьем на открытом огне. В природе, конечно, существует такая пластмассовая конструкция под названием «таблеткодаватель», но, чтобы ею воспользоваться, нужно заставить кота открыть пасть, а вот это как раз и представляет главную трудность. Беда в том, что Айсор почему-то отлично вычленяет сей агрегат из окружающих предметов, прекрасно помнит, для чего он нужен, и обмануть его никак не удается. При любой другой болезни я просто закатываю таблетки в кусочки чего-нибудь вкусного, и все проходит без сучка и задоринки, но, когда кот ничего не ест, этот фокус проваливается с треском. Даже запрещенный для кошек карбонад, который все мои зверята обожают до обморока, его не воодушевляет.

Пришлось прибегнуть к абсолютно садистскому, но давно опробованному и хорошо отработанному способу: Светка в моем старом толстом свитере с длинными рукавами садится на стул, надевает перчатки, кладет на колени плед и одной рукой нежно почесывает Айсору грудку. Когда он расслабляется и теряет бдительность, она другой рукой не резко, но довольно сильно тянет его за хвост. Кот раскрывает пасть, чтобы возмущенно мяукнуть, и в этот момент я щелчком большого и среднего пальцев вбрасываю таблетку, стараясь попасть поглубже, на корень языка, иначе Айсор ее немедленно выплюнет. Операция требует изрядной сноровки и точности движений, но мы со Светкой натренировались. Конечно, Айсору это не нравится, он начинает вырываться и царапаться, но тут мы во всеоружии, Светкины руки и колени надежно защищены.

Вечером, после работы, мне предстояла встреча с Иваном Хвылей, которому согласно нашей договоренности я должен был немедленно докладывать любую информацию о Николае Кузнецове.

На этот раз он предложил мне приехать к нему в отдел. Кабинетик у Хвыли был крошечным, но на три стола, которые в совокупности занимали процентов девяносто всей площади. Иван был один. Когда я пришел, он запер дверь, включил электрический чайник и достал блокнот. Я тоже достал свой блокнот, чтобы при рассказе ничего не упустить.

— Ишь ты, — он задумчиво почесал шариковой ручкой где-то за ухом, — по таким раскладам выходит, что целью преступника и в самом деле мог быть Кузнецов или как его там... Осипенко. Надо бы в интернат съездить, поспрашивать...

Как это называется? «Вилка»? Вот это она и есть. Промолчать? Если туда поедет кто-нибудь из оперативников, все равно узнают, что там был Вознесенский, и я выйду из доверия раз и навсегда. Признаться, что отправил туда Сашу? Хвыля меня убьет и будет прав. Мы с ним договаривались о том, что я попробую накопать что-нибудь о Кузнецове, а вовсе не о том, что в расследовании будет принимать участие журналист, да еще не вместе со мной, а самостоятельно.

— Я съездил. Время вчера было, я как раз успел, — соврал я, не моргнув глазом.

— А чего ж молчишь? — подозрительно прищурился Иван.

— Для эффекта. Хотел, чтобы получилось неожиданно. Типа, кролика из шляпы достать.

Он неодобрительно скривился.

— Фокусник, блин... И что там, в интернате?

— Туда, оказывается, в конце прошлого года приезжал некий молодой человек и пытался выяснить под благовидным предлогом, с кем Виктор Осипенко дружил в юности. Ему назвали Колю Кузнецова и Наташу Новокрещенову, в замужестве Самойлову. И даже дали фотографию Самойловой.

Хвыля быстро записывал имена и фамилии в блокнот.

— Известно, где их искать? — спросил он, не поднимая головы.

— Про Кузнецова известно только первое после ПТУ место работы, в интернате есть документ о том, куда трудоустроен воспитанник. Потом он переехал, говорят, что в Кинель, но это неточно, и неизвестно, на каком предприятии он работал, а сам он больше не объявлялся. Самойлова проживает в Тюменской области. Слушай, у меня в Тюмени хороший товарищ есть, можно его попросить, чтобы он ее нашел и поспрашивал, не приезжали ли к ней с расспросами про Осипенко и Кузнецова. Ну, чтобы вашим ребятам не мотаться. И потом, версия пока сырая, следователь о ней ничего не знает, так что ни вас официально послать в командировку, ни в Тюмень запрос отправить он не может. А так сделаем все на дружеской ноге. Ты как?

— Да, в принципе, можно, — он снова почесал ручкой за ухом. — А твой товарищ кто? Из наших?

— Нет, журналист.

Наконец-то мне удалось не солгать. Я гордился собой.

— Да он нормальный парень, — заторопился я, увидев гримасу недоверия на лице Хвыли, — лишнего не наболтает и глупостей не наделает, проверено. Только ему надо немножко помочь, ну, позвонить кому-нибудь в Тюменское областное управление, чтобы пробили по адресному Самойлову, прибывшую из города Сызрани Самарской области. А дальше он все сам сделает.

— Да это-то не вопрос, позвоню, у меня там кореш

по школе милиции служит. Ладно, уговорил, Дорошин. Назови-ка мне еще раз тот город в Оренбургской области, где работал и погиб Осипенко.

Я назвал.

— Попробую узнать, как там с бандитами дело обстоит, — пояснил Иван, делая очередную запись. — Может, он с местными деятелями чего-то не поделил. И потом, надо будет на его бывшей работе поспрашивать, там могут знать, были ли у него с кем-то конфликтные отношения. Чует мое сердце, придется следователю признаваться, по таким вопросам надо самим ездить, на чужих надежды нет никакой.

Я пожал плечами.

— Ну и признайся, что тут такого? Версия хоть и сырая, но материала под нее более чем достаточно. Да одного факта, что Кузнецов вовсе не Кузнецов и жил по поддельным документам, уже достаточно, чтобы следак возбудился.

— Ага. Это нам с тобой, Дорошин, достаточно, а со следаком нам в этот раз сильно не повезло. Кино такое есть «Тупой и еще тупее», видел?

— Видеть не видел, но название слышал.

— Вот это как раз тот случай. Он считает, что убить хотели Аллу, и сдвинуть его с этой точки даже бульдозером невозможно. Чуть слово скажешь — сразу в позу становится и орать начинает: «Я процессуальное лицо! Я один принимаю решения по делу!» Больной на всю голову. Ладно, придумаю что-нибудь, начальник у меня — нормальный мужик, может, с ним договорюсь как-нибудь.

Мы допили крепкий сладкий чай, и я собрался уходить. Иван пообещал на следующий день сообщить мне координаты его приятеля в Тюменском областном управлении, к которому может обратиться за помощью мой знакомый журналист, и на прощание протянул руку:

— Спасибо тебе, Дорошин. Ты очень толковую информашку раздобыл. Если нам удастся это направление раскрутить, будет просто супер. Еще раз спасибо.

Да пожалуйста. Не об деле, как говорится, радеем, а исключительно об собственном животе. О своей семье, иными словами.

* * *

Вид плачущего ребенка действует на меня, как мулета на разъяренного быка. Если в этот момент спросить меня: «В чем смысл твоей жизни, Игорь Дорошин? Зачем ты топчешь эту землю, небо коптишь?», я отвечу не задумываясь: чтобы дети не плакали. И старики тоже. По крайней мере, на моем участке.

Десятилетняя девочка плакала так горько, что я готов был без суда и следствия порвать на мелкие части того, кто ее обидел. Мне позвонила ее мама и срывающимся от гнева голосом прокричала, что ее дочку избили и ограбили в подъезде, возле лифта, какие-то парни. Эту семью я не знал, не было случая познакомиться ближе, но моя визитка с номерами служебного, домашнего и мобильного телефонов была в каждой квартире. Я сам их разносил по адресам и либо вручал лично, либо бросал в почтовый ящик.

Разумеется, я тут же примчался. На явный криминал ситуация не тянула. Оказалось, что девочку толкнули, правда, довольно сильно, а когда она упала, вырвали рюкзачок и убежали. В рюкзачке не было ничего ценного настолько, чтобы можно было говорить о статье Уголовного кодекса. Учебники, тетрадки, ручки-карандашики, сменная обувь, кошелечек с несколькими десятирублевыми купюрами — мама утром дала на мороженое и на жевательную резинку. Рюкзачок сам по себе был дорогим, фирменным, ярким, да и одета девочка не бедненько, так что любители поживиться за счет маленьких и слабых рассчитывали, вероятно, и на мобильный телефон, и на то, что карманных денег в кошельке окажется побольше. Возможно, они нацеливались на ключи от квартиры, которыми собирались воспользоваться уже на следующий день, пока хозяева не сменили замок. По формальным признакам имел место чистой воды грабеж, совершенный группой лиц, то есть при отягчающих обстоятельствах. Но то по формальным, а на самом деле... Любой следователь посчитает эти действия не грабежом, а хулиганством, причем мелким, благо уголовное право дает для этого все возможности, и откажет в возбуждении дела уже на этом основании. А если учесть личность грабителей, которые — голову даю на отсечение — окажутся малолетними, то есть не достигшими возраста уголовной ответственности, то никому ничего не будет, даже если кого-то и найдут. Но ведь не найдут, это точно. Да и искать не станут, это тоже точно. А я найду. И это не менее точно.

— Ты их хорошо запомнила? — спросил я девочку, жавшуюся к матери.

Та зарыдала еще отчаяннее, а мать метнула в меня испепеляющий взгляд.

— Перестаньте терзать ребенка, вы что, не видите, в каком она состоянии?! Она не может сейчас отвечать на ваши вопросы.

Ну само собой. Интересно, зачем же она меня вызывала, если не хочет, чтобы девочка со мной разговаривала? Может, она думала, что вместе со мной примчится следственно-оперативная группа в полном составе, включая криминалистов и кинологов с собаками, развернется активная работа, по всему городу объявят «Перехват», собака возьмет след, и уже через пятнадцать минут злоумышленники будут схвачены? И все это без участия обиженной и перепуганной девочки. Хорошо бы, да только так не бывает.

Мамаша (при всем моем уважении и сочувствии к ней) мне мешала. Во-первых, она неосознанно делала все для того, чтобы ребенок чувствовал себя еще более несчастным. Во-вторых, она не давала мне получить необходимые сведения. Куда бы ее деть, эту дамочку?

— Я знаете о чем вас попрошу? — со строгим и деловым видом произнес я, доставая свой неизменный блокнот. — Возьмите свою записную книжку и тщательно перепишите мне вот сюда все данные об учителях, работающих в школе, где учится ваша дочь, и о родителях, которых вы знаете. Я уверен, что вашу Юлечку выследили прямо от школы, это кто-то из ребят, которые там учатся. Мне нужно немедленно начать наводить справки обо всех подростках из группы риска. Будьте так любезны.

Я протянул ей блокнот с таким видом, что ей даже в голову не пришло отказаться. Она отпустила девочку и отправилась искать не то записную книжку, не то ежедневник, а я тут же воспользовался моментом. Присел на корточки и протянул руки к всхлипывающей Юле.

— Иди сюда, моя хорошая, — ласково сказал я. — Я никому не позволю тебя обижать. Не надо плакать, успокойся. Я всех найду, обещаю тебе. И никто тебя больше не тронет. Я теперь буду тебя защищать.

Она сделала неуверенный шаг в мою сторону и вдруг робко улыбнулась.

— Вас как зовут?

— Игорь Владимирович. Можно просто дядей Игорем называть, если хочешь.

— А вдруг они меня завтра по дороге в школу встретят? Я их боюсь.

— А мы попросим твоего папу, чтобы он тебя утром проводил.

— А из школы как же? Мама и папа на работе, я одна прихожу. А потом я еще на английский хожу к учительнице домой.

— Тогда я сам буду тебя встречать и водить на английский, пока не поймаю тех, кто тебя обидел. Если я буду рядом, не будешь бояться?

— Нет, — ее улыбка стала свободнее. — Вы всегда-всегда будете со мной ходить?

— Нет, Юлечка, всегда-всегда не получится. Не хочу тебя обманывать. А вдруг еще какую-нибудь девочку обидят? Мне ведь и ее защищать нужно будет. Но одно я тебе обещаю твердо: я найду тех ребят, которые тебя ударили и рюкзачок отобрали, и поговорю с ними так, что они к тебе на километр не подойдут. И до тех пор, пока я этого не сделаю, ты никуда не будешь ходить одна, это ты должна мне пообещать. Я хочу быть уверен, что ты всегда под защитой. Рядом будут или мама с папой, или я сам. Твоя безопасность будет для меня самым главным делом. А теперь расскажи мне все подробно. Сколько их было? Как выглядели? Как были одеты? Что было у них в руках?

Юля нахмурилась и принялась рассказывать. Приблизительно со второй фразы я начал догадываться, кто бы это мог быть, а когда дослушал до конца — сомнений не оставалось. Слава богу, неблагополучных подростков на своем участке я знаю всех не только в лицо, но и по повадкам. Вообще-то это не совсем моя работа, для этого есть инспектор по делам несовершеннолетних, но она у нас, как говорится, мышей не давит, то есть старается, конечно, как может, только может-то она как-то не очень. Мои опасения подтверждались, речь действительно шла о пацанах, которых по возрасту привлекать к ответственности было нельзя. Но ничего, я знаю рычаги, на которые нужно надавить, чтобы шаловливые детки выстроились, вытянувшись в струнку, и дышали только по команде. Пакостили они уже не в первый раз, и до сих пор я обходился мягкими мерами, ограничиваясь беседами с их родителями. Это помогало на несколько месяцев, потом вожжи отпускались и ребятки бежали на свободу. На сей раз я буду действовать жестко. И черт с ним, что мои действия будут так же далеки от предписанных законом, как Луна от Земли. По закону я должен вести душеспасительные беседы и писать представления в инспекцию по делам несовершеннолетних. Помогает, как мертвому припарки.

Девочка закончила рассказывать и снова расплакалась. От страшного воспоминания, от обиды, от жалости к себе самой и к своему любимому красивому рюкзачку. И пусть ее горе было малышовым, то есть совсем смешным по нашим взрослым меркам, но для нее это было настоящее горе. Она плакала, прижавшись личиком к моей форменной куртке, а я гладил ее по волосам и шептал в маленькое трогательное ушко слова утешения. Я говорил, что понимаю, как ей горько, и как ей страшно, и как больно, и обещал, что сделаю все, чтобы это не повторилось.

— Ну вот, ребенок опять плачет!

Я и не заметил, как рядом появилась Юлина мама.

— Зачем вы ее травмируете?! Как вы смеете доводить ребенка до слез? Милиция называется! Да вы хуже бандитов! У вас сердца нет!

Вот тут она ошибалась. Как раз сердце-то у меня было. И я совершенно точно знал, что человеку, которого обидели, нужно дать поплакать на чьем-нибудь плече. Обязательно нужно. Пусть он плачет, а кто-то его утешает и говорит, что понимает, как ему больно. Все слова о том, что это ерунда, и не нужно из-за этого расстраиваться, что ничего страшного не произошло, что главное — жив остался, — все эти слова будут сказаны потом. После. А в первый момент главное — подставить плечо, в которое можно выплакаться. Для этого я и работаю на своем участке. Мне плевать на организации, не соблюдающие какие-то там правила и нормы, мне плевать на мигрантов, проживающих на моей территории без регистрации. Но я считаю, что общество, которое равнодушно проходит мимо обиженных стариков и детей, мимо слабых и беззащитных, нуждающихся в утешении и моральной поддержке, — такое общество недостойно называться человеческим. Может быть, я ошибаюсь, и вы имеете право со мной не согласиться.

Через полчаса я входил в маленький магазинчик, владелец которого был двоюродным братом человека, контролирующего всю мелкую торговлю в нашем районе, в том числе, разумеется, и на моем участке. Надо ли говорить, что никакой регистрации у него не было и что санитарные нормы в этом магазинчике соблюдались весьма и весьма условно. О наличии настоящих, а не поддельных сертификатов на продукты, которыми тут торговали, тоже можно было только мечтать. Изложение проблемы заняло минут десять, владелец магазинчика был парнем сметливым, обиженную девочку искренне жалел, а проблем с налоговой, санитарной, торговой и множеством других инспекций не хотел.

— Только без рук, — в сто двадцать восьмой раз повторил я. — Детей бить нельзя. На это никто глаза не закроет.

— Не волнуйся, начальник, — сверкнул золотой фиксой торговец, — все сделаем как надо. Ребенка обидеть! Девочку! Да они от страха забудут, как родную маму зовут.

— Обещаешь?

— Клянусь! Хлебом клянусь.

Ну и славно. Да, с законом я не особо дружу. Но что ж поделать, если в нашей стране такие законы, с которыми дружить невозможно, а порой и просто противно.

ХАН

— Ну, светлая память.

Валера Долгушин поднял рюмку и залпом выпил. Хан тоже выпил. За светлую память Андрюхи Полякова, погибшего при странных и до конца не установленных обстоятельствах в Оренбургской области, куда он поехал в служебную командировку, когда разрабатывал группировку Лебедева-Ворона. Они дружили много лет — Ханлар Алекперов, Валера Долгушин и Андрей Поляков. Хан с Андреем работали в одном подразделении, Долгушин — в другом, занимался наружным наблюдением, таких, как он, в милицейской среде называли «топальщиками» или «топтунами». С тех пор, как погиб Андрей, прошло почти три года, и все это время Хан старался, как мог, глаз не спускать с группировки Ворона. Собирал материал по крупицам, осторожно, исподволь, чтобы не засветиться не только перед бандитами, но и перед теми ментами, которые их крышевали. Ворон и его группировка стали для Хана делом жизненно важным. Правда, в последнее время он из-за Оксаны и Аркадия дело это почти совсем забросил, мало что по нему делал, но не забывал о нем.

Сегодня день рождения Андрюхи, и они с Валерой, как обычно, собрались помянуть его и выпить.

— Как у тебя с Оксаной? — спросил Долгушин, хрустя огурцом, порезанным толстыми кусками. — Наладилось?

Хан отрицательно помотал головой.

— Не понимаю я тебя, Хан. Чего ты ждешь-то? Чтобы там все зашло так далеко, что уже ничего сделать нельзя будет? Что там происходит?

— Аркадий дом покупает в Подмосковье, — уныло сообщил Хан. — Хочет часть бизнеса перевести в Россию и жить здесь подолгу. Не знаю я, Валера, что делать. Извелся весь, работать не могу. Дышать не могу. Жить не могу. Если Ксанка снова меня бросит...

— Ага, а ты сиди и дожидайся, пока она тебя бросит. Думаешь, там все так далеко зашло?

— Да я понятию не имею, куда оно зашло. Я ж на их свиданиях не присутствую. Правда, они встречаются всегда при Мишке, так что... Не знаю я, Валер, правда, не знаю.

— Слушай, да ты мент или кто? — возмутился Долгушин. — Давай наливай, махнем еще по одной.

Они торопливо выпили по рюмке, закусили бутербродами с ветчиной.

— Давай я попрошу ребят, пущу за Оксаной наружку, мне по дружбе сделают без проблем. Надо же знать, в конце концов, чем она с твоим Аркадием занимается, о чем разговаривает. Может, они уже планов насчет совместной жизни понастроили — громадье, а ты сидишь тут и кукуешь. Хочешь, прямо сейчас позвоню?

Долгушин потянулся к телефону, но Хан перехватил его руку.

— Не надо, Валера, глупости это.

— Почему глупости? Знаешь, как говорят умные люди? «Осведомлен — значит, вооружен». Правду надо знать всегда.

— Не надо, — твердо повторил Хан. — Во-первых, умные люди говорят не так.

— А как?

— Предупрежден — значит, вооружен. Предупрежден, а не осведомлен.

— Ну и в чем разница?

— В том, что я и так предупрежден. Я прекрасно понимаю опасность, которая исходит от появления Аркадия. А быть осведомленным, то есть знать детали, мне ни к чему. Это их личное, интимное дело, и влезать в него я не считаю для себя возможным.

— Никогда не думал, что ты такой чистоплюй, — неодобрительно произнес Долгушин. — Вот сколько лет тебя знаю, а не подозревал за тобой этой слабости. Ты же простой российский мент, а не аристократ вшивый. Вот и надо быть проще. Наливай.

Хан разлил водку, опрокинул в себя содержимое рюмки. Хмель не брал его, и он досадовал на то, что не может хоть ненадолго избавиться от боли.

— Это не слабость, — возразил он другу, беря новый бутерброд. — Это уважение к человеку. И это во-вторых. Все, закрыли тему. Лучше расскажи, как у тебя на любовном фронте дела обстоят. Удалось тебе избавиться от той дурочки, которая на тебе висела?

— Ой, не напоминай, — Долгушин затряс головой и стал похож на вышедшего из воды и отряхивающегося ньюфаундленда. — Столько сцен пришлось пережить — жуть малиновая. Но зато теперь все. Теперь я на некоторое время всецело принадлежу своей законной супруге Елене, которая, кстати, собрала нам с тобой эти бутерброды, велела выпить рюмку за нее, поскольку она не может присутствовать, и передавала тебе горячий привет и нежный поцелуй.

— Я рад за тебя.

— А уж как я-то рад! Слушай, Хан, у меня к тебе есть деловое предложение. Надо одному человечку помочь.

Хан насторожился. Вообще-то за другом Валерой нечистоплотный протекционизм не замечался, но ведь они не виделись почти два месяца, а за два месяца много чего могло случиться. Люди меняются так быстро...

— Да не напрягайся ты, — засмеялся Долгушин, — поступиться служебным долгом я тебя не прошу. Просто на меня вышел один знакомый опер, у них висит двойное убийство, и концы тянутся в Оренбургскую область. Они предлагают тебе обменяться информацией, глядишь, у вас вместе картинка и нарисуется. Ты же про оренбургских бандитов все знаешь.

— Ну, во-первых, не про всех оренбургских, а только про одну конкретную группировку из одного конкретного города. А во-вторых, я и про них не все знаю. В последние месяцы я их как-то упустил, почти никакой информации не получал.

— Так я не понял, — обиженно сказал Долгушин. — Ты что, отказываешься с ним встречаться?

— Нет, — вздохнул Хан. — Не отказываюсь. Встречусь. Давай еще по одной.

— Поехали, — согласился Долгушин.

Домой Хан пришел во втором часу ночи. Еще с улицы он увидел, что в спальне и в гостиной горит свет. Оксана не спит, ждет его. Зачем? Почему она не легла? Ждет для решающего разговора? Собирается объявить ему, что уходит? Вот оно как. Значит, сегодня. Дождался.

Жена вышла в прихожую, едва он открыл дверь.

— Ты выпил?

В голосе ее Хан не уловил ни упрека, ни неудовольствия. Она задала вопрос таким же тоном, каким спросила бы: «Есть будешь?»

— Да, выпил. Сегодня день рождения Андрюхи.

— Да, конечно, — Оксана виновато улыбнулась. — Прости, я забыла. Раздевайся, что ж ты в куртке стоишь.

Хан послушно разделся, снял ботинки, прошел в комнату и сразу увидел включенный ноутбук. До его прихода она сидела за компьютером и снова писала письмо Аркадию. О чем? Наверное, Оксана волнуется перед решающим разговором, не знает, как сказать мужу о своем уходе, пытается собраться с силами, а Аркадий ее подбадривает, подсказывает нужные слова и все такое. Господи, как тяжело! Наверное, то же самое чувствуют осужденные перед казнью.

— Хан, — Оксана подошла сзади и легко тронула мужа за плечо, — присядь, мне нужно с тобой поговорить.

Ну вот. Вот и все. Сейчас она скажет то, чего он так боялся все эти месяцы, и потом... Даже думать не хочется о том, что будет потом.

— Не возражаешь, если я постою? — каким-то деревянным голосом спросил Хан. — Насиделся за день. Да и в машине...

— Ты приехал на такси?

— Нет, на своей. А что?

— Тогда я скажу тебе две вещи, хотя сначала собиралась сказать всего одну.

Она села на диван, выпрямила спину и положила руки на колени, как примерная ученица.

— Я прошу тебя, Хан, не садиться за руль, когда ты в таком состоянии. Ты выглядишь совершенно трезвым, у тебя ясный взгляд и нормальная речь, но я знаю тебя много лет и вижу, что выпил ты много. Я прошу тебя. Пожалуйста. Дай мне слово.

— Даю, — машинально ответил Хан. Сейчас он мог бы дать Оксане любое слово, пообещать все, что угодно, ведь выполнять все равно не придется, если они больше не будут жить вместе. — Это первая вещь, которую ты собиралась сказать?

— Нет, вторая. Но первая из нее плавно вытекает.

— Что-то я не понял...

— Хан, я люблю тебя. И я не хочу тебя потерять. Я не хочу, чтобы с тобой что-нибудь случилось. Я прекрасно вижу, в каком состоянии ты пребываешь последнее время, и понимаю, что это из-за Аркадия. Так вот, я хочу тебе сказать, что никогда не совершаю дважды одни и те же ошибки. Однажды я уже уходила от тебя. Второй раз этого не случится. Ты можешь верить мне или не верить, ты имеешь право ревновать, но ты должен знать: я люблю тебя и бросать тебя не собираюсь. Я просто хочу, чтобы у Мишки было два отца, один — родной, а другой — умный и порядочный. Разве это плохо?

Хан попытался сглотнуть комок, который внезапно разбух где-то в горле.

— Не знаю. Наверное, ничего плохого в этом нет.

Он слышал свой голос и удивлялся тому, что не узнает его.

— Вот и хорошо, — Оксана улыбнулась. — Ужинать будешь?

— Буду.

Еще пять минут назад при мысли о еде Хана начинало подташнивать, но сейчас он готов был съесть все, что ему предложат. Оксана выключила компьютер, и они пошли на кухню.

— Суп будешь?

— Буду.

— А отбивные с картошкой?

— Тоже буду.

— Не лопнешь? — лукаво усмехнулась она.

— Не должен. Во всяком случае, постараюсь.

Застрявший в горле комок наконец сглотнулся, и Хан начал узнавать собственный голос. Сковывавшее его напряжение понемногу ослабевало, и он почувствовал, как руки, еще несколько минут назад ледяные, стали теплыми.

— Ксюша...

— Да?

Она обернулась, такая домашняя, со сковородкой в одной руке и масленкой — в другой. Такая родная, такая любимая.

— Ты с кем-то переписываешься по электронке?

Лицо ее залилось румянцем. Она ответила не сразу, отвернулась и принялась деловито разогревать еду. Хан почувствовал неладное. Почему она не ответила? Неужели это все-таки Аркадий? И все ее слова, которые она только что произнесла, — ложь, ловкий маневр?

— Ксюша, пойми меня правильно, я не собираюсь лезть тебе в душу и уличать в чем-то, просто я заметил, что ты... ну, ты этим занимаешься, когда меня нет или когда я сплю... Создается такое впечатление, что ты хочешь от меня что-то скрыть. Я не спрашиваю, что именно, просто мы всегда были откровенны друг с другом, и ты должна знать, что я это замечаю и мне это неприятно.

— Хан, я скажу тебе правду, только дай слово, что не будешь ругаться.

— Даю слово.

— Понимаешь... Господи, ну как тебе объяснить...

Точно. Она общается с Аркадием. И теперь ищет более или менее сносные объяснения, которые удовлетворили бы мужа и не обидели его. Значит, все ложь. И сейчас боль вернется снова и будет еще сильнее.

— Хан, я старею, — выпалила Оксана. — Мне уже далеко не двадцать пять.

— Нетрудно догадаться, — недобро усмехнулся он. — Мы с тобой бывшие одноклассники, стало быть — ровесники.

— Не смейся, пожалуйста. У меня морщины, у меня появился второй подбородок, талия заплыла совсем, а помнишь, какая она у меня была? Я хочу хорошо выглядеть, я хочу нравиться тебе...

— Ты и так мне нравишься, — перебил Хан.

— Нет, не так. Просто ты пока еще любишь меня и ничего не замечаешь, но настанет момент, когда ты обратишь внимание на более молодую женщину и начнешь нас сравнивать. Вот тогда ты все и заметишь.

— Чушь! Ерунда какая-то! Ты всегда будешь мне нравиться.

— Не зарекайся. И потом, может быть, тебе я и нравлюсь, но я не нравлюсь себе. В общем, я решила сделать пластику.

— Что ты решила?! Ты что, с ума сошла?

— Хан, пожалуйста... Женщине важно самоощущение, ей хочется чувствовать себя молодой и привлекательной. Может быть, я дура, но что поделаешь, если мне для душевного спокойствия нужно не чувствовать себя старой.

— Ксана...

— Погоди, не перебивай меня. Я понимаю, что пластика — дело серьезное, рискованное и очень дорогое, если делать в хорошей клинике. Я брожу по Интернету, ищу разные материалы, собираю информацию, сравниваю. Нашла сайт, на котором женщины общаются по проблемам косметологии, в том числе хирургической, и я с ними переписываюсь, стараюсь узнать, какие есть операции, какие процедуры, косметические средства, аппараты, какие цены на все это. Может быть, можно обойтись и без операции.

— Господи, Ксюша, — простонал Хан, — ну почему ты мне сразу не сказала? Зачем эти ночные посиделки в обществе незнакомых тебе теток, которых ты в глаза не видела, которые наврут тебе с три короба, и ты даже не спросишь с них за обман. Я мог бы устроить тебе консультацию у самых лучших косметологов и пластических хирургов, если уж тебе так приспичило омолодиться. Почему надо было скрывать это от меня?

— Ну... мне было неловко. Я стеснялась.

Он встал и обнял жену.

— Ты дурочка, да?

— Да, — покорно кивнула она, утыкаясь в его плечо.

— Ты понимаешь, что я тебя люблю всю жизнь и буду любить, как бы ты ни выглядела?

— Понимаю. Но мне же хочется...

— Да ради бога, Ксюша. Разве я против? Если тебе от этого лучше — делай. Только не надо меня стесняться, ладно? Не надо скрывать от меня такую ерунду. А то я уж начал было думать, что у тебя появился любовник.

Она резко отстранилась, глаза ее расширились и посветлели.

— Как ты сказал? У меня — любовник? Да как у

тебя язык повернулся такое ляпнуть! Ты что, всерьез думаешь, что я могу тебе изменять?

— Нет, всерьез не могу, — с улыбкой ответил Хан. — Могу только в шутку. Ну а что я должен был думать, видя, как ты с кем-то переписываешься тайком от меня? Я — нормальный мужик, мне мысль о твоей пластике в голову прийти не может в принципе. Понимаешь? Я мог бы выстроить три тысячи предположений, а до пластики не додумался бы. По-моему, на плите что-то горит.

— Отбивные!

Оксана вырвалась из его объятий и метнулась к плите.

— Хорошо, что у тебя такое тонкое обоняние, — с облегчением произнесла она, переворачивая мясо на сковороде. — Мясо не пригорело, только собиралось, а ты уже запах почуял. Садись, я наливаю суп.

Хан съел большую тарелку горячего супа и две отбивные с изрядной порцией картофельного пюре. В этот момент алкоголь «догнал» его, смертельно захотелось спать, уснуть прямо здесь, на кухне, положив руки на стол и уткнувшись в них головой. Но он сделал над собой усилие, принял душ и улегся, как положено, в постель. К моменту, когда Оксана вошла в спальню, он спал как убитый.

Ему снились счастливые сны.

ВИРТУАЛЬНАЯ ПЕРЕПИСКА

Одалиска — Морю, 21 июля 2004 года

Моречко, меня снова одолели сны. Несколько дней подряд снится Костя, как будто он возвращается, и мы так хорошо встречаемся, он такой радостный, веселый, так любит меня и Дашеньку, и во сне я думаю, что у нас все хорошо и вообще ничего плохого не было, сердце разрывается от любви к нему, и мне так сладко, так радостно, а все эти заморочки с его отъездами и с той бабой просто мне приснились. Потом я просыпаюсь и понимаю, что все наоборот, что все плохое было и есть на самом деле, а все это счастье мне просто приснилось... И так мне тяжко, так грустно, так невыносимо — передать невозможно.

Наверное, это называется «умирать от ревности». Я и вправду чувствую, что умираю. Меня поддерживает только надежда на то, что он вернется. Знаешь, я поняла, что не смогу жить, если не буду видеть его, прикасаться к нему, разговаривать с ним. Он мне нужен как воздух. Я раньше, когда читала про это в книжках, думала — фигня какая-то, как это человек может быть нужен как воздух, так не бывает. Оказывается, бывает. Со мной вот случилось, и я теперь не знаю, как жить без Кости. Он звонит мне нерегулярно, когда через день, а когда и раз в неделю, но дольше чем на неделю не пропадает, говорит, что дел очень много, никак не получается их разрулить, и когда вернется — неизвестно. Ну как это можно: звонить раз в неделю, когда у тебя дома маленький ребенок? Да любой нормальный муж звонил бы каждый день, и работа тут ни при чем, при любой занятости можно выкроить пять минут, чтобы позвонить и узнать, все ли в порядке, здоров ли ребенок, да и про жену поинтересоваться не грех, жена все-таки, а не чужая тетка. Нет, тут дело не в работе, а в бабе, от которой Костя совсем голову потерял, даже про нас с Дашкой забывает. Откуда звонит — непонятно, может, и вправду из Москвы, а может, и из-за границы, разве проверишь? Но когда я слышу его голос, меня такое счастье охватывает — передать не могу! Я очень сильно его люблю, очень-очень сильно, и даже думать не могу о том, что больше не услышу его голос и не увижу его, не обниму. Мысль о том, что я его теряю, невыносима. И я все время боюсь. Он не звонит, и я боюсь, что он уже никогда больше не позвонит, что наш с ним последний телефонный разговор был действительно последним. А когда он звонит, я начинаю бояться, что вот именно сейчас он решился мне сказать, что бросил меня и уже не вернется. Вот так все время и боюсь.

Учебники и пособия, которые ты мне порекомендовала, я заказала и получила: и книги, и кассеты, и диски. Сижу целыми днями, пытаюсь вникнуть, разобраться, но ничего не получается. Наверное, я слишком давно ничему не училась, мозги заржавели. Я-то думала, стоит мне только начать — и все пойдет как по маслу, а так не выходит. Не так это все просто. А может, мне мои черные мысли мешают, страхи, ревность. Ты не знаешь какого-нибудь способа мозги раскачать? А то у меня уже руки опускаются.

Твоя О.

Море — Одалиске, 23 июля 2004 года

Ну что тебе сказать, Одалиска? Это очень тяжело: знаешь, что в любой момент можешь потерять любимого человека, но не можешь никак повлиять на ситуацию, просто сидишь и ждешь, когда это случится. То есть нет, не так. Не ждешь, как мы обычно ждем, с желанием, чтобы событие скорее наступило, а ждешь, как осужденные ждут казни. Понимаешь, что момент неизбежно наступит, но не знаешь, когда именно. Трудно придумать что-нибудь хуже этого. Так бывает, когда кто-то из близких неизлечимо болен и конец может наступить в любой день, даже в любую минуту, и ты ничего не можешь сделать, и ни один врач в мире не может тебе помочь, и нет такого лекарства, которое эту болезнь лечит. Ты живешь с этим каждый день, каждый час, понимая, что вот сейчас человек еще жив, он еще есть в твоей жизни, а через минуту его может уже не стать. И сделать ничего невозможно.

Что-то я сегодня в миноре. Ты, наверное, ждешь от меня слов ободрения и утешения, а я не соответствую... Даже слов нужных что-то не нахожу. Но знаешь, зайка моя, все не так плохо, как кажется, потому что даже если Костя по уши влюбился в ту женщину, то всегда есть надежда, что это пройдет. Это всегда проходит. Всегда. Чуть раньше, чуть позже, но проходит, потому что любое чувство рано или поздно проходит. И поэтому есть надежда, что он вернется. В отличие от болезни, которая не проходит и не дает надежды. Так что думай о хорошем.

Обнимаю тебя,

Море.

Одалиска — Морю, 14 августа 2004 года

Моречко! Сегодня утром я проснулась с уверенностью, что Костя обязательно вернется. Не знаю, откуда появилось это чувство, но я проснулась такая легкая, светлая, радостная! У нас все лето шли дожди, хорошей погоды совсем не было, а сегодня выглянуло солнышко. Я открыла глаза, увидела, как оно пробивается сквозь шторы (у нас спальня окнами на восток), и вдруг поняла, что все у нас будет хорошо, что Костя меня любит, что он не врет насчет командировки, просто у него действительно много каких-то сложных дел, и я просто не имею права ему не верить. Он обязательно вернется! Уже совсем скоро, я уверена.

Костя не звонил целых три недели, я чуть с ума не

сошла, думала: теперь уж точно все, конец. Больше он никогда не позвонит, он все решил для себя, решил, что остается с этой сучкой и нас с Дашенькой из своей жизни выбрасывает. И знаешь, я почти смирилась. Как говорится, насильно мил не будешь, что ж делать, если он меня разлюбил. Подло, конечно, бросать жену с маленьким ребенком без всякой поддержки, и тут я его не оправдываю. Честно признаюсь, я в душе много горьких слов ему сказала, и ругалась, и обзывала по-всякому, и упрекала, и уговаривала. Да что толку!

А вчера он позвонил, сказал, что ужасно скучает, что любит меня. Не знаю, врал или нет, но так хочется верить ему! И сегодня я уже верю. Верю, что он вернется и что все у нас будет отлично. Как ты думаешь, он уже начал к ней остывать? Мне почему-то кажется, что начал. Еще немножко потерпеть — и он приедет. И больше уже не уедет.

С учебой дело продвигается туго, даже не думала, что учиться так трудно. В школе мне казалось, что это легко. Как ты думаешь, это потому, что школьные предметы не такие сложные, или потому, что я уже старею и не так быстро соображаю, как в юности?

Моречко, а вдруг Костя совсем-совсем не врет, и никакой бабы у него нет, он действительно в Москве, и действительно по делам, и их так много, что он никак не может вернуться пока? Может, я зря так бешено ревную?

Одалиска.

Море — Одалиске, 22 августа 2004 года

Здравствуй, зайка моя! Мне тоже кажется, что твой Костя обязательно вернется. У меня, конечно, не очень большой опыт с мужиками, замужем была пять лет, были какие-то более или менее серьезные романы до свадьбы и после развода, но даже моего скромного опыта достаточно, чтобы предположить, что, если бы Костя собирался тебя бросить, он бы тебе об этом уже давно сказал. Я просмотрела твои письма, он ведь уехал 11 мая или 12-го, верно? А сейчас уже август заканчивается, то есть с его отъезда прошло три с лишним месяца. Я понимаю, у него могло не хватить душевных сил сказать тебе правду в момент отъезда, но уж спустя три месяца нет смысла ее скрывать, если он не собирается возвращаться. Допустим, у него есть любовница, и допустим, он увлечен ею так сильно, что не может прожить без нее ни дня, поэтому сейчас живет с ней, но я больше чем уверена, что твой Костя не собирается жить с ней всегда. Он прекрасно понимает, что сейчас он болен любовью к этой женщине, но болезнь пройдет, он выздоровеет и вернется к тебе. У него нет намерения тебя бросать, просто у него нет сил не быть с ней, понимаешь?

Послушай, Одалиска, а не завести ли тебе кошку? Или собаку? Для ребенка это всегда очень хорошо, да и для тебя самой будет полезно. Лучше, пожалуй, даже собаку, щеночка совсем маленького. Кошки, даже когда они еще котята, все-таки существа малопроблемные, нужно только приучить к лотку — и больше никаких забот. Если брать котенка у нормального заводчика, то к двум месяцам он уже знает лоток, и тогда вообще никаких проблем с ним нет. А щенки до шести месяцев писают и какают на пол, брать же подрощенного щенка, то есть старше шести месяцев, когда он уже ходит по своим делам на улицу, опасно: к этому времени мало ли как его воспитывали — потом не переучишь, характер сформировался. Со щенками забот — выше крыши, и убирать за ними надо постоянно, и пищу специальную готовить. Отвлечешься. Зато они, в отличие от кошек, такие ответные на любовь и ласку! Будет куда приложить твои эмоции. Не думай, что я издеваюсь и предлагаю тебе заменить мужа собакой, боже упаси! Просто ты очень тревожишься и постоянно думаешь о Косте, а я предлагаю тебе заменить объект приложения твоих мыслей, внимания, забот и тревог. Заведи щенка и думай о нем, тревожься, заботься. Вот увидишь, тебе станет намного легче. Весь ужас твоей ситуации в том и состоит, что ты не можешь повлиять на ее развитие, как бы сильно ты ни тревожилась, ни переживала, что бы ты ни думала. А перестать тревожиться и переживать ты не в состоянии, так продолжай, только делай это конструктивно, то есть с пользой хотя бы для животного. Тревожься о том, чтобы щенок вырос в красивую здоровую собаку, умную и послушную, заботься об этом, посвяти этому значительную часть своих мыслей, и это принесет свои плоды, даст результат. Если же все время думать и волноваться о Косте, результата это все равно не даст, только себя измучаешь. Бесплодные эмоции разрушают душу, это примерно то же самое, что принимать сильнодействующие лекарства, будучи совершенно здоровым. Пользы никакой, один вред.

Обнимаю тебя, Одалисочка, будь умницей,

Море.

Одалиска — Морю, 8 сентября 2004 года

Моречко, спасибо тебе за совет, кажется, он и в самом деле очень хороший. Когда я заговорила с Дашкой о щенке, она аж завизжала от восторга и теперь каждый день пристает ко мне: а какого щенка мы возьмем, какой породы, какого цвета, а в чьей комнате он будет спать, а кто будет с ним гулять? Косте я по телефону тоже сказала, что хочу завести собаку, ты знаешь, он так обрадовался! Самое смешное и одновременно обидное, что с тех пор он звонит каждый день и спрашивает, решила ли я насчет породы и выбрала ли заводчика или питомник, сказал, что породу я могу определить сама, пусть будет такая собака, как я хочу, но, прежде чем покупать щенка, я должна сказать Косте, какого именно, и он позвонит своим друзьям в наш областной центр и проконсультируется, у какого заводчика лучше брать, чтобы был надежный, чтобы производители были здоровые и чистопородные, ну и все такое. Ты представляешь, Море? Каждый день звонит и спрашивает, что я надумала, и предупреждает, чтобы никакой самодеятельности, чтобы без его сигнала не вздумала брать щенка где попало. Обидно ужасно, ради ребенка не звонил так часто, как ради собаки. Неужели все мужики такие? Козлы!

Я подумываю о лабрадоре, говорят, они очень хороши, если в доме дети. Колли тоже хорошие с детьми, но от них ужасно много шерсти. В общем, целыми днями торчу в Интернете, изучаю собачий вопрос. У тебя есть какие-нибудь идеи?

Одалиска.

Море — Одалиске, 11 сентября 2004 года

Одалисочка, я в собаках ничего не понимаю, у меня их никогда не было. То есть я понимаю ровно настолько, чтобы осознавать, какая это ответственность и какие проблемы и заботы, но в породах и в особенностях не разбираюсь. У каждой породы свой характер и свои плюсы и минусы, так что ты принимай решение сама или советуйся с Костей, все-таки с этой собакой жить именно вам, а не мне.

Да-да, я не ошиблась, когда написала «вам», а не

«тебе». Потому что теперь уже совершенно очевидно, что Костя вернется. Пусть не завтра и даже не через месяц, но обязательно вернется, иначе ему было бы абсолютно безразлично, какую собаку ты заведешь. Не ему же с ней жить. А он принимает в собачьем вопросе самое живое участие, и это говорит в пользу того, что он собирается рано или поздно вернуться. В противном случае он бы спокойно сказал тебе: «Конечно, покупай, мне все равно, кого ты заведешь». Скажу тебе больше: тот факт, что он не настаивает на определенной породе и предоставляет тебе самой выбрать то, что ты хочешь, говорит о том, что он хочет сделать тебе приятное. А это что означает? Что у него есть чувство вины перед тобой, он понимает, что сделал тебе больно, что тебе плохо без него, и пытается хоть чем-то смягчить твою боль, как-то загладить вину. Пусть неуклюже, но не это же важно, правда? Я еще не встречала мужиков, которым было бы безразлично, какой породы собаку заводить, они всегда хотят что-то определенное, а если есть дом и участок, то, как правило, хотят крупного сторожевого пса. Костя же ни на чем не настаивает, потому что хочет тебе угодить. И это очень хорошо. Это очко в твою пользу.

Так что вперед, Одалисочка! Выбирай породу, выбирай питомник, бери щенка, и у тебя начнется совсем другая жизнь, новая и интересная.

Море.

Одалиска — Морю, 17 сентября 2004 года

Море, а тебе не кажется, что Костино безразличие к породе собаки вызвано тем, что он не собирается с нами жить, поэтому ему все равно, какую собаку мы заведем?

О.

Море — Одалиске, 17 сентября 2004 года

Нет, зайка моя, не кажется. Если бы ему было все равно, если бы он не собирался возвращаться, то ему было бы до лампочки, что собака может оказаться больной или ущербной. Не ему же с ней возиться. А ему не все равно, видишь, как он трепещет насчет питомника-заводчика? Так что не выдумывай.

Море.

Одалиска — Морю, 2 октября 2004 года

Свершилось! Моречко, у нас щенок, очаровательный до невозможности, такой смешной, такой обаяшка! Не понимаю, почему у нас раньше не было собаки, это же так здорово! Он у нас уже три дня.

Само собой, я постоянно хожу с тряпкой и подтираю за ним, уже спина болит, потому что приходится все время нагибаться, но это все ерунда по сравнению с тем, как радуется Дашка! Она просто расцвела. Даже о папе перестала постоянно спрашивать, все время около щенка крутится, а когда он спит, сидит рядом и смотрит на него.

Ой, бегу, кажется, он опять напустил лужу.

О.

Море — Одалиске, 5 октября 2004 года

Одалисочка, а порода какая? Самое главное-то ты упустила. Какой возраст, какой окрас? Что написано об этой породе? Понимаю, что тебе сейчас не до меня, но, когда будет время, напиши, пожалуйста.

Море.

Одалиска — Морю, 19 октября 2004 года

Море, прости, что долго не отвечала. Закрутилась. Сначала Дашка заболела, лежала с высокой температурой, я от нее пять дней не отходила, чуть умом не тронулась от страха за нее. Потом, только Даша чуть-чуть выправилась, у щенка начался понос, а это же по всему дому... Он маленький, шустрый, за ним не уследишь, мало ли в каком углу ему приспичит или под каким диваном, и вот я целыми днями ношусь по дому с тряпкой, во все закутки заглядываю, под все столы, кресла и диваны, проверяю, не напачкал ли он там. У нас, конечно, не дворец, но все-таки два этажа, 170 квадратных метров, так что можешь себе представить, сколько уголков и всяких интересных мест, где можно нагадить. Я хотела, как мне советовали, держать щенка в одной какой-то комнате, застелить там пол полиэтиленом и газетами, мебель убрать или сдвинуть, тогда было бы легче, но Дашка устроила скандал, она хочет играть с ним по всему дому, и я не могу ей отказать. Ладно, буду ходить с тряпкой, лишь бы девочка радовалась. И на участок выпускать его пока нельзя, еще прививки не сделали.

Это лабрадорчик, как я и хотела с самого начала, черненький, два с половиной месяца. Мальчик. Насчет имени долго рядились, Дашка хотела, чтобы назвали Пуфиком, а Костя сказал, что Пуфик — это несерьезно для такой собаки, и пусть он будет Диком. Ну Дик так Дик, лишь бы Косте нравилось. Как ты думаешь, Море, если Костя настаивает на кличке, это о чем-то говорит?

Хотела написать подробнее, но сил нет, ужасно хочу спать, совершенно вымоталась за то время, пока Дашка болела.

Пока,

Одалиска.

Море — Одалиске, 22 октября 2004 года

Одалиска, по-моему, все просто здорово! И то, что твой муж настаивает на определенной кличке для собаки, — очень хороший признак. Я все больше убеждаюсь в том, что была права: он точно знает, что вернется, только не знает, когда именно. Но оставаться там, где он сейчас находится, он не собирается, никаких сомнений быть не может. Так что мои поздравления, Одалисочка!

Целую тебя,

Море.

Одалиска — Морю, 11 ноября 2004 года

Сегодня ровно полгода с тех пор, как Костя уехал. И я чувствую, что он уже не вернется. У меня внутри словно какой-то часовой механизм сработал, как будто было запрограммировано: пока полгода не пройдет, ты еще можешь надеяться, а потом — все. Никаких перспектив.

Вот я сегодня и поняла, что все. Конец. Ничего уже не будет, он не вернется, он нас бросил. Да, он продолжает звонить, правда, теперь опять нечасто, сейчас, например, он уже десять дней не звонил. Щенок его больше не интересует, так я понимаю. В общем, все ясно, Моречко, и обольщаться я больше не собираюсь. Все кончено, и надо как-то учиться жить без Кости, я имею в виду, надо учиться жить с мыслью о том, что Кости больше в моей жизни не будет, он не придет в этот дом, не сядет в гостиной перед телевизором, не будет есть то, что я готовлю, не будет спать со мной в одной постели. Ничего больше не будет. Никогда.

Господи, Море, если бы ты только знала, как мне горько, как больно... И еще очень больно осознавать, что мой муж — трус и слабак, за полгода он так и не нашел в себе сил ни бабу эту бросить, ни мне все честно сказать. Дерьмо он, а не мужик. Очень, знаешь ли, неприятно сознавать, что прожила восемь лет с таким угробищем. И ведь как я его любила! Любила такое дерьмо. Гордиться нечем.

О.

Море — Одалиске, 12 ноября 2004 года

Одалисочка, тебя опять заносит куда-то не туда. Ну что значит «полгода — это конец»? Глупости это все. Полгода ничем не отличаются от пяти месяцев и двадцати девяти дней, поверь мне, я ведь все-таки постоянно имею дело с цифрами. Помнишь детскую шутку о том, сколько пшеничных зерен составляют кучку? Ответ: сто. А два зерна — это кучка? Конечно, нет. И три — тоже нет. И четыре — нет. И так далее. Прибавляешь каждый раз по одному зернышку, и тогда все время получается «не кучка», и становится непонятно, в какой же момент «не кучка» превращается в «кучку». Так и с днями. Ты просто попала под магию слов «шесть месяцев», тебе кажется, что это очень много, что это целая эпоха, что через эту пропасть уже нельзя переступить, а ты попробуй посчитать по дням: вот Костя уехал 12 мая, а что, 13 мая — это уже пропасть? Нет. А 14 мая? И так далее. И ты поймешь, что никакой катастрофы пока не произошло. Ну полгода. Ну семь месяцев. И что? Все равно ты должна верить и надеяться, что он вернется, если он сам не скажет тебе, что не вернется никогда. Пока не скажет — надейся и думай о хорошем.

И что означает эта твоя фраза о том, что ты Костю любила? Почему в прошедшем времени? Совсем еще недавно ты его любила в настоящем времени, куда же все девалось? Вчера любила, а сегодня уже не любишь? Так не бывает. Или ты и вчера его уже не любила и просто придумывала себе любовь к нему, или ты его еще и сегодня любишь. Так что не надо себя обманывать. Да, согласна, неприятно осознавать, что ты любишь человека, совершившего недостойный поступок. Но ты же все равно любишь, потому что любовь быстро не проходит, она проходит постепенно, просто многие этого не замечают и очень ловко сами себя обманывают. Вот ты думаешь, что сегодня уже не любишь Костю. А что будет, если он сейчас позвонит и скажет тебе, что закончил все свои дела и завтра возвращается домой? То есть выяснится, что он тебя не бросил и не собирался этого делать, более того, вдруг окажется, что и женщины никакой у него не было, а просто было очень много сложных и длинных дел. Ты что, снова его полюбишь? Или скажешь: не приезжай, я тебя больше не люблю? Чушь собачья! Ты придумала себе, что больше не любишь его, потому что неприятно и унизительно чувствовать себя любящей и брошенной. Намного легче, когда ощущаешь себя в такой ситуации нелюбящей, то есть разлюбившей. Ну, бросил — и хорошо, вроде как баба с возу — кобыле легче. И если окажется (а я уверена, что именно так и окажется), что ты не брошенная, тебе станет стыдно за то, что ты так поспешно отказалась от своей любви.

Вывод: ты любишь своего мужа, Одалиска, тоскуешь без него и очень не хочешь, чтобы он тебя бросил, и в этом нет ничего постыдного и унизительного. Не смей стесняться своей любви, слышишь? Это великое, потрясающее чувство, которое прекрасно само по себе независимо от того, на кого оно направлено, и оно ни при каких обстоятельствах не может быть смешным или достойным презрения и осуждения. Даже если любовь безответна, она все равно прекрасна и заслуживает уважения, запомни это. Когда твой муж вернется, ты еще вспомнишь эти слова и скажешь мне спасибо.

Подумай.

Море.

Одалиска — Морю, 25 ноября 2004 года

Спасибо тебе, Море. Спасибо за все. Костя не вернулся, но все равно спасибо. Ты моя самая родная. Ты — самая лучшая.

О.

ИГОРЬ ДОРОШИН

Саша Вознесенский вернулся через три дня. По телефону он уже сообщил мне, что нашел Наталью Самойлову, в девичестве Новокрещенову, в городе Заводоуковске, и она сказала, что в феврале к ней приезжал некий молодой человек с расспросами про Витю Осипенко и Колю Кузнецова. Звонил Саша из машины по дороге в аэропорт, у него садилась батарея в мобильнике, поэтому подробный рассказ мы отложили до личной встречи.

Светка буквально взяла меня за горло с требованием, чтобы встреча с журналистом проходила у нее дома.

— Ну а где вам еще встречаться? Ты сам говорил, что у него жуткая аллергия на кошачью шерсть, значит, твоя квартира отпадает. На улице холод собачий, декабрь все-таки. У него дома родители. Так где еще?

— Мы можем посидеть где-нибудь в нейтральном месте, — отбрыкивался я. — В баре или в кафе, например.

— Ну конечно! — презрительно фыркнула Светка. — А я как же? Ты что, собираешься отлучить меня от дела? Это после всего, что я для тебя сделала?

— И ты с нами в кафе посидишь. Хотя ради такой светской дамы, как ты, я, пожалуй, готов разориться на приличный ресторан.

— Еще чего! Я столько лет беспрерывно хожу на светские мероприятия и банкеты, что меня уже воротит от общепита. Когда действительно надо — тогда вопросов нет, но, когда этого можно избежать, я предпочитаю сидеть дома. Короче, Гарик, я пеку эклеры с заварным кремом и ореховый торт, а ты дуй в аэропорт встречать своего журналиста и вези его прямо сюда.

— Аделана! — огрызнулся я.

Это была моя маленькая месть за ненавистного «Гарика». Впрочем, против эклеров я совершенно не возражал, а Светкин ореховый торт неизменно вызывал у меня искреннее восхищение. Восхищение было настолько глубоким, что от торта я обычно отъедал не меньше половины. Как-то незаметно он проскакивал, никто и опомниться не успевал.

Прилетевший из Тюмени Саша так обрадовался, когда я предложил ехать к Светлане, что я прямо-таки начал подозревать... В конце концов, это для меня она — соседка и друг, но для других-то мужчин она — женщина, да еще какая! Впрочем, возможно, Вознесенский просто голоден и хорошо помнит, что у Светки кормят обильно и чрезвычайно вкусно.

— Рассказывай, — потребовал я, едва мы уселись в машину. — Только имей в виду, что тебе придется все это повторить еще раз, при Свете.

— Так, может, подождем? — резонно предложил он. — Чего два раза одно и то же перетирать. Приедем — и все расскажу.

Мне в голову пришла нахальная мысль отвезти Вознесенского не к Светке, а к нему домой. А что? По дороге он мне все расскажет — и свободен, как птица в полете. Но Светка мне этого не простит. В самом деле, таскаться по тусовкам, выспрашивать, вынюхивать, ловить отдельные слова, полунамеки, сплетни, тратить на это время и силы, вместо того чтобы заниматься чем-нибудь более приятным, — и получить такой щелбан по носу. Мол, не суйся, не твое дело, мы, мужчины, между собой все выяснили, а ты сиди тихонько и жуй свои эклеры. Нет, поступить так со Светой Безрядиной я не могу. Я потом себя уважать не буду.

— Хорошо, — согласился я, — давай пока о чем-нибудь другом поговорим.

Саша всю дорогу рассказывал мне про город Заводоуковск, про местные нравы, про разваливающиеся дома с обшарпанными фасадами и роскошные особняки в пригородных зонах. Что ж, Тюменский край богатый, где нефть, там и деньги.

Но Светка-то, Светка! Как в воду глядела. Мы еще Кольцевую дорогу не пересекли, а она уже позвонила.

— Гарик, не вздумай у Саши все выспросить и отвезти его домой, — тоном строгой учительницы сказала она.

— Аделана, почему ты так плохо обо мне думаешь? — возмутился я. — Мы с ним договорились вообще ничего не обсуждать, пока не приедем к тебе.

— Это он с тобой договорился, а не ты с ним, — прозорливо заметила она. — У меня все готово, приезжайте скорее.

Разумеется, Вознесенский уцепил своим журналистским ухом слово «Аделана» и попросил разъяснений. Пришлось рассказывать о бурной Светкиной молодости и моей тупой юности. И как-то незаметно разговор соскользнул на историю моего знакомства со Светой. Я не люблю ее рассказывать, но Саша Вознесенский очень мне помог...

* * *

...Мне было пятнадцать лет, и у меня был кот по кличке Арамис, сиамский котище, голубоглазый, цвета кофе со сливками, спокойный и мудрый. Почему-то он очень любил улицу, все время рвался гулять, живо интересовался людьми, собаками и машинами. Я купил ему шлейку, которые надевают для прогулки на маленьких собачек вроде тойтерьеров, и примерно раз в неделю выводил на променад.

Родители мои в очередной раз уехали на гастроли. Как сейчас помню, папа должен был петь в Париже партию Зурги в «Искателях жемчуга» Бизе. Впрочем, это к делу не относится. Так вот, они уехали, я остался один на целый месяц, потому что спектакль должен был идти восемь раз.

Однажды я пришел из школы, пообедал, сделал уроки, попытался посмотреть телевизор, но ничего интересного в тот вечер не показывали, и я решил вывести Арамиса на прогулку. Было уже темно, но меня это не смутило. Мы оделись, я в куртку, Арамис — в шлейку, и отправились обозревать окрестности.

И надо же нам было нарваться на этих подонков! Мне показалось сперва, что все они примерно моего возраста, и страха перед ними я не испытывал, то есть, увидев их, облепивших скамейку и фальшиво бренчащих на двух гитарах, опасности я не почувствовал. Их было шестеро, и пели они что-то блатное и почти совсем нескладное. Когда мы проходили мимо, они перестали петь.

— Ты гляди, — громко заявил один из них, — кот на поводке. Чего этот шпендрик о себе вообразил? Что у него овчарка?

Они принялись задирать меня, я прибавил шаг и ничего не отвечал, стараясь поскорее уйти подальше, но не тут-то было. Парни стали приближаться всем скопом, окружили меня, а тот, который заговорил первым, наклонился и начал дразнить Арамиса. Другая кошка, как говорится, смолчала бы, но Арамис был сиамцем, и этим все сказано. Он и вообще-то насмешек не терпел, а тут еще пьяную агрессию почуял, ну и впился в обидчика когтями и зубами.

Не могу и не хочу описывать в подробностях то, что происходило дальше. Я — взрослый мужик, капитан милиции, но и у меня есть слабые места, которые трогать нельзя. Меня довольно прилично избили. А Арамиса, моего любимого, мудрого голубоглазого Арамиса, не стало. Они свернули ему шею, бросили мертвого кота рядом со мной, валяющимся на земле, и убежали.

Помню, я снял куртку и завернул в нее Арамиса. Я, конечно, понимал, что он уже умер, но мне почему-то казалось, что ему холодно, что пока он еще теплый — он чувствует. Так и брел я по темной улице, слизывая с губ льющуюся из носа кровь, раздетый, с мертвым котом в руках.

Я не очень-то понимал, куда иду. Не то домой, не то еще куда-то, ведь Арамиса надо похоронить, то есть закопать, а где? И чем рыть землю? У меня и лопаты-то с собой нет. В общем, соображал я плохо, но упорно шел вперед, пока меня не остановила какая-то пожилая женщина.

— Мальчик, с тобой все в порядке? — участливо спросила она.

Я опустил голову пониже, пытаясь скрыть окровавленное и мокрое от слез лицо, но это, наоборот, заставило ее внимательнее всмотреться. Конечно же, она все увидела.

— Ну-ка пойдем со мной, — скомандовала она, крепко беря меня за плечо.

— Куда?

— Здесь рядом. Пойдем-пойдем.

Она привела меня в опорный пункт милиции, где засиделся допоздна участковый Михаил Васильевич Филонов, немолодой дядька с усталыми и добрыми глазами. Женщина по имени Софья Яковлевна оказалась его женой, она знала, что муж до сих пор на работе, потому что сама только что приходила к нему, приносила в термосе горячий суп: Михаил Васильевич в тот день не успел пообедать.

Вдвоем они принялись хлопотать вокруг меня, промыли ссадины, приложили какие-то мудреные компрессы на заплывающие глаза, подробно выспрашивали, что случилось. Я сперва рассказывал довольно внятно, а потом не выдержал и разрыдался. Софья Яковлевна обняла меня, прижала к себе, гладила по голове и тихонько целовала в макушку, а Михаил Васильевич ходил вокруг нас и приговаривал:

— Ты поплачь, поплачь, Игорек, тебе сейчас нужно выплакаться. Я ж понимаю, это такое горе, такое горе, ты ж самого близкого друга потерял. Ты небось его еще котенком взял, он у тебя на ладошке сидел, ты все его проказы детские помнишь. Я понимаю, как тебе больно, так что ты плачь, плачь, Игорек, пока плачется, дай горю выйти, не держи его в себе. Если в себе удержишь, оно там так и останется, корни пустит, прорастет и всю жизнь тебе покоя давать не будет.

Потом они поили меня чаем с сушками и карамельками, в восемьдесят седьмом году хороших конфет в магазинах не было, и снова утешали, утешали, утешали...

А потом мы все вместе поехали на ближайший вокзал, сели в первую попавшуюся электричку и доехали до первой же платформы за пределами Москвы. Михаил Васильевич прихватил с собой небольшую лопатку, которая почему-то оказалась в опорном пункте, и мы стали искать место, где похоронить Арамиса.

— Вот здесь хорошо будет, — деловито сказала Софья Яковлевна. — Смотри, какой большой дуб. И коту твоему приятно будет здесь лежать, и тебе легко будет место найти, если захочешь его проведать.

Мы выкопали ямку, положили в нее Арамиса, присыпали землей. Я рыдал над могилкой кота так громко и отчаянно, что Михаил Васильевич крякнул и отвернулся, а Софья Яковлевна, не скрываясь, вытирала слезы.

Они уже знали, что я живу один и дома меня никто не ждет, поэтому повели ночевать к себе.

— Не надо тебе сегодня оставаться одному, — сказал Филонов. — И завтра в школу не ходи, побудь у нас дома с Соней. Она тебя полечит, примочки поставит, ссадины чем-нибудь помажет. Первые сутки — они самые тяжелые, по себе знаю. Надо непременно, чтобы кто-нибудь рядом был. И плакать в горе одному нельзя, иначе такое одиночество за горло берет — хоть вешайся. Когда плачешь от горя или обиды, обязательно нужно, чтобы кто-нибудь плечо подставил. Ты Сонечке в плечо поплачешь — тебе легче станет, вот помяни мое слово.

Я согласился и остался у Филоновых до вечера следующего дня. Михаил Васильевич оказался прав во всем, я действительно то и дело принимался плакать, вспоминая мученическую смерть Арамиса и представляя, как ему было больно и страшно, а Софья Яковлевна обнимала меня, подставляя плечо, в которое я и лил свои горькие мальчишеские слезы. Она целый день ставила мне примочки и компрессы, мазала пахучими мазями, от которых ранки и ссадины невыносимо щипало, но к вечеру я, как ни странно, выглядел почти прилично. Видно, опыт обращения с побитыми пацанами у нее был огромный. Когда вернулся со службы Михаил Васильевич, она спросила:

— Ну как, Игорек, домой пойдешь или еще на одну ночь останешься?

— Пойду домой, — твердо сказал я. — Родители

начнут беспокоиться, если я столько времени к телефону подходить не буду. Спасибо вам за все.

— Ладно, домой так домой, — почему-то вздохнул Филонов. — Пошли, провожу тебя, заодно прогуляюсь.

— И хлеба купи по дороге! — крикнула нам вслед Софья Яковлевна.

На улице мы некоторое время шли молча, потом участковый заговорил:

— Я узнал, кто это сделал.

— Их посадят в тюрьму? — с тупым безразличием спросил я.

— Нет, сынок, в тюрьму их не посадят. Трудно будет доказать, что они напали на тебя без всякого повода, ведь свидетелей-то не было. Их родители наймут адвокатов, и те будут подводить дело так, что это была обоюдная драка, а за драку малолеток не посадят. Скажу тебе больше, если все сойдется на обоюдной драке, то и у тебя будут неприятности, в милиции на учет поставят, в школу сообщат. В общем, нахлебаешься. У этих ребят родители такие, что тебя в покое не оставят. Еще и так повернут, что ты один во всем виноват, а они — ангелочки с крылышками.

— Но они же моего кота убили! — в отчаянии воскликнул я.

— Сынок, за кота им ничего не будет, нет такой статьи в Уголовном кодексе. Человеков убивать нельзя, а животных — пожалуйста. Такие у нас законы, и ничего мы с тобой с этим поделать не можем. И опять же нет свидетелей. Но одно я тебе могу пообещать: я с этих ребят глаз теперь не спущу. И не дай бог им сделать хоть что-нибудь, что подпадает под статью. Костьми лягу, чтобы их упечь. Ты мне веришь?

— Верю, Михаил Васильевич. Только Арамиса этим не вернуть.

— Это верно, — кивнул Филонов. — Это ты правильно говоришь, сынок. Хорошо, что у тебя сердце не жестокое. Но ты все равно знай: я про твою обиду помню и мерзавцев этих прощать не собираюсь.

Мы расстались возле моего подъезда. Михаил Васильевич велел мне записать его телефоны, и служебный, и домашний, и приходить в любое время, если на душе станет тяжело. Поднимаясь в лифте на свой этаж, я думал, что вполне справился с собой. Однако стоило мне войти в кухню и увидеть кошачьи мисочки, сиротливо стоящие в углу, у меня в глазах потемнело. Но я уже смог не заплакать. Только голова закружилась.

На следующий день я пришел в школу и немного отвлекся. Разумеется, мои ссадины были замечены, и пришлось признаваться, что меня побили. Больным самолюбием я никогда не страдал, тем более обидчиков было шестеро, так что во всей истории не было ничего постыдного для меня даже с точки зрения девятиклассника. Про Арамиса я рассказывать не стал, боялся не совладать с нервами и разреветься, а вот это уже, по моим представлениям, было стыдно. Одно дело плакать на плече взрослого дяди участкового, и совсем другое — при одноклассниках, среди которых к тому же есть одна особенная девочка...

Еще через несколько дней я полностью оправился, по крайней мере, я так думал. Во всяком случае, я даже пошел на репетицию нашего рок-ансамбля и с ходу сочинил новую мелодию, такую щемяще-грустную, что ребята смотрели на меня с недоумением. Это я-то, первый весельчак и поклонник забойных ритмов, — и вдруг такая музыка!

Я возвращался с репетиции, напевая про себя новую мелодию и прикидывая варианты аранжировки, и вдруг увидел идущую мне навстречу девочку с котенком на руках. Котенок был совсем крошечным, месяца полтора-два от роду, невероятно симпатичным и трогательным, но самое ужасное — он был сиамским. Точно таким же, каким был когда-то мой Арамис. Горло перехватило, в глазах снова потемнело, и я понял, что сейчас разрыдаюсь прямо на улице, при всем честном народе. И дом-то мой — вот он, я уже иду вдоль него, но он ужасно длинный, а подъезд, в котором я живу, — самый последний. Я совсем потерял голову и нырнул в первый же подъезд, подбежал к лифту и нажал кнопку почти наугад, стараясь попасть на самый последний этаж. Слезы уже заливали мне глаза, и я ничего не видел, но успел сообразить, что чем выше этаж, тем больше шансов, что по лестнице никто не ходит, стало быть, меньше риска оказаться замеченным в столь неприглядном виде. На верхних этажах люди обычно сразу садятся в лифт и на лестницу, которая расположена за углом лифтового холла, не заглядывают.

Приехал я, как оказалось, на шестнадцатый этаж, то есть действительно на самый верхний. Из последних сил сдерживая рыдания, я выбрался из лифта и толкнул дверь, ведущую на лестницу.

— Господи, что с тобой? — послышался совсем рядом чей-то голос.

На лестнице стояла взрослая девушка и курила. Это и была Света Кошелева, которая, руководствуясь теми же соображениями, что и я, пряталась здесь от родителей, которые запрещали ей курить.

Вот так мы и познакомились.

История эта имела два важных для моей жизни последствия. Во-первых, я приобрел замечательного, умного и надежного друга — Светку. И во-вторых, я понял, как это важно, когда твоему горю кто-то сочувствует, даже если само горе на сторонний взгляд кажется незначительным и даже горем-то называться не может. Очень важно, чтобы в тяжелый момент кто-то подставил плечо, в которое можно просто поплакать. Детям плечо не подставляют, потому что их горе кажется смешным. Старикам тоже его не подставляют, потому что старики мало кому нужны и интересны.

Только не думайте, что я прямо в тот самый момент решил: стану участковым. Конечно, это было бы красиво, но это неправда. Решение пришло позже, примерно через год, в течение которого я вспоминал все то, что случилось, продумывал и оценивал каждое слово, сказанное мне Михаилом Васильевичем Филоновым и его женой Софьей Яковлевной. Я часто приходил к ним в гости, пытаясь разобраться в собственных мыслях и ощущениях, но о милицейской службе не думал.

А потом Михаил Васильевич умер. Внезапно, от обширного инфаркта. Родителям я ничего не сказал, для них Арамис просто сбежал от меня во время прогулки, за что я получил солидную взбучку, так что объяснить им, почему я должен идти на похороны участкового, я не мог. Своих денег на тот момент у меня еще не было, первый гонорар за первую проданную песню я получил только через месяц. Деньги на цветы дала Светка, мне хотелось положить на могилу Филонова как можно больше гвоздик, чтобы хотя бы этим выразить свою любовь и признательность.

Толпа провожающих участкового в последний путь была огромной. И какая-то старушка в старомодной шляпке с вуалью горько сказала:

— Вот и остались мы совсем одни на этом свете. Михаила Васильевича не стало, а больше мы никому не нужны.

Именно в этот момент решение и пришло.

* * *

— Я бы хотел написать очерк о тебе, — сказал Саша, когда я закончил рассказывать.

— Нет, — сразу же отрезал я.

— Почему?

— Не хочу. Я рассказал тебе просто потому, что ты спрашивал, как меня с моей музыкальной предысторией занесло в участковые, а вовсе не для того, чтобы ты об этом писал.

— Но почему? — не сдавался Вознесенский. — Тебе же это никак не повредит.

— Ты думаешь? — усмехнулся я. — У меня, между прочим, есть начальники, которые очень не любят, когда про их подчиненных пишут в газетах, а про них самих ни слова не говорят. И вообще, Саня, мне не нужна публичность. Я живу так, как живу, и прекрасно себя чувствую.

— Ты все-таки подумай.

— Хорошо, — согласился я, не желая углубляться в спор, — я подумаю. Но не уверен, что надумаю что-нибудь другое.

Светка ждала нас с таким нетерпением, что даже на балкон выскочила, высматривая, когда мы подъедем. Саша накинулся на крохотные — на один укус — эклерчики, а я занялся своим любимым ореховым тортом и слушал историю про Наталью Новокрещенову, в замужестве Самойлову.

Наталья, как известно, тоже была сиротой и воспитывалась в том же интернате, что и Виктор Осипенко, и Николай Кузнецов. В семнадцать лет у нее сделался страстный роман с Витей, потом его забрали в армию, Наташа около года очень ждала его и скучала, потом попривыкла, потом стала остывать, потом встретила замечательного парня, который быстренько на ней женился и увез в Заводоуковск. Больше она Виктора никогда не видела. Подруги из Сызрани рассказывали ей, что Виктор вернулся из армии и стал разыскивать свою невесту, а когда узнал, что она не дождалась его, выскочила замуж за заезжего кавалера и укатила в Тюменскую область, почернел лицом и запил на несколько дней там же, в Сызрани. Запой закончился, Виктор протрезвел и уехал. Больше не возвращался, во всяком случае, подруги ничего никогда не говорили на этот счет.

А минувшей зимой внезапно объявился молодой мужчина приятной наружности и начал спрашивать про Виктора, дескать, давно ли виделись, да не приезжал ли, не давал ли о себе знать. Внешность мужчины до мелочей совпадала с тем описанием молодого человека, собиравшего друзей на поминки Виктора, которое дали сотрудники интерната в Сызрани. И к Руденской, судя по всему, приходил именно он. Более того, он во всех трех случаях назвался одним и тем же именем: Вадим. А документов никаких не показывал.

— А какая она, эта Наташа? Как живет, какой у нее муж? — с любопытством спросила Светка. — Расскажи о ней поподробнее.

Не понимаю, зачем ей это? Ну какая разница, как живет эта Наташа? Нет, никогда нам, мужикам, женщин не понять, они как-то совсем по-другому устроены. Саша начал подробно излагать свои впечатления о Наталье Самойловой, а я вплотную занялся тортом, поскольку до положенной мне половины оставалось еще много. Хорошо, что я регулярно поддерживаю физическую форму, а то со Светкиным застольем меня бы разнесло до двух центнеров.

В самый разгар Сашиного повествования мне позвонила мама.

— Ой, Егорушка, какой кошмар! Папа уже который день не в голосе, а ведь нам послезавтра лететь в Лондон. Просто не представляю, что делать.

— В Лондон? — удивился я.

— Ты что, забыл? Папа записывает «Симона Бокканегру» с оркестром Штейнберга.

Ах да, «Симон Бокканегра»! Я и впрямь забыл.

— Это какой-то ужас! — продолжала причитать мама. — Папа такой расстроенный, со мной почти не разговаривает. По-моему, у него страшная депрессия. Что ты такое ему сказал, когда был у нас?

— Я? — фальшиво удивился я. — Ничего особенного я ему не говорил. Почему ты решила, что я его чем-то расстроил?

— Потому что с тех пор папу как подменили. Он ни одной полноценной репетиции не провел. Начнет распеваться и чувствует, что не в голосе. Расстраивается, уходит к себе в кабинет и сидит там целыми днями, только поплавать в бассейне выходит. Не знаю, что там у вас произошло, но ты должен приехать и наладить отношения с папой, иначе он не сможет петь в Лондоне. Господи, за что мне это несчастье! Я ночами не сплю, постоянно пью валокордин, после премьеры «Трубадура» я постарела на двадцать лет, хотя времени прошло всего ничего. Ты должен сделать все, чтобы папа вышел из депрессии, слышишь, Егор?

— Слышу.

— Что «слышу»? Что «слышу»?! Ты сделаешь что-нибудь или нет? Речь идет о твоем отце, а не о чужом дяде. Если папа не споет в Лондоне, это будет катастрофа! Я тут с ума схожу от горя, а тебе все смешочки. Егор, ты меня слушаешь?

— Слушаю, мамуля, конечно, слушаю. Но вообще-то я на работе, — соврал я, не покраснев и даже не запнувшись. — Знаешь, я не смогу к вам приехать до вашего отъезда, так что я поговорю с папой по телефону, хорошо?

— Ну ладно, пусть по телефону, но сделай же что-нибудь, извинись перед ним, попроси прощения, покайся... Господи, господи, — в ее голосе зазвучали слезы, — у меня сердце разрывается, и никому дела нет. Если бы хоть кто-нибудь понимал, в каком кошмаре я постоянно живу, как мне тяжело!

— Мамуль, отнеси, пожалуйста, папе трубочку.

Дом у нас большой, и пока мама шла в кабинет к отцу, я успел много о чем подумать. Например, о том, что уж если кто и живет в постоянном кошмаре, так это моя подруга Светка, которая ухитряется быть счастливой и радоваться жизни, несмотря ни на что, и это неизменно притягивает к ней людей. А моя мама с ее бесконечными причитаниями и рассказами о собственных страданиях людей отталкивает, и из великого множества подруг и приятельниц в ее окружении остались лишь немногие — те, кто в состоянии выносить это беспредельное стремление быть (или казаться?) несчастной.

— Да, слушаю, — послышался в трубке голос отца.

— Папа, я сейчас кое-что скажу, а ты меня не перебивай, потому что я на работе и времени на долгие разговоры у меня нет. Ты уверен, что мама слышит только тебя?

При таком количестве аппаратов и параллельных трубок в доме можно ожидать всего.

— Уверен. Что ты хочешь мне сказать?

— Наши с тобой разговоры об Алле — это наши с тобой дела, и пожалуйста, сделай одолжение, не впутывай сюда маму. Ты же видишь, она сама не своя, она переживает за тебя, она не понимает, что с тобой происходит. Я ничем не могу тебе помочь, с твоими неприятностями ты должен справиться сам, я со своей стороны делаю все, что могу, чтобы эти неприятности не стали еще больше. Мама считает, что это я тебя расстроил, и требует, чтобы я наладил с тобой отношения и снял конфликт. Пусть она считает, что именно это я сейчас и делаю. Хорошо?

— Хорошо, — угрюмо буркнул великий актер Дорошин.

— Ты повесишь трубку, скажешь маме, что все в порядке, я извинился, ты меня простил, и теперь настроение у тебя будет самое наилучшее. Перестань, пожалуйста, хандрить и улыбайся. Ты же артист, в конце концов, если ты смог сыграть гнев тогда, в гримерке, то и душевный покой сможешь изобразить.

— Ты жесток, Игорь.

— Возможно. Вероятно, это наследственное. То, как ты ведешь себя по отношению к маме, тоже жестоко. Так мы договорились?

Что бы ни говорили о моем отце, но он, конечно, настоящий актер. Таких еще поискать. Его способность к мгновенному перевоплощению просто потрясающа!

— Хорошо, сынок, будем считать, что все забыто, — произнес он тоном таким мягким и ласковым, что даже я обомлел от неожиданности. — Что было, то прошло, мы оба погорячились. Ты тоже меня прости. Я рад, что ты позвонил и снял с меня этот груз, у меня прямо камень с души упал. Целую тебя, сынок, и обнимаю. Мы с тобой увидимся до нашего отъезда в Лондон?

— Н-не знаю, — пробормотал я, с трудом приходя в себя. — У меня работа...

— Ну ладно, ладно, нет так нет, ничего страшного.

По телефону попрощаемся. Ну все, сыночек, обнимаю тебя еще раз.

— Целую, — еле выдавил я.

Когда я закончил разговаривать с отцом, Вознесенский в красках повествовал Светке о нашей поездке в Новокуйбышевск и о встрече с Лидией Павловной Руденской.

— И охота тебе это слушать во второй раз, — недовольно проворчал я. — Я же тебе все рассказал.

— Да ну, — Светка смешно наморщила носик, — ты неинтересно рассказываешь, у тебя одни факты и никаких эмоций. А Саша рассказывает как журналист, заслушаться можно. Мне начинает казаться, что я сама там с вами побывала.

— Ну-ну, — хмыкнул я, возвращаясь к тортику.

Пожалуй, до отмеренной мне половины остался еще кусок, который можно съесть без зазрения совести. Светка сидит на очередной диете, с полнотой борется, Борис с полнотой не борется, но за весом следит, потому как врачи его предупредили, что избыточный вес может привести к повышению давления, а это для него опасно. Их сын Севка сладкого вообще не ест, он все больше по колбаскам и копченостям ударяет, настоящий мужик растет, а дочка — та помешана на стройности, рвется, как и все девчонки ее возраста, в модели, поэтому сладкое в нее можно впихнуть только под угрозой расстрела. Вот и получается, что полторта — законно мои, больше его все равно есть некому. Ну, Вознесенский съест пару кусков да Боря осторожно позволит себе чуть-чуть, вот и все.

У меня в кармане снова зажужжал мобильник. Это был Иван Хвыля.

— Слушай, Дорошин, мне тут одного мужика сосватали, который может знать кое-что из того, что нам интересно. Мы с ним договорились встретиться. Хочешь поучаствовать?

Ох, люблю я, когда говорят вот так, прямо, без околичностей. Сразу все ясно и понятно становится. И хотя я мало что понял, но поучаствовать захотел.

— Мы тут ищем, где бы нам встречу организовать, чтобы без лишних ушей. И чтобы шумно не было. Может, у тебя дома? Ты как?

— Да ради бога, — я покосился на Вознесенского. — Только ты спроси у него, как он к кошкам относится, а то у меня их много. Вдруг у него аллергия?

— Спрошу. Если все путем, у тебя соберемся. В десять вечера годится?

— Запросто. Записывай адрес.

ХАН

Ребята ему понравились. И квартира, в которой они собрались, тоже понравилась. Но особенно понравились Хану коты, ухоженные, с блестящей шерстью и яркими чистыми глазками. Он удивился, что в квартире при таком обилии животных совсем не ощущалось специфических запахов.

— Твои коты не метят? — с интересом спросил он Игоря.

— Как видишь, — улыбнулся тот.

— Как же так? Они что, стерильные?

— Не все. У меня три парня и две девчонки, из мальчиков двое кастрированы, а один — производитель. Но он не метит. Такая у него особенность.

— Неужели такое бывает? — удивился Хан.

— Бывает. Хотя и не часто. Мне с Дружочком повезло. Арина — его жена, а Карма, вот эта симпампулька, — их дочка. Подозреваю, что в ближайшее время он и ее в жены возьмет. Тебе, кстати, котенок не нужен? Американский экзот, здоровенький, от хороших родителей, сам видишь. Аришка скоро замуж начнет проситься, так что весной будет приплод.

Хан подумал, что это было бы неплохо. А что? Принести домой очаровательного котенка. Мишка будет рад до смерти, да и Оксана тоже.

— Давай, — кивнул он, — записывай меня в очередь. На мальчика.

— Договорились.

Они уселись в просторной гостиной, Хвыля и Дорошин — рядышком, на диван, а Хан — напротив них, в мягкое глубокое кресло. Ребята начали рассказывать, он внимательно слушал, и в голове постепенно прояснялось. Многое из того, что он узнал в последнее время о людях Ворона и чему не мог найти объяснения, вдруг сложилось в четкую красочную картинку. А что речь идет именно о них, Хан не сомневался ни секунды, как только услышал название города в Оренбургской области и имя человека, который там работал и почему-то сбежал и скрывался: Виктор Осипенко. О Викторе он знал давно. А вот имени Николая Кузнецова не слыхал никогда.

По группировке Ворона работал Андрей Поляков. Работал давно, интенсивно и через какое-то время понял, что группировку мощно прикрывают в милиции, причем не только в местной, но и в областной. Поэтому приехал он в город, где осел Ворон, перед коллегами не светясь и никому не докладываясь. Приехал с хорошей легендой и попытался внедриться в группировку без помощи и поддержки со стороны местных оперативников, иными словами — без прикрытия. Он очень рисковал, но знал, что довериться мало кому можно, и действовал самостоятельно.

Именно поэтому никто так и не узнал, что же там произошло. То ли Андрюха где-то прокололся, допустил ошибку, то ли из Москвы произошла утечка информации, но Полякова убили. Убили грамотно, закамуфлировали под несчастный случай. Квалифицированные и незаинтересованные эксперты, конечно, разобрались бы, но где ж их взять, незаинтересованных-то, когда Ворона прикрывают со всех сторон. Прислали специалистов из Москвы, но к тому времени все следы и вещественные улики были уничтожены естественным путем.

Дело, однако, возбудили, а куда деваться? Есть мертвый человек, а причина смерти до конца не установлена. И тут внезапно на сцене появляется Виктор Осипенко, водитель одного из ближайших подручных Ворона, и начинает на следствии давать показания. Парень он простой, незатейливый, прямой, что видел и слышал, о том и рассказывал. И стало очевидным, что Полякова убили по прямому указанию Ворона.

Просто удивительно, как это Виктору повезло нарваться на честного следователя! Наверное, он в том городе был единственным, кто не кормился от Лебедева-Ворона. Старший лейтенант Шемякин счастью своему не верил: появилась реальная возможность упечь за решетку самого Ворона! Только бы Витя Осипенко не дал слабину, не отказался от дачи показаний в суде. Но Витя вроде бы сдавать назад не собирался, твердо стоял на своем.

Люди Ворона ему пригрозили. Витя усмехнулся и сообщил об этом следователю Шемякину, заверив его, что угроз не боится, даром, что ли, армейскую службу проходил в десантных войсках, в разведроте. Тогда его встретили в темном месте и попытались напугать силой, но в тот раз Виктор справился с ними, раскидал, как котят, силища в нем была немереная. Следующий заход люди Ворона осуществляли уже большой группой, и Виктору досталось так, что он почти две недели провалялся дома. Но и тут он не сдался. Назначенный день судебного заседания приближался, Ворон сидел в камере, а его люди давили на Виктора Осипенко угрозами, чтобы заставить его в суде изменить показания. Следователь встречался с ним каждый день и каждый день слышал от бывшего водителя заверения в том, что он от своих слов, сказанных на предварительном следствии, не откажется.

— И как тебя угораздило с ними связаться! — однажды в сердцах воскликнул Шемякин. — Ведь ты же нормальный парень, честный, хороший, чего ж ты к бандитам нанялся на работу?

— А куда мне было наниматься? — пожал могучими плечами Виктор. — Здесь в городе вообще никакой работы нет, а в другой город я ехать не могу, у меня здесь семья, они переезжать не хотят, у них тут дом, и вообще, они в этом городе уже десять поколений живут. Что ж мне, милостыню просить? У меня жена, ребенок, да и у жены родители немолодые, и всех кормить надо и одевать. Ты пойми, я — детдомовский, вот сейчас у меня семья образовалась — так я ради нее на что угодно пойду. Для меня семья — самое важное на свете.

Виктор говорил искренне, и Шемякин это понимал. Но это, к сожалению, поняли и люди Ворона. За себя Виктор не боялся, но его можно было взять страхом за семью. Удивительно, что они до этого сразу не додумались.

За две недели до суда Виктору было сказано ясно и без околичностей, что если он на суде не заявит, что уличающие Ворона показания дал в милиции под пытками и на самом деле ничего этого не было, то пострадает его семья, в первую очередь — жена и ребенок. И вот тогда Виктор дрогнул.

— Ну погоди, не дергайся, — умолял его следователь, — они просто запугивают. Они не посмеют ничего сделать твоим близким, они же понимают, что дело в суде и все свидетели на виду у милиции и прокуратуры. Если с кем-то из них случится несчастье, сразу будет понятно, что это дело рук Ворона, и это только усугубит их положение. Они же не полные идиоты.

В тот раз ему удалось уговорить Виктора. Тот предпринял все возможные меры по укреплению дома и участка, строго-настрого наказал жене, теще и тестю одним никуда не ходить и дверь никому не открывать, когда Виктора нет дома, навесил дополнительные замки и щеколды.

А следователь Шемякин кривил душой, кривил... Он прекрасно понимал, что угрозы вполне могут быть выполнены, от Ворона можно всего ожидать, но ему так хотелось довести дело до обвинительного приговора! Это был вопрос не только личного честолюбия, но и будущей карьеры.

За несколько дней до суда бандиты несколько изменили тактику. Угрозы стали страшнее, но в противовес им появились посулы. Виктору предлагали большие деньги. И вот тут он засомневался по-настоящему. Ведь работы у него на данный момент не было, и неизвестно, будет ли, особенно если он даст на суде показания против Ворона и его группировки. А может, черт с ним, с этим правосудием, с этим убитым москвичом, с этим следователем Шемякиным? Взять деньги, изменить показания и жить себе спокойно.

Он позвонил Шемякину, хотел встретиться с ним и еще раз поговорить, но тот оказался в отъезде, поехал по каким-то делам в областной следственный комитет. Время шло, бандиты дали Виктору сутки на размышление, завтра днем он должен был дать окончательный ответ, а давать ответ, не посоветовавшись со следователем, Виктор не решался. Он привык жить, четко выполняя указания тех, кто старше по званию или положению, самостоятельные решения принимал трудно или не принимал вообще.

Сутки миновали, бандиты начали названивать ему домой, но Виктор велел своим домашним говорить, что его нет, куда-то уехал, вернется только завтра к вечеру. Сам из дома носа не показывал, даже к окнам не подходил, чтобы в обмане не уличили, и каждый час звонил Шемякину в надежде, что тот наконец вернулся.

Шемякина он разыскал только после полуночи и настойчиво попросил о встрече.

— Только давай ночью, когда все спать будут. Я уверен, что за домом следят. Часам к двум они, наверное, уйдут, поймут, что мои все спать легли, а меня как будто все еще нет. Да и сами устанут, начнут дремать, бдительность потеряют.

— Ладно, — согласился Шемякин, — давай в три часа. Самое мертвое время, если кто не спит, то все равно ничего не видит и не соображает.

Встречу назначили в лесу, который начинался метрах в ста от дома Осипенко. Мрак — хоть глаз коли, ни фонарей, ни луны, окна во всех домах темные, люди спят давно, ни одного источника света.

Дело было поздней осенью, холодно, моросил дождь, и Виктор, прежде чем вылезти в окно, надел куртку. В армии его научили двигаться бесшумно, так что назначенного места встречи он достиг без приключений, никто его не заметил.

Шемякин уже ждал. И снова принялся уговаривать Виктора, убеждая его в том, что люди Ворона — тупые и жадные.

— Ты пойми, тупые — они только запугивают, они ничего сделать не смогут, у них ума не хватит сделать так, чтобы не подставиться. А жадный никогда не платит того, что обещает. Они не дадут тебе денег, они тебя обманут, поверь мне. Так что, если ты сделаешь так, как они требуют, ты своих проблем не решишь.

До суда осталось всего два дня. Всего два! Если Осипенко продержится, если сделает все как надо, то через два дня жизнь старшего лейтенанта юстиции Вячеслава Шемякина перейдет на совершенно новый виток.

Взрыв прогремел так неожиданно, что оба инстинктивно упали на землю и закрыли головы руками. Но уже через секунду оба подняли головы и увидели, что дом Осипенко полыхает огнем. Виктор бросился к дому, но Шемякин схватил его за рукав куртки.

— Сиди здесь! Я сам побегу. Это может быть обманка. Они всех вывели из дома и устроили взрыв, чтобы тебя выманить. Я разберусь.

Виктор, наверное, очень хотел побежать вместе со следователем. Но он привык слушаться тех, кто отдает приказания. Так ему было легче жить.

Из своего укрытия Виктору было видно, как спустя какое-то время подъехала пожарная машина и две кареты «Скорой помощи».

Примерно через час Шемякин вернулся, почерневший от копоти и угрюмый.

— Некого там спасать, Витя, — тихо сказал он. — Все сгорели. Ты прости меня. Тебе нужно немедленно убираться отсюда. Пусть все думают, что ты погиб. Тебя никто не будет искать. У тебя документы какие-нибудь есть?

Виктор похлопал по карманам. Хорошо, что куртка у него была одна-единственная, в какой в город ходил — в той на встречу и прибежал. В нагрудном внутреннем кармане был кошелек с деньгами, не очень большими, но достаточными, чтобы на первое время хватило, водительские права и паспорт.

— Зачем же они это сделали? — растерянно спросил Виктор. — Я же им не отказал окончательно. Они должны были дождаться моего ответа...

— Тебе срок был — сегодня днем. То есть вчера. А ты начал прятаться, крутить. Они и решили, что раз ты по-хорошему не понимаешь, то надо тебя кончать. Ах, подонки! Я-то был уверен, что они только болтают. Недооценил я их.

— А как же суд?

— Да хрен с ним, с судом этим! — в сердцах махнул рукой следователь. — Тут люди погибли, а ты говоришь — суд.

Вероятно, в тот момент Слава Шемякин понял, что сделать карьеру на деле Ворона и остаться в живых ему не удастся. А жить хотелось, и очень.

Шемякин сам вывез Виктора из города.

Больше о Викторе Осипенко Хан ничего не слыхал. Одно время он подумывал о том, как бы разыскать его, потом понял, что это бессмысленно. Все, что Виктор говорил на следствии, внесено в протоколы и подшито к делу, сданному в архив. Ничего нового он Хану не сказал бы. Допрошенные в судебном заседании свидетели дали такие показания, из которых вытекало, что Виктор говорил неправду и ничего этого на самом деле не было. Дело в суде прекратили за отсутствием в действиях обвиняемых состава преступления. Дело о взрыве дома Осипенко даже не возбуждалось, эксперты-пожарные пришли к выводу, что в доме были неисправны одновременно электропроводка и газовые баллоны. Опровергнуть их заключение спустя столько времени невозможно, потому что нет материала, на котором можно проводить повторную экспертизу. Остатки сгоревшего дома вывезены, участок продан новым владельцам, там уже стоит совсем другой дом.

А вот о следователе Шемякине Хану кое-что было известно. Слава был неплохим парнем, Андрюхе Полякову удалось незадолго до гибели войти с ним в контакт и составить положительное мнение, которым он успел поделиться с коллегой и лучшим другом Ханларом Алекперовым. После гибели Андрея Хан несколько раз в течение двух лет обращался к Шемякину и получал от него кое-какую информацию. От него и узнал, что Виктор Осипенко не погиб. Он внимательно присматривался к молодому следователю и уже собрался было установить через него связи Ворона в милицейских кругах, как вдруг один доверенный человечек из числа дальнего окружения Ворона дал понять, что Шемякин продался. Хан с грустью подумал тогда, что этого и следовало ожидать. Там, где процветала группировка Ворона, следователь, впрочем, как и любой другой сотрудник правоохранительных органов, должен совсем не любить жизнь, чтобы оставаться неподкупным.

Судя по тому, что рассказывали Хвыля и Дорошин, Виктор Осипенко разыскал своего старого друга Колю Кузнецова, и тот помог ему с документами, а проще говоря — устроил так, чтобы на его, Колин, паспорт наклеили фотографию Виктора. Виктор приехал в Москву, обосновался здесь, нашел работу.

А его самого нашли люди Ворона. Это они, вне всякого сомнения, приезжали и в сызранский интернат, и в Тюменскую область к Наталье Самойловой, они искали следы Осипенко, пытались найти его самого или хотя бы его друга Кузнецова, который мог знать, где прячется Виктор. Осипенко они нашли. А Кузнецова? Скорее всего, тоже нашли, иначе откуда бы им было узнать, под какой фамилией теперь живет Виктор. Или они искали его в Москве не по фамилии, а по внешности? Ох, маловероятно. Найти в Москве человека, зная его только в лицо, возможно лишь теоретически, практически же на это потребуется много лет и масса людей. Если только счастливый случай помог бандитам, столкнулись с Виктором на улице...

Нет, все-таки они нашли Кузнецова. И Кузнецов друга сдал. Теперь Хан в этом совершенно уверен.

Почему же они начали искать Виктора? Ведь все считали, что он погиб вместе с семьей. Ну конечно! Следователь Шемякин. Он за что-то расплатился этой информацией. Может, за повышение по службе, которое ему по дружбе устроили люди Ворона? Или за кредит, за машину, за квартиру, да мало ли за что... Может быть, даже за собственную жизнь или жизнь кого-то из близких. Но так или иначе, Слава Шемякин Виктора сдал Ворону. И по срокам сходится. Информацию о том, что следователь продался, Хан получил в начале декабря прошлого года, а гонец от Ворона приезжал в Новокуйбышевск к тетке Виктора Осипенко в конце декабря, перед самым Новым годом.

— Еще раз повторите описание человека, который был у Руденской, в интернате и у Самойловой, — попросил Хан.

Дорошин потянулся к своим записям.

— Рост средний, примерно сто семьдесят пять сантиметров, волосы каштановые, коротко стриженные, на вид лет тридцати, глаза карие, губы тонкие, у правого крыла носа небольшая родинка. Голос высокий, неприятный, речь не очень грамотная.

Хан раскрыл свою папку и достал конверт с фотографиями, которые сумел раздобыть. Конечно, здесь были далеко не все люди Ворона, но это лучше, чем ничего.

— Вот он, — сказал Хан, выкладывая на широкий низкий столик один из снимков. — Востриков. Из ближайшего окружения Ворона. О нем у меня много информации, так что, если он причастен к убийству Осипенко, я вам помогу.

— А может, это он и устроил стрельбу возле театра? — спросил Игорь.

— Нет, — покачал головой Хан, — это вряд ли. За рулем мог сидеть, а стрелял точно не он. Он так не сможет.

— А кто же тогда?

— Скорее всего, вот этот, — он выложил на столик еще одну фотографию. — Отличный стрелок, человек без нервов, Ворон очень им дорожит и платит хорошие деньги. Леонид Земсков, кличка Зяма.

— С ума сойти! — Хвыля восторженно хлопнул руками по коленям. — Я думал, так только в кино бывает. Раскрыть двойное убийство, не выходя из комнаты. Обалдеть!

— Чтобы раскрывать убийство, не выходя из комнаты, нужно много знать и годами собирать информацию, — возразил Хан. — А без предварительной работы раскрывать преступления, не выходя из комнаты, мог только Эркюль Пуаро. Работа серых клеточек — это, конечно, важно, никто не спорит, но нужно ведь что-то, что эти клеточки будут обрабатывать. Информация нужна.

— Ты прав, — вздохнул Хвыля. — Ну что ж, теперь

можно ехать в Новокуйбышевск, к Руденской, в Сызрань и Заводоуковск, предъявлять фотографию Вострикова и документировать весь его путь. Я думаю, если мы начнем искать Кузнецова, то на каждом шагу будем натыкаться на следы этого деятеля с родинкой под носом.

— А зачем? — удивился Игорь. — Ну, установите вы, что он искал Кузнецова, ну докажете, что он его нашел, и что? Разве это доказывает его причастность к убийству Аллы и Виктора? По-моему, это пустая трата времени.

— Ошибаешься, — возразил Иван, — нужно будет доказывать мотив. Этот Востриков скажет, что никакого Осипенко знать не знал и в глаза никогда не видел, между ними не было неприязненных отношений, и никаких причин убивать Виктора у него нет. А мы в ответ докажем, что он его целенаправленно искал. Мы докажем, что он нашел Кузнецова и от него узнал, где и под какой фамилией искать Осипенко. Понимаешь?

— Да, об этом я не подумал, — согласился Дорошин. — Но искать Кузнецова по всей нашей стране вы запаритесь.

— Подождите, — внезапно сказал Хан, — у меня есть одна идея... Дайте мне пару дней. Возможно, я сделаю для вас еще кое-что полезное.

ИГОРЬ ДОРОШИН

А дальше все было рутинно и неинтересно. Впрочем, наверное, я кривлю душой и просто делаю вид, что мне неинтересно, потому что мне немного обидно, что меня отодвинули в сторону, как чашку, из которой уже выпили чай. Психолог я никакой, никогда этим делом не увлекался, поэтому лезть в собственное подсознание и докапываться до причин своих мыслей и чувств не собираюсь. В любом случае в сыщики я не рвался, сыскной славы мне не надо, у меня была одна цель — защитить (по возможности, конечно) свою семью. Цель достигнута, свою задачу я с чистой совестью могу считать выполненной, а уж как там что у оперов происходило — мне в подробностях неизвестно, знаю только результат.

Подполковник Алекперов во время нашей встречи сказал, что у него есть какая-то идея, и попросил пару дней, чтобы ее не то проверить, не то реализовать. Я не очень понял. И действительно, ровно через два дня мне позвонил Хвыля и сообщил, что получил от Алекперова прелюбопытнейшую информацию. Оказывается, Николай Кузнецов был убит в начале мая где-то в Таджикистане, в городке под названием Дангара, и у местных сыщиков есть информация о том, что в этот период к Кузнецову приезжали трое русских. Один из них был с родинкой возле носа.

— Значит, они все-таки добрались до Кузнецова и вытрясли из него сведения о его друге, а потом убили, — заключил Хвыля. — Этот Алекперов — просто кладезь всего полезного, у него связи по всему ближнему зарубежью. Вот что значит начинать службу в нашей конторе еще до перестройки. Нам с тобой такая лафа не светит.

— Это точно, — поддакнул я. — И что теперь будете делать?

— Ну как что? Будем искать Вострикова и Земскова. Брать их надо, это без вопросов.

И потянулись у меня обычные будни. Хвыля больше не звонил, я исправно ходил в свой околоток, проверял, как живут мои старички и не обижают ли деток, закончил наконец составление паспорта на новый дом, нашел (совершенно случайно) парочку угнанных машин, о чем немедленно сообщил операм и за что, как водится, получил втык от старшего участкового Вальки Семенова.

— Тебе что, «палки» в отчетность не нужны? — орал Валька. — Ну сколько можно тебя воспитывать? Почему ты вечно отдаешь свои «палки» операм?

— Им нужнее, — лаконично отвечал я. — У них раскрываемость — главный показатель, а у меня — третьестепенный.

— Да хоть и третьестепенный, но это же показатель! — кипятился Семенов. — По этому показателю оценивают твою работу в целом. Думаешь, я всю жизнь буду твою задницу перед начальством прикрывать?

— Именно это я и думаю, — честно признался я. — Потому что ты, твоя жена и все твои юные родственники и их подружки всегда обеспечены бесплатными билетами на концерты «Ночных рыцарей» и всех других безрядинских групп. Это во-первых. Во-вторых, ты ко мне хорошо относишься и не отдашь на растерзание злому дяденьке начальнику. А в-третьих, скоро подойдет твоя очередь на котенка, моя Аринка вчера кричать начала.

— Да ну? — обрадовался Валька, сразу забыв о своих служебных претензиях ко мне. — Это хорошо, как раз к дочкиному дню рождения подарок получится, я ей еще летом обещал. Она как у тебя в гостях побывала, так с тех пор покоя мне не дает: хочу, говорит, такую же кошечку, как у дяди Игоря, и никакой другой мне не надо. Ты ж знаешь, я одалживаться не люблю, хотел в питомнике купить, а там цены для меня непомерные, за котенка двести пятьдесят долларов запросили. Ну куда мне такого котенка с моей-то зарплатой? Только мне девочку, ладно?

Я пообещал. Если Арина забеременеет, то мальчика я обещал подарить Алекперову, девочка пойдет жить к Семенову, а что же останется моему другу Борьке Безрядину? Хорошо, если в помете окажется пять котят, тогда Борька для своих фирменных подарков получит троих, а если меньше? Как-то неприлично получится... Ладно, доживем до весны, там видно будет.

Родители улетели в Лондон, мама звонила мне оттуда каждый день и, не жалея денег, расписывала в красках всяческие Кошмарные Ужасы: папа плохо переносит туман и сырость, он постоянно находится на грани простуды, она не спит ночами, прислушивается к его дыханию, чтобы вовремя начать лечение... Послушать мою мамулю, так может сложиться впечатление, что она вообще никогда не спит, что, однако же, не мешает ей превосходно выглядеть и иметь вполне здоровый цвет лица.

Несколько раз меня подмывало позвонить отцу и сказать, что он может больше не беспокоиться, что я вовремя подсуетился со своей версией о Кузнецове — Осипенко, быстро и грамотно провел всю необходимую работу, не дожидаясь, пока следователь возьмется за доскональную проверку любовника убитой Аллы Сороченко, и в итоге моя версия оказалась единственно правильной, убийство раскрыто, преступники обезврежены. Мне очень хотелось похвастаться. И хотелось, чтобы отец больше не считал меня непрофессиональным, тупым и никчемным. Но по здравом размышлении я понял, что мне это не очень-то и нужно. Даже не знаю почему... Мне стало казаться, что это мальчишество какое-то. Мне, в конце концов, тридцать два года, и в этом возрасте пора уже перестать что-то доказывать папе с мамой, даже если этот папа жутко знаменитый, а мама — самая любимая. Их семейный покой я защитил, как умел, а большего мне и не нужно.

Коты мои пребывают в полном здравии, кланяются вам и передают привет. Весной настанет новый этап моих зоосоциологических экспериментов: как только Арина родит, я возьму в питомнике нового котенка, ровесника Аришкиных деток. Своих (то есть Арины и Дружочка) котят всех раздам, а чужого принесу и посмотрю, что получится. Это будет парень, правда, с породой я пока не определился, но одно знаю точно: это будет не сиамский кот. Какой угодно, только не сиамский. Нельзя заменять один объект любви другим. Арамис навсегда останется для меня единственным и неповторимым.

Саша Вознесенский написал в результате не одну статью, а целых три: одна была посвящена тому, о чем он собирался писать изначально, то есть проблемам раскрытия убийств людей, причастных к бизнесу и политике; во второй он частым гребнем прошелся по нашим правоохранительным органам в целом; а в третьей совершенно неожиданно поднимал вопросы законодательного урегулирования усыновления. В этой последней статье он подробно рассказывал историю Виктора Осипенко и его тетушки и достаточно убедительно показывал, что если бы мальчика Витю в свое время разрешили усыновить, его жизнь не закончилась бы так трагически.

Все три статьи лежали у Вознесенского в столе и ждали своего часа: нужно было дождаться, когда закончится расследование двойного убийства. Саша дал мне их почитать, и я искренне посожалел, что он в основном занимается своим «Экслибрисом» и пишет о книгах. По-моему, публицист из него получился бы куда более сильный, чем литературный критик. Впрочем, возможно, я ошибаюсь, и вы имеете полное право со мной не согласиться.

Катя Кибальчич больше мне не звонила, но иногда я вижу ее по телевизору, то в социально-политических программах, то в культурных новостях. Не стану врать и говорить, что долго не мог ее забыть. Наш роман был настолько скоротечен, что было бы просто странно, если бы я долго печалился. Хотя она мне, конечно, очень нравилась. А уж как она понравилась моей маме!..

Ну вот, почти все. Осталось самое главное: задержание Вострикова и Земскова. Оно, как вы сами понимаете, происходило без моего участия и даже не в Москве. Хвыля и его коллеги-оперативники нашли этих деятелей в Оренбургской области, туда вместе с ними выехал подполковник Алекперов. О результатах я узнал, когда они вернулись. Спасибо Хвыле, все-таки счел нужным объявиться и рассказать.

— Плохо мы сработали, — самокритично заявил Иван. — Удалось взять живым только Земскова, Вострикова подстрелили. Они такую пальбу затеяли, что у нас просто выхода другого не было. Хорошо еще, что из наших никто не пострадал. Но этот Востриков, я тебе доложу, тот еще тип! Пока «Скорую» ждали, я пытался ему первую помощь оказать, он в сознании был, еще минут пятнадцать-двадцать прожил. Так ты знаешь, о чем он все эти пятнадцать последних минут твердил?

— О чем?

— О том, что вечером по телику бокс будут показывать, Рой Джонс против какого-то бразильца, и ему обязательно нужно посмотреть. А еще говорят, что перед смертью человек всю свою жизнь видит и ему высшая мудрость открывается. Фигня это все, сплошное вранье. Ничего он не видит, и ничего ему не открывается. Как был этот Востриков придурком, так придурком и помер. Нет, ну это просто в голове не укладывается: истекать кровью, понимать, что умираешь, и думать о боксе!

Вот так, друзья мои. Больше ничего интересного в моей жизни не произошло. До скорого свидания.

Как говорится, капитан Дорошин доклад закончил.

ВИРТУАЛЬНАЯ ПЕРЕПИСКА

Море — Одалиске, 25 декабря 2004 года

Мне очень трудно писать это письмо, дорогая Одалиска, но не написать его я не имею права.

Ты, наверное, уже знаешь о том, что случилось с Константином. Так вышло, что я тоже об этом знаю. Не могу рассказывать, почему так получилось и откуда я все это знаю, просто прими как данность. Я была там, где он погиб. Это случилось у меня на глазах.

К тебе еще придут из милиции, будут терзать вопросами, будут рассказывать, как это произошло. Я не знаю, что они тебе скажут, но хочу, чтобы ты знала правду. Никакой женщины у Кости не было, он действительно был в Москве по делам, теперь я это выяснила совершенно точно. Он очень любил тебя. Когда его застрелили, он прожил еще минут пятнадцать, и последнее, что он смог сказать, были слова о тебе и о Дашеньке. Что бы там ни было, кто бы что тебе ни говорил, помни: он думал о вас до последней минуты.

Я не знаю, как и чем тебя утешить, моя Одалиска. Наверное, нет таких слов, которые могли бы принести тебе сейчас облегчение, кроме слов любви. Передаю тебе от Кости: «Я тебя люблю».

И я тебя очень люблю.

Море.

ХАН

Он выключил компьютер и долго еще сидел за столом, обхватив голову руками. Несчастная девчонка, она так и не догадалась, чем занимался ее любимый Костя. А может быть, не хотела догадываться? Есть дом, ребенок, есть машина с водителем, шубы, тряпки, цацки — все, о чем мечтала глупая молоденькая девочка из глухой провинции, насмотревшись по телевизору картинок из красивой жизни. Ей, наверное, казалось, что заработать денег на все это совсем несложно, и ни разу в ее красивую головку не закралась мысль: как же Костя при его ограниченных умственных способностях и отсутствии образования сумел это сделать? Глянешь в телевизор — а там все такие нарядные, дорого одетые, на иномарках разъезжают, на заграничных курортах отдыхают. Если все могут, то почему Костя не может? Каким способом эти деньги достаются, Танечка Вострикова не задумывалась.

Хан старался получать информацию о жизни членов группировки Ворона из всех возможных источников. Через своего человека он узнал, что жена одного из ребят Ворона, Кости Вострикова, обожает смотреть сериалы и регулярно заходит на сайт «Сериал», где активно и подолгу общается с такими же, как она, любителями длинных телевизионных историй. Вот там он ее и зацепил. Хан выступал под псевдонимом Море и выдавал себя за молодую женщину. Танечка, сама того не подозревая, сливала ему немало любопытной информации о своем благоверном и его друзьях.

А когда Хан встретился с оперативником Иваном Хвылей и участковым Игорем Дорошиным, эта информация заиграла новыми красками, и многое сразу встало на свои места. В конце декабря прошлого года Костя Востриков куда-то уехал, вернулся крайне недовольный и кому-то рассказывал по телефону, что «эта сука денег не взяла, сама живет в нищете, а от денег отказалась и выгнала его». Речь шла, несомненно, о Лидии Павловне Руденской. Потом он поехал в интернат, в Сызрань, и после возвращения с негодованием говорил о людях, отдающих своих детей в детский дом. Потом он искал Наташу Новокрещенову-Самойлову, не дождавшуюся Виктора из армии, и об этом тоже проговорился своей жене Танечке. В интернате Вострикову дали фотографию Наташи, именно ее-то в середине марта и нашла в кармане мужниного пиджака ревнивая Таня.

Костя активно искал Кузнецова, но в какой-то момент поиски пришлось прекратить. Востриков получил информацию о том, что Николай находится не на территории России, и следующую поездку нужно было готовить отдельно, искать по бандитским каналам своих людей в Таджикистане, которые помогут, наведут справки, проводят, покажут. Бедная Таня, она была уверена, что муж уезжает на майские праздники с любовницей на средиземноморский курорт. Она плохо знала географию и была уверена, что Дангара находится где-то на севере Африки, в Египте или Тунисе, а Хан давно знал, что Дангара находится в Таджикистане и является одним из мощных перевалочных пунктов транзита наркотиков. Костя уехал в Таджикистан разбираться с Кузнецовым, а когда вернулся, был сам не свой (если верить все той же Танечке), почерневший, мрачный, почти не разговаривал, но из того немногого, что он все-таки сказал в присутствии жены, была одна ценная фраза: вот живешь-живешь, веришь человеку, считаешь его своим верным другом, а он внезапно наносит тебе удар в спину. Не дословно, конечно, но что-то близкое к этому. Хан контекста фразы не знал, но саму фразу запомнил, и смысл ее стал понятен только тогда, когда с ним поделились информацией Хвыля и Дорошин. Кузнецов хоть и был единственным и давним другом Вити Осипенко, но испугался и все рассказал Вострикову и тем людям, которые были с ним вместе. Видно, его сильно били, так сильно, что измученный наркотиками организм все-таки не выдержал, и Коля умер. Судя по тому, что Востриков из этой поездки вернулся мрачным и изменившимся, он знал о смерти Кузнецова. Может быть, Коля умирал у них на глазах. Может быть, они умышленно добивали его, чтобы замести следы и не оставлять живого свидетеля. Но в любом случае Востриков не остался к смерти Кузнецова равнодушным, из чего Хан сделал вывод, что Костя, конечно, сволочь и бандит, но не убийца. Он может быть даже пособником, соучастником, но не исполнителем. Хладнокровно расстрелять Аллу Сороченко и ее водителя-охранника посреди толпы он не смог бы.

И вот Костя уезжает в Москву искать Виктора Осипенко, живущего по паспорту на имя Николая Кузнецова. Уезжает в середине мая, а в ноябре находит Виктора и принимает участие в его убийстве. Спасибо Танечке, подробно делившейся с анонимной подружкой «Море» своими семейными перипетиями, без полученной от нее информации двойное убийство раскрывали бы еще долго.

Когда Танечка начала волноваться и сомневаться в верности мужа, Хан сделал все, чтобы ее успокоить. Только ссоры в семействе Востриковых ему недоставало! Ссора обычно влечет за собой отчуждение и молчание, а молчание — это то, что ему категорически не нужно. Ему нужно, чтобы Костя хоть что-то рассказывал своей красивой, но недалекой жене. А тут еще Таня заговорила о том, чтобы забрать ребенка и вернуться к родителям. Это уж совсем ни в какие ворота не лезло. Дать ей уехать означало бы потерять источник информации. Хан из-под себя выпрыгивал, чтобы ее переубедить. Одиннадцать месяцев он делал все для того, чтобы сохранить семью Танечки и Кости, он бился за эту семью, дрался за нее отчаянно и самоотверженно, словно это была семья его родной дочери. Он ненавидел себя за это, потому что понимал: лучше бы девчонке действительно уехать от Кости, вернуться к себе домой и держаться подальше от бандитов, ни к чему хорошему это не приведет.

Так и получилось. Сейчас Таня горюет и оплакивает любимого мужа. А если бы он, Хан, с самого начала внушал ей, что нужно не прощать измену и немедленно порвать с подлым прелюбодеем, если бы ему удалось оторвать молодую женщину от Кости Вострикова и заставить ее уехать и забыть изменника, то сегодня ей не было бы так больно и она бы так не страдала. За несколько месяцев Костя превратился бы в бывшего мужа, который ее предал, и слезы бы не лились, и ее глупое сердечко не болело бы. Хан сам, своими действиями, направленными на его личный и частично служебный интерес, сделал все, чтобы сегодня Танечке Востриковой было так плохо, так тяжело, что не приведи господь.

Но ведь родным и близким Андрюхи Полякова тоже было точно так же тяжело. И тетке Виктора Осипенко, Лидии Павловне, тоже было тяжело. И родственникам его жены пришлось несладко. А каково было самому Виктору, когда вся его семья, включая маленького ребенка, погибла фактически у него на глазах?

Нет, Хан не мстил. Он просто хотел довести дело об убийстве Андрюхи Полякова до логического конца. Он понимал, что рано или поздно настанет момент, когда люди Ворона допустят наконец такую ошибку, при которой их ментовская «крыша» окажется бессильной. И вот тут пригодится любая информация, чтобы все они получили по заслугам. Чем больше такой информации, тем лучше. Даже если ее невозможно пришить к делу, она здорово облегчает процесс получения показаний. Это Хан знал по собственному опыту. Люди частенько теряют уверенность в себе и самообладание, когда следователь во время допроса вдруг проявляет странную и необъяснимую осведомленность о том, с кем человек парился в бане два года назад, сколько бутылок водки при этом было выпито и какого фасона купальник был надет на приглашенной девице. Как только создается впечатление, что за тобой следили уже давно и фиксировали каждый твой шаг, лгать становится все труднее и труднее.

Хан не мстил. Он всего лишь делал свое дело. Мог ли он сделать его как-то по-другому, чтобы сегодня все случилось не так, как оно случилось, чтобы глупенькая, доверчивая, ни в чем не виноватая Танечка не убивалась по погибшему мужу? Ответа он не знал.

Он открыл ящик стола, достал фотографию Андрюхи Полякова, улыбающегося, веселого, такого живого, и долго смотрел на нее.

— Вот так, Андрюха, — произнес он вслух. — Вот такие дела. Я сделал все, что мог. Прости, если что не так.

Положил фотографию на место, вынул из сейфа початую бутылку водки и сделал большой глоток прямо из горлышка. Потом снова уселся за стол и застыл, обхватив руками голову.

Он чувствовал себя виноватым перед всеми. Ему было жалко Таню. И очень горько.

Литературно-художественное издание

Маринина Александра Борисовна

ЗАМЕНА ОБЪЕКТА

Издано в авторской редакции
Ответственный редактор *О. Рубис*
Художественный редактор *Д. Сазонов*
Технический редактор *Н. Носова*
Компьютерная верстка *О. Шувалова*
Корректоры *Е. Дмитриева, Н. Овсяникова*

ООО «Издательство «Эксмо»
127299, Москва, ул. Клары Цеткин, д. 18, корп. 5. Тел.: 411-68-86, 956-39-21.
Home page: www.eksmo.ru E-mail: info@eksmo.ru

По вопросам размещения рекламы в книгах издательства «Эксмо»
обращаться в рекламный отдел. Тел. 411-68-74.

Оптовая торговля книгами «Эксмо» и товарами «Эксмо-канц»:
ООО «ТД «Эксмо». 142700, Московская обл., Ленинский р-н, г. Видное,
Белокаменное ш., д.1. Тел./факс: (095) 378-84-74, 378-82-61, 745-89-16,
многоканальный тел. 411-50-74.
E-mail: reception@eksmo-sale.ru

Мелкооптовая торговля «Эксмо» и товарами «Эксмо-канц»:
117192, Москва, Мичуринский пр-т, д. 12/1. Тел./факс: (095) 411-50-76.
127254, Москва, ул. Добролюбова, д. 2. Тел.: (095) 745-89-15, 780-58-34.
www.eksmo-kanc.ru e-mail: kanc@eksmo-sale.ru

Полный ассортимент продукции издательства «Эксмо» в Москве
в сети магазинов «Новый книжный»:
Центральный магазин — Москва, Сухаревская пл., 12
(м. «Сухаревская», ТЦ «Садовая галерея»). Тел. 937-85-81.
Москва, ул. Ярцевская, 25 (м. «Молодежная», ТЦ «Трамплин»). Тел. 710-72-32.
Москва, ул. Декабристов, 12 (м. «Отрадное», ТЦ «Золотой Вавилон»). Тел. 745-85-94.
Москва, ул. Профсоюзная, 61 (м. «Калужская», ТЦ «Калужский»). Тел. 727-43-16.
Информация о других магазинах «Новый книжный» по тел. 780-58-81.

В Санкт-Петербурге в сети магазинов «Буквоед»:
«Книжный супермаркет» на Загородном, д. 35. Тел. (812) 312-67-34
и «Магазин на Невском», д. 13. Тел. (812) 310-22-44.

Полный ассортимент книг издательства «Эксмо»:
В Санкт-Петербурге: ООО СЗКО, пр-т Обуховской Обороны, д. 84Е.
Тел. отдела реализации (812) 265-44-80/81/82/83.
В Нижнем Новгороде: ООО ТД «Эксмо НН», ул. Маршала Воронова, д. 3.
Тел. (8312) 72-36-70.
В Казани: ООО «НКП Казань», ул. Фрезерная, д. 5. Тел. (8432) 70-40-45/46.
В Киеве: ООО ДЦ «Эксмо-Украина», ул. Луговая, д. 9.
Тел. (044) 531-42-54, факс 419-97-49; e-mail: **sale@eksmo.com.ua**

Подписано в печать 25.02.2005.
Формат 84×108^1/$_{32}$. Гарнитура «Таймс». Печать офсетная.
Бумага тип. Усл. печ. л. 21,84. Уч.-изд. л. 17,3.
Тираж 240 100 экз. Заказ № 6334

Отпечатано в полном соответствии
с качеством предоставленных диапозитивов
в ОАО «Можайский полиграфический комбинат».
143200, г. Можайск, ул. Мира, 93.